ENGELBERG

D1876136

Silvia Götschi, geboren 1958 in Stans, lebte und arbeitete erst in Davos und dann im Kanton Schwyz. Von Jugend an widmet sie sich dem literarischen Schaffen und der Psychologie. Seit 1998 ist sie freischaffende Schriftstellerin und Mitarbeiterin in einer Werbeagentur. Sie hat drei Söhne und zwei Töchter und wohnt heute mit ihrem Mann in der Nähe von Luzern.

Dieses Buch ist ein Roman. Handlungen und Personen sind frei erfunden. Ähnlichkeiten mit lebenden oder toten Personen sind nicht gewollt und rein zufällig. Im Anhang findet sich ein Glossar.

SILVIA GÖTSCHI

ENGELBERG

Kriminalroman

emons:

Lust auf mehr? Laden Sie sich die »LChoice«-App runter, scannen Sie den QR-Code und bestellen Sie weitere Bücher direkt in Ihrer Buchhandlung.

Bibliografische Information der Deutschen Nationalbibliothek
Die Deutsche Nationalbibliothek verzeichnet diese Publikation in der Deutschen Nationalbibliografie; detaillierte bibliografische Daten sind im Internet über http://dnb.d-nb.de abrufbar.

MIX
Papier aus verantwortungsvollen Quellen
FSC® C083411

© Emons Verlag GmbH
Alle Rechte vorbehalten
Umschlagmotiv: iStockphoto.com/perreten
Umschlaggestaltung: Nina Schäfer, nach einem Konzept von Leonardo Magrelli und Nina Schäfer
Umsetzung: Tobias Doetsch
Gestaltung Innenteil: César Satz & Grafik GmbH, Köln
Lektorat: Irène Kost, Biel/Bienne, Schweiz
Druck und Bindung: CPI – Clausen & Bosse, Leck
Printed in Germany 2019
ISBN 978-3-7408-0625-5
Originalausgabe

Unser Newsletter informiert Sie regelmässig über Neues von emons:
Kostenlos bestellen unter
www.emons-verlag.de

Den Lebensmörder erwartet gerechterweise
die verdiente Strafe; aber die Seelenmörder,
welche das Innerste eines Menschen
mit rohen Händen zerreissen, gehen straflos aus.

Wilhelm Vogel, 19./20. Jh., deutscher Aphoristiker

«Winnetou! Winnetou!»

Albin Odermatt beobachtete die Jungs, die auf den untersten Stufen der überdachten Tribüne zusammengerückt waren. Ein Dutzend testosterongesteuerter Körper, erhobener Hände, aufgerissener Münder und bunter ärmelloser Leibchen. Sie bildeten einen unkoordinierten Haufen. Wie Ausgebrochene eines Irrenhauses. Oder eine Gruppe seelenloser Zombies. Und pausenlos die drei Silben: «Win-ne-tou! Win-ne-tou!»

Dort, wo gewöhnlich der Wasserfall über den felsigen Ausläufer des Hahnenmassivs sprudelte, zeichnete sich bloss ein Rinnsal ab. Nur wer genau hinsah, bemerkte den Streifen Wasser, der wie ein Silberfaden eine feine Linie zog. Es hatte seit geraumer Zeit nicht mehr geregnet. «Besser könnte das Wetter nicht sein», hatte Odermatt gesagt, bevor er sich das Gewand des Bösewichts überzog. Ein kariertes Hemd, schwarze Weste, schwarze Hose. Der Hut vermittelte ihm etwas Eigenwilliges, passte zu der Figur, deren Rolle er im letzten Moment einstudiert hatte: Bud Forrester.

Jetzt schleppte er sich den Felsen entlang, versuchte, das ohrenbetäubende Gekreische dieser Halbstarken zu ignorieren. Die Apachen hatten ihn schon längst umzingelt. Wie Ratten näherten sie sich ihm von allen Seiten. Pfeil und Bogen schussbereit auf ihn gerichtet. Sie wollten ihm Angst einjagen, bevor sie Ernst machten.

Forrester blieb kein anderer Weg als der zur Höhle, wollte er am Leben bleiben. Ein letzter Versuch, seinem Verderben zu entrinnen. Im Rücken wähnte er weitere Rothäute, als er es schaffte, die steile Felswand zu erreichen. Fast siegessicher näherte er sich einer Strickleiter, die da nicht zufällig hing. Wie oft waren Kinder an ihr emporgestiegen, um die Festigkeit zu prüfen. Würde sie seinem Gewicht standhalten?

Plötzlich waren sie wieder überall. Sie hatten ihm einen Vorsprung gelassen, spielten mit ihm, um ihn schneller denn je einzuholen und zu töten. Seine Schuhe klackten über das nackte Gestein, sonst war nichts zu hören. So, wie sie angefangen hatten, verstummten die Geister am unteren Ende des Tribünenaufgangs. Forrester sah schwarze Augen und die glänzenden Pfeile, deren Ziel er war.

Das erste Geschoss traf ihn am linken Oberarm, prallte jedoch ab. Sie hatten es stundenlang geübt. Forrester torkelte Richtung Leiter. Alles musste echt aussehen. Auf der Zuschauertribüne herrschte angespannte Ruhe. Der zweite Pfeil streifte seinen Rücken, als er die erste Sprosse erreichte. Mit letzter Kraftreserve versuchte er sich hochzuziehen – um ihn herum waren noch mehr Indianer aus den Zelten getreten, hinter Bäumen hervor. Eine ganze Armada zielte auf ihn. Einer nach dem andern spannte den Bogen, schoss seinen Pfeil. Direkt auf ihn. Einer traf ihn im Gesicht. Das war nicht vorgesehen gewesen. «Keine unnötigen Schüsse», hatte der Regisseur gesagt. «Niemand soll leiden.»

Forrester hangelte sich hoch, geriet aus der Puste. Verdammt, er hätte das Bier vor der Aufführung besser nicht getrunken. Jetzt musste er büssen. Was dachte seine Mutter, wenn sie ihn da oben so hängen sah. Seine Beine baumelten in der Luft, bis er die zweite Sprosse erfasste. Die Zuschauer feuerten ihn an. Und wieder die Jungs. Diesmal schrien sie seine Namen abwechselnd: «O-der-matt! For-res-ter!» Lächerlich, das alles. Dabei hatte er die Szene zigmal geübt.

Noch sieben Sprossen bis oben. Er würde sich platt auf den Boden legen und sich ausruhen, wenn ihn alle tot wähnten. Warum hatte er auch den Bösewicht spielen wollen? Bereits zum dreiunddreissigsten Mal. Andere Rollen wären eher auf ihn zugeschnitten gewesen. Die von Old Shatterhand zum Beispiel hätte ihm gefallen. Doch dazu war er zu unsportlich. Und Reiten lag ihm nicht. Immerhin hatte niemand ihm Forrester streitig gemacht, ausser Hurschler. Aber das war eine andere Sache. Wer war schon gern der Böse? Man nannte ihn bereits Bud. «Mit deiner Visage bist du nicht weit von dieser Figur entfernt», hatte Hurschler gefeixt, worauf er ihm eine scheuerte. Aus purem Reflex. Dass Hurschler ihn nicht mochte, wussten alle. Es beruhte auf Gegenseitigkeit.

Wieder zischte es an seinem Kopf vorbei. Ein weiterer Pfeil verfehlte ihn um Haaresbreite. Die Strickleiter drehte sich; er fühlte sich um die eigene Achse wirbeln. Kurz meinte er, Mutters angespannte Miene unter den Zuschauern entdeckt zu haben. Sie war dagegen gewesen, dass er bei dem Kasperletheater, wie sie es nannte, mitmachte. «Sie werden dich mit Häme überschütten», war ihr Kommentar gewesen. «Ein Mann in deiner Position lässt sich nicht auf so etwas ein.» Jetzt sass sie dort, gewiss nicht ohne Stolz, und freute sich über die Glanzleistung ihres Sohnes. Am Ende der Aufführung würden sie ihn mit Standing Ovations verabschieden, und er würde sich verneigen und den Applaus auf sich einwirken lassen.

Er blickte nach oben ans Ende der Leiter, in den sich verdunkelnden Himmel. Die Dämmerung war schon längst über Engelberg hereingebrochen. Der Kondensstreifen eines Linienflugzeugs zog sich über das Firmament. Ein scharfer Schnitt.

Vier Sprossen. Er hätte sich in den letzten Jahren weniger anfuttern sollen. Nun musste er leiden. Schweisstriefend kletterte er weiter. Seinen Puls spürte er bis zum Hals. Er raste, dass ihm dabei die Kehle schmerzte. Mit letzter Anstrengung zog er sich über die Felskante, an der die Leiter befestigt war. Erschöpft und schwer atmend erhob er sich.

Plötzlich ein Knall. Er echote zigfach in den umliegenden Felsen, wurde leiser, bis er im Nirgendwo verstummte. Ein Raunen ging durch die Zuschauertribüne.

Forrester durchfuhr ein stechender Schmerz in der Brust. Er griff an sein Herz, spürte warmes Blut. Das war keine Einbildung. Über ihm drehte sich das Universum, in das er zu blicken glaubte. Und hineinflog. Er verinnerlichte sich dieses Bild, bevor er vornüberkippte, unter dem frenetischen Beifall der Zuschauer. Sein Gesicht schlug hart auf dem Sand auf. Das letzte Irdische, das er sah, war die rot-weiss gestreifte Flagge mit den Sternen auf blauem Grund im aufkommenden Wind. Er vernahm das Horn, an dessen Tönen sie gefeilt hatten, bevor sie sie im Tonstudio aufnahmen. Die Musik von Martin Böttcher verebbte. Er hatte sie so gemocht.

EINS

Diese bescheuerten Leinenhosen mit dem Lederbesatz waren Fedes Idee gewesen. Die Fransenjacke war zu viel des Guten. Max von Wirth, Privatdetektiv und seit zwölf Monaten im Handelsregister eingetragen, schwitzte. Auch an den Füssen, an denen er halbhohe Cowboystiefel trug. Ein Hut schützte ihn vor der sengenden Sonne. Der einzige Grund, warum Max diesen Zirkus mitmachte, war seine Freundin. In ihrem eng anliegenden Kleid, an dem sie offensichtlich mit Leder gespart hatte, sah sie zum Anbeissen aus. Auch sie trug Stiefel, die ihre braun gebrannten Beine betonten. An der linken Wade schlängelte sich eine Python Richtung Kniekehle. Das neuste Tattoo, das sie sich kürzlich hatte stechen lassen. Ihre Mähne hatte sie zu zwei Zöpfen geflochten, um den Kopf ein Lederband gebunden und mit künstlichen Federn geschmückt. Nicht nur die Männer blickten ihr nach. Fede – sie war eine Augenweide. Und wie sie vor ihm dahinschlenderte, eine prall gefüllte Jutetasche lässig über die Schultern geworfen.

Sie hatte unbedingt nach Engelberg fahren wollen, die Tickets zu den Karl May Freilichtspielen bereits weit im Voraus gekauft. «Winnetou», hatte sie ihm ins Ohr geflüstert, nachdem sie miteinander geschlafen hatten. Das hatte sie ihm nie zuvor gesagt, bis er begriff, was sie damit meinte. Sie hatte die Eintrittskarten auf seinen nackten Bauch gelegt. «Nachdem ich die beiden ersten Teile gesehen habe, ist es für mich ein Muss, auch die neuste Vorführung zu sehen. Das Theater ist genial.» Max hatte nicht gewusst, worauf er sich einliess, und sich ganz auf Fedes Organisationstalent verlassen. Dass er sich dabei wie ein Clown hatte kleiden müssen, nahm er einstweilen in Kauf. Doch mit dieser unsäglichen Hitze hatte er nicht gerechnet.

«Kommst du?», fragte Fede. «Ich habe einen Mordshunger. Dort drüben gibt es einen Essstand.»

Unter seinen Stiefeln knirschte der Sand. Max überquerte den weitläufigen Platz, in dessen Zentrum ein Totem stand, einem farbigen Obelisken gleich, auf dem ein Rabe mit gelbem Schnabel und weit gespreizten Flügeln prangte. Um das Totem herum waren Tische und Bierbänke verteilt, an denen Leute sich verköstigten und sich einzelner Wespen erwehrten, die angriffslustig um belegte Brote kreisten. Es herrschte eine Jahrmarktatmosphäre, mit klassischer Filmmusik untermalt.

Die Leute trugen Kleider, die an Cowboys erinnerten. Sie schienen ihre verborgenen Sehnsüchte auszuleben: einmal im Jahr aussehen wie die Siedler des 19. Jahrhunderts, als diese – gemäss Mythos – den Wilden Westen eroberten. Max sah einem Mann älteren Jahrgangs nach, der sich neben einem Planwagen in Pose stellte. Ein Fotograf lichtete ihn ab. Den Platz umschlossen diverse Stände in Form von Westernhäusern, an denen man Speisen, Getränke und zum Thema passende Preziosen verkaufte.

Vor Billys Saloon, einem rostroten Holzgebäude, hatte sich Fede in die Reihe Wartender gestellt. Sie fuchtelte Max an ihre Seite und rief über alle Köpfe hinweg: «Möchtest du auch eine Wurst? Eine Schweins- oder Kalbsbratwurst?»

Max pirschte in ihre Nähe, worauf sich der Indianerhäuptling hinter Fede beschwerte: «Hey, Cowboy, seine Alte vorausschicken, damit man nicht selbst anstehen muss.» Eine Alkoholfahne streifte Max' Nase.

Max ignorierte ihn. Er berührte sachte Fedes Arm. «Ich dachte, du seiest Vegetarierin?»

«Ausnahmen bestätigen die Regel.» Sie lachte verschmitzt.

Im Tal lag Verheissung. Ein lila Himmel, umrissen von messerscharfen Bergkanten, ergoss sich über Engelberg. Zugegeben, Max fühlte sich trotz seiner anfänglichen Bedenken wohl. Es war ein Bilderbuchsommer, ein Tag schöner als der andere. Sie hatten den Morgen auf dem Jochpass verbracht, waren zum Trübsee gewandert und von dort mit der Seilbahn zurück nach Engelberg gefahren, wo sie sich im Hotel «Terrace» einquartierten.

«Wir können uns diesen Luxus nicht leisten», hatte Max interveniert, worauf Fede ihn zärtlich in den Arm kniff. Sie habe noch etwas auf der hohen Kante, hatte sie gesagt. Zudem habe das Hotel nur drei Sterne. Damit war für sie das Thema erledigt gewesen.

«Willst du Senf?»

«Senf?» Dass sie über eine finanzielle Reserve verfügte, war neu.

«Max, Darling, wo bist du bloss mit deinen Gedanken. Wir sind an der Reihe.» Fede nahm ihn beim Arm. «Kannst auch Ketchup dazu haben.» Sie hielt inne. «Ruthli?» Das galt wohl nicht ihm. «Ruthli! Du bist es!»

Die Frau hinter dem Tresen hob die Augenbrauen. Das Erkennen beruhte offensichtlich nicht auf Gegenseitigkeit. «Sie müssen mich mit jemandem verwechseln.» Instinktiv zog sie ihren Cowboyhut tiefer ins Gesicht, das von dunklen kinnlangen Haaren umgeben war.

Fede blieb hartnäckig, wie immer. «Du bist doch Ruth Barmet, drittes Gymnasium in Stans, kurz bevor meine Familie nach Zürich zog. Erinnerst du dich?»

«Was möchten Sie denn essen?», fragte die Frau genervt. Sie sandte einen anklagenden Blick nach hinten in die Schlange der Wartenden.

«Zwei Kalbsbratwürste mit Senf», sagte Max an Fedes Stelle und flüsterte ihr danach ins Ohr, dass die Leute hinter ihnen ungeduldig würden.

Fede wandte sich um. «Zwei Minuten können die wohl warten, oder?» Sie bezirzte den Indianer, der ihr nicht in die Augen, sondern auf den Ausschnitt starrte.

«Falls mir weiterhin diese tolle Aussicht beschert ist, macht es mir nichts aus», sagte er.

Aber mir, wollte Max erwidern, konnte sich jedoch im letzten Moment eine Bemerkung verkneifen. Er musste heute alles ein wenig lockerer angehen als üblich.

«Etwas zum Trinken?»

«Zwei Biere», sagte Max.

Die Frau reichte ihm zwei eisgekühlte Dosen. «Die Würste bekommen Sie von meinem Kollegen, und bezahlen können Sie bei mir.»

«Ruth, jetzt tu nicht so, als kenntest du mich nicht.» Fede schüttelte ungläubig den Kopf. «Oder soll ich mir die Perücke vom Kopf reissen? Scherz, ich habe rote Haare, schon vergessen? Ich bin es, Federica Hardegger.»

Die Frau fand es nicht lustig. Max sah es ihr an. Zum Lachen war ihr auf jeden Fall nicht zumute. Sie gab auf die Fünfzigernote, die Max ihr überreicht hatte, das Retourgeld heraus.

Fede nahm indessen die beiden Kalbsbratwürste entgegen, jonglierte die Kartons in der einen Hand und drückte mit der anderen Senf aus einem Plastikbehälter. Max beobachtete den Mann am Grill, der einen fragenden Blick zwischen seiner Kollegin und Fede hin- und herwarf. Dass hier etwas Unausgesprochenes in der Luft lag, spürte Max.

Fede entfernte sich mit Wurst, Brot und Bier beleidigt vom Stand. Max kannte ihre Körperhaltung, wenn sie sich geschlagen gab.

Sie suchten sich einen freien Platz an einem der Stehtische aus. Fede schob sich frech neben zwei mit eindrücklichen Wampen bestückte Männer, die sich über Büstenhalterkörbchengrössen unterhielten.

«Was war das soeben?» Max grinste. «Die neue Masche, wie man schneller an das Gewünschte kommt? Oder war es ein Ablenkungsmanöver, damit der Verkäufer das Einkassieren vergisst?»

«Siehst du mich in deinen Augen als so dreist?» Fede boxte ihm mit dem Ellenbogen in die Seite, schälte die Bratwurst aus der Serviette und biss hinein. Während sie ausgiebig kaute, warf sie immer wieder einen Blick Richtung Essstand. «Wenn das nicht Ruth Barmet ist, fresse ich einen Besen.»

«Da freue ich mich jetzt schon drauf.»

«Was?»

«Dir dabei zuzuschauen, wie du den Besen isst.»

«Ich habe ein gutes Gedächtnis. Namen sind mir nicht immer auf Anhieb präsent, aber Gesichter kann ich mir merken. Ruth hat sich zwar verändert, aber die Grundzüge sind geblieben. Im dritten Gymi sass sie neben mir. Wir hatten es immer sehr lustig. Als ich nach Zürich zog, verlor ich sie aus den Augen. Keine Ahnung, was sie heute tut. Sie scheint jedoch nicht über die Grenzen der Innerschweiz hinausgekommen zu sein.»

«Woran erkennst du das?»

«Ein Gefühl.»

«Sie arbeitet während der Freilichtspiele am Stand, gehört wohl zu den Theaterleuten.» Max' Blick blieb an den Männerwampen hängen. «Halb Engelberg ist daran beteiligt.»

Fede lachte auf. «Sie will mich nicht mehr kennen. Egal, lass uns heute Spass haben.»

«Wir sind immer für Spass zu haben.» Einer der Männer am Stehtisch hatte Fedes Gespräch aufgeschnappt und wollte sich wichtigmachen. «Willst du unsere Handynummer?»

«Kein Bedarf.» Max griff nach der Bierdose. «Komm, Schatz, lass uns zu den Tribünen gehen.»

Fede folgte seiner Aufforderung.

Nachdem ein Security einen Blick in Fedes Tasche geworfen hatte, waren sie zu ihren Sitzen gelangt. Tribüne eins, Reihe elf, Sitze siebenundfünfzig und achtundfünfzig. Der Blick von diesem Platz aus hätte besser nicht sein können. Das zumindest fand Max.

Fede küsste ihn auf die Wange, kaum hatten sie sich gesetzt. «Hast du gesehen? Hinter uns hat es leere Plätze. Ganz oben wären wir zudem für uns.» Sie zeigte zu den obersten Sitzreihen.

«Was hast du vor?»

«Nichts.»

«Ich kenne dich doch.»

«Komm schon, jetzt können wir noch tauschen. Wetten, dass sich die Tribüne nicht füllen wird?» Fede erhob sich, packte ihre Jutetasche und begab sich unter dem neugierigen Blick zweier molliger Damen mit Hut nach oben.

Zähneknirschend folgte Max ihr.

«Siehst du?» Fede schwang sich auf einen der Plastiksitze. «Hier sind wir ungestört und haben die totale Übersicht.»

«Bist du sicher, dass wir hier sitzen bleiben?» Max registrierte den Zuschauerzulauf auf den unteren Plätzen und das sich zunehmende Gedränge und war froh, Fedes Vorschlag angenommen zu haben.

Fede klemmte die Jutetasche zwischen ihre Füsse. «Hier sind wir absolut ungestört.»

«Hast du deine Kaffeemaschine mitgenommen?» Max zeigte auf die Tasche.

«Jeans, Pullover und Jacke. Und eine Wolldecke. Sobald die Sonne untergegangen ist, wird es hier empfindlich kalt.»

«Eine Wolldecke.» Max konnte sich ein Schmunzeln nicht verkneifen. Mit Fede hatte er schon die abenteuerlichsten Sachen erlebt.

«Nicht für das, was du denkst.»

«Woran denke ich denn?»

«Wir wollen doch nicht Grund für ein öffentliches Ärgernis sein.»

Die letzten Sonnenstrahlen des ausklingenden Tages kitzelten Fels und Tann. Im künstlich angelegten See kräuselte sich das Wasser, ein Kanu schaukelte am Rand. Darüber erhob sich nebst einem Bohrturm imposant das Pueblo der Apachen schimmernd im Abendrot. Ein Krieger bewachte es, ein strammer Bursche mit entblösster Brust und einem Speer in der rechten Hand. Zwei Wäscheleinen spannten sich von einer zur anderen Hauswand.

Max liess die Bilder auf sich einwirken. Neben dem Pueblo standen Zelte, wie er sie aus den Karl-May-Filmen kannte. Helle Tipis, vor denen Kinder spielten. Am See wuschen Frauen Kleider. Weiter rechts war die Kleinstadt aufgebaut. Der Saloon mit Balkonen und mit roten Vorhängen bestückten Fenstern, ein paar Holzgebäude, davor Wagenräder und Strohballen. Sogar der Barbier fehlte nicht. Westernidylle wie aus dem Bilderbuch. Ein Ort, vom vermeintlichen Frieden beherrscht. Damen in langen Röcken, Männer in Cowboykluft und Pferde, die gesattelt wurden. Es fühlte sich an wie die Ruhe vor dem Sturm.

Die Winnetou-Melodie schwoll an, unverkennbar der cineastische Touch, der in Max erneut Erinnerungen wachrief, an eine Zeit, in der seine Mutter Milagros ihn vor den Fernseher gesetzt hatte, weil sie einmal an den Wochenenden Ruhe vor ihrem Sohn haben wollte. Max kannte sie auswendig. Als er älter geworden war, hatte er die Karl-May-Bücher verschlungen und festgestellt, dass die Drehbücher fast komplett neu geschrieben waren.

Allmählich verstummten die Stimmen im Publikum, als hätte man den Ton an einem Radio zurückgedreht. Über ein unsichtbares Mikrofon ertönte die sonore Klangfarbe des Erzählers: «Im südlichen Arizona des Jahres 1862 zog ein Siedlertreck mit Auswanderern durch das Land. Der Treck bestand aus einer bunten Gesellschaft von Menschen, die aus verschiedenen Motiven hier im Wilden Westen unterwegs waren. Sie stammten aus Deutschland und der Schweiz.»

«Aus der Schweiz?», fragte Fede. «Hast du das gewusst?»

Max legte ihr den Finger auf den Mund. «Es liegt in der Freiheit des Regisseurs.»

«Zur selben Zeit», tönte es über die Lautsprecher, «trieben sich die Finders, eine Bande von zwölf gefährlichen Revolverhelden, in der Gegend herum. Raub, und nicht selten Mord, waren deren Geschäft.»

Zwei Planwagen tauchten auf, begleitet von einer Handvoll Komparsen, die eine Gruppe von Siedlern darstellten. Und wie aus dem Nichts heraus wurden sie gleich von üblen Typen überfallen. Schüsse fielen, Feuerkörper explodierten und erleuchteten die Naturbühne. Es schien, als würden die Planen in Brand gesetzt.

Fede drückte sich an Max' Seite. «Das fängt ja megamässig an.»

«Feinste Pyrotechnik», witzelte Max, der genauso wie die anderen Zuschauer zusammengezuckt war. Der Einstieg war seines Erachtens gelungen. Er mochte die Action.

«Du, der Grimmige dort, das ist Buttler», sagte Fede. «Der Anführer. Hat nichts mit Red Buttler von ‹Vom Winde verweht› zu tun.»

Max konnte sich ein Grinsen nicht verkneifen, hoffte jedoch, dass Fede in den kommenden Minuten nicht zu jeder Szene eine Bemerkung fallen liess.

«Aussteigen!», befahl Buttler. «Und schön die Hände hoch.»

«Geht's auch unschön?» Fede lachte. Sie war auf der Stuhlkante nach vorn gerutscht, fieberte mit.

Aus den Planwagen stiegen noble Leute, die Kutscher sprangen vom Bock.

«Los, Männer», fuhr Buttler fort, «erleichtert die ehrenwerte Gesellschaft von ihrem Geschmeide und den schweren Dukaten.» Dabei ging er die Reihe entlang und streifte mit seinem Colt über die Nasen der Siedler.

Seine Männer sammelten Ohrringe, Ketten und Geldscheine ein.

«Also so eine Unverschämtheit», beschwerte sich eine Dame, die sich offensichtlich nicht einschüchtern liess.

«Wer ist denn das?», fragte Fede.

«Wer hat Ihnen denn die Erlaubnis gegeben, uns wehrlose Bürger –»

Buttler brach in schallendes Gelächter aus. «Habt ihr gehört, Leute», er nickte Richtung Dame, «Signora, die Erlaubnis, von der Ihr sprecht, gebe ich mir selbst. Meine Leute und ich nehmen, was uns beliebt.»

«Na, da hört bei mir aber jegliche Form des Anstands auf. Ich bin Rosalie Ebersbach, geborene Morgenstern, geschiedene Infanger, verwitwete Leiermüllerin, und komme aus Sachsen. Und ich verbiete euch dahergelaufenen Halunken –»

«Stopft der alten Krähe das Maul!», höhnte Buttler, worauf zwei seiner Leute die Frau bedrängten. «Ihr habt nichts zu melden.»

Hinter einem Hügel ertönte eine andere Stimme: «Ja, richtig, ihr habt nichts zu melden. Ergebt euch!»

«Sam Hawkens», sagte Fede, worauf dieser mit seiner Flinte vier Schüsse abgab. «Das Unikum des Wilden Westens.»

Deutlich war die Verunsicherung bei den Banditen zu sehen.

«Abhauen, Leute», rief Buttler. «Das ist eine Falle. Bringt euch in Sicherheit. Wir treffen uns beim Ranchero.»

Die Banditen schwangen sich unter Beschuss auf ihre Pferde. Buttler versuchte, den Rückzug zu decken, und schoss zurück. In diesem Chaos tauchte ein anderes Pferd auf und auf dessen Rücken ein wunderschöner Indianer.

«Das ist *nicht* Winnetou», sagte Fede, fast ein wenig enttäuscht.

Buttler wollte abhauen, doch der Indianer versperrte ihm den Weg.

In die Siedlerszenerie drang plötzlich eine Stimme, die mutmasslich nicht zum Spiel gehörte. Von der unteren Reihe der linken Tribüne löste sich eine Frauengestalt, rannte Richtung Naturbühne und gelangte auf den Platz, wo die Planwagen standen. Gleich war ein Sicherheitsmann zur Stelle.

Zuschauer und Spieler hielten gleichermassen den Atem an.

«Ist die durchgeknallt?», fragte Fede. «Oder gehört sie dazu?»

«Ihrem Outfit zu urteilen nach nicht.» Max wunderte sich über deren Aufmachung. Die Fremde trug ein buntes Sommerkleid, was zu ihrem Alter nicht passen wollte. Max schätzte sie auf die siebzig, was er an deren Bewegungen zu sehen glaubte. Sie hatte die Schuhe ausgezogen, wohl um besser gehen zu können. Das halblange Haar umspielte ihr schmales Gesicht.

Sie versuchte, sich aus dem Griff des Sicherheitsmannes zu befreien. «Ihr Penner und Taugenichtse!», schrie sie in die Menge. «Ihr gefühlskalten Möchtegernberühmten und Ignoranten im Publikum.» Sie riss sich mit einer ungebändigten Kraft los. «Kein Jahr ist es her, seit mein Sohn hier auf dieser Bühne sein Leben gelassen hat. Und ihr wagt es, euer Theater wieder aufzuführen. Schämt euch!»

Der Sicherheitsmann packte sie erneut.

«Wo kommt denn *die* her?» Fede reckte ihren Hals. «Das ist ja mal ein Schauspiel, ein lebensechtes.»

«Vielleicht gehört das zur Werbung», mutmasste Max. Er liess die Leute auf den Sitzreihen nicht aus den Augen. Fedes Aufmerksamkeit galt ganz der Frau.

«So ein Quatsch. Die meint das ehrlich. Ihre Stimme unterscheidet sich wesentlich von einem Bühnendeutsch. Das kommt aus ihrer tiefsten Seele.»

Ein zweiter Mann von der Security rannte heran. Gemeinsam zerrten sie die Frau von der Bühne, wo die Pferde zu scheuen begannen, sich auf die Hinterbeine stellten und wie verrückt wieherten. Ein Pferd brach Richtung Saloon aus. Hawkens landete rücklings vor einem der Planwagen. Einen Moment lang sah man ihn des vielen Staubs wegen nicht mehr. Ein Siedler konnte sich im letzten Moment mit einem Hechtsprung hinter einen Hügel aus Steinen retten, bevor ihn das Pferd des Indianers niedergetrampelt hätte. Buttler rannte geistesgegenwärtig hinter dem Hengst her, versuchte, dessen Zaumzeug zu greifen und ihn zu beruhigen, wogegen Rosalie sich flach auf den Boden legte und die Ohren zuhielt. Einige der Komparsen ergriffen die Flucht zum Pueblo auf der linken Seite. Der Rest der Leute irrte ziellos umher. Ein weiteres Pferd brannte durch. «Rette sich, wer kann!», schrie Buttler. Er schien seine Mission vergessen zu haben. Die Zuschauer auf der Tribüne schrien mit, erhoben sich, verstummten gebannt und schockiert. Die Stimme des Erzählers gebot, Ruhe zu bewahren. «Wir werden das in den Griff bekommen», versicherte sie. «Bitte bleiben Sie auf Ihren Plätzen.»

Derweil gelang es Buttler, das eine Pferd in seine Gewalt zu nehmen. Er schwang sich auf dessen Sattel und hantierte mit den Zügeln. Das andere Pferd galoppierte im Kreis herum, haarscharf an Rosalie vorbei, die immer noch am Boden lag, schreiend jetzt. Hawkens, wieder auf den Beinen, rannte hinterher, worauf ihm das Pferd einen Huftritt verabreichte. Die Zuschauer standen jetzt, schrien entsetzt auf. Max wusste nicht, weshalb er an einen Gladiatorenkampf denken musste. Er erhob sich ebenfalls. Auf der Bühne war der Teufel los.

«Was ist?», fragte Fede, die angespannt sitzen blieb.

«Ich muss mal.»

«Aufs Klo?» Fede sah ihn fragend an. «Jetzt, wo mal richtig was läuft?»

«Wenn die Pferde durchdrehen, ist es nicht nur für die Schauspieler brandgefährlich. Pferde sind Fluchttiere, die galoppieren einfach los, wenn Gefahr droht. Vielleicht kann ich helfen.»

«Wie helfen? Die Pferde einzufangen? Ich erinnere dich daran, dass du nicht mal mit einer Kuh klarkommst.»

«War das jetzt eine Anspielung auf dein Vieh?» Max grinste. Fede hatte zwei Kühe. Rambo und eine namenlose. Auf ihrem Bauernhof in Stans. Eine Welle der Zuneigung bemächtigte sich seiner, als er sich in Erinnerung rief, wie er Fede zum zweiten Mal kennengelernt hatte. Die bodenständige Bäuerin – das Gegenteil von dem, was sie bei ihrer ersten Begegnung im Pilatuskeller gewesen war. Dort hatte sie ihn als Femme fatale überrumpelt und verführt. «Ich gehe dann mal.»

«Max, ist das dein Ernst? Auch in diesem Fall ist vorgesorgt. Schau, die Pferde haben sich beruhigt. Es geht gleich weiter.»

«Warte nicht auf mich.»

«Was ist los?»

«Ich muss wissen, wer diese Frau ist. Vielleicht steckt sie in Schwierigkeiten.»

«Offensichtlich. Aber du bist kein Seelenklempner, wenn du das meinst.»

«Das nicht. Aber ich vermute, dass sie einen wie mich braucht.»

«Max, bitte nicht.» Fede hielt ihn am Ärmel zurück. «Ich bezahle doch nicht Eintritt, damit du die Aufführung verpasst. Hast du plötzlich eine soziale Ader? Das wäre neu. Zudem arbeitest du nicht mehr als Anwalt. Was ist nur los mit dir?»

Es war das Letzte, wenn er jetzt ausfällig wurde. Seit ihrem ersten gemeinsamen Fall im Oktober vorigen Jahres hatten sie keinen grossen Job mehr erhalten, und Max war wieder dort gelandet, womit er persönlich abgeschlossen hatte – untreue

Frauen und Männer zu observieren und ab und zu Leute in rechtlichen Fragen zu beraten. Einmal hatte ihn jemand für Werkspionage anheuern wollen. Davon hatte er die Finger gelassen. Fede hatte wenigstens einen abwechslungsreichen Job auf ihrem Bauernhof und als Hackerin einer namhaften Firma eine finanzielle Sicherheit. Max war zum Warten verdammt. Vielleicht müsste er es sich überlegen, wieder in einer Anwaltskanzlei einzusteigen, wo ihm ein monatliches Einkommen sicher war. Die Reserven ihrer GmbH drohten allmählich zu erschöpfen. Es durfte nicht sein, dass er sich von Fedes Portemonnaie abhängig machte. Wenn sie ausgingen, bezahlte immer sie.

«Bitte gehe nicht weg», sagte er.

«Darauf kannst du Gift nehmen.»

«Sehen wir uns in der Pause?»

Fede wandte sich beleidigt ab. Max hatte eindeutig am Ziel vorbeigeschossen, wusste er doch, wie Fede sich auf diesen Abend gefreut hatte. Unterschwellig war seine Angst, als Privatdetektiv zu versagen. Womöglich hatte ihn die Frau aus seiner momentanen Lethargie geweckt, mit der Aussage «Penner und Taugenichtse». In der ersten Hälfte des Jahres hatte er den Erfolg des bis dahin einzig lukrativen Falls auf sich einwirken lassen. Er hatte sich darin gesonnt. Nun fühlte er sich wieder an jenem Abgrund stehen, der nach Vaters Tod so stark präsent gewesen war.

Max überlegte, welchen Weg er einschlagen musste, wollte er kein Aufsehen erregen. Doch die Zuschauer waren zu sehr mit dem Chaos und der Angst beschäftigt, als dass sie ihn beachtet hätten.

Hauptdarsteller und Komparsen kehrten zurück. Die Pferde hatte man abgeführt. Das Spiel fand seine Fortsetzung mit der Szene, in der Hawkens auf den Indianer zutrat. «Schi-So, mein junger Freund. Hätte dein Vater dies jetzt gesehen, er wäre stolz auf dich, wenn ich mich nicht irre … hihihi …»

Max konnte sich keinen Reim darauf machen, was er wirklich damit meinte.

«Schi-So dankt dem Westmann Sam Hawkens», sagte der Indianer.

«Na, wir kennen uns nun schon eine Weile, mein junger Freund ... hihihi ... Sag Du zu mir.»

«Danke, Sam, das mache ich gern.» Schi-So war beim Treck angekommen, wohin ihn nebst Hawkens und einem anderen Mann Rosalie begleitet hatte.

«Verbindlichsten Dank», sagte sie, als wäre nichts geschehen, «Mister Hawkens und Mister Schi-So. Wenn schon unser Scout, Mister Poller», sie winkte dem dritten Mann zu, «komm mal her zu mir! Und wo ist denn unser Kantor Hampel?»

Max hatte weder Ohren für den Text noch Augen für die Bühne. Mit geneigtem Kopf stieg er über die Treppen nach unten, wo er der Tribünenreihe entlang zum Ausgang ging. Eine Squaw mit langen seidigen Haaren hielt ihn zurück. «Wohin so eilig?»

«Zu den Toiletten», flunkerte Max. Wenn er sich beeilte, würde er sehen, wohin man die Frau von vorhin brachte.

«Sie können jetzt nicht durch», sagte die Squaw. «Ausser in Begleitung, wenn's eilt.» Sie zitierte einen Security an ihre Seite, einen jungen Typen in braunen Fransenhosen und mit entblösstem Oberkörper. Sein Body war beneidenswert durchtrainiert. «Der Herr hier möchte aufs Klo.»

«Wie bitte?» Max glaubte, sich verhört zu haben.

«Das ist Vorschrift», sagte der junge Mann. «Wie Sie sehen, befinden sich die Pferde, die nicht auf der Bühne sind, hinter der Tribüne. Die allgemeine Aufregung hat sie nervöser gemacht, als sie eh schon sind. Unsere Sicherheitsleute haben alle Hände voll zu tun.»

«Wissen Sie, wohin man die Frau gebracht hat, die vorhin auf der Bühne war?», fragte Max.

«Sind Sie ein Verwandter?»

«Ja.» Max' Blick wich nicht vom Gesicht des Mannes. Dass er log, musste dieser ihm ansehen.

«Sie wird gleich abgeholt», sagte die Squaw. «Sie wartet im Westerndorf auf ihre Betreuerinnen vom Pflegeheim. Mein

Kollege hat sie herbestellt. Er bleibt so lange bei ihr, bis sie eintreffen.»

«Kennen Sie die Frau?», fragte Max.

«Wer will das wissen?» Sie bezirzte ihn mit ihren blauen Augen, die ihn an Aquamarin erinnerten.

Max wandte sich an den Security. «Bringen Sie mich zu ihr.»

«Nicht zu den Toiletten?»

«Gott behüte, nein.»

«Glauben Sie ernsthaft, das macht *mir* Spass? Ich bin hier angestellt, muss aufpassen, dass nichts geschieht.» Er nahm Max beim Arm. «Kommen Sie und bleiben Sie am Rand.» Der Zwischenfall von vorhin musste ihn echt nervös gemacht haben. «Ich bringe Sie zu der Frau. Ist mir eigentlich egal, in welchem Verhältnis Sie zu ihr stehen. Befolgen Sie einfach unsere Vorschriften.»

Das Westerndorf wirkte wie ausgestorben. Dort, wo erst noch die Leute an Tischen und vor Ständen gestanden und sich verköstigt hatten, herrschte gähnende Leere. Max suchte den Platz ab, den die abendlichen Schatten eingenommen hatten. Er entdeckte bloss zwei Männer, die mit von ihm abgewandtem Gesicht rauchten.

«Von hier aus können Sie allein weiter», sagte der Wachmann. «Wenn Sie zurück auf die Tribüne wollen, winken Sie mir zu. Ich werde ein Auge auf Sie werfen.»

Die Fremde sass unter einem Sonnenschirm und nippte an einem Strohhalm. Neben ihr stand ein Mann in Cowboymontur. Max näherte sich ihnen. «Heiss heute», sagte er, weil ihm nichts Intelligenteres einfiel. Seit die Sonne hinter den Bergen verschwunden war, sanken die Temperaturen.

«Und Sie sind?», fragte der Fremde.

«Ich löse Sie ab. Sie können getrost zurückgehen und die Vorstellung geniessen. Max von Wirth. Ich kümmere mich um –»

«Sind Sie vom Pflegeheim?»

«Nein, ein Freund.»

«Ich weiss nicht, ob ich Sie mit Frau Odermatt allein lassen kann.» Er flüsterte hinter vorgehaltener Hand: «Sie ist unberechenbar. War bei der letzten Vorstellung schon hier und machte Radau. Aber dass sie auf die Bühne kommt, ist neu. Menschenskind! Das hätte danebengehen können. Haben Sie gesehen, wie die Pferde scheuten? Ein Hufschlag, und Sie sind mausetot. Ich habe Annies Betreuerinnen benachrichtigt. Sie werden gleich hier sein. Sie kommen meistens zu zweit. Bestellen Sie sich etwas zum Trinken. Das geht auf mich.»

Max sah ihm nach, wie er zu den Tribünen zurückkehrte. Er selbst wandte sich an Annie Odermatt. «Wie geht es Ihnen?» Er hatte sich nicht getäuscht. Vor ihm sass eine Frau, die die siebzig überschritten hatte. Auf ihrem Gesicht spiegelte sich nicht bloss das Alter, auch etwas Melancholisches hatte sich in den Zügen stigmatisiert. Ihre graublauen Augen drückten Traurigkeit aus.

Sie sah ihn an. «Geht so. War ja nicht gerade eine Glanzleistung, die ich vollbracht habe, nicht wahr?»

«Dafür gibt es sicher einen Grund.» Max setzte sich zu ihr.

«Mein Sohn wurde letztes Jahr ermordet.» Annie Odermatt hinterliess nicht den Eindruck, sie könnte durch den Wind sein, während sie dies sagte.

«Bei den Freilichtspielen?»

«Lesen Sie denn keine Zeitung?» Sie schien durch ihn hindurchzublicken. «Eine ganze Woche lang war es in den Medien. Allerdings verblasste es so schnell, wie es gekommen war.»

«Ich erinnere mich. Ein Unfall während der letzten Aufführung.» Max hatte es am Rande mitbekommen. Er war in besagter Zeit zu sehr mit sich selbst beschäftigt gewesen.

«So kann man es auch nennen. Nur hat bis dahin niemand gewusst, dass mit scharfer Munition geschossen wird. *The show must go on*, nicht wahr?» Es klang verbittert.

«Hat man …» Max hielt inne. Er wollte weder aufdringlich sein noch das Wort «Mörder» in den Mund nehmen. «Hat man den Verantwortlichen gefasst?»

«Man hat. Damit war es erledigt, und man konnte sich getrost auf die neuen Spiele konzentrieren. Ich finde es pietätlos. Wenigstens eine Schweigeminute für meinen getöteten Sohn wäre das Minimum, nicht wahr?» Ihre Augen füllten sich mit Tränen. «Ich bin sonst nicht so. Doch wie schnell ist heute etwas vergessen. Jemand wird getötet, man nimmt es in Kauf. Es gehört wie alles andere zur Unterhaltung in einer nach Unterhaltung lechzenden Gesellschaft. Das Leid prallt ab. Sehen Sie sich die Tagesschau an. Sie dröhnt uns täglich zu mit grauenhaften Bildern. Von Kriegen, Hungersnöten, Vergewaltigungen, Naturkatastrophen. Wir lassen diese kurz auf uns einwirken, schaudern dabei, sind froh, dass es uns nicht selbst betrifft. Minuten später sehen wir uns einen Krimi an, wo genauso getötet und gemetzelt wird, und vergessen die realen Dinge, die auf der Welt geschehen. Nicht wahr?» Annie Odermatt zog Rotz hoch. «Es ist schlimm, wenn man das eigene Kind verliert. Wenn ein Fremder es tötet, ist es unerträglich. Es ist, als hätte man dir das Herz aus der Brust gerissen. Das Loch bleibt, wird auch nach Jahren nicht geheilt sein.»

«Möchten Sie darüber reden?» Max ergriff ihre Hand.

Sie zog diese zurück. «Es ist lieb von Ihnen, wenn Sie sich um mich kümmern wollen. Aber ich rate Ihnen, ins Leben zurückzugehen und es zu geniessen, solange Sie es können.»

Der Wachmann kam mit zwei Frauen zurück. «Ihre Pflegerinnen sind da», sagte er, worauf die jüngere sich um Annie Odermatt sorgte. In ihrem Outfit sah sie aus wie von der Heilsarmee.

«Was machen Sie auch für Sachen? Kommen Sie. Wir werden Sie ins Heim bringen.» Die Frau sah Max an. «Danke, dass Sie sich um sie bemüht haben. Es ist nicht das erste Mal, dass wir sie abholen müssen. Sie lebt im Alters- und Pflegeheim Fichtenheim. Frau Odermatt macht liebend gern Ausflüge. Leider enden sie nicht immer glimpflich.»

«Sie sass auf der Zuschauertribüne», sagte Max.

«Ja, dann hat sie wohl ein Freibillet bekommen.»

«Wegen des Vorfalls im letzten Jahr?»

Die Frau sah ihn mit zusammengekniffenen Augen an. «Das entzieht sich meinem Wissen.»

«Leidet sie unter Demenz?» Max hatte zwar nicht den Eindruck gehabt. Aber er konnte sich täuschen.

«Sagen wir es mal so, sie hat eine blühende Phantasie und kann diese von der Realität oft nicht unterscheiden.»

«Dann lebt ihr Sohn?»

«Nein, Albin Odermatt wurde vor einem Jahr umgebracht. Aber das haben Sie sicher aus den Medien erfahren. Nach dieser Katastrophe war nicht klar, ob die Freilichtspiele wieder aufgenommen würden.» Die Frau half Annie Odermatt beim Aufstehen. «So, dann werden wir mal schön nach Hause gehen. Ihre Freundinnen würden gern einen Jass mit Ihnen klopfen.»

Dass sich Annie Odermatt wehrte, entging Max nicht. Sie stiess die Pflegerin von sich, die zweite kam ihr zu Hilfe. Sie sah Max dabei mitleidfordernd an. «Helfen Sie mir, junger Mann. Ich bin nicht plemplem. Ich will nicht zurück ins Heim. Dort will man mich bloss einsperren. Am Abend geben sie mir jeweils eine Schlaftablette, damit ich durchschlafe. Am Morgen muss ich im Zimmer bleiben, bis es jemandem passt, mich zum Badezimmer zu begleiten. Das ist doch kein Leben.»

«Haben Sie denn niemanden, der sich um Sie kümmert?» Max grapschte nach einer Visitenkarte.

«Nein, meine Schwiegertochter hat mich vor einem Jahr abgeschoben. Vorher lebte ich bei meinem Sohn.»

«Sie übertreibt mal wieder», sagte die zweite Pflegerin. «Glauben Sie ihr nicht alles.» Sie rief den Wachmann zu Hilfe, weil sich Annie Odermatt mit Händen und Füssen zu wehren begann.

Max wusste nicht, wie er darauf reagieren sollte. War er gerade Zeuge einer Zwangsmassnahme? Er griff nach Annie Odermatts Hand, legte seine Visitenkarte hinein. «Melden Sie sich bei mir, wenn Sie es für nötig finden.»

Sie sah ihn verdattert an. «Schämen Sie sich nicht, mir Avancen zu machen? Sie Grapscher!»

Max blieb konsterniert stehen, derweil die Pflegerinnen die Frau lachend zurück zum Wagen brachten. Die Pferde waren verschwunden, hatten wohl ihren Einsatz.

Auf der Freilichtbühne wurde nun geschossen. In die dramatischen musikalischen Einsprengsel mischten sich Männerstimmen, Kindergeschrei und das Geräusch galoppierender und wiehernder Pferde. Max sah auf die Uhr. Die Halbzeit würde bald um sein.

ZWEI

Auf der Kommode neben dem Bett surrte das iPhone. Max griff schlaftrunken danach, nachdem er Fedes Beine von seinen geschoben hatte. Wie immer hatte sie einen narkoseähnlichen Schlaf. Leise, als könnte er sie trotzdem wecken, schlich er ins Badezimmer und fuhr erst dort über den Touchscreen.

«Maximilian!» Euphorisch wie immer klang ihre Stimme.

«Milagros, es ist erst halb neun.»

«Du verschläfst die schönste Tageszeit. Zudem haben wir uns auf dem Bürgenstock verabredet. Hast du's vergessen?»

Max fuhr es in alle Knochen. «Ist schon Samstag?»

«Du sagtest am Freitag.»

«Du musst dich irren.»

«Ich irre mich nicht.»

«Okay, dann ist es mein Fehler.» Max mochte es nicht, mit seiner Mutter zu streiten. Sie gehörte zu den beharrlichen Menschen, auch dann, wenn sie nicht im Recht war.

«Wo steckst du?»

«In Engelberg.»

«In Engelberg?» Ihre Stimme schlug in eine höhere Oktave um. «Was tust du in Engelberg?»

«Ich sah mir gestern zusammen mit Fede Winnetou an. Winnetou und der Ölprinz.»

«Gestern? Seid ihr nicht zurückgefahren?»

«Wir haben im Hotel ‹Terrace› ein Zimmer bezogen.»

«Hotel ‹Terrace›, sagst du? Die haben bloss drei Sterne.»

Max erwiderte nichts darauf. Für Milagros war nicht einmal das Beste gut genug. Dabei kam sie aus bescheidenen Verhältnissen. Bevor sie seinen Vater Kaspar von Wirth kennengelernt hatte, hatte sie in Valencia als Tochter eines Tagelöhners gelebt. Früher hatte sie oft davon erzählt, wie sie als Kind habe unten durchgehen müssen, weil ihre Eltern nichts besassen. Sie seien einfache Leute gewesen, die ein Stück Land kultivierten und

Arbeiten annahmen, die gerade angeboten wurden. Eine Woche nach der Hochzeit mit Kaspar von Wirth hatte Milagros ihre Eltern in die Schweiz geholt und ihnen eine Anliegerwohnung in ihrem Haus geschenkt. Max hatte eine schöne Kindheit verbracht – unter demselben Dach wie *Abuela* und *Abuelo*. Es gab ein paar Erinnerungsfetzen in Form von Bildern, die er aufbewahrte. Kurz nach dem Tod seiner Grosseltern hatte Max die Anliegerwohnung bezogen und bis zum Kauf seines eigenen Appartements dort gewohnt.

Milagros riss Max aus seinen Gedanken. «Kommt ihr wenigstens heute Abend zum Nachtessen vorbei? Ralph wird auch zugegen sein.»

Ralph, der Erbschleicher, dachte Max zähneknirschend. Milagros vergötterte ihn, weil er Cello spielte, über zwanzig Jahre jünger war als sie und wahrscheinlich einige Qualitäten vorzuweisen hatte, die sie als Jungbrunnen sah. Max hatte sich noch nicht an ihn gewöhnt, zumal die Spuren seines Vaters allgegenwärtig waren. Da hingen Fotos in seiner Wohnung, die er täglich von Neuem betrachtete. Kaspar von Wirth mit seinem Sohn auf dem Flughafen in Buochs, von wo sie zusammen mit ihrem Segelflieger geflogen waren. Und ausgerechnet bei seinem geliebten Hobby war er zu Tode gekommen. «Weisst du», hatte er oft gesagt, «sollte mir beim Fliegen etwas zustossen, denk daran, dass ich dann einen schönen Tod hatte.»

Der Tod hatte eine schreckliche Fratze gezeigt, als Kaspar von Wirth mit seinem Segler die südliche Flanke des Pilatus rammte. Was genau geschehen war, hatte Max nie erfahren. *Sein* Pilatus, an dessen Fuss er aufgewachsen war, der «Mons fractus», wie man ihn im Mittelalter genannt hatte, der gebrochene Berg, hatte ihn selbst zerbrochen. Noch heute trauerte er um Kaspar von Wirth.

«Maximilian, bist du da?»

«Meine Gedanken sind bei Dad», gab er zu.

«Weil ich Ralph erwähnte?» Milagros hüstelte. «Kaspar wird immer in meinem Herzen sein. Das weisst du.» Sie machte eine Pause, in der Max sie heftig atmen hörte. «Ich kann uns einen

Tisch im ‹Spices Kitchen & Terrace› reservieren. Federica mag die asiatische Küche doch auch sehr. Ist wenigstens *sie* schon auf?»

Max stellte sich unter den Durchgang zum Schlafzimmer.

Wie sie dalag. Auf dem Bauch, abgedeckt und hüllenlos. Nur ihre roten Haare breiteten sich wie Flammen auf dem Kopfkissen aus, und die skurrile Zeichnung auf dem Rücken verriet Fedes Vorlieben: ein Teufelskopf mit seitlich angelegten Flügeln. Sofort war dieses Begehren da. «Du, ich muss auflegen. Wann sollen wir bei dir sein?»

«Halb sieben.» Ob Milagros sich verabschiedete, hörte Max nicht mehr. Er hatte das Gespräch beendet und legte das iPhone auf die Kommode zurück. Er mochte es, Fede beim Schlafen zuzusehen. Meistens lag sie dann mit abgewandtem Rücken zu ihm oder zog wie ein Embryo ihre Beine an. Sie hatten sich in der vergangenen Nacht lange geliebt, nachdem sie mit einer Flasche Champagner intus ins Bett gefallen waren. Später war etwas Zeit geblieben, um gemeinsam das Freilichtspiel nachwirken zu lassen. Nach der Pause hatte Max die Tribüne wieder betreten und es nicht bereut. Entspannt hatten sie sich den zweiten Akt angesehen. Der Zwischenfall mit Annie Odermatt war vergessen. Hauptdarsteller und Komparsen hatten ihr Bestes gegeben. Max und Fede hatten die waghalsigen Stunts bewundert sowie Winnetou, mit welcher Geschmeidigkeit er ritt, und Fede hatte immer wieder erzählt, was vor der Pause alles passiert war. Es ging um einen Ölprinzen, einen skrupellosen Revolverhelden, der mit Hilfe seines Halbbruders Buttler dem Bankier Rollins eine dubiose Ölquelle gegen viel Geld überlassen wollte. In der Nähe dieser Quelle bekämpften sich zwei Indianerstämme bis aufs Blut. Winnetou und Old Shatterhand waren die Retter, obwohl sie selbst kurzfristig in Gefangenschaft gerieten. Höhepunkt waren die spektakuläre Pyrotechnik sowie die wilden Pferderitte gewesen.

«Schau mich nicht so an.» Fede sagte dies, ohne sich zu bewegen.

«Ich schaue dich nicht an.»

«Ich spüre doch, dass du es tust.» Endlich drehte sie den Kopf nach ihm um. «Wer war am Telefon?»

«Ach, so ist das. Du bist wach und neugierig.» Max setzte sich aufs Bett, streichelte sanft über Fedes Rücken. «Dein Teufel könnte mir direkt gefallen, wenn er die Flügel nicht so nah am Kopf angesetzt hätte. Wer ist eigentlich auf die Idee gekommen, ein solches Tattoo zu stechen?»

«Das war *meine* Idee. Es stellt das Gute und das Böse dar.»

«Der Teufel dominiert», fand Max.

«Nicht mehr lange. Ich werde die Flügel vergrössern lassen. Sie sollen etwas mehr Fläche bekommen.»

«Macht es eigentlich Spass, sich Schmerzen auszusetzen?»

«Du weisst, ich bin süchtig danach. Wenn es vorbei ist, sehne ich mich bereits auf die nächste Sitzung.»

Es war das Einzige, was Max an Fede zu bemängeln hatte. Für ihre Unfähigkeit, zu kochen, hatte er nur ein Schmunzeln übrig. Ihr immer gut bestückter Kühlschrank im Bauernhaus, wo sie mit Christian, einem sporadisch angestellten Philosophielehrer, zusammenlebte, täuschte über ihre kulinarische Unbegabtheit hinweg. Egal, Fede hatte andere tolle Qualitäten, von denen Max anfangs nur zögerlich profitiert hatte. Sie kannte sich mit Computern und dergleichen aus wie niemand sonst.

Fede drehte sich auf den Rücken. Vor einem halben Jahr hatte sie sich die linke Brust tätowieren lassen. Eine Rosenblüte zierte ihre Knospe. Max hatte grosse Mühe damit bekundet, zumal er sich vorstellte, wie ein Mann sich an ihr zu schaffen gemacht hatte. Es sei eine Frau gewesen, hatte Fede behauptet und ihm darauf die Libelle am rechten inneren Oberschenkel präsentiert. Jetzt lag sie da, was ihm nicht nur einen freien Blick auf das Insekt gewährte.

«Milagros hat uns zum Nachtessen eingeladen.» Fede erregte ihn.

«Dann haben wir eine Menge Zeit.» Sie kuschelte sich an ihn, kraulte seinen Nacken.

«Um elf müssen wir das Zimmer räumen.»

«Warum auf einmal so kompliziert?» Sie fasste seine Arme

und zog ihn an sich. Ihr Griff ging tiefer. «Du hast wohl nie genug.»

«Du doch auch nicht.» Er suchte ihren Mund mit seinem, während er über sie kam.

Sie fiel in seinen Rhythmus.

Durch das Fenster ergossen sich erste Sonnenstrahlen und fluteten über Fedes Gesicht.

Sie lächelte ihn an. «Jetzt können wir.»

«Was?»

«Frühstücken gehen.»

«Du hast reichlich Kalorien verbraucht.»

«Frag nicht, ob es schön war.»

«Nein, tue ich nicht. Deine Augen sprechen Bände.» Max löste sich von ihr, setzte sich auf die Bettkante und sah Fede zu, wie sie sich aus den Laken schälte, sich erhob und im Badezimmer verschwand.

Während sie unter der Dusche stand, summte sein iPhone erneut. Max kannte die Nummer nicht. Eine namenlose Handynummer, von deren Art er sich mehr wünschte, denn diese bedeuteten im besten Fall Arbeit. Er räusperte den Kloss im Hals weg und meldete sich.

«Max von Wirth?»

«Ja.»

«Ruth Odermatt am Apparat. Haben Sie fünf Minuten Zeit?»

Ruth Odermatt. Max überlegte. Die Frau von gestern hiess Odermatt, aber Annie. Die Stimme am Telefon klang jünger. Vielleicht war es wirklich nur Zufall. «Woher haben Sie meine Nummer?» Dass die Frage überflüssig war, kam Max erst später in den Sinn. Die Telefonnummer erschien einmal pro Woche in allen Amtsblättern der Innerschweizer Kantone, wenn er für seine Dienste warb. Zudem hatte er eine eigene Webpage.

Ruth Odermatt ging auf die Frage nicht ein. «Ich brauche Ihre Hilfe.»

«Worum geht's?» Seine Dienste waren gefragt. Hoffentlich

keine der Observierungen eines Ehemannes oder einer Ehefrau. Max hatte sie im Überdruss.

«Darüber kann ich nicht am Telefon sprechen. Können wir uns heute treffen?»

Max warf einen Blick auf seine Armbanduhr, die er auf die Kommode neben dem Bett gelegt hatte. Halb elf. Er hatte sich den Tag für Fede reserviert. Am Abend wollten sie auf dem Bürgenstock sein. Für eine lange Reise war er nicht vorbereitet. Schlimmstenfalls müsste er bis an die Schweizer Grenze fahren. Und was würde Fede sagen? Sie hatte die Dusche abgestellt, erschien nun in ein übergrosses Frotteetuch gewickelt unter dem Türrahmen. «Wo wohnen Sie?»

«In Engelberg.»

Das war nicht möglich! «Woher haben Sie meine Nummer?», wiederholte er.

«Das tut hier nichts zur Sache.»

Und ob es das tat. «Sie sind nicht zufällig mit Annie Odermatt verwandt?» Max hätte sich am liebsten die Zunge abgebissen. Vielleicht würde er Arbeit bekommen, und er stellte sich so dämlich an, dass es wehtat.

Auf der anderen Seite der Leitung herrschte vorübergehend Stille.

Fede liess das Tuch fallen. Sie stand da, wie Gott sie erschaffen hatte. «Probleme?», flüsterte sie und deutete auf das iPhone.

Max hob die Schultern. «Sind Sie noch dran?»

«Können wir uns sehen?» Die Stimme wurde resoluter. «Ich habe einen Job für Sie.»

Hörte er nicht eine Verzweiflung daraus? «Wann soll ich wohin kommen?»

«Kommen Sie um zwölf ins Hotel ‹Fin de Siècle›.» Eine klare Ansage. «Es liegt in der Nähe des Bahnhofs. Soviel ich weiss, wohnen Sie in Hergiswil. Sie schaffen es bestimmt, in eineinhalb Stunden hier zu sein.»

«Ich weiss, wo sich das Hotel befindet.» Max fragte sich, weshalb sie ihn dort treffen wollte, und verschwieg, dass er in Engelberg war. «Woran erkenne ich Sie?»

«Fragen Sie an der Rezeption nach mir. Und kommen Sie bitte allein.» Sie legte auf.

Max starrte auf sein iPhone, wo die Nummer verblasste.

«Arbeit?» Fede musterte ihn argwöhnisch.

«Es sieht danach aus. Ich glaube, unser Freitag ist somit im Eimer. Ich muss kurz vor zwölf weg.»

«Wohin?» Sie zog sich die Unterwäsche an, feinste Spitze.

«Ins ‹Fin de Siècle›.»

«In diesen alten Kasten?» Anscheinend kannte Fede das Hotel auch.

Max ging ins Badezimmer. «Ich werde dort eine Ruth Odermatt treffen. Ich will mir ihr Anliegen mal anhören.»

Fede kam ihm nach. «Dann komme ich mit.»

Max stellte sich unter die Brause, drehte den Wasserhahn auf. «Sie will mich allein sprechen.»

«Wenn das eine Falle ist?»

«Du meinst, die Venusfalle?» Max musste laut herauslachen. «Bist du etwa eifersüchtig?» Er beobachtete sie.

«Warum sollte ich?» Sie grinste vor sich hin. «Ich denke, dass ich keinen Grund zur Besorgnis habe.» Sie umfasste mit beiden Händen ihre Brüste und strich mit den Daumen über die Knospen.

Max stellte kaltes Wasser ein.

***

Das Hotel «Fin de Siècle» hatte Max anders in Erinnerung. Nicht so hell und einladend. Das musste an diesem Sommertag liegen, an dem alles freundlicher schien als sonst. Das Gebäude im Stil der Belle Époque erstrahlte an diesem Mittag wie ein Märchenschloss. Zwei ungleiche Türme schraubten sich in den Julihimmel. In den mit hellbraunen Jalousien und Sprossen versehenen Fenstern spiegelten sich Schönwetterwolken. Über vier Stockwerke beherrschten akkurat angebaute Balkone aus fein geschmiedetem Eisen die Fassade. Das Tuch einer rot-weissen Flagge schlug unablässig Wellen im Wind. Das Gebäude musste in den letzten Monaten renoviert worden sein. Durch ein grosszügig konzipiertes Bogentor betrat Max ein Foyer, von dem links und rechts Treppen nach oben führten und auf einer Galerie endeten. Die Mitte nahm ein Möbel ein, auf dem eine Vase übervoll mit rosafarbenen und weissen Rosen stand. Der Duft stammte womöglich von ihnen oder von den in kleinen Nischen aufgestellten Raumbestäubern. Max entgingen auch diese nicht. In den letzten Monaten hatte er gelernt, auf jedes Detail zu achten, mochte es noch so unscheinbar sein. Er steuerte auf den Empfangstresen zu, der sich auf der rechten Seite über fünf Meter ausdehnte. Prospekthalter, eine antike Kasse und ein Kerzenleuchter standen wie zufällig da, auch ein Rosenbouquet und eine Bonbonnière mit Süssigkeiten. Dahinter hantierte ein Mann in Schwarz und Fliege, der Empfangssekretär, der an etwas Verblasstes erinnerte. Sein Gesicht wirkte weiss, fast kränklich. Er blätterte in einem Buch, schaute interessiert auf. Schwarze Augen, schwarze Haare – so stellte Max sich Mephisto, den Teufel in Goethes Faust, vor.

«Sie wünschen?» Die Stimme passte nicht zum Charisma, klang etwas zu tief, aber freundlich.

«Max von Wirth.» Er legte die Hände auf die Korpuskante. «Ich bin mit Frau Ruth Odermatt verabredet. Sie hat mich gebeten, mich am Empfang zu melden.» Max kniff die Augen zusammen, starrte auf das Schild unterhalb des rechten Revers seines Gegenübers. «Herr Feierabend.»

«Ach so, ja, sie hat mir mitgeteilt, dass Sie kommen.» Feierabend griff nach dem Hörer eines Retrotelefons, stellte eine Nummer mittels Wählscheibe ein, sprach in die Muschel: «Ruth, dein Gast ist da.» Er lauschte, legte den Hörer wieder ab. «Sie können sich solange in den Aufenthaltsraum hinter der linken Treppe setzen. Frau Odermatt kommt gleich.»

Max' Schritte versanken im Hochflorteppich. Über ihm hingen drei wertvolle Lüster, an den Wänden verblasste Bilder verschiedener Persönlichkeiten, von denen Max keine kannte. Als er die Tür zum Raum öffnete, strömte ihm der intensive Geruch eines Rosenmeers entgegen, was ihn fast betäubte. Rosen in

Ehren. Aber das hier war zu viel. In der Mitte des Zimmers hing abermals ein Lüster, in dessen Glastränen sich das Licht brach. Eine beachtliche Anzahl von Louis-XVI-Stühlen, was einem Stilbruch gleichkam, ein paar niedere Tische mit Spitzendecken und ein mit einem Relief bestücktes Cheminée liessen eine gewisse Verspieltheit zu. Tagvorhänge und Draperien schmückten die hohen Fenster. Aus einem alten Grammofon mit kunstvoll gearbeitetem Holztrichter erklang Musik. Max griff nach der Plattenhülle und las «Golden Gate Orchestra». Er fühlte sich um ein ganzes Jahrhundert zurückversetzt.

Geradezu passend kam ihm die Erscheinung vor, die sich unter dem Türrahmen aufbaute. Zuerst glaubte Max, ihn narre ein Trugbild. Die Frau blieb stehen, als müsste sie ihrerseits die Begegnung verdauen. Denn dass sie ihn zu kennen glaubte, sah er ihr an. Trotzdem harrte er der Dinge, ohne seine Überraschung kundzutun. Ruth Odermatt trug ein schmales gelbes Kostüm, das an die Goldenen Zwanziger erinnerte. Eine dreireihige Perlenkette fiel über ihre fast flache Brust. Die Haare hatte sie auf Kinnlänge geschnitten, eine in Gold gefasste Brille vergrösserte ein dunkles Augenpaar. Sie war eine Frau von aussergewöhnlicher Eleganz.

Als sie auf ihn zukam, streckte sie die rechte Hand zum Gruss aus und schien in seinem Gesicht zu forschen. «Herr von Wirth? Sie kommen mir bekannt vor.»

Er vermied es, «gleichfalls» zu sagen. «Möglicherweise haben Sie ein Bild von mir in der Zeitung gesehen.» Nach seinem ersten gelösten Fall im vergangenen November war er zweimal in der Obwaldner Zeitung erschienen und hatte gehofft, dass ihn möglichst viele rasch wieder vergessen würden. Als Privatdetektiv musste er anonym bleiben, zumindest, was sein Gesicht betraf. «Sie haben mich um Hilfe gebeten.»

«Ja, setzen Sie sich bitte.» Ruth Odermatt vergewisserte sich, dass die Tür zur Rezeption geschlossen war. «Ich habe es mir lange überlegt, jemanden wie Sie zu engagieren. Nun sehe ich mich dazu gezwungen.»

«Sie sprechen in Rätseln.» Je länger Max in ihr Gesicht sah, das mit einer dicken Schicht Make-up übermalt war, umso sicherer war er sich, dass er die Frau schon gesehen hatte. Sein Gedächtnis spielte ihm jedoch einen Streich. Er wusste nicht, woher er sie kannte.

Auf seine Bemerkung ging sie nicht ein. «Mir gehört dieses Hotel. Ich weiss, dass ich deswegen Neider habe.» Das war nicht das, was Max erwartet hatte. «Nach dem Tod meines Mannes hat mir keiner zugetraut, dass ich es halten kann. Man gab mir höchstens einen Monat, bevor ich es verkaufen würde. Sie alle haben sich getäuscht. Ich habe das Haus renoviert, ihm wieder eine Seele eingehaucht, wie Sie sehen.» Ruth Odermatt machte eine ausschweifende Handbewegung. «Ich habe es zu neuem Leben erweckt.»

«Und wo liegt das Problem?»

«Während eines Jahres habe ich es einer sanften Renovation unterzogen. Ich wollte das Alte erhalten, jedoch das Verstaubte beseitigen.» Sie war offensichtlich nicht bereit, auf den Kern der Sache zu kommen. «Jedes Zimmer ist ein Unikat. Ich werde Sie, sofern Sie es wünschen, nachher durch das Haus führen.»

«Das Hotel ist geschlossen?»

Ruth Odermatt bejahte.

Max konnte es nicht nachvollziehen. Es war Sommer und Hochsaison in Engelberg. Nicht bloss die Winnetou-Freilichtspiele brachten Gäste ins Hochtal, auch die Wandergebiete rund um das Dorf. Der Titlis.

Ruth Odermatt blieb ihm eine Erwiderung schuldig. «Ich habe mir meine Wohnung im Dachgeschoss eingerichtet. Bis zur Tür hat jeder Gast Zutritt. Ich mag das Offene.»

«Aha.» Was wollte sie ihm mitteilen?

«Nun musste ich die Erfahrung machen, dass es keine so gute Idee war, die Treppe zum Dachgeschoss nicht zu sperren. Ich werde bedroht.»

Das ist Sache der Polizei, hätte Max fast gesagt. Oft wurden seine Dienste falsch interpretiert. «Ich gehe davon aus, dass Sie wissen, was ich anbiete. Ich bin kein Bodyguard.»

«Detektiv, das reicht mir.»

«Von wem werden Sie bedroht?»

«Wenn ich das wüsste, wären Sie nicht hier.»

Es gab Opfer und es gab Täter. Dazwischen existierten viele Menschen, die weder das eine noch das andere waren. Ruth Odermatt gehörte mit Bestimmtheit nicht zu den Opfern. Max las es aus ihrer Physiognomie. Die Frau strahlte Selbstsicherheit aus, was auch ihr Outfit verriet. Es brauchte Mut, um so unter die Leute zu gehen.

«Sie glauben mir nicht?», fragte sie, als hätte sie seine Gedanken gelesen. «Die Bedrohung muss nicht physischen Ursprungs sein. Kennen Sie sich aus mit Voodoo-Zauber? Sagen Ihnen mit Nadeln malträtierte Stoffpuppen etwas?»

«Ja, ein Hokuspokus aus Haiti. Werden Sie mit einer solchen Puppe bedroht?» Max überlegte sich, was er dazu sagen wollte, dass es nicht abschätzig klang. Voodoo!

«Mit etwas Ähnlichem.»

«Klären Sie mich auf.»

Ruth Odermatt setzte sich endlich. «Es begann vor knapp einem Jahr, genau genommen eine Woche nach der Dernière von Winnetou. «Ein Sonntag war's, am Vormittag, als ich von der heiligen Messe zurückkam. Da fand ich das erste Totem vor meiner Wohnungstür.»

«Ein Totem!» Jetzt wusste Max, wo er die Frau gesehen hatte. Am Abend zuvor. Sie war es, die ihm die Bratwürste am Stand verkauft hatte. Fedes ehemalige Schulkollegin Ruth Barmet. Sie musste in der Zwischenzeit geheiratet haben und war jetzt Witwe, wenn er es richtig verstand. Er behielt es vorerst für sich. Seit gestern hatte sich ihr Aussehen verändert. Das mochte an dem Cowboyhut gelegen haben, dass Max sie nicht auf Anhieb erkannt hatte, das Fehlen der Brille, ihrer Schminke. «Wie kann ich das verstehen?» Max konnte sich wenig darunter vorstellen.

«Es ist etwa zwölf Zentimeter hoch und aus Holz, bemalt wie das Totem bei den Freilichtspielen.» Ihre braunen Augen forschten in seinem Gesicht, als hätte das Wort «Totem» auch bei ihr Erinnerungen wachgerufen. «Ich habe das Ding weggeworfen. Einen Monat später stand eine weitere Holzfigur vor der Tür. Ich betrachtete es als einen makabren Scherz, meldete es aber der Polizei. Diese riet mir, es im Auge zu behalten. Machen konnten sie nichts. Als dann im Oktober ein drittes Mal ein Totem da stand, musste ich davon ausgehen, dass jemand ein böses Spiel mit mir treibt. Diese Aktion wiederholt sich monatlich.»

«Immer am gleichen Tag?»

«An unterschiedlichen Tagen.»

«Kommt Ihnen spontan jemand in den Sinn?»

«Nein!» Ruth Odermatt wandte ihren Blick ab.

«Haben Sie Ihre Angestellten darauf angesprochen? Ihren Concierge?»

«Ja, auf jeden Fall. Meine Mitarbeiter würden sich nie einen solchen Schabernack erlauben. Zum Teil arbeiten sie seit Jahren bei mir. Aber das Hotel war während des Umbaus für die Handwerker offen. Es könnte jedermann gewesen sein.»

«Vielleicht ist das wirklich nur ein Scherz.» Max erhob sich. «Ich glaube, ich bin die falsche Person.»

Ruth Odermatt lachte kurz auf. «Daran glaube ich nicht mehr. Mein Mann und ich haben Winnetou eins und zwei mit einem beträchtlichen Beitrag gesponsert. Als Dank bekomme ich nun Miniaturtotems?» Sie starrte Max an, ohne eine Miene zu verziehen. «Am 30. Juni, vor fast einem Monat, hat man mir das letzte Totem vor die Tür gestellt.» Sie öffnete eine Schatulle auf dem Tisch, welche hinter einer Blumenvase verschwunden gewesen war. «Am 6. August wird das Hotel wiedereröffnet. Bis dahin muss ich wissen, wer mir das hier antut.» Sie zog eine farbige Miniaturholzfigur aus der Schachtel. Sie stand dem Original in nichts nach. Selbst die ausgebreiteten Rabenflügel waren dran.

Max besah sie sich genauer, fand es merkwürdig, dass Ruth Odermatt sie in einem Behältnis aufbewahrte und daraus eine solche Polemik machte. Sie sah einem Souvenir gleich, doch von einem Voodoo-Zauber war sie weit entfernt. «Ihre Mitarbeiter sind schon hier?»

«Nur der Empfangschef. Er ist der Einzige, der während des

Umbaus gearbeitet hat. Schliesslich muss sich jemand um die Reservationen kümmern. Der Küchenchef und die Gouvernante werden am Montag eintreffen, dann nach und nach die restlichen Angestellten.» Ruth Odermatt schaute Max eindringlich an. «Ich möchte, dass Sie im Hotel wohnen, bis ich weiss, wer es ist.» Sie deutete auf die Figur.

«Wegen dieses Totems?» Max musste leer schlucken. Hatte er sich in Ruth Odermatt getäuscht?

«Das ist nicht alles.» Sie legte die Figur in die Schatulle zurück. «In diesem Haus spukt es.»

***

Selten zuvor hatte Max sich einer solchen Ansammlung von indischen Touristen gegenübergesehen. Sie warteten beim Bahnhof, offensichtlich auf die Busse, die sie zu den Titlisbahnen fuhren. Der Berg war Anziehungspunkt längst nicht mehr nur für Japaner und Chinesen. Seit in Engelberg einige Bollywood-Filme gedreht worden waren, pilgerten die Inder an ihre Sehnsuchtsstätte, um ein wenig die Luft zu schnuppern wie ihre Vorbilder aus den Schmachtstreifen. Auf dem Titlis, wusste Max, stand der Steller eines berühmten Bollywood-Paares, obwohl dort oben nie wirklich gedreht worden war. Trotzdem fuhren vor allem im Sommer Tausende von Indern zum ewigen Eis, um sich vor dem Steller abzulichten, in ihren oft leichten Gewändern und Flipflops über den Schnee zu staksen oder in der Eisgrotte und auf der Hängebrücke Fotos zu machen.

Max entfernte sich vom Bahnhof, auf dem gerade ein Zug eingetroffen war und jetzt weitere Besucher aus seinen Waggons spuckte. Er schlenderte über die Poststrasse, sah sich die Auslagen eines Souvenirshops an und wunderte sich über die Vielfalt der angebotenen Ware. Mit Edelweiss bestickte Acrylsocken waren nur ein Beispiel von alpenländischen Verkaufsartikeln, welche die Fenster schmückten. Max hatte sich mit Fede in der «Kafikaufbar» verabredet. Es blieb noch etwas Zeit. Sein Blick erfasste die Terrasse vor dem Restaurant, die von sonnenhungrigen Gästen belegt war. Ein Lüftchen trug den Geruch von Kaffee und Waffeln über den Platz.

Fede wartete drinnen, wo sie sich einen Cupcake mit Rahm einverleibte und dazu ein Glas Prosecco trank. Ihr Appetit war ungezügelt gross.

Als sie Max bemerkte, winkte sie ihn zu sich. «Komm, setz dich. Toll hier, gell. Schau dich um. Ich finde die Möbel hier so schön.»

«Echt schräg.» Max schwang sich neben sie, derweil sein Blick durch den Raum schweifte. Offenbar hatte man bewusst dafür gesorgt, dass nichts zusammenpasste. Kaum ein Stuhl glich dem andern. Tische und Regale, auf denen allerlei Schnickschnack lag, waren ein bunter Mix aus Farben und Formen. Die Wände überladen mit Spiegeln, Bildern und beschrifteten Tafeln. «Kürzester Witz: Zwei Jäger treffen sich», stand auf einer der Tafeln. Von der Decke hingen Jugendstillämpchen und Vogelkäfige. «Hat das Brockenhaus Pate gestanden?»

«Das ist ein Verkaufskonzept», sagte Fede. «Alles, was nicht niet- und nagelfest ist, kann man kaufen.»

«Auch das Sofa, auf dem wir gerade sitzen?»

«Auch das Sofa.» Fede zog ihn an sich und küsste ihn. «Wie ist es gelaufen? Haben wir einen neuen Auftrag?»

Max bat den Kellner an ihren Platz.

«Sag schon.» Fede nahm den letzten Bissen des Cupcakes, während sie Max nicht aus den Augen liess.

«Ja, wir hätten einen neuen Job ...»

«Hätten? Was soll das bedeuten? Hast du ihn nicht angenommen?»

«Du lässt mich nicht aussprechen.»

Der Kellner erkundigte sich nach seinen Wünschen. Max bestellte eine Stange. «Bestimmt haben Sie auch ein Schweizer Bier.»

«Ich kann Ihnen unser einheimisches Bier empfehlen», sagte der Kellner, Typ George Clooney, nur jünger.

Max nickte.

Fede blieb beharrlich. «Los, klär mich auf!»

«Ich hätte den Auftrag, falls ich mich als Ghostbuster bewähren würde.»

«Ghostbuster?» Fede lachte. «Warum Geisterjäger?»

«Ruth Odermatt, bei der ich heute war, behauptet, in ihrem Hotel spuke es.»

«Und nun will sie, dass wir dem Gespenst auf die Pelle rücken?» Fede vermochte kaum, sich vom Lachen zu erholen. «Wer ist sie?»

«Du kennst sie. Du hast sie gestern angesprochen.»

«Ruthli?» Fede sprang vom Sofa auf. «Warum hast du mir das nicht gleich gesagt?»

«Ich habe es dir soeben gesagt. Bis vor einer Stunde wusste ich es auch nicht.»

«Ruth Barmet.»

«Heute heisst sie Odermatt.»

Fede setzte sich wieder. «Was hat sie mit dem Hotel zu tun?»

«Ihr gehört es.»

Fede pfiff durch die Zähne. «Potz Donner. Angelt sich einen Hotelier. Das hätte ich ihr nie zugetraut. Na klar, jetzt macht sie auf Diva, meint wohl, etwas Besseres zu sein.»

«Ihr Mann ist gestorben.»

«Ach, und geistert jetzt durch das Gemäuer.» Fede lachte wieder. Der Prosecco bekam ihr wohl nicht gut. «Na ja, dass sie an Geister glaubt, passt zu ihr. Sie hatte schon als Schülerin eine blühende Phantasie. Wollte Schriftstellerin werden. Wenigstens hat sie sich für etwas Sichereres entschieden. Frau eines Hoteliers.»

Fedes Bemerkungen liessen den Verdacht aufkommen, dass sie auf ihre ehemalige Schulkollegin eifersüchtig war.

«Und sie will mich nicht gekannt haben. Weiss sie, dass wir zusammen sind?»

«Ich habe es ihr nicht gesagt.»

«Warum nicht?»

«Weil ich nicht sicher bin, ob ich den Auftrag annehme.»

Der Kellner brachte die Stange Bier, stellte sie auf das Tischchen und räumte Fedes leeren Teller ab.

«Wir brauchen den Job. Hast du schon mal auf den Kontostand gesehen?»

Max kannte ihn auswendig.

«Warum zögerst du?»

«Diesmal geht es in erster Linie nicht um eine Observierung im klassischen Sinne.»

«Wir jagen einen Geist. Aber wir können es ja mal versuchen. Wenn wir nicht Gas geben, wird es unsere Detektei in einem halben Jahr nicht mehr geben.»

Fede hatte eindeutig einen wunden Punkt berührt. Über die Finanzen sprach Max nicht gern. Es war nicht das erste Mal, dass sie ihn darauf aufmerksam machte. Erst vor einer Woche hatte sie vorgeschlagen, seinen Ford Mustang zu verkaufen. Ihr Austin Mini würde für beide reichen. «Zudem fallen wir mit meinem Wagen weniger auf», hatte sie gesagt. Dass Max mit ihm fuhr, liess sie dennoch nicht zu. Und was sollte er mit einem Austin Mini, wenn er stärkere PS gewohnt war? Zuerst sein Auto, dann seine Wohnung in Hergiswil? Was alles musste er veräussern, wenn es nach Fede ging? Sie hatte ihn bereits im Januar eingeladen, bei ihr einzuziehen. Sie würde sogar, wenn er es wünschte, ihren Mitbewohner Christian auf den Mars schicken.

Wollte Max das? Frühmorgens durch das Krähen des Hahns geweckt werden? Den Kuhdung ausmisten und die Hühnereier einsammeln? Er mochte zwar das Ländliche, aber nur aus der Ferne. Hätte ihm jemand ein idyllisches Landschaftsbild gemalt, er hätte es ohne zu überlegen aufgehängt. Es hätte Erinnerungen an früher geweckt. Auf dem Land leben war aber etwas anderes. Er mochte seine Eigentumswohnung. Und er mochte den Luxus. Da stand er seiner Mutter in nichts nach.

Max hielt Fede zurück, als sie sich anmasste, nach der Tasche zu greifen und sich zu erheben. «Wir sollten uns gemeinsam entscheiden, was wir tun.»

Fede zückte das Portemonnaie und winkte den Kellner herbei. «Ich möchte bezahlen, ein Cupcake mit Rahm, zwei Prosecco, die Stange und …» Sie sah Max zuerst herausfordernd an, wandte sich wieder an den Kellner und flüsterte ihm etwas zu.

«Das ist ein Biedermeier-Sofa», sagte dieser verdattert.

«Binden Sie mir einen anderen Bären auf.» Fede schenkte ihm ein entwaffnendes Lächeln. «Das Sofa ist nicht einmal Jugendstil. Ich schätze es auf die frühen fünfziger Jahre. Zudem sind die Federn kaputt. Ich habe es gerade geprüft.» Sie öffnete ihr Portemonnaie und überreichte dem Kellner zwei Fünfziger-, eine Zwanziger- und eine Zehnernote. «Der Rest ist für Sie.»

Als sie das Lokal verliessen, packte Max Fede beim Arm. «Das ist nicht dein Ernst. Weshalb hast du ihm so viel Trinkgeld gegeben?»

«Du täuschst dich.»

«Ich habe es doch mit eigenen Augen gesehen.»

Fede küsste ihn.

Max zog es vor zu schweigen.

«Madame, Sie haben die Quittung vergessen.» Der Kellner war auf den Vorplatz gerannt, wo er Fede ein A5-Blatt entgegenhielt.

Max griff nach dem Papier, Fede riss es ihm aus der Hand. «Die gehört mir!»

«Verheimlichst du mir etwas?»

«Ich liebe dich.» Sie schenkte ihm ein Lächeln, in dem ihre ganze Zärtlichkeit enthalten war. «Alles zu seiner Zeit.» Sie setzte eine ernste Miene auf. «Warum hast du den Auftrag nicht gleich angenommen? Wir brauchen das Geld.»

«Ich wusste ehrlich nicht, ob dir das recht ist. Ruth Odermatt ist immerhin deine Schulkollegin, die dich nicht kennen will. Ich weiss nicht, was zwischen euch gelaufen ist, dass ihr euch nicht mehr vertragt. Mir machst du nichts vor. Ich wollte zuerst mit dir sprechen, bevor ich zusage. Verstehst du? Ruth Odermatt will, dass ich im Hotel logiere.»

«Dann geht es doch um eine Geisterjagd?» Fede steckte das Blatt Papier in ihre Tasche.

«Seit letztem August stellt man ihr regelmässig ein Miniaturtotem vor die Wohnungstür.»

«Aha, das ist also der Grund, weshalb sie unsere Dienste in Anspruch nehmen will. Habt ihr über das Honorar gesprochen? Ich kenne diese Art von Menschen. Sie stellen dir Kost und Logis zur Verfügung und glauben, der Rest sei gratis.»

«So schätze ich sie nicht ein. Ich glaube eher, dass es sie nervt. In knapp zwei Wochen ist Wiedereröffnung des Hotels. Bis dahin muss dieser dunkle Fleck in ihrem Leben eliminiert sein.»

Fede schüttelte den Kopf. Ihre roten Locken tanzten um ihr Gesicht. Die Sonne hatte ihre Sommersprossen intensiviert, was ihr selbst nicht gefiel. Sie sehe aus wie ein Streuselkuchen, hatte sie neulich vor dem Spiegel gejammert. «Kennst du ihre E-Mail-Adresse?»

Max griff in seine Hosentasche, beförderte eine Visitenkarte zutage. «Da steht sie drauf.» Er zögerte. «Was hast du vor?»

«Das, was ich am besten kann.» Sie strich ihm zärtlich über die linke Wange. «Vertragen wir uns wieder?»

Das war typisch für sie. Manchmal war Fede an Kratzbürstigkeit grenzend mühsam. Dass sie dabei auch verletzend sein konnte, war sie sich wahrscheinlich nicht bewusst. Seit letztem Oktober waren sie ein Paar. Trotzdem wusste Max schwindend wenig über seine Geliebte und Freundin. Dass sie einmal in einer grossen IT-Firma am Zürichsee gearbeitet hatte, war nur die Spitze des Eisbergs. Ihre Mutter lebte in Portugal, ihr Vater in Deutschland. Kontakt zu ihnen pflegte sie wissentlich keinen. Fede war intelligent, erotisch und chaotisch. Ihr Leben wie eine Bühne, auf der sie verschiedene Rollen spielte. Als Bäuerin, Hackerin, als Femme fatale. Ihr Naturell war oft nicht fassbar. Ihren Charakter zu beschreiben, fiel Max schwer. Letztlich brachte sie alles auf einen Nenner. Aber er liebte sie, obwohl schwierige Frauen ihm zu kompliziert gewesen waren – bis er Fede traf.

Max zog sie an sich. «Mir ist es ehrlich gesagt auch lieber so. Du weisst, wie sehr ich Harmonie mag.»

«Mein Darling.» Sie schlang ihre Arme um seinen Hals. «Wie bist du mit Ruth verblieben?»

«Dass ich mich morgen bei ihr melden werde.»

«Willst du es ihr nicht heute mitteilen?»

«Was?»

«Dass wir den Auftrag annehmen.»

Max musste lachen. «Du bist dir sicher, dass du nicht befangen bist?»

«Ich? Wenn jemand befangen ist, so ist das Ruth. Aber sie muss mich ja nicht zu Gesicht bekommen.»

Sie gingen über die Dorfstrasse Richtung Parkhaus, wo Max seinen Mustang abgestellt hatte. Die Hitze dieses Tages hatte sich in den Gassen und Winkeln ausgebreitet. Die Sonne stand hoch im Zenit. «Ich möchte aber, dass du mit mir zusammen im Hotel logierst. Und ich werde dich Ruth als meine Freundin vorstellen.»

***

Von der Terrasse aus gesehen, teilten sich Wasser, Berge und Wald das Gesamtbild des Harmonischen. Entzückt stand Max am Ende des Platzes und liess das Gemälde auf sich einwirken, welchem ein brennender Himmel etwas Dramatisches verlieh. Fede lehnte an der Glasbrüstung. Ihre Konturen zeichneten sich anmutig gegen den Hintergrund ab. Dieser verzauberte Moment überwältigte Max dermassen, dass er wie betäubt den Blick abwandte. Auf die andere Seite, wo die hügelige Landschaft des Bürgenbergs lag, nicht sichtbar der Golfplatz, die Strasse nach Moos.

Als Max wieder zurücksah, war Fede verschwunden. Er entdeckte sie an der Ecke der Terrasse, wo sie sich über das Geländer beugte. Im Gegensatz zu ihm, litt sie nicht an Höhenangst. Womöglich wäre sie sogar auf die Brüstung geklettert und über den Abhang, der steil nach Kehrsiten fiel, balanciert. «Komm», rief sie ihm zu. «Die Aussicht ist phantastisch.»

Max näherte sich dem äussern Punkt, von wo aus er auf den überhängenden Gebäudeteil des «Hotel Bürgenstock & Alpine Spa» sah. Futuristisch anmutend überragte der Glas-Beton-

Bau den Vierwaldstättersee, der seine Arme in die begrünten Buchten wand.

«Bald geht die Sonne unter.» Fede zog Max an sich. «Ich könnte hier stundenlang so stehen, mit dir an meiner Seite, vor uns die Weite dieser wunderbaren Welt, die wir nie wirklich begreifen werden. Aber sie wird immer schön sein, weil wir sie so sehen.» Manchmal hatte sie durchwegs eine verträumte Ader.

«Durch das Auge des Betrachters.» Max traute ihrem Gerede trotzdem nicht. Er hatte sich mit Milagros verabredet. Um halb sieben im «Spices Kitchen & Terrace», wo sie bestimmt schon auf ihn wartete. «Wir sollten gehen.»

«Ich werde nicht mitkommen.»

Da war es schon. Die leise Vorahnung, dass nach dem romantischen Geplänkel die kalte Dusche folgte, bestätigte sich.

«Und warum nicht?»

«Weil ich den Stall ausmisten muss.»

«Kann das nicht Christian tun?»

«Ich bin dran.» Fede wand sich aus seinen Armen. «Tut mir leid, ich hätte dich nicht hierher begleiten sollen. Aber ich wollte unbedingt ein Auge voll von dieser Weite nehmen.» Sie deutete mit ihrem Kopf in die Tiefe.

«Und wie kommst du zurück?»

«Per Autostopp.»

«Bist du sicher, dass du nicht mit uns dinieren möchtest? Milagros wird enttäuscht sein. Sie hat auch für dich einen Platz reserviert.»

«Sie wird mich verstehen.»

Das war der Punkt, an dem Max' Alphabet sich erschöpfte. Manchmal kamen ihm Fede und seine Mutter wie ein eingeschworener Haufen vor. Milagros hatte Fede schon oft zum Kaffee eingeladen, hinter seinem Rücken, und wenn er sie darauf ansprach, worüber sie miteinander diskutiert hätten, kam immer die gleiche Antwort: «Über Frauenkram.» Andererseits durfte Max sich glücklich schätzen, wenn die beiden Frauen einander gut verstanden.

Es lohnte sich nicht, Fedes Entschluss anzuzweifeln. Sie hatte ihren Kopf, begründen musste sie es nicht. Er küsste sie, stiess sie sanft von sich, als übergäbe er sie einer Zukunft, die nicht in seiner Hand lag. Lange sah er ihr nach, wie sie zwischen den Leuten hindurchging, irgendwann in der Menge verschwand und nicht den letzten Hauch zurückliess. Der Bürgenstock an diesem Juliabend bekam eine tragische Note.

Nach einer Weile, in der er die Stimmung auf sich hatte einwirken lassen, verliess auch Max den Platz. Er schlenderte den Fenstern der Verkaufsläden entlang Richtung Eingang zur Lobby. Auch an diesem Sommerabend flackerte ein Feuer im Cheminée, das ein wenig den Blick nach draussen verwehrte. Nicht zu übersehen hingegen war Milagros in ihrem giftgrünen Sommerkleid mit Jäckchen. Sie sass ganz vorn auf einem der Loungesessel, neben sich ihr bald ständiger Begleiter Ralph, der dem Alter nach Max' Bruder hätte sein können. Sie gaben ein schönes Paar ab. Das lag an Milagros' Ausstrahlung, die sie zweifelsohne mit über sechzig Jahren hatte. Die Liebe, musste sich Max eingestehen, hatte sie schöner gemacht. Obwohl: Er konnte sich nicht wirklich vorstellen, dass die beiden ein intimes Verhältnis pflegten. Noch empfand Max den Cellisten als jemanden, der es auf Milagros' Vermögen abgesehen hatte. Nach dem Motto: Armer Musiker angelt sich reiche Witwe. Ein Grund, weshalb Max sich gegenüber Ralph weiterhin distanziert verhielt.

Milagros drehte sich nach ihm um, kaum hatte er sie erreicht. «Maximilian, schön, bist du gekommen.»

Max war überwältigt von ihrem Aussehen. Sie hatte ihr ansonsten ausgiebiges Make-up weggelassen. Das von der Sonne gebräunte Gesicht stand ihr ausnehmend gut. Ihre schwarzen Augen glitzerten vor Glück. Vom Tod ihres Mannes hatte sie sich endlich erholt.

«Ist Federica nicht hier?» Sie erhob sich.

Max entging nicht, dass sie abgenommen hatte. Vielleicht lag ihr doch etwas an diesem Ralph.

«Sie lässt sich entschuldigen. Hat Arbeit auf dem Hof. Du kennst sie ja.»

«Nicht greifbar wie der Wind.» Wenn sie enttäuscht war, liess sie es sich nicht anmerken. «Wollen wir gleich ins Restaurant?»

Ralph führte sie durch die Lobby. Max trottete etwas konsterniert hinter ihnen her. Er kam sich auf einmal überflüssig vor. Dann holte er sie ein. «Vielleicht solltet ihr den Abend in trauter Zweisamkeit geniessen.»

Milagros hielt brüsk inne. «Wir müssen dir heute etwas mitteilen.»

Wir! Es gab bereits ein Wir. Und was, um Gottes willen, wollten sie ihm mitteilen?

Max schluckte leer. Er ahnte, auf was das hinauslief, und hörte bereits die Hochzeitsglocken läuten. Und wie er Milagros kannte, würde sie die Trauung pompös gestalten. In Weiss und mit Rüsche. Mit einem zwanzig Jahre jüngeren Mann, der es möglicherweise darauf abgesehen hatte, in Kaspar von Wirths Fussstapfen zu treten. In knapp zehn Jahren war Milagros siebzig. Ihr Mann wäre dann in den besten Jahren, wollte Max der Werbung glauben. Er musste sie davon abhalten, diesen Fehler zu begehen. Die Idee, dass Ralph sein Stiefvater würde, flösste ihm das nackte Grauen ein.

Das «Spices Kitchen & Terrace» war bis auf wenige Plätze belegt. Trotz des warmen Klimas hielten sich die Leute offenbar lieber drinnen auf. Oder sie waren wegen der vorzüglichen Küche hier, die bereits über die Landesgrenze einen guten Namen hatte.

Ralph troff vor Anständigkeit. Max hatte ihn in Verdacht, dass er den Knigge in- und auswendig kannte. Er schob den Stuhl zurecht, half Milagros, sich zu setzen, fragte höflich nach, an welcher Seite sich Max niederzulassen gedachte. Kein Zweifel: Ralph hatte den Dreh längst raus, wie man Milagros imponieren konnte.

Milagros bestellte ihren Hauschampagner – einen Louis Roederer, den teuersten. Traditionsgemäss in Burgunderkelchen, was Fedes Beeinflussung zu verdanken war. Fede trank den Champagner nur aus Burgunderkelchen. Nach anfänglichen Bedenken hatte es auch Milagros als edel empfunden. Allein aus dem Grund, dass sie damit auffiel. Die Speisekarte lag bereits auf dem Tisch, zusammen mit schön gefalteten Servietten, die an einen Fächer erinnerten.

Max bemühte sich erst gar nicht, ein Menü zu wählen. Er überliess es, wie üblich, Milagros. Ralph machte es ihm gleich und liess seine Herzensdame wählen.

«Was wolltest du mir mitteilen?» Max' Neugier hielt sich zwar in Grenzen, doch die Ungeduld drohte zu obsiegen. «Oder ihr?»

Milagros winkte den Kellner an ihre Seite und gab die Bestellung auf. «Zur Vorspeise dreimal die Blauflossen-Thunfisch-Sashimi-Platte, als Hauptgang einmal Murgh Tikka Masala, einmal Kaeng Masaman Gae und einmal Hachew Lung Har.»

Max hatte keine Ahnung, worauf er sich einliess.

Milagros hob den Burgunderkelch, nachdem der Sommelier den Champagner eingeschenkt hatte. «Auf einen gefreuten Abend», sagte sie lächelnd. «Und dass wir nie vergessen, dankbar zu sein. Nichts ist selbstverständlich.»

Milagros. Eine Frau, die trotz ihres Reichtums den Boden unter den Füssen nie verloren hatte, auch wenn sie oft den Eindruck hinterliess, abzuheben oder arrogant zu sein. Wenn es ihr gut ging, durften die ihr Nahestehenden daran partizipieren. Sie war grosszügig im Geben wie im Denken. «Ich kann nichts mitnehmen», sagte sie jeweils, wenn Max sie auf ihr verschwenderisches Leben aufmerksam machte. «Ich lebe heute. Was weiss ich, was morgen kommt.»

Jetzt sah sie ihn verschmitzt an. «Wie war es in Engelberg?» Offenbar hatte sie vergessen, dass sie ihm etwas mitteilen wollte. Liess sie Max absichtlich zappeln?

Er erzählte von dem Zwischenfall im ersten Akt, ohne Namen zu nennen.

Milagros entlockte es einen Ausruf des Entsetzens. «Die Engelberger haben es nicht leicht», sagte sie mit ernstem Blick. «Schon im letzten Jahr, bei der Dernière, kam es zu einem Drama. Der Hotelier Albin Odermatt wurde auf offener Bühne erschossen.»

«Er war Hotelier?»

«Das ging durch alle Medien. Der Täter konnte wenige Stunden später gefasst werden. Er erhängte sich in der Zelle. Für die Polizei war es ein Schuldbekenntnis. Auch für die Engelberger. Albins Mutter kam nie über den Tod ihres Sohnes hinweg. Heute ist sie gesundheitlich angeschlagen, lebt, soviel ich weiss, im Pflegeheim.»

«Du kennst sie? Wie ist ihr Name?» Möglicherweise war alles nur ein Zufall. In Engelberg hiessen viele Leute Odermatt.

«Annie Odermatt», sagte Milagros. «Als sie noch im Hotel arbeitete, ging ich hie und da bei ihr vorbei. Sie war die Grande Dame des ‹Fin de Siècle›, die Seele notabene. Es gab viele Gäste, die ihretwegen nach Engelberg kamen. Als das mit ihrem Sohn passierte, verlor sie ihren Lebenswillen, zog sich von der Familie, von den Freunden, vom Hotel zurück.» Milagros seufzte ergriffen. «Ich kann es nachvollziehen.»

Max glaubte, nicht richtig gehört zu haben. «Habe ich es so verstanden, dass ihr das Hotel ‹Fin de Siècle› gehörte?»

«Bevor sie es ihrem Sohn vererbte. Aber darüber hinaus war sie noch immer im Hotel anzutreffen.»

Ein Kellner brachte ein Amuse-Gueule in Form einer in Soja getunkten und mit Sesam überbackenen Krabbe an den Tisch. Dazu gab es Reiswaffeln, nach denen Milagros griff.

«Und nachdem ihr Sohn verstorben war, bekam es ihre Schwiegertochter», sinnierte Max laut. «Ruth Odermatt-Barmet.»

«Du bist ja bestens informiert.» Milagros wünschte einen guten Appetit in die Runde.

Ralph legte seine Hand auf ihre. «Das wünsche ich dir auch, meine Liebe.»

Max fragte sich, wann sie mit ihrem Geheimnis herausrücken wollten. Eine gefühlte Ewigkeit sprachen sie nichts mehr miteinander, Milagros und Ralph liessen sich die Krabbe munden und tranken dazu den edlen Champagner.

Über Luzern ging die Sonne unter und liess einen blutroten Himmel zurück. Auf dem Vierwaldstättersee glitzerten die

Wellen wie ausgeschüttete Rubine. Ein letztes Aufbäumen vor dem nächtlichen Mysterium, welches die Dämmerung mit sich brachte.

Max überlegte, ob er Milagros in seinen neuen Auftrag einweihen wollte, sah jedoch davon ab.

«Schmeckt dir die Krabbe nicht?» Milagros weckte ihn aus seinen Gedanken.

«Doch.» Max schenkte ihr ein Lächeln. «Fast zu schön, um sie zu verzehren.» Er musterte das Schalentier, das wie ein Engerling auf einem Porzellanlöffel lag.

«Beschäftigt dich etwas?» Milagros sah ihn mit diesem Blick an, der verriet, dass sie ihn gerade durchschaut hatte. «Haben wir einen neuen Fall? Der letzte grosse ist schon eine Weile her.»

«*Wir?*» Ralph reagierte prompt. «Ist mir etwas entgangen?»

«Ach, das weisst du nicht.» Milagros wechselte mit Max amüsiert Blicke. «Im letzten Oktober habe ich zur Lösung des Lombardi-Falls einiges beitragen können. Maximilian gelobte mir, mich als drittes Glied im Detektiv-Trio dabeizuhaben, sollte es wieder einmal einen interessanten Fall geben.»

«Das war damals nur so dahingesagt», korrigierte Max sie. Auch wenn er Milagros' Hilfe zu schätzen wusste, es gab Situationen, in denen sie nichts zu suchen hatte. «Fede hat an meiner Mutter», er wandte sich an Ralph, «echt den Narren gefressen.»

«Ich finde Federica eine wunderbare Frau», sagte Milagros.

«Sie ist bezaubernd», sagte Ralph, worauf Max Milagros' Reaktion abwartete.

Milagros nahm den Burgunderkelch zur Hand und lächelte bloss.

«Ihr wolltet mir etwas sagen», drängte Max, nachdem der Kellner die leeren Teller abgeräumt hatte.

«Ach, das hat Zeit», sagte Milagros. «Bleiben wir doch bei deinem Thema. Täusche ich mich, oder hast du etwas mit den Odermatts am Hut?»

«Wie kommst du darauf?»

«Maximilian.» Sie lächelte wieder. «Deine Fragen entlarven dich.»

War klar, dass sie ihn nicht mehr in Ruhe liess. Milagros witterte wohl einen grossen Coup. Er erinnerte sich an den ersten und letzten Fall vor einem halben Jahr. Es hatte ihr Spass gemacht, ihn bei den Recherchen zu unterstützen. Sie hatte sich nicht einmal davor gescheut, nach Peru zu reisen und auf eigene Faust zu ermitteln. Möglicherweise füllte Ralph ihr Leben nicht vollkommen aus, und sie brauchte Abwechslung.

«Erzähl schon.» Wieder Milagros.

Der erste Gang wurde gebracht. Eine grosse Platte mit Blauflossen-Thunfisch-Sashimis, die der Kellner in die Tischmitte stellte. Dazu servierte er scharfes Wasabi und Sojasosse. «Lassen Sie es sich schmecken», sagte er, bevor er die fast leeren Gläser mit Champagner nachfüllte.

Milagros bediente sich des Sashimis. «Was ist in Engelberg geschehen? Wenn ich dir helfen kann, so lass es mich wissen.»

«Ich war heute im ‹Fin de Siècle›.» Es brachte nichts, wenn er um den heissen Brei herumredete. «Ruth Odermatt will mich engagieren, weil sie sich von unbekannt bedroht fühlt. Seit zwölf Monaten stellt man ihr regelmässig ein Miniaturtotem vor die Tür.»

«Ein Totem.» Ralph sah in die Runde. «Das hat nichts mit Tod oder Drohung zu tun. Ein Totem ist bei den Naturvölkern ein tierisches oder pflanzliches Wesen oder Ding, das als Ahne oder Verwandter eines Clans gilt. Es wird meist als zauberkräftiger Helfer verehrt.»

Max entging Milagros' Bewunderung nicht, als sie ihren Beau anhimmelte. Dass sie nicht noch damit prahlte, wie gescheit er sei, dankte Max ihr im Stillen.

«Wie würdest du reagieren, wenn man dir jeden Monat ein Totem vor die Tür stellte?» Er vermochte es dennoch nicht, den Seitenhieb zu lassen.

«Ich denke schon, dass sie es ernst nehmen sollte.» Ralph kniff den Mund zusammen. Max glaubte, ihm anzusehen, wie peinlich ihm seine Bemerkung war.

«Ruth Odermatt bewahrt das letzte Totem in einer Schatulle auf, nachdem sie die andern weggeworfen hat.»

«Aber du willst doch nicht eine geheime Observierung wegen eines Totems starten.» Milagros hantierte mit den Essstäbchen und tunkte belustigt ein Stück Tuna-Sashimi in die Sojasosse.

«Das waren auch meine Bedenken», sagte Max. «Aber es geht letztlich um weit mehr als nur um ein Totem. Frau Odermatt behauptet, im Hotel treibe ein Geist sein Unwesen.»

Ralph hatte sich verschluckt. Mit hochrotem Gesicht und wild vor sich hin fuchtelnd hustete er in die Serviette.

Der hat ja menschliche Züge, dachte Max und beobachtete dabei Milagros, die sich offensichtlich über ihren Freund aufregte. Der Gang zum Traualtar bekam einen Graustich. Max konnte es nur recht sein. Milagros würde es sich gewiss zweimal überlegen, ob sie den Rest ihres Lebens mit Ralph verbringen wollte, zumal sie viel Wert auf Perfektion und Kontrolle legte.

Ralph entschuldigte sich. Ihm war es nicht recht. Max musste ihm wieder einen Bonuspunkt geben.

«Hat sie ihn gesehen?», fragte Milagros.

«Allem Anschein nach ja.» Max sah über den Tisch Ralph an, der sich von seinem Anfall langsam erholte. «Sie will, dass ich ein Zimmer beziehe und dem Phänomen auf den Grund gehe.»

«Das ist mal was ganz anderes», sagte Milagros. «Ich kenne das Hotel. Habe früher manchmal dort übernachtet, zusammen mit deinem Vater. Schon damals hatte ich das Gefühl, dass es im Gebälk ächzt und knackt. Ich hakte es aber als Einbildung ab. Alte Häuser erzeugen gar seltsame Geräusche. Ich frage mich, warum Ruth Odermatt ein solches Aufhebens darum macht. Soviel ich weiss, ist sie eine weltoffene Frau. Sie hat das Hotel nach dem Tod ihres Mannes immerhin in Eigenregie saniert. Es gab einige Investoren, die den Kasten gern gekauft hätten.»

«Was weisst du darüber?» Max war froh, das Thema Gespenst zu beenden.

«Herbert Amstutz zum Beispiel, ein Engelberger Immobilienmakler, wollte bereits zu Albins Lebzeiten das Hotel abreissen lassen. Es kursierten Gerüchte, dass er einen Schweizer Investor aus dem Kanton Graubünden gefunden hatte, der ein modernes Hotel-Resort bauen wollte. Dazu hätte man das ‹Fin de Siècle› dem Erdboden gleichmachen müssen. Vor allem aus den konservativen Kreisen der Bevölkerung erhoben sich die Stimmen gegen das Vorhaben. Aber es gab auch die Befürworter, die Engelberg in eine moderne Zukunft bringen wollen. Die beiden Gruppen halten sich bis heute die Waage.»

Seines Erachtens war es nicht weit hergeholt. Max vermutete, dass die Totems möglicherweise doch etwas mit einer Drohung zu tun hatten. Man wollte Ruth Odermatt im wahrsten Sinne des Wortes aus dem Hotel ekeln. Dabei waren dem Feind keine abscheulichen Mittel zu viel.

Bevor der Hauptgang aufgetragen wurde, erhob sich Max. «Ich bin gleich zurück.» Er strich Milagros liebevoll übers Gesicht. «Entschuldigt mich.» Der neue Auftrag machte ihn neugierig.

Der Weg zurück zur Rezeption führte ihn an der offenen Küche vorbei über zwei Wendeltreppen nach unten. Falls Milagros ihm etwas hinterherrief, hörte er es nicht. Neben dem Eingang blieb er stehen, nahm sein iPhone aus der Hosentasche und stellte Ruth Odermatts Telefonnummer ein.

DREI

Kurz nach sieben stand Max vor Fedes Tür. Seit ein paar Wochen besass er zwar einen eigenen Schlüssel, doch von diesem machte er kaum Gebrauch. Er klopfte, worauf ihm Christian öffnete. Chérie-Bibi, die Tigerkatze, huschte zwischen seinen Beinen hindurch nach draussen.

«Morgen.» Christian sah aus, als wäre er eben erst aus dem Bett gekommen. «Bist verdammt früh.»

«Stehst du nicht mit den Hühnern auf?» Max musste auf den Stockzähnen lachen.

Christian war asexuell, was Fede stets betonte, ein Superhirn, das unregelmässig Philosophie unterrichtete. Ansonsten betreute Christian die Tiere auf dem Hof und ging Fede zur Hand, wenn es darum ging zu kochen. Er war so etwas wie das Mädchen für alles, reinigte die Zimmer, wenn sich mal ein Tourist ins Drachenried verirrte und eines der drei Gästezimmer bezog. In seiner Freizeit lag er meistens auf der Chaiselongue in der Küche und sah sich Comicfilme an, vorzugsweise die Simpsons.

Christian hielt die Tür auf. «Komm rein. Kannst mit uns frühstücken. Fede wird sicher auch gleich runterkommen. Heute haben wir uns beide verschlafen. Ist ja auch Samstag.»

Das beigebraune, mit Blumenmotiven versehene Sofa stach Max ins Auge. «Das kenne ich doch.»

«Ach das.» Christian winkte ab. «Das wurde uns gestern Abend geliefert. Fede meinte, dass sie mir ein neues Ruhemöbel schenken müsse. Aber setz dich mal drauf. Nicht mein Ding. Ich ziehe das alte dem hier vor. Jetzt will sie es in den Stall stellen.» Christian lachte leutselig. «Du meine Güte, du müsstest sie mittlerweile auch kennen. Fede ist verrückt. Vor einer Woche hat sie eine Wagenladung voll Hähnchen im Stall einquartiert. Mindestens hundert Stück.»

«Ja, und weisst du, weshalb?», tönte es aus dem Hintergrund.

Max drehte sich zu der Stimme um. Aus dem hinteren Bereich der Küche erschien Fede, nur in Shorts und Top gekleidet. Ihre langen Haare hatte sie hochgesteckt. Sie wirkte exotisch in dieser Bauernküche, wo über dem Herd Holzkellen und Schöpflöffel hingen, gehäkelte Topflappen.

«Ich habe sie vor dem Tod gerettet. Man hätte sie sonst geschreddert.»

«Seit wann kümmern dich die männlichen Leiden?» Christian grinste, während er einem fliegenden Suppenlöffel auswich. «Die werden einmal stolze Gockel. Dann kannst du sie in einem Hahnenkampf aufeinander loslassen.»

«Was faselst du da?» Fede erreichte den Kühlschrank, wo sie einen Milchkessel herausholte. «Der Mensch hat vergessen, dass auch Küken eine Seele haben. Nur weil sie männliche Tiere sind und für die Verwertung nicht geeignet, tötet man sie auf abscheuliche und brutale Art. Auch wenn es bloss ein Tropf Wasser auf den heissen Stein ist, die Hähnchen werden ihr Leben mir verdanken, wenn sie gross sind –»

«Und deine Hühner ärgern.» Christian konnte sich kaum mehr vor Lachen erholen. «Das hatten wir doch schon. Erinnerst du dich an den Gockel, der jeden Tag einmal über den Zaun flog, um die Hennen zu zerrupfen? Er war das einzige Federvieh hier, das man einsperren musste.»

Max ging zur Kaffeemaschine. «Ich lasse mir dann mal einen Starken raus. Den brauche ich jetzt.» Wenn Christian und Fede sich stritten, kam es vor, dass die Fetzen flogen, zumindest das, was sie gerade in den Händen hielten. Fede behauptete zwar stets, dass Christian ein friedliebender Mensch sei. Doch Max hatte ihn schon anders erlebt.

«Nur zu.» Fede stellte Tassen und Teller auf den Tisch. «Wie gefällt dir mein neues Sofa?»

«Das ist es, was du mir gestern verheimlicht hast. Und ich dachte, du übertreibst es mal wieder mit dem Overtip.» Max setzte die vollautomatische Kaffeemaschine in Betrieb, ein Geschenk für Fede, nachdem sie ihm jeweils kuhwarme Milch oder Nescafé aufgetischt hatte. Für beides hatte er sich nicht begeistern können.

«Es war nicht das erste Mal, dass sie in einem Concept-Store einkaufte», sagte Christian. «Schau dich ruhig um. Der Tisch und die Stühle stammen ebenfalls aus einem solchen Geschäft. Manchmal spart sie am falschen Ort.»

Max setzte sich mit der vollen Kaffeetasse an den Tisch. «Wir haben den Auftrag.» Er wartete Fedes Erwiderung nicht ab. «Heute Mittag können wir ein Zimmer im ‹Fin de Siècle› beziehen.»

«Du hast ihr erzählt, wer ich bin?»

«Nein. Ich wusste nicht, ob du mitkommst.»

«Was hat deinen Gesinnungswandel veranlasst?»

«Dass es in diesem Fall möglicherweise um weit mehr geht als um Totems, die ein Irrer ihr vor der Tür platziert.»

«Du hast Milagros getroffen.» Fede setzte sich an den Tisch, nachdem sie Brot, Butter und Konfitüre daraufgestellt hatte. «Welchen Floh hat sie dir ins Ohr gesetzt?»

«Sie kennt die Welt.» Max griff nach einer Scheibe Brot und roch daran. «Hm, selbst gebacken?»

«Christian. Er ist ein Genie.» Fede schlürfte von der Milch. «Und in Engelberg kennt sie sich natürlich bestens aus. Hätte mich auch gewundert. Deine Mutter scheint überall ihre Connections zu haben.»

«Sie glaubt, dass es Investoren gibt, die ein grosses Interesse an dem Hotel haben. Sie hat mir den Namen eines Maklers verraten. Vielleicht sollten wir uns diesen mal näher ansehen.»

«War das jetzt eine Anspielung auf mein Hobby?» Fede bestrich ihr Brot dick mit Butter. «Der Computer von Ruth Odermatt war einfach zu hacken. Ich erinnerte mich an ihren Schwarm während der Schulzeit. Tatsächlich hat sie dessen Spitznamen für ihr Passwort verwendet. Wie blöd muss man sein?»

«Hast du etwas Wichtiges über sie herausgefunden?»

«Ehrlich gesagt, interessierte es mich nicht.»

«Ich glaube dir kein Wort.»

«Zuerst will ich wissen, was sie lockermacht. Sie gilt als geizig.»

«Wie kommst du darauf?» Max schwante Schreckliches. «Du hast ihre Ordner geöffnet?»

«Ein bisschen gestöbert.» Sie sah Christian an. «Du hörst nichts von dem, was hier am Tisch geredet wird, kapiert?»

«Was hast du gesagt?» Christian schnappte sich ein Stück Brot und schwang sich damit auf die Couch, wo es sich Chérie-Bibi, mittlerweile wieder zurück, gemütlich gemacht hatte. Er griff nach der Fernbedienung und stellte seinen Lieblingssender ein. Max sah ihm nach. Trotz seines überdurchschnittlichen Intellekts hatte er immer das Gefühl, Christian ginge alles am Arsch vorbei. Er war nicht sehr kommunikativ. Max fragte sich, wie er vor einer Schar Schüler über Philosophie zu sprechen vermochte.

«Brav.» Fede rückte mit dem Stuhl näher an Max heran. «Ich habe eingescannte Rechnungskopien gefunden, die beweisen, dass Ruth den Grossteil der Auftragsarbeiten, was das Hotel betraf, bar unter dem Tisch bezahlt hat. Du weisst, was das heisst.»

«Diese Zahlen erscheinen wahrscheinlich nirgends auf einer Steuererklärung.»

«Sie drückte den Preis, derweil die Auftragsempfänger das Cash schwarz verschwinden lassen konnten. Wenn das jemand herausgefunden hat, könnte Ruth eventuell erpresst worden sein.»

«Mit den Totems? Das ist an den Haaren herbeigezogen.»

«Wir werden ja sehen.» Fede lehnte sich auf dem Stuhl zurück und zog die Beine an. «Hast du den Koffer dabei?»

«Yes!»

«Nur deine legendären Herrenanzüge?»

«Auch das Wanderoutfit und Bequemes. Wenn ich schon in einem so noblen Hotel logiere, will ich das ganze Programm ausnützen. Ich habe mich gestern Abend mit Ruth Odermatt kurzgeschlossen. Ihre Mitarbeiter treffen die nächste Woche ein. Zudem wird es bei der Eröffnung ein Fest geben, bei dem sie weder Aufwand noch Kosten scheut. Möglicherweise lädt sie uns dazu ein. Du solltest dir auch was Nettes einpacken.»

«Das hat sie dir erzählt?»

«Ich musste wissen, worauf ich mich einlasse.» Max griff über den Tisch und fasste nach Fedes Arm. «Sie hat mir die schönste Suite versprochen. Wenn wir es klug anstellen, können wir uns dort ein wenig erholen. Du nimmst deinen Laptop mit, und ich werde mich in Engelberg umhören. Zwischendurch können wir uns zum Kaffee treffen. Engelberg ist ein Dorf mit gut viertausend Einwohnern. Da wird jeder jeden kennen.»

«Vor allem im Sommer, wenn die Touristen wie ein Schwarm losgelassener Elefanten über das Dorf hereinbrechen.»

Max zögerte. Fede hatte recht. Er machte sich selbst etwas vor. Doch Ruth Odermatts Angebot war zu verlockend, als dass er es hätte ausschlagen können. «Hast du schon mit Christian gesprochen?»

«Natürlich. Er wird sicher eine Woche auf Haus und Hof aufpassen. Ich habe ihm gesagt, er solle mich nur anrufen, wenn's brennt.»

Christian schien dermassen in die Simpsons vertieft zu sein, dass er nichts mitbekam.

Max war plötzlich froh, auf Fedes Drängen nicht nachgegeben zu haben. Die Option der eigenen Wohnung liess ihm Luft und Raum.

***

Die Mittagssonne prasselte auf den Asphalt, als Max aus Fedes Mini stieg. Sie hatte ihn überzeugt, dass es besser war, ihren Wagen zu nehmen, zumal er im Hotel einen Parkplatz reserviert hatte. «Wenn du mit deinem Boliden auftauchst», hatte sie gefrotzelt, «wirft das ein falsches Licht auf dich. Ich kenne keinen Detektiv, der einen Mustang fährt.»

Max ging davon aus, dass sie überhaupt keinen anderen Detektiv kannte, ausser ihm. Er entnahm dem Kofferraum das Gepäck und ging damit zum Eingang. Fede folgte ihm.

Am Empfang hatte sich der Mann von neulich aufgebaut.

«Herr Feierabend», vergewisserte sich Max auf dessen Revers. Wie hatte er den Namen auch vergessen können.

«Ach, der Herr von Wirth.» Auf Feierabends Gesicht erschien ein Lächeln. «Haben Sie viel Gepäck dabei?» Er stellte sich auf die Zehenspitzen, um sich zu vergewissern. «Ich gehe davon aus, dass Sie es persönlich zum Lift und oben zum Zimmer tragen können. Im Moment bin ich der einzige Angestellte im Hotel. Ab Montag wird's dann besser.»

«Ist Frau Odermatt nicht da?»

«Sie erwartet Sie in einer halben Stunde im Kaminzimmer. Das kennen Sie bereits.» Feierabend überreichte ihm den Zimmerschlüssel, der an einem schweren Zinnanhänger hing, Typ Mordwaffe. «Zimmer Nummer 412 in der vierten Etage. Frühstück gibt's zwischen sieben und neun. Zum Mittag- und Abendessen müssen Sie leider auswärts gehen. Wir haben ein paar tolle Restaurants im Dorf. Für den Notfall ist die Minibar gefüllt.»

Max entging nicht der schmachtende Blick, den er hinter Fede herwarf, als sie ohne ein Wort Richtung Aufzug ging. Der Teppich verschlang den Laut ihrer Schritte.

Der Lift lag links der Rezeption, war ein älteres Modell mit einer Sitzbank und Handlauf. Hätte nicht der Schriftzug einer bekannten Liftfirma über den Etagenknöpfen gestanden, wäre Max nicht eingestiegen. Er war sich aber sicher, Ruth Odermatt hatte auch dieses Vehikel restaurieren lassen, und bestimmt hatte man frische Seile und eine neue Bremse montiert.

«Du zögerst?» Fede stand bereits in der Kabine. «Was ist? Willst du zu Fuss gehen?»

«Ich weiss nicht, ob ich dem Lift trauen kann.»

«Seit wann zierst du dich wegen eines Lifts?»

Max schob seinen Koffer hinein und trat hinterher.

«1899», sagte Fede. «Steht da.» Sie zeigte auf die Armaturenleiste. «Der Lift stammt aus der Belle Époque. Hast du dir die Wände angesehen? Edles Mahagoniholz. Es hat ein paar Wurmlöcher, aber das ist wohl normal.» Sie grinste, während sie auf die Vier drückte. «Du kannst dich setzen, wenn du willst.»

«Nein, danke.» Max hasste alte Lifte. Schuld daran war ein Ereignis, das sich in Italien zugetragen hatte, als er in einem alten Felsenlift eine gefühlte Stunde stecken geblieben war – zusammen mit Milagros. Sie hatte ein solches Drama daraus gemacht, dass es Max noch heute davor graute, wenn er bloss «alter Lift» hörte.

«Woran denkst du?» Fede küsste ihn auf die rechte Wange.

«An nichts.»

Oben angelangt, betraten sie einen schmalen Korridor. Beiderseits gingen eine Anzahl Türen weg.

«Die Nummer 412 ist es, richtig?» Fede ging voraus. Sie las die Zimmernummern. «Die Dreizehn existiert nicht. Früher war man abergläubisch, was das betraf.»

«Ich weiss, Milagros glaubt an einen solchen Humbug.»

«Und du?»

«Was?»

«Keine Angst vor Unerklärlichem?» Fede schloss die Tür auf, betrat das Zimmer und knipste eine Lampe an, deren Schein diffuse Schatten an die Wände malte.

«Ich bitte dich.» Max schloss die Tür und setzte einen Fuss vor den anderen, während er den ganzen Raum scannte. Der Boden knarzte wie die Planken eines Holzschiffs. Links lag das Badezimmer mit einer frei stehenden Wanne. Die verschnörkelten Jugendstil-Armaturen hatte man behalten. Dazu passten ein Lavabo mit Säule und die Toilettenschüssel mit hoch angesetztem Spülkasten. Es sah aus wie alle die Badezimmer, die am Ende des vorletzten Jahrhunderts für die Upperclass gebaut worden waren.

Fede zog die Vorhänge auf. Schwere Stoffgardinen, die sich über dem Boden bauschten. Das Schlafzimmer tauchte in einen rötlichen Goldton. «Wow! Das ist der Hammer. Hast du das Bett gesehen? Kingsize … genau das, was wir brauchen. Ruth hat Geschmack.» Das hatte Fede wohl nicht sagen wollen. Sie kicherte, als Max sie von hinten an sich zog. «Uns bleibt eine halbe Stunde. Was stellen wir damit an?»

Es klopfte.

«Hast du das auch gehört?» Fede riss sich los. «Wer soll das sein? Ich dachte, wir wären mit Ausnahme des Concierge und Ruth allein im Hotel.»

Das Klopfen wiederholte sich.

«Vielleicht begrüsst uns gerade der Poltergeist», witzelte Max.

«Am helllichten Tag?» Fedes Stimme hatte einen krächzenden Ton angenommen.

Max drückte die Türfalle nach unten. Draussen gähnende Leere. «Wir müssen uns getäuscht haben.»

«Es kam aber von der Tür.» Fede näherte sich Max und ergriff seinen Arm. «Hast du richtig nachgesehen?»

Max drückte die Tür ins Schloss. «In alten Häusern knistert es immer.»

«Jemand hat geklopft. Ich habe es mit eigenen Ohren gehört. Das hat nach Klopfen und nicht nach Knistern getönt.»

Diesmal polterte jemand gegen das Türblatt.

Max sperrte die Tür heftig auf. Draussen stand Ruth Odermatt, sichtlich erschrocken.

«Tut mir leid.» Max war es peinlich. «Ich wollte Sie nicht erschrecken.»

«Das ist Ihnen aber gelungen.» Ruth Odermatt äugte ins Zimmer. «Ich dachte mir, dass wir uns hier unterhalten. Ich wollte sehen, ob Sie zufrieden sind.»

«Sind wir.» Fede trat hinter Max hervor.

«Federica Hardegger!», rief Ruth Odermatt.

«Du kennst mich also doch.»

Max registrierte ein sanftes Lächeln auf Fedes Gesicht.

«Sorry, dass ich mich vorgestern so dämlich angestellt habe», sagte Ruth Odermatt. «Als ich dich sah, wusste ich gleich, wer der Mann an deiner Seite ist. Ich wollte vermeiden, dass über eure Detektei gesprochen wird. Mein Kollege muss es nicht erfahren, dass ich euch anheuere. Wenn der es weiss, weiss es das ganze Dorf.» Sie wandte sich an Max. «Den Nachnamen kannst du weglassen.» Sie hatte wie selbstverständlich ins Du gewechselt.

Der Bann zwischen den Frauen war gebrochen. Fede und Ruth fielen einander in die Arme und blieben eine Weile so stehen.

«Lang ist es her.» Ruth löste sich aus der Umarmung. «Mehr als zwanzig Jahre. Als du nach Zürich gezogen warst, brach auch ich die Zelte in Stans ab und verliess das Gymnasium. Ich verbrachte zwei Jahre in den Staaten, ein halbes davon in Los Angeles, den Rest in Florida, wo ich eine Eisdiele betrieb. Als ich zurückkam, arbeitete ich vorerst in einem Callcenter, danach in einem Kiosk, bis ich meinen Mann kennenlernte. Das war vor sieben Jahren. Was tust *du* so?»

«Ich habe einen Bauernhof, ein paar Tiere und bin zufrieden.» Fede vermied es offenbar, Ruth über ihren erlernten Beruf zu berichten. Die Option, dass sie deren Computer weiterhin hacken konnte, liess sie wohl offen. Sie gedachte nicht, ihrer Kollegin eine Angriffsfläche zu bieten, was Max schätzte. Sie war durch und durch ein Profi.

Ruth ging ins Zimmer und setzte sich wie selbstverständlich auf den einzigen Ohrensessel neben dem Fenster. «Ich habe darüber gelesen, dass ihr den Fall auf dem Bürgenstock gelöst habt. Das hat mich beeindruckt.»

Max lehnte sich an die Wand und verschränkte die Arme. «Damals ging es um Mord.»

«Ich weiss. Jetzt kommt eine wie ich und fühlt sich wegen ein paar Holzfiguren bedroht. Ich habe einfach ein ungutes Gefühl. Das muss aufhören.»

«Ich habe auf dem Latrinenweg vernommen, dass sich Investoren um den Kauf des ‹Fin de Siècle› bemüht hatten», sagte Max.

Ruth sah aus dem Fenster. Sie hatte ein energisches Profil, was ihm erst jetzt auffiel. Den Nasenrücken beherrschte ein kleiner Knick, ihr Kinn war leicht vorgeschoben, und wenn sie lachte, fletschte sie die Zähne, dass man das rosarote Zahnfleisch sah. «Als Albin noch lebte, hatten wir fast täglich irgendwelche Leute im Haus, die uns weiss Gott was vorgaukelten. Sie erzählten von einem Grossprojekt, das Engelberg nie zuvor gesehen habe. Aber schaust du dich in Engelberg um, gibt es einige solcher Grandhotels. Warum gerade das ‹Fin de Siècle›? Sie wollten uns das Hotel abkaufen und uns mit einer Million abspeisen. So viel habe ich allein in die Renovation gesteckt. Das Haus verfügt über eine gesunde Bausubstanz. Im Wert ist es enorm gestiegen. Mein Mann verabscheute die modernen Betonbunker, die vor allem im Unterland bald an jeder Ecke zu sehen sind. Phantasielose Klötze, die nur dazu da sind, möglichst hohe Renditen abzuwerfen. Nach Albins Tod überfielen sie mich wie die Hyänen, versuchten, die Trauer um meinen Mann auszunützen. Dachten, ich würde das Haus endgültig aus den Händen geben. Als ich sah, wie meine Schwiegermutter litt, war ich fest entschlossen, es zu behalten und etwas Schönes daraus zu machen. Solche Häuser haben in Engelberg Tradition. Massgeblich dazu gekommen ist es durch die Familie Cattani, die um 1700 Bürger von Engelberg wurde. Sie prägte die wirtschaftliche, infrastrukturelle und architektonische Geschichte von unserem Hochtal. Die Cattanis waren unter anderem Kurärzte und leiteten Kuranstalten. In Engelberg begann der Tourismus in der Mitte des 19. Jahrhunderts über den Kurbetrieb. Auch wenn das Ortsbild in vieler Hinsicht etwas altertümlich daherkommt, der Charme der Belle Époque ist seh- und spürbar. Ich werde *nicht* verkaufen. Schluss. Punkt.»

«Was die Investoren nicht davon abhalten wird, dich weiterhin zu belästigen», sagte Fede. «Vielleicht stellt man dir deswegen Totems vor die Tür.»

«Dieser Gedanke ist nicht verwerflich.» Ruth schlug ihr rechtes Bein über das linke. Der Ansatz eines schwarzen Strumpfbandes kam zum Vorschein. Max ertappte sich dabei, wie er eine Spur zu lange darauf starrte. Ruth schenkte ihm ein maliziöses Lächeln, was ihr mit ihrer eindrücklichen Physiognomie halbwegs gelang. Möglicherweise musste er sich vor ihr in Acht nehmen. «Meines Erachtens ist das eine plumpe Art, mich zu einem Verkauf zu zwingen. Mit solchen Leuten würde ich schon deswegen keine Geschäfte machen.»

«Kennst du Namen?», fragte Fede, die ihre Pragmatik vor alles stellte. Sie musste das Strumpfband ebenfalls bemerkt haben.

«Herbert Amstutz», sagte Ruth. Dies deckte sich zumindest mit Milagros' Aussage. «Und Jan Lindberg. Er ist Schwede, kam vor rund zwanzig Jahren nach Engelberg und liess sich hier nieder. Und wisst ihr, weshalb? Er folgte einem Landsmann, der die Schneehänge am Titlis für sich entdeckt hatte. Seither gibt es in Engelberg eine Free-Rider-Szene. Seit fünfzehn Jahren hat Lindberg nun die schweizerische Staatsbürgerschaft. Er ist verheiratet mit einer Engelbergerin und hat sechs Kinder mit ihr.» Ruth seufzte. «Das nennt man stille Unterwanderung.»

«Er ist Schweizer», intervenierte Fede.

«Mit schwedischen Wurzeln. Das merkt man noch heute. Um ihn herum hat sich eine beachtliche Parallelgesellschaft gebildet. Alle kommen sie aus dem Norden. Dann gibt es da noch den Chinesen. Den Namen habe ich jedoch vergessen. Ich müsste in meinen Unterlagen nachsehen. Er hat sich sehr um Albin bemüht. Kurz nach dessen Tod hat er mich besucht ... Guo Xu Lun. Jetzt fällt es mir wieder ein. Sein Name ist Guo Xu Lun. Hat ein Chinarestaurant an der Bahnhofstrasse. Er hat mit grossen Kellen angerührt, als er hier sesshaft wurde. Er ist mit dem Präsidenten der Baukommission gut befreundet. Häckis Cinderella, die Jüngste des Präsidenten, hat ihn sich geangelt. Seit viereinhalb Jahren sind sie verheiratet. Ein gefundenes Fressen für den Chinesen. Es stand schon zur Diskussion, dass er in die Baukommission gewählt würde.»

«Warum eigentlich nicht?» Für Fede, die von Grund auf aufgeschlossen war, schien diese Tatsache nichts Ausserordentliches zu sein.

Ruth dagegen griff sich an den Kopf. «Irgendwann einmal müssen wir aufhören, unsere Schweiz zu verscherbeln. Egal, ob in der Hotellerie, der Gastronomie oder auf dem Bau.»

Schon war Fedes Angriffslust da. Sie wechselte mit Max Blicke. Er liess seine Augen sprechen. Jetzt bloss keine falsche Bemerkung, dachte er. Doch Fede hatte sich gemässigt. «Übrigens sind selbst die Schweizer ein buntes Gemisch von Völkern, die sich vor vielen Jahren hier niedergelassen haben. Uns gehört nichts. Wir sind bloss auf der Durchreise.»

Ruth prustete los. «Du warst schon im Gymnasium eine Rebellin.»

«Rebellin? Ich habe mich eher zurückgezogen, weil die ganze Klasse gegen mich war.»

«Weil du immer eine Extrawurst haben musstest.»

«Ihr habt mich gelangweilt, ganz einfach.»

«Ich war die Einzige, die dich zum Lachen gebracht hat.»

«Das stimmt, Mensch, Ruthli, was hatten wir es lustig miteinander. Erinnerst du dich an die Clique von Thomas? Die traf sich jeweils auf dem Friedhof, um ihre Joints zu rauchen …»

«Und Jörg», fügte Ruth an, «hat in Vaters Stall Hasen an den Pfoten aufgehängt. Der ist heute übrigens Polizist. Habe ihn erst kürzlich in Stans getroffen.»

«Schade, haben wir uns aus den Augen verloren.»

«Man begegnet sich immer zweimal, wie du siehst.»

Max stiess sich von der Wand ab, als Ruth Anstalten machte, sich zu erheben. Er schritt zum Fenster, sah hinaus auf die umliegenden Häuser, deren Dächer in der Sonne reflektierten. Weiter hinten das Benediktinerkloster mit den hellen Fassaden und unverkennbar die angebaute Kirche, deren Kuppel in einen unverschämt blauen Himmel stach. Auf der Klostermatte hatte Max Skifahren gelernt, damals, als es noch ein Abenteuer gewesen war, im Winter nach Engelberg zu reisen. Heute war das Dorf gut erschlossen. Mit dem Bau des Eisenbahntunnels ab Grafenort war man auch den gelegentlichen Murgängen ausgewichen, die man vor allem in regenreichen Sommern befürchten musste, oder den Lawinen, die im Winter niederzugehen drohten. Die Bahnstrecke war durchgehend geöffnet.

«Das Dorf der Engel», hatte Milagros früher den Ort in den Bergen genannt. Der Name Engelberg ginge auf eine Legende zurück, wonach Engelsstimmen von der Höhe des Berges Hahnen die Gründung der Abtei veranlasst hätten. Die Klostergemeinschaft war zum Mittelpunkt eines geistlichen Kleinstaates geworden, welcher sich um das 14. Jahrhundert herum unter die Schirmherrschaft der Eidgenossen stellte.

Ruth kam neben ihn. «Max», sagte sie. «Ich denke, dass ihr zuerst einmal richtig ankommen sollt. Wir können gern morgen weitersprechen. Ich möchte, dass es euch wohl ist bei mir. Essen müsst ihr allerdings auswärts, da der Koch erst nächste Woche anfängt.»

«Wir gehen zum Chinesen», schlug Max vor.

«Gute Idee», rief Fede. «Somit können wir uns schon mal ein Bild von ihm machen.»

Ruth drehte sich nach ihr um. «Du glaubst, Guo Xu Lun steckt dahinter? Und wie willst du herausfinden, ob er der Übeltäter ist?»

«Glaubst du, ein Mann in seiner Position stellt dir persönlich Totems vor die Tür?» Fede schüttelte argwöhnisch den Kopf. «Der hat seine Lakaien. Was hat es mit dem Geist auf sich?»

Max sah, wie sich Ruths Gesichtszüge versteinerten.

«Möglicherweise hat das eine mit dem andern etwas zu tun. Aber alles zu seiner Zeit. Ich muss mich um die Personalzimmer kümmern. Ich werde euch morgen alles übergeben, was ihr braucht.»

Das klang geheimnisvoll. Max hatte Ruth in Verdacht, dass sie um Aufmerksamkeit lechzte. Ihre auffällige Bekleidung sprach Bände, das schmale Kleid, welches stilmässig dem vom Vortag in nichts nachstand. Was ging in ihrem Kopf vor? Dass sie den Verlust ihres Gatten verkraftet hatte, davon musste Max ausgehen. Und dass sie ein einnehmend gutes Verhältnis zu ihrer Schwiegermutter pflegte, hatte sie bereits durchsickern lassen. Aber warum hatte Annie Odermatt es anders erzählt? War es möglich, dass sie doch an Demenz litt?

Auch wenn dieser Auftrag nicht unbedingt zu Max' Gusto passte, für den Moment war er zufrieden. Er war mit Fede zusammen. Das war alles, was zählte.

***

«Erzähl mir von ihr.»

Sie spazierten Richtung Eishalle. Fede hatte sich bei ihm eingehängt. Trotz der Hitze trug sie Jeans, eine Langarmbluse und den Cowboyhut, den sie nach den Freilichtspielen an einem der Stände ergattert hatte.

«Was soll ich erzählen? Wir haben uns aus den Augen verloren.»

«Du hast sie doch gegoogelt, gib es zu, und bist in den tiefen Kosmos ihres PCs abgetaucht.»

«Ich kann nicht zaubern.»

Max blieb stehen. «Ich weiss doch, wie schnell du bist. Komm schon, raus damit.»

Sie stoppte und lachte nur.

«Warum lachst du?»

«Weil ich mir gerade plastisch vorstelle, wie du vor Ruths Tür wartest, bis man ihr ein weiteres Totem hinstellt. Hör zu», sie ging wieder weiter, «du hast recht, ich habe gegoogelt, bin allerdings auf etwas anderes gestossen. Vor einem Jahr wurde Albin Odermatt an der Dernière von Winnetou II erschossen. Ruths Mann.»

«Ja, Annie Odermatt ist ihre Schwiegermutter.»

«Das ist die Verrückte von vorgestern.»

«Keine Ahnung, ob sie so verrückt ist.»

«Egal, auf jeden Fall hat Odermatt vor einem Jahr den Bösewicht Bud Forrester gespielt. Kurz vor Ende des zweiten Akts wurde er von einer Winchester tödlich verletzt. Der Täter erschoss ihn aus dem Hinterhalt, während die Pfeile der Indianer auf ihn niederprasselten. Ein perfektes Ablenkungsmanöver. Offenbar gehörte das Gewehr zu den Requisiten der Darsteller, wurde jedoch vom mutmasslichen Täter mitgebracht. Möglicherweise gibt es eine Verbindung zwischen dem Mord und den seltsamen Totems.»

«Den Mörder hat man gefasst.»

«Richtig. Er hat sich in der Untersuchungshaft das Leben genommen.» Fede verlangsamte ihren Schritt. «Es ist bloss eine Idee. Aber vielleicht sollte ich mich mal um die Mutter des

Mörders kümmern. Sie hat genauso ihren Sohn verloren wie Annie Odermatt.»

«Wir dürfen uns nicht in Dinge einmischen, die uns nichts angehen.»

«Solche Dinge geschehen nicht ohne Grund», räumte Fede ein. «Und irgendwo, lieber Max, müssen wir beginnen.» Sie waren auf der Höhe der Eishalle angelangt. «Nehmen wir mal einen Augenschein von der Halle?»

«Du willst dort rein?»

«Ja, ich muss mich ein wenig abkühlen.»

«Kein Wunder, bei deiner Bekleidung.»

Die Fassade gab nicht viel her. Das Gebäude selbst war ein schlichter Bau in Grau, hinter dem sich der bewaldete Hang unterhalb der Gerschnialp abzeichnete. Fede zog Max zum Eingang. «Früher machte ich Eiskunstlauf.»

«Das ist ein Scherz.»

«Nein. Ich war richtig gut, beherrschte sogar die Biellmann-Pirouette und die verschiedenen Kantensprünge wie Axel, Rittberger und Salchow. Auch die getippten Sprünge konnte ich.»

«Getippte Sprünge.»

«Toeloop, Flip und Lutz.»

«Und bist sicher im Besitz einiger Pokale.»

«Ja. Aber diese hat mein Vater als Andenken an meine sportlichen Jahre nach Deutschland mitgenommen.»

Max fehlten vorerst die Worte. War es möglich, dass Fede kontinuierlich Details aus ihrer Vergangenheit preisgab? Er wünschte es sich. «Gibt es etwas, das du nicht beherrschst?»

Die Frage blieb unbeantwortet. Fede öffnete die Tür zur Eishalle. Kalte Luft schlug ihnen entgegen. «Hier habe ich mal an einem Cup teilgenommen, fuhr auf den dritten Rang in meiner Kategorie.» Sie lachte verschmitzt. «Bei drei Teilnehmerinnen. Na ja, die wenigsten schaffen es nach ganz oben.»

Sich Fede auf Schlittschuhen vorzustellen, fiel Max schwer. Er setzte sich mit ihr auf die Tribüne. Auf zwei Dritteln des Eises trainierte der Hockeynachwuchs.

«Das sind die Jungs vom Trainingslager», wusste Fede. Sie wandte sich zu Max um. «Stell dir vor, die Mutter des Täters rächt sich. Sie verkraftet es nicht, dass ihr Sohn sich das Leben genommen hat, und sucht nach den Schuldigen. Wann hat das mit den Totems begonnen?»

Max vermochte Fedes Gedankengänge nicht ganz nachzuvollziehen. «Kurz nach der Dernière im letzten Jahr.»

«Denk nur an Annie Odermatt. Wir müssen uns in die tiefen Abgründe mütterlicher Psyche hineinbegeben.»

«Fede, bitte. Ich verstehe dich nicht. Das ist ein falscher Ansatz.»

«Dann erkläre mir, wie du darüber denkst.»

Hätte Max dies gewusst, wäre er nicht hier gesessen. Die kühle Luft, die vom Eisfeld nach oben strömte, liess ihn frösteln. Gedankenverloren beobachtete er ein Mädchen, das auf dem abgesperrten Drittel des Feldes Schritte übte. Sein Schmetterlingsgewand umschmiegte seine zarte Gestalt. Schemengleich fuhr es durch den Nebel, der sich über dem Boden gebildet hatte. Max stellte sich vor, wie sein Haar im Sonneneinfall rot schimmerte. Seine Augenlider hatte es gesenkt, als gäbe es sich ganz seinen Bewegungen hin. Vage nahm er klassische Musik wahr, die jedoch im lauten Rufen der Jungs unterging, in der Stimme deren Trainers. «Siehst du das Mädchen dort?» Max nahm Fedes Hand in seine. «Das könntest du sein … vor vielen Jahren.»

«Ich war definitiv pummeliger.» Fede erhob sich. «Okay, bin jetzt wieder auf Normaltemperatur. Wir können gehen.»

«Toll. Ich bin bereits ein Eisklotz.» Max folgte ihr nach draussen, überlegte sich, dass er sich nie an Fedes Temperament gewöhnen würde. Sie hatte einfach kein Sitzleder.

«Wir sollten gemeinsam zu der Frau.»

«Welche Frau?»

«Hörst du mir nicht zu, wenn ich mit dir spreche?» Fede hängte sich wieder bei ihm ein. «Die Mutter des Täters. Sie heisst Mathilda Hurschler, wohnt am Erlenweg. Das ist gleich schräg gegenüber.» Sie deutete über die Strasse Richtung Bahnhof.

«Du willst sie besuchen?»

«Was du heute kannst besorgen ...»

«Wir müssen zuerst einen Plan zurechtlegen, ein Konzept erarbeiten, wie wir vorgehen wollen, sollten abwarten, was uns Ruth zu berichten hat. Es gibt Fragen, die sie mir zuerst beantworten muss, bevor ich jemandem hinterherschnüffle. Dann muss der Vertrag vorab unterschrieben sein. Kommt dazu, dass wir, je chaotischer wir vorgehen, desto mehr auffallen.» Max blieb stehen. «Zudem hast du deinen Job. Du solltest dich dem Computer widmen.»

«Draussen arbeiten finde ich spannender, macht auch mehr Spass. Komm schon!» Sie zog ihn über die Engelbergerstrasse. «Die Bahnhofstrasse entlang, dann rechts. Frau Hurschler wohnt in der Nähe des Alters- und Pflegeheims.»

«Wie bist du so schnell an ihre Adresse gekommen?»

«Als du im Badezimmer warst, habe ich mich ein wenig schlaugemacht. War gar nicht so schwer. Damals hatte die Boulevardzeitung den Namen des Täters veröffentlicht, nachdem er sich das Leben genommen hatte. Er hiess Severin. Severin Hurschler war vierzig Jahre alt. Was mich ein wenig stutzig gemacht hat, ist die Tatsache, dass er an einer Beeinträchtigung litt. Woran genau, habe ich jedoch nicht herausgefunden.»

Die Touristen hatten die Strasse zum Bahnhof fest im Griff, ein Passieren war fast nicht möglich. Max fragte sich, was es hier Sehenswertes gab. Engelberg vermittelte wohl etwas Magisches.

«Da müssen wir lang.» Fede verwies auf das Strassenschild. «Erlenweg.»

Der Gebäudegrösse nach zu urteilen, musste auf der rechten Seite das Alters- und Pflegeheim sein. Die Hälfte davon war eine Baustelle. Max verriet nicht, dass Annie Odermatt dort wohnte. Womöglich hätte Fede darauf gedrängt, auch sie zu besuchen. Max kam sich ein wenig schäbig vor. Zumindest hätte er sich nach Annie Odermatt erkundigen können, ob es ihr gut ging, nach dem, was sie ihm vorgestern mitgeteilt hatte. Auf der Höhe des Hauses angekommen, äugte er über einen Zaun in den Garten, wo vier Seniorinnen an einem Tisch sassen und einander anschwiegen. Max beeilte sich und holte Fede ein, die ein paar Schritte vor ihm ging.

Sie erreichten eines der Häuser am Erlenweg. Zielstrebig näherte Fede sich der Eingangstür. Sie suchte auf einer Reihe von Sonnerien den Namen Hurschler. Im selben Augenblick ging die Tür auf, und eine Frau älteren Jahrgangs betrat den Vorplatz.

«Kann ich Ihnen helfen?», fragte sie neugierig.

«Wir möchten zu Frau Hurschler.» Fede nahm Max das Wort ab. «Sie wohnt doch hier?»

Die Frau blieb stehen und verschränkte ihre Arme. Zwei tiefe Furchen erschienen auf ihren Schlapperwangen und zeichneten Gehässigkeit ab. Ihre Physiognomie erinnerte an einen Boxerhund. «Zu der Hurschler geht man nicht mehr, nach allem, was ihr Sohn gemacht hat.»

Max und Fede sahen sich nur an.

«Was hat sie denn getan?» Fede gab sich naiv.

«Nicht sie, ihr Sohn war ein Mörder. Er hat sich aber erhängt. Eine Ratte weniger, die der Staat ernähren muss.»

«Frau Hurschler kann doch nichts dafür.»

«Sie hat diese Brut grossgezogen. Ich habe meinem Mann schon immer gesagt, dass mit denen etwas nicht stimmt. Die Hurschler müsste man schon längst aus dem Haus schmeissen. Es leben schliesslich anständige Bürger hier.» Die Frau reckte ihr Kinn. «Sie müssen sich nicht bemühen. Sie ist nicht zu Hause. Kann *ich* ihr etwas ausrichten?»

Max nahm Fede sachte beim Arm. Er flüsterte ihr ins Ohr: «Das hat keinen Sinn. Lassen wir uns nicht auf eine Diskussion ein.»

Die Frau wandte sich ab, betrat den Weg, der zur Strasse führte, und schüttelte demonstrativ den Kopf.

«Was war *das*?» Fede sah ihr verwundert nach.

«Die vermeintlich andere Seite eines Touristendorfes», fand Max. Hier hatte der Hass offensichtlich Gestalt angenommen.

Fede drückte die Wohnungsglocke von Mathilda Hurschler. Niemand meldete sich. «Was jetzt?»

«Gehen wir zurück ins Hotel.»
«Und der Chinese?»
«Da gehen wir vorher hin.»

***

In der Bahnhofstrasse stockte der Verkehr. Autos und Fussvolk liessen kaum einen Teerstreifen offen. Das Dröhnen der Motoren und das Geschwafel unterschiedlicher Menschen erzeugten ein Vibrieren und Sirren in der Atmosphäre, als wäre der Mief der Grossstädte auch hier schon angekommen. Der Sommerabend lockte die Leute nach draussen, insbesondere an die Orte, für die in den Hochglanzprospekten und Internetportalen rund um den Globus geworben wurde. Disneyland in den Schweizer Alpen. Niedlich, da musste man hin.

Im Hotel wartete Ruth. «Er hat es wieder getan», war das Erste, was sie sagte, kaum hatten Max und Fede das Foyer betreten. «Er hat es unbemerkt vor meine Wohnungstür gestellt.»

«Ein Totem?», fragte Fede, die auf die Herausgabe des Schlüssels wartete.

Max stand hinter ihr. In ihrem Haar hing der Geruch von chinesischen Gewürzen, von Frittieröl und Zitronengras. Sie hatten während zweier Stunden einem kantonesischen Gourmetmenü gefrönt, dazu Reiswein getrunken, der vor allem Max schwer in die Glieder gefahren war.

«Wann?», fragte er. Es kam ihm wie eine Inszenierung vor. Kaum waren sie ausser Haus gewesen, verschaffte sich ein Unbekannter Zutritt ins Hotel. So jedenfalls hatte Max es verstanden. Handwerker gingen hier ein und aus. Jedermann hätte unbemerkt hereinkommen können.

«Ich prüfte die Personalzimmer im Annex», sagte Ruth. «Währenddessen muss er sich hineingeschlichen haben.»

«Und dein Concierge hat nichts mitbekommen?» Max sah über den Tresen Feierabend an. Dieser hob nur die Schultern. Max sprach ihn direkt an: «Gibt es in diesem Hotel keine Überwachungskameras?»

«Nein, diese Investition war mir zu teuer», antwortete Ruth an Feierabends Stelle.

Max führte Ruth ins Kaminzimmer. «Setz dich und erzähle uns der Reihe nach. Jemand muss ihn doch bemerkt haben. Da sind Leute im Haus. Bevor wir weggingen, begegneten wir zwei Männern, die mit einer Leiter unterwegs waren.»

«Okay.» Fede blieb pragmatisch. «Hat das Hotel noch andere Eingänge?»

«Selbstverständlich», sagte Ruth, «den Lieferanteneingang. Aber dieser ist geschlossen.»

«Machst du jeden Abend einen Kontrollgang durch das Haus, bevor du dich in deine Wohnung zurückziehst?»

«Natürlich, zusammen mit Toni Feierabend. Seit das mit den Totems begonnen hat, sehen wir uns akribisch um. Neuerlich haben wir sogar die Schlüssel im Büro eingeschlossen, damit niemand unbefugt in die Zimmer kann.»

«Und die Handwerker?»

«Die Zimmer sind fertig renoviert und gereinigt.»

«Ich kenne deine Phantasie.» Fede zog ihre Stirn kraus. «Ich kann mir nicht vorstellen, dass du sie seit dem Gymi verloren hast. Schreibst du noch immer Geschichten?»

Max lenkte die beiden Frauen von einer Attacke gegeneinander ab, derweil er hoffte, dass Fede sich mässigen möge. Er musste sonst befürchten, dass Ruth es sich anders überlegte. «Hast du die Figur angerührt?»

«Nein, sie steht oben», sagte Ruth leicht pikiert.

«Dann sollten wir die Polizei benachrichtigen», sagte Fede.

«Das kommt nicht in Frage. Ich mache mich vor denen nicht zum Affen.»

«Heute wirst du mit einem Totem bedroht, morgen könnte es etwas Gefährlicheres sein.»

«Man will mich aus dem Hotel haben, ich spüre es. Aber ich werde nicht verkaufen, sondern mich auf die Wiedereröffnung konzentrieren, während ihr mir den Übeltäter liefert. Ihr werdet es nicht bereuen.» Ruth setzte sich, griff in ihre Jackeninnentasche und beförderte einen kleinen Schreibblock sowie einen Bleistift hervor. Sie legte den Block auf den Tisch, notierte eine Zahl, riss den obersten Zettel ab und gab ihn Max. «Reicht das?»

Max traute seinen Augen nicht. Einen solch hohen Betrag hatte er das letzte Mal bei Mauro Lombardi gesehen, als dieser ihn beauftragt hatte, den Tod seines Sohnes aufzuklären.

«Was ist?» Ruth sah ihn erwartungsvoll an. «Sobald ihr den Vertrag aufgesetzt habt, werde ich die Zahl einsetzen und unterschreiben.»

Max vermied es, sich euphorisch zu zeigen. Dies hätte bewiesen, wie schlecht es um die Finanzen ihrer GmbH stand. «Ich habe ihn bereits vorbereitet. Gut, fangen wir beim Totem an. Kannst du uns zu deiner Wohnung führen?»

«Nichts lieber als das.» Ruth erhob sich. «Ja, ich schreibe noch immer», sagte sie an Fede gewandt. «Aber nicht Romane. Ich arbeite an Möglichkeiten, wie ich mein Hotel attraktiver gestalten kann. Ich möchte das ‹Fin de Siècle› als das präsentieren, was es seit seiner Entstehung ist: ein Haus der Belle Époque, wo nur anspruchsvolle Gäste logieren. Ich schreibe an einem Drehbuch. Ich will, dass das hier», sie machte eine ausschweifende Geste, «wie eine Bühne ist. Meine Gäste sollen ihren Aufenthalt inszenieren. Und ich werde das Hotel wieder zu den fünf Sternen führen, die ihm gebühren.»

Das Totem sah etwas verloren aus vor der mächtigen Tür, die in Ruths Gemächer führte. Dass diese kleine Figur die Gemüter erhitzte, fand Max absurd. Möglicherweise hatte Ruth darin ein Symbol für etwas erkannt, was ihr weit mehr Angst einjagte als das Totem selbst.

Max entnahm seiner Hosentasche einen Plastikbeutel und steckte die Figur hinein, ohne sie mit seinen Händen berührt zu haben. Er wollte sich die Option offenlassen, es als ein Beweisstück aufzubewahren, sollte er später die Polizei zuziehen. «Wenn wir erfahren, wo diese Figuren hergestellt wurden, wären wir einen Schritt weiter.»

«Vielleicht sollten wir uns zuerst deine Geschichte anhören», sagte Fede, die Ruth ins Entrée gefolgt war. Ihre Miene drückte Bewunderung aus.

Die Wohnung glich einem Palast. Der Vergleich zu seinem Appartement in Hergiswil verblasste im Angesicht dieser Räume. Max' Blick erhob sich gegen die Kuppel unter dem Dach, durch deren seitlich angelegte Fenster der Nachthimmel schimmerte. Rosen auch hier, wie im ganzen Hotel präsent, in verschiedenen Vasen zur Schau gestellt. Max fragte sich, wer Ruth die geschenkt hatte. Gab es einen heimlichen Verehrer? Ansonsten dominierten verschnörkelte Möbel aus den Anfängen des letzten Jahrhunderts. Reliefbestückte Schränke und Kommoden, selten schöne Sessel mit farblich abgestimmten Mustern, die zu den Vorhängen passten.

Ruth betrat eine offene Küche, die in ihrer Art an die Kochstelle einer Grossfamilie erinnerte. Ob sie auch zum Kochen diente, bezweifelte Max. Sie war blitzblank. Ruth öffnete den Kühlschrank und holte eine Flasche Wasser daraus hervor. Dem Küchenschrank entnahm sie drei Gläser. «Setzen wir uns ins Wohnzimmer. Dann dürft ihr mich alles fragen, was ihr zur Aufklärung meines Falles braucht.» Sie stellte die Gläser auf den ovalen Salontisch und schenkte Wasser ein.

Fede durchforstete den Raum, schritt zu den Fenstern und warf bei jedem einen Blick nach draussen, als überlegte sie, wo der Eindringling hätte einsteigen können. «Es gibt keine Feuerleiter», bemerkte sie und kehrte zurück zu den Sesseln.

«Erzähle mir von deinem Mann», sagte Max, nachdem sich auch Ruth gesetzt hatte.

Ruth verzog das Gesicht zu einer traurigen Mimik. «Es brauchte seine Zeit, bis ich begriff, was an der Dernière letzten Jahres geschehen war. Als es passierte, sass meine Schwiegermutter unter den Zuschauern. Ich arbeitete im Hotel. Ich weiss nicht, wie ich reagiert hätte, hätte ich das Sterben meines Mannes erlebt. Für Annie brach eine Welt zusammen. Sie kollabierte an diesem Abend. Herzstillstand im wahrsten Sinne des Wortes. Wäre die Ambulanz nicht vor Ort gewesen, hätte sie es nicht überlebt. Sie hat sich nicht mehr davon erholt. Seit jenem Ereignis ist sie sonderbar geworden, will mich nicht mehr kennen, behauptet, ich hätte sie aus dem Hotel geworfen. Dabei musste ich sie ins Pflegeheim stecken, weil sie anfänglich kaum selbstständig leben konnte. Es gibt durchwegs Momente, in denen sie klar ist, intelligent redet und Humor hat, so, wie ich sie gekannt habe. Das ist jedoch selten geworden. Als ich von Albins Tod erfuhr, hätte ich selbst auch am liebsten alles hingeschmissen.»

«Könnte es sein, dass man auf genau diese Kapitulation gewartet hat?», fragte Max.

«Gut möglich.»

Fede griff nach dem Wasserglas. «Hast du Severin Hurschler gekannt?»

«Nicht persönlich», antwortete Ruth. «Albin hat hie und da von ihm gesprochen, von einem aufdringlichen Mann, der ihn bei jeder Probe angriff, nicht nur verbal. Möglicherweise hat er Albins Rolle als Bud Forrester gewollt, war er doch selbst nur ein nichtssagender Statist, der mit seinem Gewehr auftreten durfte. Die Polizei hat mich dazu befragt. Hurschler war ein Feind, der erst mit seinem Tod Gestalt annahm.»

«Hat es dich nie interessiert, was seine Beweggründe gewesen sein könnten?» Fede behielt das Glas in der Hand, fuhr mit ihrem Finger über die eingeschliffenen Rosenmotive, derweil sie Max kurz ansah.

«Ich habe es verdrängt», gestand Ruth. «Das heisst, ich wollte es nicht wissen. Mir ging nur immer wieder die gleiche Sache durch den Kopf: Wenn jemand ein Gewehr mit Munition lädt, tötet er vorsätzlich. Das war geplant. Es musste etwas Schlimmes zwischen meinem Mann und Hurschler vorgefallen sein, dass einer von ihnen dermassen ausrastete. Es zu erfahren, hätte mir Albin nicht zurückgebracht. Das mag zwar kalt wirken, aber ich hatte nicht die Kraft dazu. Als die Polizei bei mir vorbeikam und mir mitteilte, dass man den Täter gefasst hatte, stimmte es für mich. Als dieser sich dann selbst umbrachte, kehrte Friede in mir ein. Ich sah meine einzige Aufgabe darin, das ‹Fin de Siècle› zu renovieren und Albins und schliesslich meine Pläne umzusetzen.»

«Was hat es mit dem Geist auf sich?» Fede warf Max wiederum einen Blick zu, der alles enthielt: Belustigung, Zweifel, Neugier.

«Ich …» Ruth zögerte. «Ehrlich gesagt, dachte ich, dass die Erwähnung eines Spuks mehr gewichtete als ein bescheuertes Totem.»

«Also spukt es hier nicht.» Fede klang enttäuscht.

«Natürlich nicht.» Ruth erhob sich.

«Bitte setz dich wieder», bat Max sie. «Seit wann kanntest du deinen Mann?»

Ruth blieb stehen. «Wir lernten uns vor sieben Jahren hier in Engelberg kennen. Ich war damals als Kiosk-Aushilfe von Stans hierhin versetzt worden. Albin holte bei mir regelmässig die Zeitungen ab, die er für die Gäste seines Hotels reserviert hatte. Wir kamen ins Gespräch, später lud er mich zum Mittag-, dann zum Nachtessen ein. Der klassische Fall eines Annäherungsversuchs.» Ruth lächelte, als schwelgte sie in ihrer glücklichen Vergangenheit.

«Was ja dann offensichtlich funktioniert hat», sagte Fede.

«Ja, es verging kaum ein halbes Jahr, als ich bei ihm im Hotel einzog. Daraufhin belegte ich Kurse, um mich im Hotel nützlich machen zu können, vor allem wegen der Arbeit im Büro.»

«Wie hat Albins Mutter reagiert?», fragte Fede.

«Anfänglich so, wie man das von Schwiegermüttern in spe erwarten kann. Ich war natürlich ein rotes Tuch für sie. Erst am Hochzeitstag fing sie an, mich zu akzeptieren. Ich habe ihr Herz jedoch schnell erobert. Sie sah, wie fleissig ich war und zum Erfolg ihres Hotels beitrug.»

«Gab es vorher andere Frauen an der Seite deines Mannes?»

«Von dem gehe ich aus.» Ruth lachte auf. «Ich war vorher auch keine Nonne.»

«Und als du ihn kennengelernt hast, war er da in einer Beziehung?» Max sah, wie Ruth leer schluckte.

«Ich glaube, ich war sogar der Grund, warum er seine letzte Beziehung auflöste.»

«Nennst du mir ihren Namen?»

«Sorry, ich habe keine Ahnung, worauf du hinauswillst.» Ruth wandte ihren Blick ab.

«Du möchtest, dass wir deinen Stalker finden. Einen üblen Typen, der dir monatlich Totems vor die Tür stellt. Dazu müssten wir Einblicke in die Vergangenheit deines Mannes haben.»

«Soll ich euch die Zimmer zeigen?» Ruth wich augenscheinlich aus.

Fede gähnte. «Können wir das auf morgen verschieben? Ich bin ziemlich müde.»

Max wusste, dieses «ziemlich müde» bedeutete etwas ganz anderes. Und da Ruth nicht mehr bereit war, in ihre Familiengeschichte Einblick zu gewähren, sah er davon ab, weiterzubohren.

VIER

Zuerst war da nur dieses Wasser. Eine schäumende grauweisse Gischt, die in lautem Getöse über die Felskaskaden schoss. Max stand am Fusse des Hahnen, unfähig, sich vom Platz wegzubewegen. Etwas hielt ihn zurück. Er versuchte, sich gegen das fallende Wasser zu wehren, das ihn zu ertränken drohte, griff ins Leere. Er riss die Augen auf und starrte auf das obere Ende eines Totems. Dort, wo sonst der Rabe seine Flügel ausbreitete, erkannte er Ruths Gesicht, leichenweiss. Ein Abbild des Todes. Max streckte erneut seine Arme aus, die Hände …

Als er erwachte, bemerkte er Fedes Konturen im Fenster. Dahinter die blaue Nacht, von Streulichtern schwach erhellt, vom abnehmenden Mond.

Max musste sich zuerst sammeln. «Kannst du nicht schlafen?» Er richtete sich auf, stützte seine Ellenbögen auf der Matratze ab.

Fede drehte sich zu ihm um. «Ein Geräusch hat mich aufgeschreckt. Ein Kratzen, das aus dem Zimmer von nebenan zu kommen schien.»

«Du hast bloss geträumt.» Max bemühte sich, die Erinnerung an seinen eigenen Traum festzuhalten. Ruth, wie sie ihn angestarrt hatte, ihr Kopf auf dem Totem, als wäre sie selbst aus Holz. Die toten Augen dunklen Höhlen gleich. Max träumte selten, und wenn er erwachte, hatte er die nächtlichen Visionen meistens vergessen.

«Ich kann Träume von der Realität unterscheiden.» Fede kroch wieder zu ihm unter die Decke. «Ich war schon wach, als ich das Geräusch vernahm. Es hörte sich so an, als würde jemand mit einem Dreizack über die Wand streichen. Von oben nach unten.»

«Wie spät ist es?» Max hatte kein Bedürfnis nach einer Diskussion.

«Halb eins. Die Stunde der Geister.»

Er zog sie näher an sich heran, legte seinen Arm um ihren Körper. Sie fühlte sich kühl an. «Es gibt sicher eine Erklärung dafür.»

Fede zuckte zusammen. Nun hörte er es auch. Das Kratzen klang nahe, als wäre jemand im Zimmer.

«Knips mal das Licht an.» Fede klammerte sich an Max. So ängstlich hatte er sie nie zuvor erlebt.

Er griff nach dem Lichtschalter. Die Nachttischlampe warf einen ockergelben Kegel auf den Boden, wo Max einen geheimnisvollen Schatten ausmachte. «Wir bilden es uns nur ein. Hier ist nichts.»

«Wir sollten trotzdem nachsehen.»

«Das können wir morgen tun.»

Fede sass auf, streckte die Beine über die Bettkante und erhob sich. Sie ging zu den Lichtschaltern beim Eingang, drückte sämtliche Knöpfe. Der Raum tauchte aus den Schatten. Max sah ihr nach, wie sie die Türfalle niederdrückte und die Tür öffnete. «Hattest du nicht abgeschlossen, bevor wir uns schlafen legten?», fragte sie.

«Komm wieder ins Bett.» Max verabscheute es, mitten in der Nacht aufzustehen, auch wenn der Grund ein seltsamer war. «Kann sein, dass ich den Schlüssel nicht umgedreht habe.» Er wollte Fede nicht beunruhigen, obwohl er sicher war, abgeschlossen zu haben.

«Ich kann nicht schlafen, bevor ich nicht weiss, wer sich nebenan aufhält. Kommst du mit?»

«Nicht dein Ernst.» Max drehte sich demonstrativ auf die andere Seite.

«Es könnte der Typ mit den Totems sein. Irgendeine Erklärung muss es ja geben. Vielleicht wohnt er schon lange im Hotel. Hat sich hier heimlich eingenistet. Ruth weiss es bloss nicht.»

Nur widerwillig verliess Max das Bett. Wenn er sich sträubte, einen nächtlichen Kontrollgang zu unternehmen, würde Fede ihn nicht mehr in Ruhe lassen. Er zog sich den Morgenmantel an, der über der frei stehenden Badewanne an einem Bügel gehangen hatte, schlüpfte in die Pantoffeln, auf denen das Logo des Hotels gestickt war. Ruth hatte an alles gedacht.

Fede stand bereits vor der Tür, als Max das Zimmer verliess. Der lange Korridor wirkte gespenstisch im diffusen Licht einiger fahler Lichtquellen. Die Nachtbeleuchtung, hatte Ruth erklärt, als Max sie darauf angesprochen hatte. Diese schalte automatisch ein, sobald es draussen einnachtete. Er hatte sich darüber gewundert.

Dunkelheit breitete sich weiter hinten aus, dort, wo die Treppe ein Stockwerk höher führte, auf Ruths Geschoss. Ein schwacher Luftzug streifte Max' Gesicht, als er neben Fede zur Treppe schritt.

«Von irgendwoher zieht es», sagte Fede, als hätte sie den kalten Atem auch gespürt.

«In unserem Zimmer steht eines der Fenster offen.» Max nahm Fede sachte am Arm, im gleichen Moment, als aus der Richtung ihres Zimmers ein Knall ertönte.

Fede blieb wie angewurzelt stehen. Max vergass zu atmen. «Es gibt eine Erklärung.» Sicher war er sich nicht. «Das war bestimmt die Tür wegen des Durchzugs. Komm, gehen wir zurück.»

Fede vermochte nicht, sich zu rühren. Sie stand da wie Lots Frau, zur Salzsäule erstarrt, als hätte sie auf etwas weit Schrecklicheres gesehen als auf den Untergang von Sodom.

Max zog sie an sich.

«Hier stimmt etwas nicht.» Fede schlang die Arme um ihre Brust.

«In unserem Zimmer sind wir sicher. Und wenn du es willst, werden wir die schwere Kommode vor die Tür stellen.» Er kam sich belämmert vor.

Der Gang durch den Korridor verlangte selbst ihm einiges ab. Es schien, als wäre die ganze Kraft aus seinem Körper gewichen. Zum letzten Mal hatte er sich nach Vaters Tod so gefühlt. Damals, als man ihm mitgeteilt hatte, was geschehen war. Auch jetzt trugen ihn seine Beine kaum. Mit Fede an seiner Seite schleppte er sich zur Zimmertür. Diese stand einladend offen.

Drinnen brannte das Licht. Alles beim Alten. Er schloss die Tür, drehte den Schlüssel um. Gemeinsam schoben sie die Kommode vor die Tür. Wenn sich jetzt jemand daran zu schaffen machte, mussten sie es hören.

Den Rest der Nacht lagen sie eng beieinander, ohne zu schlafen.

Die Geräusche wiederholten sich nicht.

***

Kaffeeduft streifte Max' Nase, als er am Morgen erwachte. Erst um sechs war er in einen unruhigen Schlaf gefallen, als es draussen bereits hell und Fede im Badezimmer war. Jetzt sass sie auf der Bettkante mit einem Tablett in den Händen. «Wir können im Zimmer frühstücken.» Die nächtlichen Ereignisse schien sie ausgeblendet zu haben. Darüber sprechen wollte sie offenbar nicht. So, wie Max sie kannte, hätte sie sich geschämt. Sie, die starke Frau, die sich für ihre Tiere einsetzte, die wusste, wie man einen Computer hackte und Max' Herz mit ihrer Leidenschaft gewann. Sie würde nicht zugeben wollen, was sie nachts umtrieb, welche dunklen Mächte sie heraufbeschwor, allein mit ihren schwarzen Gedanken. Als Teenager habe sie über Kräfte verfügt, hatte sie ihm erst noch erzählt, welche Möbel rücken liessen. Experimentiert habe sie mit ein paar Mädchen ihrer Klasse, denen sie die Augen verbunden und einen Apfel in die Hand gedrückt habe. Sie hätten geweint, als hielten sie eine Zwiebel. Daran musste er jetzt denken. Er lachte still vor sich hin.

«Möchtest du im Bett essen?»

«Woher hast du das?» Max sah auf das Tablett, auf dem zwei Latte macchiato, ein Silberkörbchen mit Brot, Butter im Geschirr und Konfitüre standen, Teller mit Messern.

«Feierabend hat es mir gegeben.»

«Ist Ruth schon auf?» Max setzte sich.

«Habe ich nicht gesehen. Aber einen Handwerker, der mit einem Farbkessel unterwegs war.»

«Er hat wohl ein paar unschöne Stellen ausgebessert. Die letzten Augenblicke müssen genutzt werden, trotz Sonntag.» Max griff nach einem warmen Brötchen.

«Dachte ich auch.»

Somit war das Thema erledigt. Fede setzte sich zu ihm, steckte den rechten Mittelfinger in die Konfitüre, führte ihn zum Mund, verschmierte ihn, forderte Max auf, sie ihr von den Lippen zu lecken. Fede, die die Nacht vergessen hatte.

Nach dem Frühstück und einem ausgiebigen Baderitual trafen sie Ruth im Kaminzimmer an. Weder Max noch Fede sprachen sie auf den nächtlichen Spuk an. Vielleicht waren sie einfach zu überreizt gewesen nach den Gesprächen des letzten Tages. Milagros hatte sich letzthin daran erinnert, dass es im «Fin de Siècle» bereits früher seltsame Geräusche gegeben hatte.

Ruth, gestylt von Kopf bis Fuss, sass im Ohrensessel neben dem Cheminée, vor sich diverse Ordner, von denen sie einen aufgeschlagen hatte. Er beinhaltete Briefe und Kopien von E-Mails der letzten Jahre, die sie nach Datum geordnet abgelegt hatte. «Albin war ein präziser Mann», sagte sie. «Er hat alles fein säuberlich archiviert. Ich habe ihn wegen des Ordnungswahns stets belächelt. Nun bin ich froh, dass es die Akten gibt. Möglicherweise habe ich etwas übersehen, was im Zusammenhang mit den Totems steht.» Sie zeigte auf einen Brief von Herbert Amstutz. «Darin schreibt er, dass wir uns gegen eine zeitgemässe Zukunft für Engelberg richten und an ihn denken würden, wenn unser aus der Mode gekommenes Hotel keine Gäste mehr anzöge.» Ruth sah mit hochgezogenen Brauen auf. «Eine bodenlose Frechheit! Wenn der wüsste, wie viele Reservationen wir für den nächsten Winter bereits haben. Es gibt Gäste, die mögen das Kalte und Futuristische nicht. Sie ziehen ein Kuschelhotel einem anonymen Kasten vor.»

«Vielleicht haben die Interessenten den fetten Braten gerochen.» Fede sah Ruth über die Schultern. «Es muss nicht sein, dass sie das Hotel abbrechen, sondern mit deiner Philosophie so weiterführen würden.»

«Ja, Lindberg machte mal Andeutungen. Mittlerweile hat die Schwedenkolonie ein paar Hotels in Engelberg gekauft, was jährlich Tausende von Landsleuten anzieht. Die Beiz ‹Smörgåsbord› im Dorfzentrum ist nur *ein* Beispiel dafür, wie wir von den Schweden überschwemmt werden. Geht man dort als Einheimischer rein, versteht dich kein Mensch. Sie bemühen sich nicht einmal darum, unsere Sprache zu sprechen. Müsste ich das Hotel wegen finanzieller Schwierigkeiten verkaufen, dann ganz bestimmt nicht an die Skandinavier oder die Chinesen.»

Fede erwiderte nichts.

Später, als Ruth das Kaminzimmer verlassen und Max die ihres Erachtens wichtigsten Briefe überlassen hatte, tigerte Fede vom Cheminée zum Fenster und wieder zurück. In ihrer Hand hielt sie ein Schreiben von Guo Xu Lun. «Er hat eine erstaunlich gepflegte Sprache.»

«Er wird sein eigenes Übersetzungsbüro haben, in seiner Position.»

«Er beruft sich auf die vielen Schreiben, die er bereits an Albin Odermatt und später an Ruth geschickt hat. Im Gegensatz zu Amstutz kann ich weder einen gehässigen Ton noch eine Drohung daraus lesen. Er scheint mir aber ein beharrlicher Mensch zu sein. Wenn sich drei Länder Engelberg untereinander aufteilen, dann kämpft er offensichtlich um seine Anteile.»

«Dazu kommen noch die Inder.»

«Ja, die werden sich früher oder später auch hier niederlassen.» Fede schmunzelte vielsagend.

«Wenn man bedenkt, dass Engelberg vor fünfundzwanzig Jahren ein eher verstaubtes Dorf war, haben die ausländischen Gäste schon ziemlichen Pepp hierhingebracht. Engelberg ist aus dem Dornröschenschlaf erwacht. Ich finde die Entwicklung gut.» Max hatte nicht herausgefunden, was die Totems damit zu tun hatten. «Das Naheliegendste haben wir uns jedoch nicht angesehen.»

«Was meinst du?»

«Die Holzfigur ist möglicherweise ein Hinweis auf die Freilichtspiele. Da muss etwas vorgefallen sein, das noch nicht vom Tisch ist.»

«Diesen Gedanken hege ich schon lange.» Fede setzte sich wieder. «Lass uns heute noch einmal zu Mathilda Hurschler gehen. Vielleicht haben wir Glück, und sie ist zu Hause.»

«Und anschliessend zu Winnetou.»

***

Nebelschwaden stürzten von den umliegenden Bergen, Fabelwesen gleich, welche die Landschaft verschlangen. Windböen kündeten ein Gewitter an. Das Dorf versank in einem Morast undefinierbarer Schatten. Erste Blitze, die sich wie Goldzähne durch die Wolken frassen. Dann der Donner, ohrenbetäubend laut. Der Boden zitterte.

Schwere Regentropfen fielen. Peitschten wie Geschosse durch den nächtlichen Tag. Max und Fede stellten sich unter das Vordach des Hauses, in dem Mathilda Hurschler wohnte.

«Glück gehabt.» Fede wischte sich nasse Haarsträhnen aus der Stirn. Ein erneuter Blitz liess ihre feuchten Wangen leuchten.

Max betätigte die Klingel. Jemand sprach durch die Gegensprechanlage und drückte, ohne die Antwort abzuwarten, auf den Türöffner.

Sie betraten das Treppenhaus, gelangten zum Lift, der sie nach oben führte, auf die zweite Etage, wo Mathilda Hurschler auf der Türschwelle stand und ihren Besuchern verwundert entgegensah. Sie mochte um die siebzig sein, klein, zart mit kurzen, fast weissen Haaren. Ein graues Augenpaar musterte Max und Fede. «Sind Sie von der Spitex? Es wird auch langsam Zeit, dass man mir jemanden vorbeischickt.»

Max bat für die Störung am Sonntag um Entschuldigung und stellte sich und Fede vor, worauf Mathilda Hurschler einen Rückzieher in ihre Wohnung machte. Bevor sie die Tür ins Schloss werfen konnte, gelang es Fede, sich einzubringen.

«Wir sind wegen Ihres Sohnes hier.»

Eine gewagte Aussage, fand Max. Er sah, wie Mathilda Hurschler leer schluckte.

«Kommen Sie.» Sie hielt die Tür auf. «Sind Sie von der Presse?» Sie griff nach ihrem Rollator.

Auf den ersten Blick wirkte die Wohnung erstaunlich aufgeräumt. Doch als Max in die Küche sah, traf ihn fast der Schlag. Augenscheinlich war seit Tagen nicht mehr abgewaschen worden. Schmutziges Geschirr stapelte sich sowohl im Abwaschbecken als auch auf der Herdplatte, der Ablage und dem Küchentisch. Ein schimmliger Geruch lag in der Luft.

Ein Blitz erhellte die düstere Wohnung. Fast unmittelbar darauf krachte der Donner.

«Endlich kommt die Abkühlung», seufzte Mathilda Hurschler. «In meinem Alter verträgt man die Hitze nicht mehr so wie früher. Aber früher war es auch nicht so heiss in den Bergen. Da kamen die Leute zu uns, um sich zu erfrischen. Wer, sagten Sie, sind Sie?» Sie blieb stehen, etwas vornübergebeugt auf ihre Gehhilfe gestützt, machte vorerst keine Anstalten, ihren Besuch zum Sitzen einzuladen.

«Wir sind Privatdetektive.» Max entnahm seiner Hosentasche eine Visitenkarte, reichte sie ihr.

Mathilda Hurschler vermied es, daraufzublicken. Sie setzte sich in Bewegung. «Bitte, nehmen Sie in der Stube Platz. Zu trinken kann ich nichts anbieten ausser Hahnenwasser. Flaschen vermag ich nicht zu schleppen, wie Sie sehen.» Sie liess sich schwer atmend auf einen Stuhl nieder. «Was führt Sie zu mir? Detektive … Sie sagten, wegen meines Sohnes.» Wieder schluckte sie. «Ich habe nie an seine Schuld geglaubt.»

Auf dem Tisch lag eine Häkeldecke, darauf stand eine Vase. Die Blumen mussten über längere Zeit darin welken. Der Geruch, der von ihnen ausging, erinnerte an einen Friedhof.

«Ich habe mir nie einen Privatdetektiv leisten können, nachdem man meinen Severin eingesperrt hatte. Jetzt sind Sie da. Aber es ist zu spät. Mein Bub lebt nicht mehr.»

«Er hat …» Max überlegte, wie er das heikle Thema beginnen wollte.

Fede nahm es ihm ab. «Er hat Suizid begangen?»

Mathilda Hurschler senkte die Augenlider. «Er hat sich selbst erhängt, aus tiefster Verzweiflung.»

«Dann hat die Polizei den Fall als gelöst gesehen.» Max hatte Skrupel, mit dem Gespräch fortzufahren. Wenn er darauf zu sprechen kam, würde er Wunden aufreissen. Er war sich nicht sicher, ob das die zierliche Seniorin verkraften würde. Sie blieb jedoch erstaunlich gefasst.

«Wir haben nie viel gehabt», sagte sie. «Es reichte zum Leben. Extravaganzen wie Ferien konnten wir uns nicht erlauben. Mein Sohn wurde von der Invalidenrente unterstützt.»

«Ist er keiner Arbeit nachgegangen?», fragte Fede.

«Severin hätte gern gearbeitet. Aber niemand wollte ihn wirklich haben. Er war zu nichts zu gebrauchen. Nach seinem Motorradunfall mit neunzehn, wo er sich schwere Bein- sowie Kopfverletzungen zugezogen hatte, litt er unter chronischen Schmerzen. Sie können sich etwa vorstellen, wie das auf seine Moral gedrückt hat. Er fing an, Waffen zu sammeln.»

«Dazu braucht man einen Waffenschein», sagte Max. «Jede Waffe muss zudem registriert sein.» Er überlegte sich, wie sich das Sammeln von Waffen und IV-Abhängigkeit miteinander vereinbaren liess. «Wie ist er zu diesen gekommen?»

«Den Grossteil hat er über das Internet gekauft. Ich konnte ihm doch sein Hobby nicht verbieten.» Es klang verbittert.

«Dürfen wir die Sammlung einmal ansehen?»

Max wunderte sich über Fedes Frage.

«Die Polizei hat alle konfisziert.» Mathilda Hurschler seufzte ergriffen. «Sein Lieblingsstück, eine Winchester – bitte fragen Sie mich nicht nach der genauen Bezeichnung –, ist ihm zum Verhängnis geworden. Er war stolz darauf, sie an die Freilichtspiele mitzunehmen.»

«Hätte nicht Old Shatterhand sie tragen sollen?»

«Old Shatterhand … ja. Ich glaube, er war auch im Besitz einer Winchester. Severin erwähnte es mal. Aber diese gehörte zu den Theaterrequisiten, wurde von den Verantwortlichen gestellt.

Fede hob die Brauen und warf Max einen Blick zu. Hatte man die Waffe verwechselt oder gar bewusst vertauscht? «Wie kam es, dass die Waffe geladen war?»

«Ich habe versucht, es der Polizei plausibel zu machen. Severin hatte keine Munition. Ich kann es mir nicht erklären. Zeugenaussagen, dass Severin sich vor der Aufführung mit Odermatt gestritten und Morddrohungen ausgesprochen hätte, lieferten ihn ans Messer. Schrecklich …» Mathilda Hurschler wischte sich eine Träne ab. «Für Severin muss die Untersuchungshaft nicht auszuhalten gewesen sein. Er litt, wenn man ihn einsperrte. Die Phobie hatte er bereits als Kind, noch vor dem Unfall.» Sie sah mit rot geränderten Augen auf. «Aber warum fragen Sie mich das alles?»

Max beobachtete sie eine Weile schweigend. Er hätte viel dafür gegeben, einen Einblick in ihre verletzte Seele zu erhalten. Sie schien die brutale Realität zu verdrängen, wollte die Erinnerung an ihren Sohn nicht mit Bösem belasten. Welche Mutter kann schon begreifen, wenn ihr Kind auf Abwege gerät.

Den Verdacht, dass Mathilda Hurschler etwas mit den Totems zu tun hatte, musste Max begraben. Sie hatte eine Gehbeeinträchtigung. Mit ihrem Rollator wäre sie aufgefallen. Trotzdem vermochte er nicht, die nächste Frage für sich zu behalten. «Haben Sie mit der Frau des Opfers je einmal Kontakt aufgenommen?»

Mathilda Hurschler erhob sich umständlich. «Ich möchte, dass Sie jetzt gehen.»

Max spürte, dass vieles unausgesprochen blieb. Das Schicksal hatte die gesundheitlich angeschlagene Frau bereits zu stark gebeutelt. Er sah davon ab, sie weiter zu belästigen.

Nachdem sie die Wohnung verlassen und eine von Trauer überwältigte Frau verabschiedet hatten, hagelte es von Fede Vorwürfe.

«Wie kannst du ihre Aussage einfach ignorieren?»

«Ich habe sie nicht ignoriert. Hast du nicht gesehen, wie

die Frau um Fassung gerungen hat? Wir sind Detektive, keine Gehirnwäscher.»

«Seltsamer Vergleich.» Fede ging über die Treppe nach unten. Beim Ausgang blieb sie stehen. Es regnete nicht mehr. Die Gewitterwolken hatten sich verzogen und einem sich lichtenden Nebel, der über die Berggipfel waberte, Platz gemacht.

Max öffnete die Tür. Die Hitze der letzten Tage hatte sich zwar verabschiedet, aber die Sonne kämpfte schon wieder um ihre Präsenz. «Ich kann mir auch nicht vorstellen, dass sie jemandem den Auftrag erteilt hat, Ruth zu bedrohen.»

«Trotzdem sollten wir sie nicht aus den Augen lassen. Sie ist überzeugt, dass ihr Sohn unschuldig war. Vielleicht ist etwas Wahres dran, und der Täter ist noch auf freiem Fuss. Wenn ich der Frau glauben soll, ist ihr Sohn aufgrund von Zeugenaussagen verhaftet worden.»

Sie betraten die Strasse. Über dem Asphalt dampfte es.

«Das Urteil war noch nicht gesprochen. Trotzdem hat er sich das Leben genommen. Für den Richter muss das ein Schuldbekenntnis gewesen sein.» Max legte den Arm um Fedes Schultern.

«Ein Fall weniger.» Fede klang gereizt. «Ein aufwendiges Verfahren vom Tisch.»

Max blieb stehen, drehte Fede zu sich um. «Du sagst das so dahin, als würdest du an der Korrektheit der Polizeiarbeit zweifeln.»

«Vor einem Jahr waren Wahlen. Da macht sich ein gelöster Fall ganz gut.»

«Du bist zynisch. Zudem fanden die Regierungsratswahlen im März statt, lange bevor man Hurschler einbuchtete.»

Fede ging weiter. «Bei der Obwaldner Kantonspolizei gab es Beförderungen, im September letzten Jahres.»

Max hielt sie zurück. «Hast du die Polizei gehackt?»

«Das ist nicht so einfach, wenn gar unmöglich. Und nein, so dreist bin ich nicht.»

Fede war immer wieder ein Mysterium für ihn. Woher sie all ihr Wissen nahm, war ihm schleierhaft. Ihr Gehirn schien Tag und Nacht zu arbeiten. Mit logischen Überlegungen war sie ihm Meilen voraus, obwohl sie von sich behauptete, aus dem Bauch heraus zu agieren.

«Nehmen wir einmal an», fuhr Fede fort, «der Mörder läuft frei herum …» Sie sprach nicht aus, was Max insgeheim befürchtete.

«Du meinst, Hurschler war ein Bauernopfer?»

«Ich denke, dass wir endlich unseren Job richtig machen müssen.»

«Wir haben nichts in der Hand ausser zwei Totems.»

«In Wolfenschiessen gibt es eine Schreinerei, der ich die Herstellung solcher Figuren zutraue. Vielleicht müssten wir morgen mal dorthin fahren.»

***

Für das Cowboykleid war es Fede heute zu kalt. Auch Max zog normale Bekleidung dem Kostüm vor. Sie hatten beim Kloster auf den Bus gewartet, der sie über die Wasserfallstrasse ins Westerndorf brachte. Der Bus war überfüllt von kreischenden Kindern und deren Eltern, die ihrer nicht Meister wurden. Am Sonntag beginne die Vorstellung bereits um halb fünf, hatte Ruth gesagt. Jetzt war es drei Uhr. Fede hatte vorgeschlagen, vor der Aufführung mit den Schauspielern und den Komparsen zu sprechen. «Ihnen muss das letztjährige Drama noch präsent sein», hatte sie gemeint.

Max allerdings fand es nicht sehr klug. «Wie willst du es anstellen? Hinter die Bühne gehen? Dort bereiten sie sich auf ihren Auftritt vor. Als Fremder hast du sicher keinen Zugang.»

«Lass mich machen.»

Sie fuhren am Campingplatz vorbei. Fede zeigte auf das Ende des Tals, wo sich markante Felsen erhoben, senkrechte Gesteinsnadeln, von der Sonne angeschienen, dazwischen dunkle Schatten wie ein Lächeln in einem Gesicht aus Stein. «Das sind die Spannörter. Wenn du über die Lücke kletterst, erreichst du auf der anderen Seite den Kanton Uri.»

Es waren nicht die einzigen Felsmassive, die das Tal säumten. Auf der gegenüberliegenden Seite erhob sich imposant der Hahnen. An seiner Flanke hingen Wolken wie Rauchschwaden nach einer gelöschten Glut.

Der Bus stoppte. Max und Fede liessen die Kinder zuerst aussteigen. Diese zeigten sich überdreht, schwangen Gummibeile und Pfeilbögen und rannten ihren Eltern voraus Richtung Westerndorf.

«Ich bin froh, habe ich keine Kinder», sagte Fede.

Max schwieg brüskiert. Für ihn hatte diese Aussage eine traurige Konsequenz. Aber vielleicht war es einfach so dahingesagt. Er hätte ihre Geschichte gern weitergesponnen. Nun würde er sich kaum mehr getrauen, mit Fede über eine gemeinsame Zukunft zu sprechen.

Er verliess den Bus, konzentrierte sich auf den Weg, der zur Bühne und weiter hinten zu den Ständen führte. Wie schon bei ihrer letzten Vorführung waren die Schauspieler unterwegs, mischten sich unter die Besucher, in Vollmontur und geschminkt, ganz zur Freude der Kinder, welche um Autogramme bettelten.

«Möchtest du dir die Show noch einmal ansehen?» Fede schritt vor Max, hatte sich jetzt zu ihm umgedreht. «Wir könnten Tickets lösen.» Sie verwies auf einen Wagen mit Plane, an dem die Leute Schlange standen. «Geht sicher ganz schnell.» Sie lachte verschmitzt.

«Ja, mach du mal. Ich sehe mich in der Zwischenzeit um.» Im Gegensatz zu Fede hatte er den ersten Akt nicht gesehen. Weshalb sie sich das Spektakel noch einmal anschauen wollte, war ihm nicht klar. Sie hatten nicht Zeit zum Vergeuden. Entgegen Fedes Vorhaben, sich hinter die Bühne zu begeben, schritt Max an zwei Wachmännern vorbei zum Tribüneneingang.

«Sie können da nicht durch», sagte die Squaw von neulich. Zu kennen schien sie Max jedoch nicht.

«Ich muss den Regisseur sprechen», flunkerte er. «Ist er vor Ort?»

«Er ist nicht da. Aber sein Assistent. Wer will das wissen?»

«Ein Freund.»

Die Squaw schmunzelte. «Ach, Sie kenne ich doch. Sind Sie nicht der Freund von Annie Odermatt? Oder so ähnlich … Sie waren am Donnerstag schon hier.»

«Haben Sie Zeit für mich?»

«Ich?» Sie bezirzte ihn mit ihren blauen Augen. Ihre Verlegenheit war nicht zu übersehen. «Zehn Minuten vielleicht, das sollte passen.» Sie sah ihn an, als würde sie von ihm einen Heiratsantrag erwarten und mit Bestimmtheit eine Einladung zu einem Drink. Sie war jung, kaum fünfundzwanzig, mit einer rosigen Gesichtshaut, die jetzt errötete. Ihre langen Haare hatte sie zu einem losen Zopf geflochten.

Max nahm sie sachte beim Arm, zog sie zu den untersten Stufen der mittleren Tribüne. «Wie war das genau vor einem Jahr? Waren Sie da auch dabei?»

«Ich bin seit Beginn hier», sagte sie nicht ohne Stolz.

«Ich meine, als die Sache mit einem der Hauptdarsteller geschah.»

«Schlimm, sehr schlimm. Aber ich kann Ihnen nichts dazu sagen.» Sie verschränkte die Arme. «Ich glaube, da wird Ihnen auch der Regisseur oder dessen Assistent nicht weiterhelfen können.»

«Sind Sie zum Schweigen verdammt?» Max rutschte es heraus, was er gleich bereute.

«Tut mir leid, ich muss zurück.» Sie blickte zum Eingang. «Ah, da kommt Benno, der Regieassistent.» Offenbar war sie froh, Max ihrem Kollegen zu überlassen. Sie huschte weg.

Max blieb konsterniert stehen.

«Sie sollten den Platz verlassen», sagte der Mann, den die Squaw Benno genannt hatte. «Wir haben strikte Anweisungen. Vor der Vorführung hält sich kein Gast auf dem Bühnengelände auf. Würden Sie bitte so gut sein und vom Areal gehen?»

«Von Wirth», stellte Max sich vor. «Ich brauche eine Auskunft über den Vorfall von der Dernière letzten Jahres.»

«Da sind Sie bei uns an der falschen Adresse.» Benno hob abwehrend die Hände.

«Dürfen Sie nicht darüber sprechen?»

«Gehen Sie.» Er zeigte sich von der unhöflichen Seite. «Ansonsten müsste ich die Security rufen.»

«Ich habe Ihnen eine ganz normale Frage gestellt.» Max wusste, dass er damit provozierte, und erwartete bereits einen Rausschmiss.

«Sie haben mich offenbar nicht verstanden. Ziehen Sie Leine!»

«Nett. Geht man so mit Besuchern um?»

«Sie sind nicht von der Zeitung, oder?»

«Und wenn, würde ich in meinem nächsten Artikel über *Sie* schreiben. Negativschlagzeilen, wenn Sie verstehen, was ich meine.»

Ein Security näherte sich ihnen. «Gibt's ein Problem?»

«Nein, der Herr will gehen», sagte Benno, dem Max' Drohung nichts auszumachen schien.

Max nannte seinen Namen. «Ich suche jemanden, der mir über den Todesfall vor einem Jahr berichten kann.»

«Dann sollten Sie sich an die Polizei wenden», sagte der Security.

«Kannten Sie Severin Hurschler?»

Max beobachtete die beiden Männer, die sich genervt Blicke zuwarfen.

«Oder Albin Odermatt?» Er wollte jetzt nicht klein beigeben.

«In einer Stunde fangen die Spiele an», sagte der Security. «Wir haben anderes zu tun.»

«Kann ich Sie nach der Vorführung sprechen?»

«Nein, das geht nicht.» Benno wippte auf den Absätzen. «Gehen Sie!»

Max hatte vermutet, dass es nicht einfach sein würde, aber nicht mit dieser schroffen Abweisung gerechnet. Er war sich sicher, dass hier etwas bewusst verschwiegen wurde.

***

Wieder mussten sie Taschen und Säcke von innen nach aussen drehen.

«Seit wann machen Sie solche Kontrollen?» Max wandte sich an die Frau, die Fedes Tasche durchsuchte.

«Befehl von oben.»

«Vermuten Sie einen Angriff auf die Freilichtspiele?», fragte Fede.

«Das ist nicht lustig.» Die junge Frau reichte Fede die Tasche und checkte das Ticket. «Sie können durchgehen.»

Fede drehte sich zu Max um. «Wenn du bei deinem Sitzplatz angekommen bist, werde ich unbemerkt wieder rausgehen. Ich habe mir gemerkt, wo. Auf der rechten Seite kann ich verschwinden, und niemand sieht es. Am Ende der Gerüste gibt es eine Stelle, wo sich ein toter Winkel befindet. Dort hangle ich mich dann nach unten.»

«Das kannst du nicht tun. Das ist zu gefährlich.»

«Das lass mal meine Sorge sein.» Sie küsste ihn. «Ich werde nach dem ersten Akt zurück sein. Ich weiss jetzt, wie ich es anstelle, um an die Komparsen zu gelangen.»

«Hoffentlich unblutig.» Max grinste, wohl war es ihm nicht.

Winnetous Melodie ertönte. Ein Zeichen dafür, dass der erste Akt begann. Augenblicklich wurde es ruhig unter den Zuschauern. Hie und da vernahm man ein Räuspern.

«Im südlichen Arizona des Jahres 1862 zog ein Siedlertreck mit Auswanderern durch das Land», sagte der Erzähler. «Der Treck bestand aus einer bunten Gesellschaft von Menschen, die aus verschiedenen Motiven hier im Wilden Westen unterwegs waren. Sie stammten aus Deutschland und der Schweiz. Zur selben Zeit trieben sich die Finders, eine Bande von zwölf gefährlichen Revolverhelden in der Gegend herum. Raub und nicht selten Mord waren deren Geschäft.»

Auf der Bühne erschienen zwei Planwagen, begleitet von einer Gruppe von Siedlern. Schüsse fielen, bevor Feuerwerkskörper aufleuchteten, nicht so dramatisch am helllichten Tag. Max war ein wenig enttäuscht.

«Aussteigen!», befahl Buttler. «Und schön die Hände hoch.»

Die Siedler verliessen ihre Wagen.

«Los, Männer», sagte Buttler, «erleichtert die ehrenwerte Gesellschaft von ihrem Geschmeide und den schweren Dukaten.» Er ging die Reihe entlang und streifte mit seinem Colt über die Nasen der Siedler. Seine Männer sammelten Ohrringe, Ketten und Geldscheine ein.

«Also so eine Unverschämtheit», beschwerte sich Rosalie. «Wer hat Ihnen denn die Erlaubnis gegeben, uns wehrlose Bürger –»

Buttler lachte diabolisch. «Habt ihr gehört Leute? Signora, die Erlaubnis, von der Ihr sprecht, gebe ich mir selbst. Meine Leute und ich nehmen, was uns beliebt.»

«Na, da hört bei mir aber jegliche Form des Anstands auf. Ich bin Rosalie Ebersbach, geborene Morgenstern, geschiedene Infanger, verwitwete Leiermüllerin, und komme aus Sachsen. Und ich verbiete euch dahergelaufenen Halunken –»

«Stopft der alten Krähe das Maul!»

Max überblickte die Tribüne. Sie war bis fast auf den letzten Platz besetzt, vorwiegend mit Kindern, als erhofften sie eine Wiederholung der Show vom Donnerstag. Die beste Werbung, dachte Max und hielt Ausschau nach Fede. Sie war verschwunden, abgetaucht unter die Gerüste oder hinter die Kulissen des Saloons, wo sich andere Komparsen für ihren Auftritt bereit machten. Mit seinen Gedanken war er nicht beim Spiel. Max sah an die hintere Felswand, wo eine Strickleiter nach oben führte. Gut möglich, dass dort eine Höhle lag. Er versuchte, sich an die letzte Szene von Bud Forrester zu erinnern. Im Film war er unter Beschuss vor den Indianern geflüchtet. Den Tod hatte er gefunden, als er über eine Felskante stürzte und ihn ein Pfeil traf.

Nach dem ersten Akt verliess Max die Tribüne. Von Fede weit und breit keine Spur. Sie hatte ihre Tasche bei ihm gelassen, ihr iPhone war drin. Er ging Richtung Stände. Das Totem erhob sich gegen den Himmel, der Rabe zuoberst, der seine Flügel horizontal ausstreckte. Er sah aus wie ein Kreuz, von einem Lichtschimmer erfasst. Ein Symbol. War das Totem mehr als das Zeichen einer Stammesgruppe? Was bedeutete es für den, der es Ruth vor die Tür gestellt hatte? War Ruth in Gefahr? Oder, was Max nicht ganz ausschloss, war es der Schlüssel zur Lösung des Rätsels?

Im sich stetig zunehmenden Gedränge gelangte er hinter Billys Saloon auf einen Weg, der direkt zur Westernsiedlung auf der Bühne führte. Max zögerte. Mit dem Pferd, das ihm den Zugang versperrte, hatte er nicht gerechnet. Er gelangte zu einer diskutierenden Gruppe von Frauen, die er bereits in den verschiedenen Szenen vor den Kulissen beim Saloon gesehen hatte. Hier hinten wirkten sie um ein Vielfaches authentischer, wie befreit von ihren Rollen. Sie kicherten, was ansteckend wirkte.

Max machte einen Bogen um das Pferd herum, das an einen Lattenzaun gebunden war. «Guten Abend», wünschte er in die Runde und kam sich ein wenig deplatziert vor. Er hätte in diesem Moment viel darum gegeben, die Cowboymontur zu tragen. Diese hätte ihn ungezwungener gemacht.

«Haben Sie sich verlaufen?» Die junge Squaw, ihrer bestickten Kleidung nach eine Apachin, näherte sich ihm unter dem Gelächter ihrer Freundinnen.

«Haben Sie eine Frau mit langen roten Locken gesehen?», fragte Max und musterte eine nach der anderen. Es waren Teenager, keine älter als achtzehn.

Die Frauen hoben die Schultern.

«Klingt nach irischer Abstammung», sagte die vorwitzigste von ihnen.

«Und ihr?» Max fand es amüsant. «Ihr geht wohl noch zur Schule.»

«Ins Sportgymnasium.»

«Für die Disziplinen Ski, Langlauf und Eiskunstlauf.»

«Er will wissen, wo seine Freundin ist.»

Wieder Gelächter.

«Nicht gesehen.»

«Kommen Sie mit auf die Bühne? Wir brauchen einen zusätzlichen Statisten. Der muss nichts sagen, darf nur herumstehen.»

«Er hat kein Gewand.»

«Er kann meine Hose haben.» Lautes Kichern. «Ein Hemd braucht er nicht. Hast du seinen Body gesehen? Wetten, der macht oben ohne eine tolle Falle. Winnetou bekäme Konkurrenz.»

«Rote Haare hat sie?»

Max stiess Luft aus. Vielleicht war jetzt die Gelegenheit, die Frauen über Odermatts Tod zu befragen. «Wart ihr letztes Jahr auch dabei?»

Augenblicklich verstummten die Frauen.

«Was ist?»

«Ich glaube, Sie sollten gehen. Der zweite Akt beginnt gleich. Das mit dem Statisten war keine so gute Idee. Wenn Benno davon erfährt, wird er uns rausschmeissen.»

Sie liessen Max stehen, gingen Richtung Bretterverschlag, der die Rückseite von der Tribüne abgrenzte.

Max schlich zurück zu Billys Saloon.

Fede wartete am Stand, wo man Getränke bekam. Sie hatte soeben ein Bier entgegengenommen, als sie Max bemerkte. «Da bist du ja. Wo hast du gesteckt?»

«Ich hoffe, du hattest mehr Glück als ich.»

Fede sah sich um. «Müsste nicht Ruth am Stand sein?» Sie wies auf das rostrote Gebäude. «Ihr Kollege von neulich ist auf jeden Fall dort.»

«Sie wechseln sich bestimmt ab. Hast du etwas herausbekommen?»

«Leider nicht. Die Leute sind verschlossen wie eine Konservendose. Ich gehe davon aus, sie haben einen Maulkorb bekommen. Wer nicht schweigt, dem droht der sofortige Rausschmiss. Die halten zusammen.» Fede reichte ihm das Bier. «Ich möchte zurück ins Hotel. Das bringt nichts. Wir müssen es anders anstellen, um an Informationen zu kommen.»

«Wie denn?» Max trank vom Bier, wischte sich den Schaum von den Lippen, gab es Fede zurück.

«Ich bin dafür, dass wir Milagros ins Boot holen.»

«Kommt nicht in Frage!»

FÜNF

Max erwachte und wusste nicht, weshalb. Er griff auf die linke Bettseite. Die war leer. Schlaftrunken versuchte er, die Nachttischlampe anzuknipsen. Da hörte er es und wusste in diesem Augenblick, dass dieses Geräusch ihn aus dem Schlaf gerissen hatte. Jemand kratzte an die Wand. In ihrem Zimmer oder nebenan. Es blieb dunkel.

«Max, da war was. Machst du mal das Licht an?» Fede, jetzt nahe an seinem Gesicht. Er spürte ihren Atem, der nach Pfefferminze roch. Sie musste sich erst noch die Zähne geputzt haben.

Max drehte sich auf die andere Seite. Fede lag bei ihm. Sie war rechts von ihm eingeschlafen.

«Fängt das schon wieder an? Langsam habe ich dieses Hotel satt.»

«Das ist erst die zweite Nacht.»

«Ruth treibt es zu bunt mit uns.»

«Und wenn doch ein Poltergeist herumspukt?» Fede legte ihren Arm um ihn, erdrückte ihn fast.

«Wir sollten sie morgen darauf ansprechen.»

«Ich bin dafür, dass wir sie subito aus ihrer Wohnung holen. Sie verschaukelt uns. Ist ja auch sonderbar, dass sie sich nach unserer Rückkehr nicht gezeigt hat.»

«Morgen kommt ein Teil ihrer Mitarbeiter an. Sie wird anderweitig beschäftigt sein.»

«Wer's glaubt.»

Max schaffte es endlich, Licht zu machen. Das Zimmer tauchte in einen ockerfarbenen Schimmer. Das Kratzgeräusch war verschwunden, als hätte es nie existiert. «Lass uns weiterschlafen. Wenn du willst, lasse ich das Licht an. Gespenster kommen nur, wenn's dunkel ist.» Er spürte Fedes warme Hände, und es erregte ihn.

«Du kannst ruhig löschen. Ich habe keine Angst, wenn du bei mir bist.»

«Zudem gibt es immer für alles eine Erklärung», sagte Max.

«Da bin ich mir nicht sicher.» Fede kuschelte sich an ihn.

Max schaltete das Licht aus.

Kaum zurück in der Liegeposition, vernahm er das Kratzen erneut, heftiger jetzt. Hinterher ertönte ein Schleifen. Max sprang fluchend aus dem Bett, kippte bei der Zimmertür sämtliche Schalter und wartete. Derweil blieb sein Blick auf Fedes Körper haften. Sie hatte sich hüllenlos bäuchlings auf der Matratze ausgebreitet. Kurz glaubte Max, die Python an ihrer linken Wade schlängle über das Laken. Er blinzelte, wandte sich um und öffnete die Tür. Mit Ausnahme der spärlichen Nachtbeleuchtung war es düster. Die Resthitze des Tages hatte sich in die Winkel der alten Mauern zurückgezogen. Es miefte, als hätte sich der Geruch des Todes ausgebreitet. Max schlug den Weg zum Nachbarzimmer ein, in dem er das Kratzgeräusch vermutet hatte. Er legte sein Ohr an das Türblatt, lauschte angespannt.

«Max.» Fede stand auf einmal neben ihm. «Was tust du da?» Sie hatte den Bademantel umgeschlungen.

«Ich gehe der Ursache für den Spuk nach.»

Alles blieb still.

«Ich werde Ruth wecken. Sie muss schliesslich erfahren, wer sich nachts hier rumtreibt.» Schon stand Fede auf dem untersten Absatz der Treppe, die in den fünften Stock führte.

Max folgte ihr. Sie stiegen nach oben über knarzende Hölzer, auf denen schon über hundert Jahre zuvor Leute gegangen waren. Auf Ruths Etage breitete sich Schwärze aus. Die einzige Lichtquelle, kaum zu erkennen, waren kleine Lichter, an denen sich Max orientierte. Sie führten direkt zur Wohnungstür.

«Ich habe mein iPhone dabei», sagte Fede und schaltete die Lampe ein. Der begrenzte helle Schein traf die Tür. Sie stand offen.

Max und Fede riefen gleichzeitig nach Ruth. Als sich nichts rührte, tastete Max dem Türrahmen entlang, in der Hoffnung, auf einen Lichtschalter zu stossen. Er betätigte einen Drehschalter, ein Überbleibsel aus einer längst vergangenen Zeit. Der schwere Lüster im Korridor funkelte mal heller, mal weniger. Ein Klirren in den Glasperlen, als hätte ein Windhauch sie bewegt.

«Ruth! Bist du da?» Fede klang resolut.

«Sie lässt kaum ihre Tür offen, wenn sie sich schlafen legt. Und falls sie die Wohnung verlassen hat, schliesst sie gewiss ab.»

«Vielleicht hat sie aus demselben Grund die Wohnung verlassen wie wir. Warte mal, ich habe ja ihre Telefonnummer.» Fede fuhr über den Touchscreen ihres iPhones und tippte den Namen ein.

Aus dem unbeleuchteten Teil der Wohnung klingelte es.

«Sie hat es vergessen.» Fede folgte dem Ton.

Max ging hinter ihr her. Sie erreichten ein Schlafzimmer. Das Bett war verlassen, jedoch benutzt worden. Zerwühlt lagen Laken und Kissen. Fede befühlte die Matratze. «Sie ist kalt. Ruth muss das Bett vor längerer Zeit verlassen haben. Wir sollten nach ihr suchen.»

«Sie wird sich in einer Bar vergnügen», mutmasste Max.

«Ohne iPhone. Das kann ich mir nicht vorstellen. Komm, wir gehen nach unten. Es könnte sein, dass sie im Kaminzimmer über ihrer Arbeit eingeschlafen ist, so wie die schuftet.»

Max zog die Tür ins Schloss. Fede ging zum Lift.

«Du willst mit diesem antiken Ding fahren?»

«Geht schneller.» Fede wartete, bis die Schiebetür aufgegangen war, lächelte Max zu und betrat den Lift.

«Ich gehe zu Fuss. Wenn wir stecken bleiben, holt uns niemand raus.»

«Okay, wie du willst.» Die Tür schloss sich.

Max wartete, bis die Fünf über dem Holzrahmen erlosch. Er beeilte sich, nahm zwei Tritte auf einmal über die Treppe, die nicht enden wollte, nach unten in den dunklen Schlund. Er fand sich im grossen Speisesaal wieder.

Über dem Saal lag ein kaum wahrnehmbarer violetter Schimmer, verursacht durch die nicht ganz dunkle Nacht, welche durch die hohen Fenster ins Haus drang. Gespenstisch liessen sich Konturen von Tischen und Stühlen erkennen. Die Marmorsäulen sandten ein fluoreszierendes Licht ab, Glitzerpartikel, die ein Maler in die Farbe gemischt hatte. Max durchquerte den dunklen Raum, ohne die Orientierung zu verlieren. Er ging zum Lift, drückte den Knopf. Die Tür ging auf. Er war leer.

Max war genervt. Er hatte kein Verständnis für Fedes Spielchen. Nicht jetzt. Sie mussten Ruth finden. Er hatte keine Lust, nach Fede zu suchen, zumal er zum Umfallen müde war. Vergeblich tastete er nach einer Lichtquelle.

Max zuckte zusammen, als er seinen Namen hörte. Im Flüsterton drang er an sein Ohr. Kurz darauf nahm er einen Schatten wahr, der sich zwischen den Säulen bewegte. Max kniff seine Augen zusammen. «Fede, bist du es?», fragte er.

Hinter ihm fiel etwas zu Boden.

«Shit!», flüsterte jemand.

Endlich ging das Licht an. Fede stand da mit offenem Bademantel, der Gurt hing am Knopf einer Kommode. «Fast wäre ich gestolpert. Wenigstens habe ich den Lichtschalter gefunden.»

Erst jetzt wurde die Grösse des Speisesaales sichtbar, die eckigen und runden Tische, Lehnstühle aus einer anderen Epoche, ein leerer Käsewagen mit glasklarer Haube. Auf dem Tisch in Wandnähe standen Gläser mit der Öffnung nach unten, Kisten voller Bestecke, mehrere Kartons mit Stoffservietten – bereit für den Einsatz am Eröffnungstag.

Von Ruth keine Spur.

Max ging zur Rezeption, von dort aus zum Kaminzimmer. Bleierne Stille. Er kehrte zurück und vergewisserte sich, ob die Eingangstür abgeschlossen war. Zumindest hatte Ruth dies nicht vergessen. Hinter dem Empfangstresen lag das Gästebuch mit den Reservationen. Ruths Hang nach der Vergangenheit kam Max gelegen. Sie hatte alles von Hand geschrieben. Die Listen waren lang, die Zimmer zur Hälfte bis Ende September ausgebucht.

«Was tust du da?» Fede stand vor dem Tresen. «Dort findest du Ruth nicht.»

«Sie hat nicht gelogen. Es gibt bereits Reservationen.» Max schloss das Buch, vergewisserte sich, ob er nicht etwas finden würde, das für ihn interessant oder hilfreich war.

«Wir sollten sie im Keller suchen, falls einer existiert», sagte Fede zögerlich. «Bis anhin habe ich keine Tür dorthin gefunden. Seltsamerweise geht auch der Lift nur bis hierher.»

«Das kann nicht sein.» Max entfernte sich vom Empfangstresen. «Der Lagerraum für die Speisen, die Lingerie und der Kühlraum müssten dort sein. Abstellräume für Skis, Velos und dergleichen.»

«Vielleicht liegen diese unter dem Dach.»

«Na, dann bring mal ein Fahrrad nach oben.» Er musste lachen, was ihm ein wenig die Anspannung nahm. «Komm, wir gehen schlafen. Ruth wird bei einem Liebhaber übernachten, möglicherweise bei ihrem Rosenkavalier. Hast du die Rosen in ihrer Wohnung gesehen? Jemand muss sie ihr geschenkt haben.»

«Ein Blick in die Küche», bettelte Fede und marschierte los.

Max folgte ihr. Sie fanden sich in einer Küche wieder, deren Ausmass er nicht anders erwartet hatte. In diesem Hotel war alles überdimensioniert und zeugte von den Glanzzeiten am Ende des 19., Anfang des 20. Jahrhunderts, wo es sich die Menschen hatten gut gehen lassen, sofern sie zu den Reichen gehörten. Auch hier war alles schon vorbereitet für die grosse Gala und blitzblank gereinigt. Der Koch und seine Entourage würden eine Woche Zeit haben, um das Mise en Place vorzubereiten. Max fuhr mit dem Finger über den glänzenden Chromstahl. Kein Stäubchen darauf. Er ging weiter durch die Gänge, die zwischen den verschiedenen Rüst- und Kochstationen lagen, und gelangte zur Waschstrasse im hinteren Bereich. Der starke Geruch eines Desinfektionsmittels hing zwischen den Gestellen. Hier stapelten sich Hunderte von Tellern, Tassen, Suppenschalen und Porzellanplatten – mit dem Logo des Hotels.

«Da ist keine Tür», sagte Fede, nachdem sie, wie Max, sämtliche Nischen betreten hatte.

«Vielleicht kommt man nur von aussen in den Keller.»

«Du, schau mal, das steht offen.» Fede zog am rechten Flügel eines Fensters. «Von blossem Auge kaum zu erkennen. Aber wenn es jemand wollte, konnte er ohne Weiteres einsteigen.»

«Es gibt keine Spuren.» Max besah sich die Ablage vor dem Fenster. «Alles sauber. Nichts, nada.» Er gähnte ausgiebig. «Komm, wir gehen ins Zimmer zurück.»

Plötzlich war dieses Wimmern da, begleitet von einem kurzen Wehklagen.

«Schscht!» Fede hielt den Finger vor den Mund.

«Ich habe es auch gehört. Kommt von …» Max versuchte, die Richtung zu eruieren, aus der er das seltsame Klagen vernommen hatte. «Es kam von dort.»

«Bei der Waschstrasse?»

«Vielleicht von dahinter.» Max suchte nach einem Durchlass zur Wand.

Das Wimmern wurde heftiger, durchmischte sich mit lautem Stöhnen.

Max entdeckte die kleine Luke an der Decke zuerst, der Ausgang eines Lüftungsschachts, der in die Küche mündete.

«Irgendwo muss ein Raum sein.» Max suchte die Wand ab.

Auf einmal sah er einen Türgriff, unmittelbar hinter dem Rost, wo das gewaschene Geschirr zum Trocknen kommen würde. Er zwängte sich zwischen Maschine und Wand vorwärts, griff nach der Falle, drückte sie hinunter. Sie gab nach. «Ein sonderbarer Zugang zum Keller, falls es diesen denn gibt. Reichst du mir mal dein iPhone?»

Max öffnete die Tür einen Spalt breit, leuchtete das Dunkel dahinter aus. Das Wimmern verstärkte sich. «Ruth, bist du da drin?» Erst jetzt bemerkte er den Knauf auf der Innenseite der Tür, der sich nicht drehen liess. War die Tür geschlossen, war es unmöglich, sie von innen zu öffnen. Der Raum dahinter wurde zum Gefängnis, im schlimmsten Fall zur Todesfalle. Max betrat einen kleinen, muffig riechenden Platz, von dem eine Treppe nach unten ging. «Es gibt *doch* einen Keller.» Er fragte sich, warum er auf so komplizierte Weise zu erreichen war. «Ich gehe da hinunter.» Er wartete Fedes Bestätigung ab. «Und bitte, bleib, wo du bist. Wenn du mir folgst und die Tür ins Schloss fällt, sind wir gefangen.»

Auf der Treppe hatte sich Nässe angesammelt. Max zündete mit der iPhone-Lampe nach unten. Er rief Ruths Namen. Wieder hörte er ein Wimmern, näher jetzt.

Und plötzlich sah er sie.

Sie lag am Fuss der Treppe, mit seltsam verbogenem Körper. Sie in ihrem Kostüm auf diese Weise zu sehen, liess Max frösteln. Es wirkte grotesk.

«Und ich dachte schon, ich müsste sterben.» Erleichterung und Furcht lagen in ihrer Stimme. «Ich glaube, ich habe mir das Bein gebrochen. Es tut bestialisch weh. Es ist unmöglich, allein aufzustehen.»

Max beugte sich zu ihr. «Wie kommst du hierher?»

«Ich werde nur noch einfältiger.» Ruth versuchte, ihr linkes Bein zu bewegen, schrie vor Schmerz auf. «Bin ausgerutscht. Es fühlt sich an, als hätte ich mir sämtliche Knochen gebrochen.»

«Kannst du wirklich nicht aufstehen?» Max sah sich in Gedanken bereits sie über die gefährliche Treppe nach oben tragen. «Wir müssen die Ambulanz rufen.»

«Nein! Bitte, tu das nicht. Ich werde mich zusammenreissen. Wir können selbst zum Arzt fahren. Wir schaffen das.»

Max war sich nicht sicher. «Seit wann liegst du da?»

«Die Zeit ist mir abhandengekommen. Zwischendurch muss ich vor Erschöpfung eingeschlafen sein. Ich glaube, ich ging am frühen Nachmittag da runter.»

«Warum gehst du auch in den Keller, so ganz allein.»

«Das ist kein Keller, aber eine bessere Abstellkammer, die man vor Urzeiten ausgehoben hatte. Keine Ahnung, wozu sie früher diente. Wie dumm von mir.» Ruth stöhnte wieder auf. «Die Tür fiel ins Schloss, als ich bereits auf der Treppe stand. Ich wollte zurück und stolperte. Irgendwo muss meine Taschenlampe sein.»

«Was wolltest du hier?»

«Ich erinnerte mich, dass Albin den Raum hier einmal erwähnt hatte. Ich wollte mich vergewissern, ob er ausbaubar ist.» Sie stöhnte erneut. «Ich schäme mich so.»

«Warum bist du gerade jetzt hinuntergestiegen?»

«Manchmal tut man Dinge, die lassen sich nicht erklären.»

«Du hast uns einen ganz grossen Schrecken eingejagt.»

«Tut mir leid.» Ruth liess sich von Max hochstemmen, nachdem er das Bein abgetastet hatte. «Es war idiotisch von mir ... Danke», ihre Stimme wurde leise, «dass ihr nach mir gesucht habt.»

«Das kannst du deinem Hausgeist verdanken.»

«Warum? Hat er sich gemeldet?»

Max schluckte ein Lachen hinunter. «Ein Kratzgeräusch in der Wand hat uns aufgeweckt.»

«Das müssen die Siebenschläfer sein. Vor zwei Jahren hatten wir eine echte Plage.»

«Die Tür zu deiner Wohnung stand offen. Hattest du keine Bedenken, dass dort jemand hineingeht?»

«Du meine Güte, das war grob fahrlässig. Heute ist nicht mein Tag.»

Max packte sie um die Taille. «Leg deinen Arm um meine Schultern. Mit dem andern kannst du dich an der Wand abstützen. Du hast wahrscheinlich eine schmerzhafte Verstauchung.»

Sie brauchten eine gefühlte halbe Stunde, um vom Abstellraum nach oben zu gelangen. Ruths Unfähigkeit, selbstständig über die Treppe zu gehen, kostete Max Nerven. Ihre Kleider waren nass und schwer und von einer körnigen Schicht überzogen.

Fede nahm sie in Empfang. «Ruth, was zum Teufel ... wie siehst du denn aus! Das hätte schiefgehen können.»

«Bin ich mir vollkommen bewusst.» Ruth löste sich von Max und humpelte auf einem Bein zur Ablage, wo die Pfannen standen. «Mein Kostüm ist auch dahin. Ich bin im wahrsten Sinne des Wortes im Morast gelandet. Kannst du mir beim Ausziehen helfen? Dann muss ich wohl den Fuss hochlagern.»

«Wenn der Knochen tatsächlich noch ganz ist», sagte Max. Er liess Wasser aus dem Hahnen, wusch sich die Hände.

«Ich gehe mit ihr nach oben», sagte Fede. «Leg dich schlafen.»

Max setzte dem nichts entgegen.

***

«Ich werde heute Herbert Amstutz besuchen», sagte Max beim Frühstück, als sie alle in Ruths Wohnzimmer sassen.

Ruth ging es wesentlich besser. Ihr Fuss sowie das Schien- und Wadenbein waren einbandagiert, nachdem Fede sich vergewissert hatte, dass nichts gebrochen war. Nach dem Desaster hatte Ruth einen bissigen Humor entwickelt.

«Du kannst meinen Aktenkoffer mitnehmen. Ich habe ihn bereits mit Zeitungspapier gefüllt. Du sollst ja echt aussehen.» Ruth knabberte an einem Stück Brot, derweil Fede sich einen Buttergipfel einverleibte.

Max hatte, im Gegensatz zu den Frauen, keinen Appetit. Er überlegte, wie er mit Amstutz am schnellsten ins Gespräch kommen würde, ohne seine wahre Identität preiszugeben. Die schwarze Brille von Ruth lehnte er dankend ab. «Er wird mich so oder so nicht kennen.»

«Du würdest darin etwas seriöser aussehen.» Ruth kicherte aufgedreht. Sie hatte ihre Rettung wohl mit einem Cognac begossen.

«Gib sie Fede.»

Sie hatten es bereits miteinander besprochen, dass sie heute Guo Xu Lun einen Besuch abstatten würde. Sie sollte herausfinden, wie stark sich der Chinese für das «Fin de Siècle» interessierte, ob er noch bereit war, es zu kaufen.

«Du sollst es nicht verkaufen», hatte Ruth gefaucht. «Ich gebe es definitiv nicht her.»

«Ich werde ein wenig pokern müssen», hatte Fede sich erklärt. «Dafür braucht es mein schauspielerisches Talent.»

«Nimm dich vor dem in Acht. Sein Dauergrinsen bedeutet selten Gutes. Er ist bekannt dafür, dass er die Leute manipuliert.»

Max stellte die leere Kaffeetasse zurück.

«Hast du dich bei Amstutz angemeldet?», fragte Ruth und strich instinktiv über ihren havarierten Fuss.

«Ich werde ohne Voranmeldung reingehen», sagte Max. «Millionäre dürfen das.»

***

Um halb zwei am Nachmittag war die Shoppingmeile, wie die Einheimischen ihre Dorfstrasse nannten, ausgestorben und düster. Es goss wie aus Kübeln. Nachdem sich frühmorgens ein erneutes Gewitter über Engelberg entladen hatte, stürzte das Wasser wie Bindfäden vom Himmel herab. Es sah nach Dauerregen aus, was auch Meteo Schweiz für vorübergehend prophezeit hatte. Mit den heissen Temperaturen war es vorläufig vorbei. Die Hänge oberhalb der Gerschnialp und des Brunni waren eingezuckert.

«Der geht wieder weg», hatte Ruth gesagt, als sie Max den Aktenkoffer in die Hand drückte. «Mindestens einmal pro Sommer schneit es bis ins Dorf hinunter.»

Das Maklerbüro war in einem alten Haus untergebracht, bei dem man nicht wusste, ob es demnächst einstürzen würde. Ebenso einsturzgefährdet schien das Gebäude daneben, in dem eine Secondhandboutique lag, die nebst gebrauchten Kleidern auch Haushaltsartikel feilbot. Unter dem Türrahmen stand eine Frau, die wohl ihrer verblassten Schönheit nachtrauerte oder den ausbleibenden Gästen, denn sie machte eine verdriessliche Miene. Sie rauchte. Max grüsste sie höflich. Als Antwort bekam er einen Nikotinnebel ins Gesicht gepustet.

Auf den Fenstern des Maklerbüros waren Bilder angebracht, die für Chalets und Ferienwohnungen warben, die in den siebziger Jahren einmal modern gewesen waren. Die Düsterheit des Tages machte alles schlimmer. Auf den ersten Blick sah es drinnen unwesentlich freundlicher aus. Aber das lag an den schweren Wolken, die Engelberg niederdrückten. Graue Nebel hatten die Berge ringsherum verschlungen. Es schien, als existierten sie nicht mehr. Max hätte vor zwei Tagen kommen sollen.

Der Typ hinter dem Pult dagegen war geschniegelt und höflich. Und als er Max' Koffer entdeckte, machte er den Eindruck, Luftsprünge zu machen. Er hatte sich lichtendes Haar, trug eine von den schwarz geränderten Brillen, wie sie gerade modern waren. Auf seinem Gesicht wirkten die Gläser wie Wagenräder.

Er grüsste überschwänglich und machte zusätzlich Licht. «Wie ich sehe, wollen Sie etwas loswerden.» Der Kerl hatte Mut. «Bitte nehmen Sie Platz, der Stuhl kommt gleich.»

Ob er mit diesem Humor Geschäfte machte, war fraglich. Sympathie sah anders aus. Max stellte den mitgebrachten Koffer auf das Pult. Er hatte es sich lange überlegt, ob er mit seinem eigenen Namen auftreten oder einen erfinden sollte. Schliesslich hatte ihm Ruth aus der Patsche geholfen. «Wenn du einen typisch einheimischen Namen trägst, wird Amstutz sich eher öffnen. Gegen alles Fremde hat er eine Aversion. Vor allem gegen die Ausländer.»

«Maximilian Kuster», sagte Max.

Hinter Amstutz' Stirn arbeitete es. «Sie sind nicht zufällig verwandt mit René Kuster?»

«Weit aussen. Mein Grossvater verliess vor Jahren Engelberg. Damals, als die Wirtschaft im Sinkflug und Engelberg kaum noch attraktiv war.»

Amstutz' Euphorie war einer Skepsis gewichen. Max konnte es an seiner Stirn ablesen. Über den Brillengläsern entstand eine steile Falte.

«Ah ... und jetzt möchte der Enkel sich in Engelberg etablieren ...»

«Das sehen Sie vollkommen richtig. Ich möchte sesshaft werden und etwas fürs Leben kaufen. Ich bin Engelberger Bürger, zumindest auf dem Papier.»

«Seien Sie froh.»

«Was?» Max konnte ihm nicht folgen.

«Ich habe mich vor neun Jahren in Engelberg einbürgern lassen. Ich musste Formulare ausfüllen, als wäre ich ein Ausländer, mich den gleichen Fragen stellen wie mein Nachbar, der aus Kroatien kommt. Sorry, ich habe Sie unterbrochen. Sie sind also Engelberger ...»

Max versuchte, den Faden wiederzufinden. Er hatte keine Ahnung, worauf Amstutz hinauswollte. «Da ich mir etwas erspart habe, möchte ich es gern in eine Sicherheit investieren.»

«Ihre Meinung unterstütze ich vollumfänglich.» Amstutz kam um das Pult herum. Er trug Jeans, ein hellgelbes Hemd und Turnschuhe. Er setzte sich auf die Tischkante und verschränkte die Arme. «Sie haben sicher eine Vorstellung von Ihrem neuen Zuhause. In Engelberg gibt es zurzeit einige interessante Objekte, die man mit wenig Aufwand in ein Bijou verwandeln könnte. Man will ja seinen eigenen Stil erschaffen.»

«Sie verstehen mich falsch.» Max schob theatralisch die Brust heraus. Er genoss es, den Makler zu verunsichern, und musste insgeheim über sich selbst lachen. Das Lügen fiel ihm nicht schwer. «Ich habe da an etwas Grösseres gedacht.»

«Ah ... ja, an ein Renditehaus. Auch da hätten wir eine Auswahl.» Amstutz blieb stehen, als wäre er der Sache nicht sicher.

«Ich dachte an ein Hotel.»

Amstutz verlor zuerst alle Farbe aus seinem Gesicht, welches das kalte Neon zweier frei liegender Röhren bereits fahl erscheinen liess.

«Das dürfte allerdings nicht so einfach sei.»

«Ich habe vernommen, dass die Schweden und Chinesen schon tüchtig mitmischen.»

Amstutz räusperte sich nervös. «Glauben Sie mir, ich bin auch nicht froh über diese Entwicklung. Seit Jahren bin ich daran, Schweizer Investoren zu suchen, um renovations- oder gar abrissbedürftige Hotels zu kaufen. Wir wollen Engelberg nicht weiter an die Ausländer verscherbeln. Mittlerweile habe ich kaufkräftige Kundschaft gefunden, die bereit wäre, eine neue Art von Hotels zu realisieren.»

«Haben Sie da an ein bestimmtes Hotel gedacht?» Möglicherweise liessen sich Max' Pläne mit dieser Frage durchschauen.

Amstutz reagierte anders als erwartet. «Das ‹Fin de Siècle› ist ein solcher Kandidat. Im Rahmen einer eingehenden Studie, in der die Bausubstanz, der Zustand der Fassaden, der Elektrizität und der sanitären Anlagen geprüft wurde, fiel das Hotel durch. Seine Besitzerfamilie hat es nun einer sanften Renovation unterzogen. Die Mängel sind dabei kaum behoben worden. Stellen Sie sich ein alterndes Gesicht vor mit vielen Falten und Dellen. Man kann das beste Make-up auftragen, was die Unebenheiten zwar zum Verschwinden bringt, aber das Darunter wird deswegen weder jünger noch besser.»

Max blieb emotionslos und vermied es, Fragen wegen des Hotels zu stellen.

Amstutz war so sehr mit seinem Thema beschäftigt, Max hätte ihm das Blaue vom Himmel erzählen können; er wäre nicht darauf eingegangen.

«Das Hotel weist zudem massive Schäden auf dem Untergrund auf. Es ist nicht unterkellert, das Einschlagen von Stützpfählen kannte man früher nicht. In Engelberg verfügen wir über einen hohen Grundwasserspiegel. Einige Gebäude wurden da schon angepasst. Durch das Anbringen von sogenannten Wannen kann man den Spiegel ausgleichen. Aber da müssten alle mitmachen. Ich gebe dem ‹Fin de Siècle› keine zehn Jahre mehr, bis es in den Boden absackt.»

«Immerhin hat es über hundert Jahre dem Wasser getrotzt.» Max dachte an den Abstellraum, in dem er Ruth gefunden hatte. Das Wasser hatte von unten gedrückt. Der Boden musste demnach arg in Mitleidenschaft gezogen worden sein.

«Die Geologie hat sich verändert. Die Häuser müssen aufgerüstet werden.» Amstutz stiess einen tiefen Seufzer aus. «Dort, wo das ‹Fin de Siècle› steht, könnte man ein einmaliges Resort bauen, ein attraktives Feriendorf für Jung und Alt.»

«Im Stil kalter Betonkuben.»

«Das ist zeitgemäss und modern. Man kann es in unsere schöne Landschaft integrieren. Man könnte das alte Hotel abreissen und ein neues bauen. Aber …» Amstutz runzelte die Stirn. «Solange Odermatts nicht verkaufen, sind mir die Hände gebunden. Bereits mehrere Schweizer Investoren sind abgesprungen, weil es ihnen zu lange dauert. In einer Woche wird das ‹Fin de Siècle› wiedereröffnet. Ich habe bereits den Flyer bekommen. Sollte es beim Check wieder durchfallen, was ich vermute, so ist es noch immer Familienbesitz.»

«Haben Sie denn in die Richtung schon Versuche angestellt?»

«Selbstverständlich.» Amstutz lachte. «Das ist mein Job. Albin Odermatt war bereits eine harte Nuss, seine Witwe ist noch viel schlimmer.»

«Wie weit würden Sie gehen, um das Hotel zu bekommen?» Max wusste, wie heikel dieser Vorstoss war.

Amstutz sah ihn an, als verstünde er die Frage nicht. Dann riss er die Augen auf. «Sie glauben, ich würde bis zum Letzten gehen?»

«Warum nicht?»

«Ich verbitte mir diese Unterstellung.» Amstutz schien zu überlegen. «Ah … ich verstehe. Albin Odermatt ist tot. Aber sein Mörder wurde gefasst. Wer sind Sie überhaupt?»

Max sah die Zeit gekommen, sich zu erkennen zu geben. Er nannte seinen richtigen Namen. «Ich bin Privatdetektiv.»

«Ah … wer hat Sie engagiert? Etwa Ruth Odermatt? Das würde zu ihr passen. Jetzt hat sie erreicht, was sie wollte, ein ganzes Hotel besitzen.»

***

Mit vorderseitig angebrachten Erkern, deren Fenster bis zum Boden reichten, verspielten Balkonen, welche einst mit viel Liebe zum Detail konstruiert worden waren, fiel das Haus an der Dorfstrasse schon von Weitem auf. Früher war hier die alte Post gewesen.

Fede hatte vorgeschlagen, dass sie sich im Café «The Tea Room» trafen. Sie wollte unbedingt einige der hundertachtzig Teesorten probieren, obwohl sie Tee eigentlich nicht mochte. Er mache sie krank, hatte sie letzthin gesagt.

Max hielt sich schützend den Aktenkoffer über den Kopf. Seine eleganten Lederschuhe waren vom Regen aufgeweicht.

Er hätte sich Gummistiefel anziehen sollen. Er betrat das Café beim Eingang zur Bäckerei und hielt Ausschau nach Fede. Das Teehaus war gut besucht, hatte es doch Tradition. Offensichtlich traf man sich nach wie vor gern zu Kaffee oder Tee und Kuchen.

Fede drehte ihm den Rücken zu. Ihre wallende rote Lockenmähne war nicht zu übersehen und verdeckte halbwegs ein Gesicht, das Max hier zuletzt erwartet hätte.

Milagros!

Für einen Rückzug war es zu spät. Sie hatte ihn bereits entdeckt. Max beeilte sich, zu ihrem Tisch zu kommen, bevor es seiner Mutter in den Sinn kam, ihn euphorisch zu begrüssen.

Sie stiess ein gemässigtes «Maximilian, wie schön, dich zu sehen» aus und lud ihn in moderater Lautstärke zum Sitzen ein. «Bevor du mich mit Vorwürfen überschüttest», sagte sie, «es war Federicas Einfall.» Sie schwenkte einen Teebeutel im Glas und sah Max lächelnd an. «Ich glaube, dass ihr meine Hilfe brauchen könnt. Wir haben auch schon eine Idee, wo ich mich nützlich machen könnte.»

«Da bin ich mal gespannt.» Max setzte sich. Es hatte keinen Zweck, sich gegen die beiden Frauen aufzulehnen. Er vermutete, dass sie ihren Plan bereits Stunden voraus besprochen hatten und nun auf Max' Einverständnis hofften, was, wenn er ehrlich mit sich selbst war, es nicht brauchte. Sie würden ihn auf alle Fälle umsetzen.

«Hattest du beim Chinesen Erfolg?», fragte Max, um das Unausweichliche hinauszuzögern.

«Er war nicht da.» Fede hatte gleich drei Teetassen vor sich aufgebaut. «Aber ich war im ‹Smörgåsbord› und habe Bekanntschaft mit Jan Lindberg gemacht. Er ist ein umgänglicher Typ.»

«Sieht er gut aus?», fragte Max aus einem Reflex heraus.

«Der Mann ist siebzig. Und würde wohl eher in Milagros' Beuteschema passen.»

«Ich bin schon vergeben.» Milagros setzte ein Lächeln auf. «Ich weiss nicht, weshalb das Alter immer eine so wichtige Rolle spielen muss. Wenn man sich mag, ist es sekundär. Zudem kann man Freundschaften pflegen, ohne gleich mit dem andern ins Bett zu gehen.»

Bezog Milagros es auf sich? In Max keimte Hoffnung auf. Er wusste nicht, welches Geheimnis sie und Ralph ihm verraten wollten. In Anbetracht ihres neusten Auftrags war dies in den Hintergrund gerückt. Vielleicht war Heirat ja kein Thema.

«Lindberg hat mich heute Abend zum Nachtessen eingeladen», sagte Fede, als wäre es die selbstverständlichste Sache der Welt.

«Du hast wohl wieder sämtliche Register gezogen, um ihn dazu zu verleiten.»

Eine Serviceangestellte kam zum Tisch und nahm Max' Bestellung auf.

«Lass sie machen», mischte sich Milagros ins Gespräch. «Ich werde derweil meinen Einsatz bei Mathilda Hurschler antreten.»

«Was für einen Einsatz?», fragte Max.

«Sie braucht doch Hilfe. Ich werde sie ihr anbieten.» Milagros überraschte immer wieder mit ihren Einfällen.

«Als Gesellschafterin?»

«Nein, als Reinigungskraft.»

«Du? Das ist nicht dein Ernst.» Max deutete auf die Teetasse. «Ist da eventuell etwas anderes drin als Tee?»

«Du glaubst wohl, ich bin mir zu schade für diesen Job.»

«Deine lackierten Fingernägel würden darunter leiden.»

«Untersteh dich!» Sie fauchte ihn an. «Als du klein warst, habe ich den Haushalt auch allein geschmissen. War nicht ganz einfach mit einem Jungen wie dir, der mir täglich den Schmutz ins Haus trug.»

«Ich habe Frau Hurschler bereits darüber informiert, dass sie Hilfe bekommen würde», sagte Fede, der der Zwist zwischen Mutter und Sohn offensichtlich peinlich war.

Max musste leer schlucken. Seine Detektei, für deren seriösen Auftritt er kämpfte, drohte unprofessionell zu werden. Das konnte er nicht zulassen, bloss weil Milagros darin einen schönen Zeitvertreib sah. Andererseits hatte sie ihm vor gut einem halben Jahr mit ihrem Gespür auch geholfen.

«Ich gehe morgen zu ihr und werde schnell herausfinden, ob sie bereit ist, über ihren Sohn zu erzählen», beschwichtigte Milagros. «Was nicht nützt, schadet nicht.»

Max hätte gern selbst mit Mathilda Hurschler gesprochen. Dazu brauchte er weder Fede noch Milagros. Fede wollte er zudem mit anderen Aufgaben betrauen. Der Besuch bei der Schreinerei in Wolfenschiessen stand an.

Sie kam ihm zuvor. «Ich fahre heute ins Tal», sagte sie. «Ich muss mich um die Totems kümmern.» Und als hätte sie Max den Druck nehmen müssen, schlug sie vor, Milagros mitzunehmen. «Wir werden alle Schreinereien besuchen, die es im Engelbergertal gibt.»

Max fand die Idee gut, zumal sie ihn davon abhielt, ins Tal zu fahren. Er hatte sich für den Rest des Tages einiges vorgenommen. Er wollte sich die seltsame Abstellkammer im «Fin de Siècle» näher ansehen, bevor er anschliessend Annie Odermatt im Altersheim besuchte und danach noch einmal zu Mathilda Hurschler fuhr.

SECHS

Aufgrund des anhaltenden Regens und der tief liegenden Wolken wirkte das Hotel bedrohlich und unheimlich an diesem späten Nachmittag. Max betrat das Foyer und erblickte Feierabend, der hinter dem Tresen angewachsen zu sein schien. Er unterhielt sich mit einem glatzköpfigen Mittdreissiger, der den Concierge um Kopflänge überragte. Es musste der Koch sein. Max konnte nur hoffen, dass dieser nicht schon heute mit seiner Arbeit begann. Um in den Keller zu gelangen, musste er durch die Küche gehen. Fragen vonseiten des Kochs würden somit nicht zu umgehen sein.

Er schritt auf die beiden Männer zu und stellte sich vor.

Der Glatzkopf sah ihn unverwandt an. «Aha, wir haben bereits einen Gast.» Wenn er lachte, reichte sein Gebiss bis fast zu den Ohren. Er hatte Ähnlichkeit mit Vin Diesel, den Max aus der Filmreihe «The Fast and the Furious» kannte. Das Sixpack fehlte jedoch gänzlich. An seiner Stelle wölbte sich ein ansehnlicher Wohlstandsbauch.

Er schüttelte ihm die Hand. «Hi, ich bin Paavali Huuhanmäki.»

Max musste ihn verwundert angesehen haben, denn der Hüne lachte herzhaft.

«Ich komme aus Töölö, einem Ort ausserhalb von Helsinki.»

«Dafür sprechen Sie aber verdammt gut Deutsch.» Max würde ihn Vin nennen. Er fragte sich, wie Ruth auf ihn gekommen war. «Sind Sie schon lange in Engelberg?» Er registrierte im rechten Augenwinkel, wie sich Feierabend ins Büro zurückzog.

«Ich bin auf Empfehlung eines Berufskollegen hier gelandet. Er arbeitete bei Jan Lindberg. Ich musste gezwungenermassen Deutsch lernen, wollte ich hier sesshaft werden. Englisch ginge auch.»

Beim Namen Lindberg läuteten bei Max die Alarmglocken. «Haben Sie demnach auch bei Lindberg gearbeitet?»

Vin schien Gefallen am Gespräch zu haben. Er wurde redselig. «Ich habe bei ihm die Kochlehre gemacht. Das sind bald zwanzig Jahre her. Eigentlich kam ich aus einem anderen Grund nach Engelberg. In Skandinavien ist der Ort hier sehr bekannt. Er steht fürs Freeriden, für phantastische Skipisten und eine Menge Schnee. Ich lernte den berüchtigten Hang kennen, an dem jährlich Lawinen niedergehen. Die Einheimischen nennen ihn ‹Laub›. Einmal entging ich knapp einer Katastrophe. Ich war bereits in den Hang gefahren, als sich ein Schneebrett löste. Ich kam mit dem Schrecken davon.» Vin lachte wieder. «Ich war schneller als der Schnee. Dieses Abenteuer hatte für mich Konsequenzen. Als Kochlehrling durfte ich nur noch nach Saisonschluss auf die Piste. Es war nicht leicht für mich. Doch ich wollte die Lehre abschliessen, darum ging ich den Deal ein.» Er fuhr sich mit seinen Händen über den Bauch. «Meinen Umfang hat es auch verändert.»

«Und dann haben die Odermatts Sie bei Lindberg abgeworben?»

«Nein, ich selbst wollte einen Tapetenwechsel nach so vielen Jahren, deshalb bewarb *ich* mich bei Albin und Ruth.»

Max überlegte, dass Vins Bewerbung genau in die Zeit gefallen sein musste, als Lindberg sich für das Hotel zu interessieren begann.

War Vin derjenige, der Ruth mit den Totems bedrängte?

«Wo waren Sie während des Umbaus?»

«Ich wüsste nicht, was Sie das angeht.» Vin griff sich an die Stirn. Augenscheinlich merkte er, dass er sich im Ton vergriffen hatte. «Ende April ging ich zurück nach Finnland, nachdem ich bei Lindberg als Aushilfe gearbeitet hatte.» Seine Mitteilungsbereitschaft war stärker als angenommen. «Ich kam erst vor einer Woche in Engelberg an, wo ich bei Lindberg wieder wohnen durfte. Wir sind Freunde; er sieht mich als seinen Landsmann. Muss wohl daran liegen, dass meine Grossmutter mütterlicherseits eine geborene Göteborgerin ist.»

Max würde ihn im Auge behalten müssen. «Wann beginnen Sie mit den Vorbereitungen für die grosse Gala?»

«Das ist Ihnen also auch schon zu Ohren gekommen. Sie sind wohl ein Schnüffler.» Vin lachte laut und fuhr mit der Hand über seinen blanken Schädel. «Morgen ist mein erster offizieller Arbeitstag. Ich werde mich strikt daran halten. Die Küche kenne ich bereits. Viel verändert hat sich nicht.»

Somit gab es für Max ein Problem weniger. Er überlegte, ob er Vin auf die geheime Tür ansprechen wollte, unterliess es aber. Was ihn jedoch interessierte, war die Existenz des Economats und der Kühlräume. Wenn er aber zu neugierig war, würde es auffallen.

«Sind Sie ein Freund von Ruth?» Vin sah ihn forschend an.

Achtung! Max musste vorsichtig sein. «Meine Freundin und sie kennen sich seit der Schulzeit. Nun hat uns Ruth eingeladen, ein paar Tage bei ihr im Hotel zu verbringen, bevor es losgeht. Wir sind auch wegen ‹Winnetou› hier.»

«Winnetou, ja … ich erinnere mich.» Über Vins Gesicht huschte ein Schatten. «Tragische Sache vor einem Jahr. Ich hatte gerade meinen freien Abend und war dabei, als man Albin erschoss.»

***

Kurz nach fünf betrat Max die Küche. Das spärliche Licht des trüben Tages reichte aus, um sich zwischen den Tischen und Gestellen zurechtzufinden. Er peilte den mittleren Teil der Waschstrasse an, wo sich die Tür zum Keller befand. Auch einem geübten Auge gelang es nicht, sie auf Anhieb zu erkennen. Max zwängte sich zwischen den schmalen Durchlass zur Wand. Er drückte die Türfalle, öffnete und klemmte das Buch, das er aus dem Kaminzimmer geholt hatte, zwischen Tür und Rahmen, bevor er auf dem Absatz stand. Ihm würde nicht das Gleiche passieren wie Ruth.

Der Geruch nach Schimmel streifte seine Nase. Dunkelheit und Feuchtigkeit schwappten ihm wie Wellen in einem aufgewühlten Meer entgegen. Max schaltete die mitgebrachte Taschenlampe ein. Der gelbe Kegel fiel über die raue nasse Treppe und zitterte über die Wand. Eine alte Mauer. Er sah es an den porösen Steinen. Max stieg langsam nach unten, darauf bedacht, fest aufzutreten und ein Ausrutschen zu verhindern. Er erreichte den kleinen Platz, wo er Ruth gefunden hatte, und leuchtete auch diesen aus. Etwas Schmales und Langes zog seine Aufmerksamkeit auf sich. Er bückte sich, griff in den Schlamm und hob die Stablampe auf, die Ruth aus der Hand gefallen sein musste. Was hatte sie dermassen erschreckt, dass sie den Halt auf der Treppe verloren hatte? Was hatte sie gesehen, nachdem sie gestürzt war und sich verletzt hatte? Oder was hatte sie *nicht* gesehen, was sie sich zu sehen erhoffte?

Sie hatte von einem Abstellraum gesprochen, von einem Kabuff, das kaum zwei auf zwei Meter gross war. Max legte die havarierte Lampe auf die unterste Treppenstufe. Er würde sie später mit nach oben nehmen. Mit angewinkeltem Arm streckte er seine eigene Taschenlampe von sich. Links und rechts glänzten die Wände. Wasser rann herab. Nach dem Regen musste sich der Boden wie ein Schwamm mit Nässe aufgesogen haben, und jetzt sickerte das Wasser nur langsam wieder ab. Das Licht tastete wie ein dünner Finger über das Gestein. Weiter hinten verlor es sich in der Unendlichkeit der Schwärze. Der Keller war hier lange nicht fertig, erfuhr eine Krümmung.

Max' Füsse versanken knöcheltief im Wasser. Er hatte vorsorglich Gummistiefel angezogen, die er nach dem Besuch des Tea Rooms in einem Sportgeschäft erstanden hatte. Unter den Sohlen gluckste es, als würde er über ein matschiges Feld waten. Der faulige Geruch war intensiver geworden, erinnerte an eine Kloake. Max hoffte, nicht im Fäkalbecken des Hotels gelandet zu sein. Oder in der Nähe eines Lecks.

War es das, was Amstutz hatte durchblicken lassen? War es möglich, dass das Gebäude langsam, aber sicher absackte?

Das Hotel war über hundert Jahre alt. Früher hatte man kaum ein Kanalisationssystem eingebaut, durch welches das

Abwasser geleitet wurde. Max verwischte den Gedanken. Der Geruch war immerhin auszuhalten. Er ging weiter. Bei jedem Schritt musste er darauf achten, nicht stecken zu bleiben.

Der Lichtstrahl bohrte sich tiefer, bis er sich weit hinten im Nichts auflöste. Max musste davon ausgehen, dass er sich mittlerweile in einem Tunnel befand. Je weiter er ging, umso enger rückten die Wände zusammen. Von irgendwoher drang ein Laut, der an ein Plätschern erinnerte. Hohl ertönte es im Gewölbe. Der Geruch nach Schimmel hatte sich verflüchtigt. Etwas anderes stieg Max in die Nase, süsslich schwer, fast ätzend. Als Jugendlicher hatte er oft geschnüffelt, bis ihm schwindlig wurde, bis Milagros ihn dabei erwischt hatte. Damals hatte sie ihm eine Ohrfeige verpasst, die erste und einzige.

Benzin!

Es roch nach Benzin.

Max beleuchtete mit der Lampe die Decke über ihm. Die Idee, dass er umkehren musste, hatte einer kindlichen Neugier Platz gemacht. Einem seltsamen Gefühl, das ihn in den Stollen hineinzog. Er schätzte, dass er den Grundriss des Hotels längst verlassen hatte.

Er hatte das Zeitgefühl verloren. Max ging mittlerweile in gebückter Haltung. Der Geruch blieb moderat, hatte sich nicht mehr verstärkt. Die eintretenden Kopfschmerzen kamen nicht von ungefähr.

Der Gedanke traf ihn wie ein Blitz. Die Erinnerung an seinen Traum neulich, als er unter dem Wasserfall gestanden hatte. War er eine Warnung gewesen? Eine Vision?

Blödsinn! Traumdeutungen waren etwas für Milagros, aber nicht für ihn. Max ging weiter. Die Dämpfe hinderten ihn am Aufgeben. Sie waren wie ein Elixier, das ihn an früher erinnerte, an seine Jugend in Hergiswil, wo er glücklich gewesen war und unbekümmert. An die Jungs in ihrer Clique, AC/DC im Ohr, der erste Joint, das erste Mädchen. Er dachte an seine Familie, an Milagros mit ihrem spanischen Temperament, an ihre täglichen Ermahnungen, an ihre Worte, sie wisse schon, wo er seine Freizeit verbringe, man rieche es – auch an ihre Liebe. Sein Vater war ein ruhiger Mensch gewesen. Seinen Verstand hatte er über alles gestellt. Doch nicht minder herzlich war er mit seinem Sohn umgegangen. Bis zu jenem Tag, der alles zerstört hatte.

Der Geruch hier gab Rätsel auf. Schlimmstenfalls bedeutete er Gefahr. War der Tunnel kontaminiert? Diente er als illegaler Entsorgungsstollen? Befanden sich in der Nähe Benzintanks? Eine Tankstelle?

Aber hätte es dann so gerochen?

Zwischendurch blieb Max stehen, leuchtete die feuchten Wände erneut ab, entdeckte nichts, das darauf hinwies, wofür man den schmalen Tunnel errichtet hatte. Möglicherweise war er ein Überbleibsel einer längst vergessenen Zeit. Ein unterirdischer Verbindungsgang, der bereits im Mittelalter bestanden hatte. Hatte er als Versteck gedient? Max kam auf keine plausible Erklärung.

Minuten und Stunden mussten dahingestrichen sein. Max wusste nicht, wie lange er schon unterwegs war. Die ungleichmässig konstruierten Wände verwirrten ihn, das ungewöhnliche Mauerwerk mit den unzähligen Aussparungen, in die man je ein Dutzend Flaschen hätte stellen können. Die Luft zum Atmen drohte zu erschöpfen. Der Benzingeruch hatte sich wieder verstärkt. Max löschte die Taschenlampe. Er tappte im Dunkeln, bemerkte den gewaltigen Stein auf dem Boden erst im Fallen. Er stürzte vornüber, landete im Schlick. Der Schmutz war plötzlich überall. Der Benzingeruch überwältigte ihn.

Jetzt bin ich übergeschnappt, dachte er. In ihm begann sich alles zu drehen, als er sich aufrappelte. Ihm schwindelte. Es fühlte sich wie der letzte Rausch an, als er sich bis fast zur Besinnungslosigkeit betrunken hatte, damals, als er von Vaters Tod erfahren hatte.

Ein schwaches Flimmern zog ihn magisch an. Er dachte an das Licht am Ende des Tunnels, an den Übergang zu etwas Neuem.

Der Übertritt in den Tod?

Er hätte niemals allein in diesen Tunnel gehen sollen. Was, wenn er unterwegs in einen Seitenstollen getreten war? Er würde den Weg zurück nicht mehr finden. Engelbergs Untergrund würde ihn wie ein Labyrinth gefangen halten. Er würde hier drin verdursten. Und niemand wusste, wo er war. Er dachte an das Buch, das er eingeklemmt hatte. Das nützte ihm nichts in diesem Moment, wo er zum ersten Mal glaubte, mit seinem Lebensende konfrontiert zu werden. Er erinnerte sich an den Titel des Buches: «Todesfalle» von Anders Roslund und Börge Hellström. Ob dies ein Omen gewesen war?

Max ging weiter. Die Kleider hatten sich mit Nässe aufgesogen. Die Stiefel fühlten sich schwer an seinen Füssen an.

Die Gurgelgeräusche von Wasser hatten jedoch abgenommen. Der Weg stieg leicht an, die Wände dehnten sich aus. Max konnte zumindest wieder aufrecht gehen. Ein paar Schritte bis zur Freiheit. Bis zum Ziel.

Oder zur Hölle.

Er gelangte zu einem Schacht, der nach oben führte. Ein Schimmer drang zu ihm durch. Er erkannte einen Gullydeckel, durch dessen Löcher Luft strömte. Klare, unbelastete Luft. Max atmete so heftig ein, dass es ihm fast die Lunge zerriss. Er setzte einen Fuss auf einen der Steigbügel, die in die seitlichen Wände eingelassen waren, hangelte sich hoch, bis er es schaffte, den Deckel zu fassen. Ihn aus der Verankerung zu stossen, erforderte viel Kraft. Max gelang es nicht auf Anhieb. Er war sich sicher, einen geheimen Zugang zum Hotel gefunden zu haben. Von hier aus hatte der Fremde die Totems ins Haus gebracht. Es gab nur diese Möglichkeit. Blieb die Frage, wie er die Tür zur Küche hatte öffnen können. Ob er dazu einen Schlüssel besass?

Was aber hatte ihn umgetrieben, um diesen beschwerlichen Weg zu gehen?

Max knipste die Lampe an. Der Lichtstrahl traf ihn mitten ins Gesicht, dass es ihn kurz blendete. Er hatte die Lampe verkehrt herum. Danach erlosch sie. Max hob den Deckel ganz an. Oben herrschte Dunkelheit. Seine Augen mussten sich zuerst daran gewöhnen, an die sternenlose Nacht und die schwarzen Nebel. Der Geruch nach nassem Asphalt wehte ihm entgegen, als er den Deckel zur Seite schob. Ein Geruch, der Leben bedeutete. Er stützte die Hände am Rand des Schachts ab, zog sich hoch. Seine gelegentlichen Klimmzüge kamen ihm dabei zu Hilfe, seine gute Grundkondition. Er drehte sich seitlich ab, setzte sich, zog die Beine nach.

Vor ihm erhoben sich das «Fin de Siècle» und der Annex, wo die Personalzimmer lagen. Die dunklen Fenster wie seelenlose Augen, die ihn anklagend anstarrten. Die Balkone mit den fein geschwungenen Eisenornamenten, welche der schwache Schein der Strassenlampe auf die Fassade zeichnete.

Max war die ganze Zeit im Umkreis des Hotels gegangen.

Im Lichtkegel einer Laterne sah Max auf seine Armbanduhr. Halb elf. Von den tausend Dingen, die er sich für diesen Abend vorgenommen hatte, musste er absehen. Das Altersheim war bestimmt schon geschlossen, und Mathilda Hurschler würde ihn zur fortgeschrittenen Stunde kaum in die Wohnung lassen.

Eine Gruppe Halbwüchsiger kam ihm entgegen, ergötzte sich an ihm, während sie seinen Weg kreuzten. Ein Mädchen liess eine despektierliche Bemerkung fallen, was seine verschmutzten Kleider betraf. Max war es bis anhin nicht aufgefallen, in welchem desolaten Zustand er sich befand. Trotz der Dunkelheit fiel es auf. Er nahm sein iPhone zur Hand und bemerkte den leeren Akku. Den Zimmerschlüssel hatte Fede. Max schritt auf den Hoteleingang zu. Die Tür war verschlossen.

Es kam ihm vor, als hätte sich die ganze Welt gegen ihn verschworen. Er hoffte auf Fedes Gespür und dass sie ihn suchen möge. Falls sie in die Küche gegangen war, musste ihr das Buch zwischen Tür und Rahmen aufgefallen sein. Max betete, dass sie die richtigen Schlüsse daraus zog.

Er ging um das Hotel herum, suchte nach einer Möglichkeit, um hineinzugelangen. Der Lieferanteneingang liess sich nicht öffnen. Der sei während des Umbaus geschlossen, hatte Ruth gesagt. Wenn er hier nicht Wurzeln schlagen wollte, musste Max durch den Stollen zurück. Er hatte kein Verlangen danach.

Eine andere Möglichkeit war die, dass er zum Bahnhof ging. Doch der Schalter war um die Uhrzeit bereits geschlossen. Sollte es eine öffentliche Telefonkabine geben, was Max nicht vermutete, würde ihm das Kleingeld fehlen. Er versuchte, einen klaren Gedanken zu fassen. Die Dämpfe hatten sein Gehirn vernebelt. Er schlug den Weg Richtung Dorfkern ein, einem wummernden Technosound entgegen, dorthin, wo das «Smörgåsbord» lag, in der Nähe von einem von Lindbergs Hotels. Da erinnerte Max sich, dass sich Fede womöglich noch bei Lindberg aufhielt.

Die Lounge war brechend voll von lachenden Gästen, und obwohl es wieder zu regnen angefangen hatte, sassen sie draussen unter den Sonnenschirmen. Offensichtlich war ihnen auch die tiefere Temperatur egal, denn sie trugen keine Jacken. Max war durstig, hätte gern ein Bier getrunken, doch sein Portemonnaie steckte in der Tasche seines Anzugs, und dieser hing im Schrank. Der Ausflug durch den Tunnel hatte einen geruhsamen Abend verhindert. Max hatte den Tag in einer Pizzeria ausklingen lassen wollen. Bei einer Pizza Napoli und einem Glas Rotwein. Später, wenn Fede zurück war, hätten sie sich geliebt und wären eng umschlungen eingeschlafen.

Da sah er ihn: Vin. Von einem Schwarm junger Frauen umkreist. Ihre Blicke trafen sich.

«Hi, Kumpel.» Vin kam auf ihn zu, schwenkte ein Whiskyglas über seinem blanken Haupt. «Max von Wirth. Was verschlägt dich hierher?» Er schnüffelte. «Bist du in die Kloake gefallen?»

Die Frauen kreischten.

Eine von ihnen fragte: *«Stinker han alltid så?»*

Max verstand es nicht, aber konnte sich ungefähr einen Reim darauf machen, was es hiess.

«Han ramlade i dyngan.» Vin grinste. Die Frauen grölten.

«Was hast du gesagt?», fragte Max.

«Dass ich für Nachschub sorgen werde.»

«Bin ausgerutscht.» Max griff nach dem Glas. «Ist das für mich?»

«Klar doch.»

Vins gute Laune vermochte ihn nicht anzustecken. «Hast du einen Schlüssel zum Hotel?» Max nahm einen Schluck. Der Whisky brannte im Hals.

«Du willst aber nicht schon nach Hause? Die Party geht erst richtig los.»

«Ich muss aus diesen Klamotten. Aber dazu brauche ich einen Schlüssel, um ins Hotel und in mein Zimmer zu gelangen.»

«Raus damit! Was ist passiert? Das mit dem Ausrutschen nehme ich dir nicht ab.»

Unmöglich, dass Max Vin einweihen konnte. Er müsste zuerst Ruth fragen, ob sie von dem Tunnel wusste. «Du musst mir glauben. Hast du den Schlüssel?»

«Noch zwei Minuten.» Vin entfernte sich von ihm, genervt, wie es schien. Er verwarf die Hände und schüttelte den Kopf.

Max war plötzlich von den Frauen umzingelt, als wäre er ein Ausserirdischer, dessen seltsame Anwesenheit sie bewunderten. Der Eindruck, den er hinterliess, würde ein bleibender sein.

Aus dem Innern der Lounge dröhnte der Bass, der in dem Moment lauter aufgedreht wurde, als Vin mit einem Tablett voller Whiskygläser an den Tisch zurückkam. Icona Pop, zwei DJanes aus Stockholm, sangen: «I Love It.» Max würde danach Mühe haben, den Ohrwurm loszuwerden. *«Skål»*, sagte Vin und stellte das Tablett ab.

Die Frauen machten sich wie ein Rudel Wölfe über die Gläser her. Während sie mit dem ersten Schluck beschäftigt waren, nutzte Max die Gelegenheit, Vin zur Seite zu nehmen und mit ihm ein paar Worte zu wechseln. Zuerst sprachen sie über Belangloses wie das Wetter, das abrupt gewechselt hatte, dann fragte Vin, ob er Gefallen an den Frauen habe, was Max seinem Alkoholpegel zuschrieb. «Ja», sagte Max, «sie gefallen mir.» Er wollte höflich sein. Obwohl er vorhatte, möglichst schnell aus den verschmutzten Kleidern zu kommen, sprach er Vin auf die Freilichtspiele an. Er wusste nicht, wann sich eine neue passende Gelegenheit dazu bieten würde. «Erinnerst du dich, was geschah, nachdem Albin Odermatt tot auf dem Boden lag?»

«Du redest vom letzten August.» Vin drehte das Whiskyglas in seiner Hand. Er wusste offenbar genau, wovon Max sprach. «Es wurde zuerst nicht bemerkt. Die Akteure stellten sich zum Schluss auf unter dem grossen Applaus des Publikums. Das dauerte. Du weisst ja, wie das ist, wenn jeder, welcher eine Hauptrolle innehat, sich einzeln verbeugt und die Lorbeeren pflückt. Man wartete natürlich auf Bud Forrester alias Albin Odermatt. Als er nicht erschien, hangelte sich Winnetou an der Strickleiter nach oben. Er muss ihn da in einer Blutlache liegen gesehen haben. Er rief um Hilfe. Die Sicherheitsleute waren dann ganz schnell oben, das Finale musste abgebrochen werden. Ich erinnere mich daran, dass jemand über den Lautsprecher sagte, dass einem der Schauspieler schlecht geworden sei und man die Ambulanz bestellt habe. Die Zuschauer wurden gebeten, das Gelände möglichst rasch zu verlassen und zum Westerndorf zu gehen. Wahrscheinlich eine Aufforderung der Polizei, die schnell eingetroffen war. Da ahnte ich, dass etwas Schreckliches vorgefallen sein musste. Die Zuschauer mussten auf dem Platz beim Totem warten wegen möglicher Zeugenbefragungen. Auch die Komparsen waren alle da. Es verging keine halbe Stunde, als uns mitgeteilt wurde, dass es einen Toten gegeben hatte. Wir durften dann den Platz verlassen, mussten aber alle Namen, Adresse und Telefonnummer hinterlassen. Mensch, Max, das fuhr allen ziemlich ein. Die Ambulanz kam … aber wegen Albins Mutter. Sie hatte einen Herzinfarkt oder so. Auf jeden Fall transportierte man *sie* ab … nicht Albin. Der wurde später mit einem Leichenwagen abgeholt.»

«Hast du bis zum Schluss gewartet?», fragte Max, dem die Nässe inzwischen arg zu schaffen machte.

«Ich fuhr, wie alle andern, mit einem Bus zurück. Ich ging

gleich ins Hotel, wo Ruth noch im Büro arbeitete. Ich fühlte mich dazu verpflichtet, ihr zu erzählen, was passiert war.»

«Das heisst, ihr wart damals schon befreundet?»

«Die Odermatts waren unkompliziert. Sie boten mir, nachdem ich bei ihnen angefangen hatte, gleich das Du an. Im ‹Fin de Siècle› waren wir wie eine grosse Familie.» Vin räusperte sich. «Sie wusste es bereits. Das Buschtelefon hatte wie immer gut funktioniert. Ich blieb dann bei ihr. Sie trug es mit Fassung. Es war der Schock. Erst am nächsten Tag hatte sie einen Nervenzusammenbruch. Warum willst du das wissen?» Vin musterte ihn eindringlich.

«Es interessiert mich.» Max trank den Whisky aus, stellte das leere Glas auf den Tisch. «Wie gut kennst du Jan Lindberg?»

Vin zog die Brauen hoch. Seine blaugrauen Augen schimmerten im schwachen Schein der Beleuchtung. «Hab ich es dir nicht bereits gesagt? Er ist ein Freund.» Vin schien zu überlegen. «Besser ausgedrückt, wie ein väterlicher Freund. Wenn ich ihn nicht kennengelernt hätte, wäre ich vielleicht Skilehrer geworden. Was hätte ich dann im Sommer gemacht? Koch ist etwas Solides. Im ‹Fin de Siècle› hatte ich die Chance, Küchenchef zu werden. Einer erfolgreichen Zukunft steht somit nichts mehr im Weg.»

Sofern du dich als guter Küchenchef bewährst. Doch das sagte Max nicht. «Weisst du, wie es um das Hotel steht?»

«Ohohoho, das ist ein heikles Thema. Ruth hat ziemlich investiert. Nach dem Tod ihres Mannes stürzte sie sich beispiellos in die Arbeit, entschied sich innert Wochenfrist, das Hotel zu renovieren. Sie bemühte sich darum, dass jeder ihrer Mitarbeiter wieder einen Job hatte, zumindest bis zur Wiedereröffnung ihres Hotels. Ich weiss jedoch nicht, ob sich das bezahlt macht. Man hört so einiges.»

«Zum Beispiel?»

«He, willst du es etwa kaufen?» Vin schlug ihm lachend auf die Schulter. «Das haben schon etliche versucht.»

«Auch Lindberg?»

«Logisch, er wäre sonst ein schlechter Geschäftsmann. Ich

denke, er würde etwas Tolles aus dem Kasten machen, ein hippes Haus im Stil seiner bestehenden Hotels. Engelberg bekommt bald ein Fünfsternehaus. Du hast die riesige Baustelle sicher bemerkt. Daneben würde es ein weiteres Mittelklassehotel gut vertragen. Engelberg ist nicht dazu da, die Schickimicki-Gesellschaft zu beherbergen. Dafür gibt es Sankt Moritz und Gstaad. Wer hierherkommt, will etwas Bodenständiges, will ein Bier nach dem Wandern, im Winter tolle Pisten. Ruth hat meines Erachtens ihre Wünsche zu hoch geschraubt. Ein Belle-Époque-Hotel nach ihren Vorstellungen wird sie kaum halten können, ausser sie arbeitet Tag und Nacht. Aber auch eine wie Ruth kommt an ihre Grenzen. Mit dem Hotel am Park wird sie zudem Konkurrenz erhalten, wird ihm aber nie das Wasser reichen können. Nun, ich werde ein Jahr im Minimum bei ihr bleiben und die Entwicklung beobachten. Und wenn das neue Hotel eröffnen wird, werde ich mich dort bewerben. Ich muss schliesslich weiterkommen.»

«Hast du es ihr bereits gesagt?»

«Nein, das hat Zeit. Ich hoffe, das bleibt unter uns.» Er sah Max nachdenklich an. «Du willst endlich aus den Klamotten, habe ich recht? Ich werde dir die Tür ins Hotel öffnen.»

***

Im Foyer brannte Licht. Nachdem Max sich von Vin verabschiedet und die Gummistiefel ausgezogen hatte, zog er die Eingangstür hinter sich ins Schloss. Er warf einen Blick ins Kaminzimmer. Kerzen flackerten und verströmten einen warmen Schein. Auf den geblümten Tapeten vollführten die Schatten einen geheimnisvollen Tanz. Zuerst bemerkte Max Ruth, dann Fede. Beide wandten ihm den Rücken zu. Er betrat den Raum. Milagros sass etwas abseits und las in einem Buch. Er hatte sie schon länger nicht mehr lesen gesehen. Gut möglich, dass es an der Stimmung im Hotel lag, an der Ruhe, welche das alte Gemäuer ausstrahlte.

Sie war die Erste, die ihn entdeckte. «Maximilian! Wie siehst *du* denn aus?» War zu erwarten gewesen. Sie fuhr vom Stuhl hoch.

Max hatte die Aufmerksamkeit aller Frauen.

Ruth stiess einen Schrei der Entrüstung aus, und Fede bekam einen Lachanfall. Sie hatten wohl keine Ahnung, wie sich der feuchte, nun eintrocknende Dreck auf seiner Haut anfühlte.

Max schritt auf sie zu und hob abwehrend die Hände hoch. «Nein, ich will keine Mitleidsbekundungen, und ja, das gehört zu meinem Job als Detektiv.»

«Und jetzt erzählst du uns der Reihe nach, was vorgefallen ist», sagte Fede.

«Das würde ich gern von euch erfahren. Ihr hattet mich ausgeschlossen.» Max sah die Frauen der Reihe nach an.

«Wir waren in Stans», sagte Milagros an Fedes Stelle. «Wir suchten nach der Schreinerei, in welcher die Totems hergestellt werden.» Sie hatte das Buch auf den Tisch gelegt. «American Gigolo», las Max. Ob der Titel etwas zu bedeuten hatte? Fast hätte er ihr eine unverschämte Frage gestellt.

«Leider hatten wir überhaupt kein Glück.» Fede umrundete ihn, als müsste sie sich vergewissern, dass alles noch dran war. «Und die Schreinerei, die ich meinte, stellt zwar Holzfiguren her, aber keine Totems.»

«Wir bekamen den Tipp, dass man sie übers Internet bestellen kann», sagte Milagros.

«Ich habe bereits herausgefunden, wo.» Fede sah ihn belustigt an. «Sag schon, wo bist du gewesen?»

«Step by step.»

«Milagros und ich waren auswärts essen.» Ruth hatte sich beruhigt. «In der ‹Kafikaufbar›. Milagros wollte unbedingt dorthin.»

Max vermochte es sich nicht vorzustellen, dass seine Mutter sich auf das Niveau eines solchen Lokals hinuntergelassen hatte. Sie, die die Fünfsterneküche allem anderen vorzog.

«Dort gibt's den besten Flammkuchen. Ja, da guckst du, mein lieber Maximilian. Dieses Restaurant gefällt mir. Es hat so etwas

Spezielles, ein gewisses Flair. Habe mir zwei Kerzenhalter im Shabby Chic gekauft.»

«Und ich war mit Jan Lindberg zu einem Drink verabredet», liess ihn Fede wissen. «Du erinnerst dich. Ich habe dir davon erzählt. Ich habe auf ein Nachtessen mit ihm verzichtet.»

«Können wir uns im Zimmer weiter unterhalten?» Max flehte Fede an. «Ich muss unter die Dusche.» Er wandte sich an Milagros. «Wann hast du vor, wieder auf den Bürgenstock zu fahren?»

«Nicht unmittelbar. Ich habe morgen meinen Einsatz bei Mathilda Hurschler.»

Fede sandte Max einen raschen Blick zu. Das hatten sie toll eingefädelt. Unter Ausschluss seiner Anwesenheit war das bereits beschlossene Sache.

«Ich werde diese Nacht im ‹Fin de Siècle› verbringen. Und je nach Situation die nächsten Tage und Nächte bei Mathilda Hurschler.»

«Ist sie denn damit einverstanden?» Max konnte es nicht nachvollziehen.

«Ich bin sogar sehr willkommen, glaubt sie doch, ich sei von der Spitex.»

Jetzt war sie von allen guten Geistern verlassen. Wenn das nur gut ging.

«Das müssen wir vorher eingehend besprechen.» Max wusste nicht, ob er wütend sein sollte. Er durfte sich keine Fehler erlauben. In Anbetracht dessen, dass seine Auftraggeberin im Raum war, wählte er seine Worte mit Bedacht. «Milagros, das hier ist eine delikate Angelegenheit. Ich weiss nicht, ob du ihr gewachsen bist.»

«Ach, ich habe schon ganz andere Dinge auf die Reihe gekriegt.»

Ruth mischte sich ein. «Sie wird das Kind schon schaukeln. Deine Mam ist eine clevere Frau. Und ich bin froh, dass endlich etwas getan wird. Egal, wie. Aber haltet mir diesen Stalker von der Stange.»

Max glaubte längst nicht mehr an einen Typen, der Ruth nachstellte. Da steckte mehr dahinter. Und das wusste auch

Ruth. Sie hätte ihn sonst nicht um Hilfe gebeten. Wenn sie sich jetzt von der kühlen Seite zeigte, war vielleicht Milagros der Grund. Sie wollte sich offensichtlich keine Blösse geben.

Ruth beendete das mitternächtliche Geplänkel, indem sie den Vorschlag machte, die Fortsetzung des Gesprächs auf morgen zu verschieben. Sie nahm Milagros beim Arm und bot ihr an, sie zu ihrem Zimmer zu begleiten.

«Nett, wie sie sich deiner Mutter annimmt», sagte wenig später Fede.

«Du hättest sie nicht herbestellen sollen», sagte Max.

«Sorry, nun ist sie da. Mit ihrem Charme wird sie uns helfen, derweil ich mich hinter den Laptop setzen werde. Das schlechte Wetter macht es mir geradezu leicht. Wollen wir uns auch schlafen legen?»

«Was hast du über die Totems herausgefunden?»

«Made in China.»

«Was willst du damit sagen?» Max ging durchs Kaminzimmer zur Tür. «Ist das etwa eine Anspielung auf Guo Xu Lun, den Chinesen?»

Fede holte ihr iPhone aus der Handtasche, tippte auf das Display und schrieb etwas darauf. «Hier, sieh sie dir an.» Sie holte Max ein und reichte ihm das Gerät. «Das sind ähnliche Totems, wie Ruth sie bekommen hat.»

Max betrachtete das Bild eingehend. «Die Farben sind anders, und die Krähe hat sich in eine Ente verwandelt.»

«Eine China-Ente.» Fede lachte. «Die Hersteller müssen sich von unserer Kultur abheben.»

«Das meinst du jetzt nicht ernst.»

«Auf jeden Fall habe ich uns eine solche Figur mal bestellt. Dann können wir sie vergleichen.»

«Wir haben keine Zeit für solchen Unsinn. Und was soll das … vergleichen? Wir sollten uns auf den unterirdischen Tunnel konzentrieren. Darin sehe ich eine Gefahr. Der Eindringling ist durch diesen Tunnel gekommen. Und er wird es wieder tun.»

Fede sah ihn an, als hätte er ihr eine Unverschämtheit an den Kopf geworfen. «Klärst du mich bitte auf?»

«Erinnerst du dich an den Keller, in dem wir Ruth gefunden haben?»

«Die Abstellkammer? Ist nicht so lange her. Oder glaubst du, Lindberg hat mir mein Gehirn vernebelt?»

«Das machst du extra.»

Sie küsste ihn andeutungsweise. «Was soll mit dem Keller sein?»

«Ich bin heute hinuntergestiegen.»

«Hat's dich auch auf den Latz gehauen?»

Max konnte sich ein Lachen nicht verkneifen. «Ich folgte einem Tunnel und landete in einem Schacht genau vor dem Hotel.»

Sie waren beim Lift angelangt. Max betrat die Kabine.

«Der Übeltäter hat die Totems auf diesem Weg ins Hotel gebracht?», fragte Fede.

«Auszuschliessen ist es nicht.»

«Wenn er den Stollen kennt, wird er vielleicht noch ganz andere Dinge heranschleppen.»

«Stellenweise hat es nach Benzin gerochen.»

«Siehst du: Wenn ich mir vorstelle, dass es jemanden gibt, der das Hotel respektive das Areal, auf dem es steht, sich aneignen will, werden ihm alle Mittel recht sein, um es zu bekommen. In der bestehenden Form oder dem Erdboden gleichgemacht.»

«Darling!» Max zog Fede in den Lift. «Du hast eine blühende Phantasie. Erzähl mir lieber von Lindberg.»

«Er ist ein netter Kerl.»

«Das wollte ich nicht hören.»

«Er könnte mein Vater sein.»

«Was hast du herausgefunden?»

«Ich hatte ihn so weit gebracht, dass er mir verriet, mit welchem Computerprogramm er arbeitet. Dann habe ich das Cold Reading angewandt.»

«Was heisst das?»

«Ich habe geblufft, wie leicht es mir fällt, Passwörter zu knacken. Er hat das Spiel mitgemacht. Na ja, er war etwas angeheitert. Aufgrund seiner Bemerkungen bin ich seinem Passwort näher gekommen.» Fede lächelte. «Lass mir etwas Zeit. Ich werde ihn schon knacken.»

«Du meinst, hacken.»

SIEBEN

Ein Schrei riss ihn aus dem Schlaf.

«Verflucht und zugenäht!» Seit sie in diesem Hotel logierten, war es Max nicht gelungen, nachts durchzuschlafen. Er fasste auf beide Bettseiten. Fede schlief. Er sass auf und lauschte. Er musste wieder geträumt haben. Ob es an diesem Hotel lag? Wie er von Milagros erfahren hatte, war es seit seinen Anfängen im Besitz der Familie Odermatt gewesen. Die Mauern verbargen vielleicht etwas, das auf der realen Ebene nicht erklärbar war.

Vor dem Rechteck des geöffneten Fensters zeichnete sich die Nacht ab. Sanft bauschte sich der Vorhang im kühlen Luftzug. Max legte sich wieder hin und lauschte Fedes regelmässigem Atem.

Max war, je länger er darüber nachdachte, umso überzeugter, dass Ruth wegen des Hotels belästigt wurde. Nicht das Hotel selbst, sondern das Areal war begehrt, stand es doch in der Nähe des Bahnhofs und des Dorfzentrums. Und es gab im Minimum drei Interessenten, die es in der Vergangenheit gern gekauft hätten. Sie würden nicht lockerlassen. Engelberg brauchte moderne Architekten und Investoren, die zukunftsorientierte Überlegungen anstellten. Auch hinsichtlich des zunehmenden Tourismus.

Hinter der Wand neben dem Bett raschelte und kratzte es wie neulich. Jemand stiess einen Schrei aus. Fede wachte auf. «Was zum Henker!» Max versuchte, sie zu beruhigen, obwohl er selbst genervt war. Plötzlich fiel ihm das Buch ein, das er zwischen Tür und Rahmen geklemmt hatte, bevor er in den Stollen ging. Er stiess die Decke von sich, schwang sich aus dem Bett und machte das Licht an.

Fede sah ihn geblendet an. Sie rieb sich die Augen. «Wo willst du hin?»

«Dem Spuk auf den Grund gehen.» Er zog sich den Frotteemantel über, öffnete die Tür und spähte in den Korridor. Aus einem der Zimmer rechtsseitig drang Licht.

Max ging ausholenden Schrittes der Helligkeit entgegen. Bei der Zimmertür stiess er auf Milagros.

«Hast du den Schrei auch gehört?» Max wusste, wie schreckhaft Milagros sein konnte.

«Das war ich.»

«*Du* hast geschrien?» Max verkniff sich ein Grinsen.

«Komm rein und überzeuge dich selbst, was mich dermassen aus der Fassung gebracht hat.» Milagros lotste ihn ins Badezimmer, das in seiner Art altertümlicher daherkam als seines. Badewanne und Toilettenschüssel waren mit blauen Blumen bemalt.

Unter dem Lavabo stand ein Kessel. Der Siphonadapter am Abflussrohr war aufgeschraubt. Max bückte sich und vergewisserte sich, ob ihn das, was er sah, nicht täuschte. Aus dem Rohr hing ein pelziger Gegenstand. «Was ist das?»

«Das frage ich mich auch.» Milagros verschränkte die Arme. «Ich liess Wasser aus dem Hahnen, als ich bemerkte, dass der Abfluss verstopft war. Du kennst mich: Selbst ist die Frau. Wenn es sein muss, erledige ich auch kleinere sanitäre Reparaturen. Da fiel mir das hier entgegen.» Sie wies auf den Kessel, auf dessen Grund und seichtem Wasser ein Fellklumpen schwamm. «Muss ein Stück von einem tierischen Schwanz sein.»

«Deshalb die Schreie?»

«Deshalb die Schreie. Ich habe mich fast zu Tode erschrocken.»

«Hast du Handschuhe?»

«Warum sollte ich im Sommer Handschuhe dabeihaben?»

«Die weissen Lederhandschuhe, die du beim Autofahren trägst.»

«Aber doch nicht die!»

«Dann reich mir einen Waschlappen.»

Widerwillig reichte Milagros ihm ein kleines Frotteetuch.

Max wickelte das Tuch um seine rechte Hand. Er zog an dem Knäuel, das sich augenscheinlich im Rohr verfangen hatte.

Der Optik und dem Geruch nach zu urteilen, gehörte es einem Kleintier, das schon länger tot sein musste. «Das muss durch den Abfluss geklettert sein.» Der nasse Klumpen fiel in den Kessel. «Sieht aus wie ein Eichhörnchen.»

«Das ist ein junger Siebenschläfer.» Milagros betrachtete das tote Tier mit Skepsis. «Die Geräusche in den Wänden müssen ebenso von Siebenschläfern stammen. Sie sind nachtaktiv.»

«Irgendwo muss es ein Leck haben, sonst wäre das Tier nicht bis zum Lavabo gelangt.» Max erhob sich, nahm den Kessel, öffnete die Toilettenschüssel und spülte den Kadaver hinunter.

«Eklig.» Milagros rümpfte die Nase. «Da muss ein Kammerjäger her. Weiss Ruth, welche Mitbewohner sie hat?»

«Ich glaube, sie weiss es. Sie hat neulich mal Andeutungen gemacht. Dies erklärt zumindest den nächtlichen Spuk.» Max vergewisserte sich, dass der Kadaver hinuntergespült war.

«Warum tut sie nichts dagegen?»

«Du kannst sie gleich selbst fragen.» Max deutete auf die Zimmertür, wo Ruth stand.

«Habe ich etwas verpasst?», fragte diese, worauf Milagros sie gleich in Beschlag nahm.

Max verabschiedete sich, hatte für den Moment anderes vor, als einer Diskussion über Siebenschläfer zu folgen. Er verliess Milagros' Zimmer, ging zum Lift und fuhr ins Erdgeschoss.

Das Foyer lag im Dunkeln. Max knipste hinter dem Empfangstresen eine Lampe an, die den Weg zur Küche beleuchtete. Im schwachen Schein tastete er sich dort den Gestellen entlang bis zur Waschstrasse. Er gelangte zur Tür, die in den Keller führte. Max bückte sich, sah zur Tür.

Das Buch war verschwunden.

Er blieb reglos stehen. Jemand musste hier gewesen sein und die Tür ins Schloss fallen gelassen haben. Fede und Milagros schloss er schon mal aus. Fede hätte ihm etwas davon gesagt, und Milagros hatte kaum eine Ahnung, was sich hinter der Waschstrasse befand. Ruth etwa?

Ein Geräusch liess ihn aufhorchen. Max blickte in die Richtung, aus der er es vernommen hatte. Der Morgen graute. Durch die hoch angesetzten Fenster schimmerte es dunkelgrau.

Dort stand jemand. Seinen rechten Arm hielt er hoch. Max machte einen Gegenstand aus, den der andere mit der Hand umfasste. Er vergass zu atmen. Langsam bewegte er sich von der Waschstrasse weg Richtung Kochinsel, in deren Nähe er die Lichtschalter vermutete. Der Schatten bei den Fenstern blieb. Unmöglich, dass der Fremde ihn sehen konnte. Max nutzte den Vorteil aus, ging gebückt weiter, tastete die Konsole bei den Herdplatten ab und fand den Hauptschalter. Ohne die Gestalt bei den Fenstern aus den Augen zu lassen, kippte er den Schalter nach unten.

Über ihm flackerten die Neonröhren. Das kalte Licht erfasste auch die Stelle bei den Fenstern.

Dort stand Mephisto wie der Totengräber aus einem Gruselkabinett. In seiner rechten Hand hielt er eine Axt.

Geistesgegenwärtig machte Max ein paar Schritte rückwärts. Nicht provozieren. Das hatte er einmal gelernt. Dem Gegner einen Fluchtweg offen lassen. Ihn nicht in die Ecke drängen. Er würde sonst angreifen.

«Was tun Sie da?» Feierabend war genauso erschrocken wie Max.

Max stiess erleichtert Luft aus. «Und ich dachte schon, ein Einbrecher hätte sich hierhergeschlichen.»

«Sie können von Glück reden, habe ich Sie erkannt. Glauben Sie mir, ich hätte zugeschlagen.» Feierabend legte endlich die Axt beiseite. «Ich dachte schon, ich würde endlich dem Typen begegnen, der Ruth die Totems vor die Tür legt.»

«Sie hätten tatsächlich zugeschlagen?» Max war es nicht geheuer. Hatte er den stets freundlichen Concierge falsch eingeschätzt?

«Das ginge unter Notwehr.»

«Das ist eine Mordwaffe.» Max zeigte auf die Axt. Langsam beruhigte er sich. «Haben *Sie* das Buch dort entfernt?» Max wies zur Kellertür.

«Was für ein Buch?» Feierabend kam näher. Er hatte eine eigentümliche Ausdünstung.

Max traute ihm nicht. Trotzdem erzählte er von dem Tunnel hinter der Tür und dass er ihn passiert hatte bis zum Schacht und er unmittelbar vor dem Hotel dem Untergrund entstiegen war. «Haben Sie davon Kenntnis?»

«Das höre ich heute zum ersten Mal.» Auf Feierabends Gesicht war etwas Farbe zurückgekehrt. «Glauben Sie, der Fremde ist durch diesen Stollen ins Hotel gelangt?»

«Das ist anzunehmen. Und so, wie ich die Dinge einschätze, müsste er sich gerade jetzt wieder im Hotel befinden, oder er ist wieder gegangen. Aber er war heute Nacht da. Ich bin mir nämlich absolut sicher, dass ich das Buch zwischen Tür und Rahmen geklemmt habe.»

«Sie machen Witze.»

«Wie war das eigentlich während des letzten Jahres? Sie waren ja immer im Hotel, wenn nicht im Haupttrakt, so im Annex. Ist Ihnen nie etwas Ungewöhnliches aufgefallen? Zum Beispiel hier in der Küche?»

Feierabend lehnte sich an die Kochinsel und verschränkte die Arme. «Etwas Ungewöhnliches? Ab und zu spukt es im Haus. Der Hotelgeist lässt niemanden in Ruhe. Ruth behauptet zwar, es seien die Siebenschläfer. Vor zwei Jahren mussten wir den Kammerjäger kommen lassen. Er hat sie ausgerottet. Doch sie sind wiedergekommen. Das Haus ist löchrig wie ein Emmentaler Käse. Das bringt auch ein neuer Verputz nicht zum Verschwinden. Aber ja … jetzt, da Sie mich fragen … ich erinnere mich. Ich machte jeden Abend einen Kontrollgang durchs Haus. Ich hatte von Ruth die Order, Fenster und Türen zu schliessen, bevor ich ins Nebengebäude ging, wo mein Zimmer liegt. Die Handwerker vergassen oft, die Fenster zu schliessen. In der Küche waren sie jedoch selten bis nie. Der Gang durch die Küche war für mich bloss Gewohnheit.»

«Und?» Max war ungeduldig. «Was?»

«Manchmal verwunderte es mich, wie schmutzig es hier war.»

«Was heisst das konkret?»

«Die Küche wurde nie benutzt. Hier wurde weder gearbeitet noch gekocht. Die neuen Geräte installierte man erst letzten Monat.»

«Bringen Sie es auf den Punkt.»

«In der Nähe der Waschstrasse waren stets Fussabdrücke zu sehen, manchmal ganze Schmutzklumpen und Schlieren.»

«Haben Sie es Ruth mitgeteilt?»

«Nein. Ich habe den Dreck weggemacht.»

«Wie oft?»

«Sporadisch … einmal pro Monat sicher.»

«Denken Sie nach, an welchem Tag?»

«Ich habe nicht Buch darüber geführt.» Feierabend kratzte sich am Kopf, lächelte gekünstelt, als fühlte er sich ertappt. «Was wollen Sie mir anhängen?»

Max überlegte. «Ruth hat Ihnen doch bestimmt am nächsten Tag mitgeteilt, als sie die Totems fand. Haben Sie sich nie gefragt, ob es eventuell eine Verbindung zwischen dem Dreck und diesen Figuren gab?»

«Nein.»

«Wie gut kannten Sie Albin Odermatt?»

«Wir waren auf Distanz. Wir teilten zwar das Büro, aber er war mein Chef.»

«Wie lange waren Sie bei ihm angestellt.»

«Im letzten Winter wären es siebzehn Jahre geworden.»

«Da haben Sie sicher einiges erlebt und gesehen.»

Feierabend stiess sich von der Kochinsel ab. «Ich war sein Vertrauensmann, der beobachtet und schweigt.»

Max musste sich zusammenreissen, um seine Ungeduld nicht zu zeigen. Hatte er womöglich endlich jemanden gefunden, der ihm Einblicke in die Familiengeschichte gewähren würde? «Sie wissen schon, wer ich bin.»

«Ja, Ruth hat es mir erzählt. Sie hat Sie als Detektiv in ihre Dienste genommen. Ich will ehrlich zu Ihnen sein. Ich hätte schon längst die Polizei gerufen.»

«Haben Sie eine Ahnung, weshalb sie es nicht tut?»

«Sie hat die Polizei zurate gezogen, damals, als man ihr das zweite oder dritte Totem vor die Tür gestellt hatte.»

Feierabend wiederholte, was Max bereits von Ruth wusste.

«Doch so einfach ist das nicht. Bei der Polizei muss es zuerst Tote geben, bevor die etwas unternimmt.»

«Sie sagten, dass Sie bereits siebzehn Jahre in diesem Hotel arbeiten.»

«Das ist richtig. Ich bin froh, dass ich nach Albins Tod hierbleiben durfte.»

«Erinnern Sie sich an den Tag, als Albin Odermatt Ruth hierhergebracht hat?»

«Ja sicher. Albin war ausser sich vor Freude. Seine Mutter Annie war jedoch nicht glücklich darüber.»

«Und Sie?»

«Max!» Unter der Tür zur Küche stand Fede. «Max, jetzt geisterst auch *du* durchs Hotel.» Sie kam zügig auf ihn zu und sah ihn dabei skeptisch an. «Was tust du im Morgenmantel in der Küche?» Sie warf Feierabend einen Blick zu. «Männerrunde zu früher Morgenstunde? Ich könnte einen Kaffee gebrauchen. Sie machen doch Frühstück … oder war das letzthin eine Ausnahme?»

«Nein, natürlich nicht.» Feierabend sah auf seine Armbanduhr. «Es ist sehr früh, Madame.»

Fede bedankte sich. «Sie sind ein Schatz.» Und an Max: «Ich glaube, ich fahre nach Stans zurück. Das hier ist ein Irrenhaus. Ich habe fast die ganze Nacht kein Auge zugetan. Und als ich endlich schlief, kam der Schrei, und schliesslich haben Milagros und Ruth mich geholt. Und was musste ich hören? Dass du den Leichnam eines armen Tierchens durch die Kanalisation entsorgt hast. Ihm hätte ein entsprechendes Begräbnis gebührt.» Fede zeigte sich untröstlich. Wenn es um Tiere ging, kannte sie kein Pardon. «Einfach runtergespült. Du weisst schon, dass das verboten ist.»

Feierabend ging zur Kaffeemaschine.

«Du hast ein interessantes Gespräch unterbrochen.» Max war enttäuscht. Er hätte Feierabend bald so weit gehabt, dass er von der Familie Odermatt erzählte. So, wie es sich angehört hatte, war Ruth vor allem bei Annie Odermatt nicht willkommen gewesen. Warum hatte Ruth gesagt, sie habe das Hotel nur wegen ihrer Schwiegermutter behalten?

Jetzt war es zu spät und zu unpassend, um nachzuhaken.

***

Max vermochte nicht, sich nur ansatzweise einen Reim darauf zu machen, weshalb Ruth nicht bereit war, die Wahrheit auf den Tisch zu legen. Dass sie ihm etwas verschwieg, war offensichtlich. Möglicherweise steckte sie selbst im Schlamassel. Und was Max am meisten erstaunte, das Hotel entpuppte sich als ein marodes Gebäude.

Er machte es sich im Kaminzimmer gemütlich, nachdem er mit Ruth gefrühstückt hatte. Eine Zeremonie des Schweigens war es gewesen. Später war daraus eine einseitige Kommunikation geworden. Max hatte Fragen gestellt; Ruth gewünscht, das Gespräch auf unbestimmte Zeit zu verschieben. Sie habe Kopfschmerzen. Von dem Tunnel wollte sie keine Ahnung haben. Max nahm es ihr nicht ab.

Er schätzte gerade jetzt das Alleinsein. So viele Gedanken schwirrten ihm durch den Kopf.

Amstutz, Lindberg und Guo Xu Lun wetteiferten womöglich miteinander, wer das Hotel einst bekommen würde. Wer den längeren Schnauf hatte, war ganz klar im Vorteil. Wenn Max Amstutz richtig verstanden hatte, suchte dieser erneut nach Investoren. Ein früherer war bereits abgesprungen, nachdem Amstutz vergeblich für den Hauskauf gekämpft hatte. Traute Max ihm einen solchen Schabernack zu – Totems vor Ruths Tür zu deponieren, um sie zum Aufgeben zu bewegen? Amstutz würde mit ganz anderem Geschütz auffahren können, wenn er denn wollte. Und Lindberg? Dem gehörten schon ein paar Hotels in Engelberg. Er hatte sich in den zwanzig Jahren, in denen er hier lebte, etabliert, war geachtet, wenn auch nicht von allen. Aber wo Geld und Ideen waren, gab es auch Neider. Er brachte andere Touristen nach Engelberg als der Chinese oder die verschiedenen Ferienanbieter. Würde *er* Ruth mit Totems stalken? Je länger Max darüber nachdachte, umso infantiler kam ihm die ganze Angelegenheit vor. Ausser den Totems hatte es absolut keinen Hinweis auf jedwede Drohungen gegeben. Ruths Hysterie, was diese Figuren betraf, wurzelte wahrscheinlich ganz woanders.

Und schliesslich Guo Xu Lun. Vielleicht war er bloss ein kleiner Fisch in einem grossen Teich. Eine Art Handlanger der wahren Drahtzieher. Aber diese würden kaum um ein Hotel wie das «Fin de Siècle» feilschen, solange sie mit einem Prestigebau beschäftigt waren.

Vielleicht ging es hier um etwas komplett anderes, weswegen Ruth ihn letztlich engagiert hatte. Die Totems waren nur Ablenkung in einer grösseren Sache. Eine alleinstehende Frau, erst seit einem Jahr Witwe, hatte es in einer männerdominanten Gesellschaft nicht leicht. In den Kommissionen der Gemeinde Engelberg sassen vorwiegend Männer. Da ging eine wie Ruth, auch wenn sie sich nicht von einer zimperlichen Seite zeigte, unter. Erst noch hatte sie sich beklagt, welche Hürden sie hätte nehmen müssen, als sie beschloss, neben dem Annex einen Carport anzubauen, obwohl er auf ihrem Grund und Boden zu stehen kam. «Wenn die Ausländer etwas wollen», so Ruth, «werden die Geschäfte ohne grosses Brimborium abgewickelt, *shake hands*, ein paar Drinks an der Bar, und es ist beschlossene Sache.» Max wusste nicht, was er von ihrer Meinung halten sollte. Ruth war auf die Behörden nicht gut zu sprechen, das zumindest hatte er herausgelesen. Es schien, als wollte sie ihren Widersachern etwas beweisen.

«Max, da steckst du ja.» Fede nahm ihn in Beschlag. «Ich dachte, du wartest im Zimmer auf mich.»

«Wo warst *du*?»

Sie küsste ihn auf den Mund. «Habe ich nicht gesagt, dass ich Milagros zu Mathilda Hurschler begleite? Ich wollte unbedingt ein paar Worte mit der Frau wechseln. Neben Milagros hatte ich null Chance. Deine Mutter weiss sehr wohl, wie man Menschen um den Finger wickelt. Sie hat gleich mit dem Abwasch begonnen. Ich war daher überflüssig. Mathilda Hurschler hat ihr das Zimmer zur Verfügung gestellt, in dem ihr Sohn gelebt hatte.»

«Dann kannst du sicher sein, dass es dort spuken wird.»

«Ach so ...» Fede liess sich auf einen Stuhl fallen. «Warum denn das?»

«Du kennst Milagros nicht, wenn es um Geisterbeschwörungen geht. Stell dir vor, sie übernachtet im Zimmer von Severin Hurschler, der sich das Leben genommen hat ...» Max verkniff sich ein Grinsen, was ihm nicht ganz gelang.

«Du Witzbold. Und ich dachte schon, da wäre was dran.» Fede lächelte vor sich hin. «Übrigens, bevor ich es vergesse. Ich habe herausgefunden, wo man die Totems kaufen konnte.»

«Übers Internet, hast du bereits gesagt.»

«Nein, im Westerndorf.»

«Bei ‹Winnetou›?» Max überlegte. «Ich mag mich an keinen Stand erinnern, der solche Totems feilgeboten hat.»

«Das stimmt. Aber vor einem Jahr gab es einen solchen Stand. Ich habe mich gestern Abend ein wenig umgehört, bevor ich mich mit Jan Lindberg an der Bar traf.»

Beim Namen Lindberg zog sich Max' Herzmuskel zusammen.

«Eine Frau unbekannter Herkunft habe Holzfiguren in Form von Indianern, Cowboys, Pferden und ebendiesen Totems verkauft. Auch Traumfänger, Bambusflöten und Schamanentrommeln.»

«Dann muss sie doch irgendwo registriert sein.»

«Das dachte ich auch. Anscheinend sei sie für eine kranke Freundin eingesprungen. Nur zwei Tage lang. Ich zeigte unsere Holzfigur herum. Jemand erinnerte sich daran und meinte, dass sie genau von der Art sei wie am Stand.»

«Da suchen wir die Nadel im Heuhaufen.»

Fede schlug das rechte über das linke Bein. Sie trug Bluejeans und eine helle Bluse, welche ihre leicht gebräunte Gesichtshaut zur Geltung brachte. Die Sommersprossen standen ihr ausnehmend gut. «Ich habe die Frau bereits gefunden. Du weisst, die Welt ist klein. Zufällig heute Morgen am Kiosk. Wir kamen ins Gespräch. Ich zeigte ihr die Figur. Sie sagte mir, dass sie ihren Stand, an dem sie Baumwolltücher verkaufte, krankheitshalber und kurzfristig einer Frau übergeben habe, die auf dem Brunni lebt. Lexi sei ihr Name. An den Nachnamen erinnere sie sich nicht mehr. Er war wahrscheinlich nie erwähnt worden. Aber der Name des Weges war ihr geläufig: Ruchweg.»

«Das wird ja immer abenteuerlicher.»

«Ich denke, wir sollten da mal hin.»

«Du glaubst tatsächlich, dass diese Frau, falls wir sie denn finden, uns den Namen des Käufers mitteilt?»

«Der muss ihr fast den ganzen Stand abgekauft haben. Zumindest alle ihre Totems. Daran wird sie sich sicher erinnern können.»

Fedes Temperament überforderte ihn wieder einmal. «Und jetzt willst du mit der Seilbahn aufs Brunni fahren, in den Nebel.»

«Wir sind nicht zum Vergnügen hier, Max.»

«Vor ein paar Tagen hat es anders getönt.»

«Wenn wir jetzt nichts unternehmen, werden wir nie erfahren, was geschehen ist. Ruth steht neben den Schuhen. Sie hat mir anvertraut, wie froh sie sei, dass wir der Sache nachgehen.»

«Dann müsste sie ehrlich mit uns sein. Ich bin mir sicher, sie verschweigt uns etwas. Solange wir nicht wissen, was sich hinter der Charleston-Maske verbirgt, sehe ich kein Licht am Ende des Tunnels.»

«Charleston-Maske.» Fede bekam einen Lachanfall. «Das höre ich zum ersten Mal. Was meinst du damit?»

«Ihre Zwanziger-Jahre-Marotte. Ihr stetes Bemühen, wie eine Muse von Great Gatsby daherzukommen. Ihre Geziertheit –»

«Max! Sie ist unsere Auftraggeberin.»

«Stimmt, aber dir hängt es doch auch zum Hals heraus. Erst heute Morgen wolltest du zurückfahren. Ich kann es sogar nachvollziehen. Wir rennen einer Holzfigur hinterher und wissen eigentlich nicht, warum.»

«Ich sag's doch: Lass uns aufs Brunni fahren.»

***

Regenschwere Wolken umhüllten die Bergstation Brunni-Ristis, Nebelschwaden krochen die Böden entlang. Wo bei Sonnenschein sich tiefgrüne Wiesen ausbreiteten, Kräuter und bunte Alpenblumen, hatten sich die Farben wie auf einer Sepiafotografie aufgelöst. Zurück blieb ein gespenstisches Grauweiss, welches die Sicht auf die nahen Berggipfel verschlang.

Der Sommerschnee lag da, als hätte jemand einen kaputten Teppich ausgebreitet, aus dem sie wie grobe Fasern wucherten – einst aufrechte Pflanzen, die sich dem garstigen Wetter beugten.

Mit Ausnahme zweier Mountainbiker, die ihre Bikes in Empfang nahmen, war niemand in der Seilbahnkabine gewesen. Ausgestorben war auch die Terrasse beim Restaurant. Bloss zwei Inderinnen, beide im Sari, wirkten leicht grotesk. Die einzigen Farbtupfer an diesem trüben Tag.

Vor dem Stationsgebäude nieselte es, und ein kalter Luftzug sorgte für eine frostige Temperatur. Max zog den Zipper an seiner Daunenjacke hoch. Auf Fedes Anraten hin hatte er sich diese angezogen. Fede selbst trug nebst der warmen Jacke Kappe, Schal und Handschuhe, die Max ihr geschenkt hatte.

Der Ruchweg war ausgeschildert. Ein Strässchen führte an der Sommerrodelbahn vorbei. Der Anstieg bis zu den ersten Alphütten war moderat und trotz des Schnees griffig.

Max passte es dennoch nicht. Er war keiner der Hardcore-Wanderer, die bei jedem Wetter unterwegs waren. Als er vor ein paar Tagen mit Fede vom Jochpass zum Trübsee gewandert war, war es sommerlich warm gewesen und die Sicht auf die Bergwelt phantastisch. Jetzt fetzte ihm der Regen ins Gesicht, die Haare troffen bereits nach wenigen Schritten vor Nässe.

Der Weg führte ein Stück weit durch den Wald. Wie stumme Riesen standen die Tannen.

«Sie muss hier irgendwo sein», sagte Max. «Mich nimmt wunder, was sie den lieben langen Tag tut.»

«Wer?» Fede zog die Handschuhe aus. «Langsam kommt die Wärme zurück.» Sie lächelte.

«Die Frau, deretwegen wir hier sind.»

«Lexi? Holzfiguren schnitzen, nehme ich mal an. Vielleicht ist sie eine Lebenskünstlerin, die sich ganz der Natur verschrieben hat, oder eine Aussteigerin. Von denen soll es hier einige geben. Komm, lass uns weitergehen. Bald wissen wir es.»

Auch der Weg durch den Wald verlor sich in der Trostlosigkeit. Kaum fünfzig Meter Sicht. Von den mächtigen Fichten tropfte es, und aus dem Nebel erklangen Glöckchen. Von Kühen stammten sie nicht.

Tatsächlich stiessen Max und Fede auf eine Schafherde, die nahe am Waldrand einen Unterstand gefunden hatte.

«Siehst du», sagte Max, «den Schafen ist das Wetter auch nicht geheuer.»

«Möchtest du mit ihnen tauschen?» Fede eilte voraus. «Wir müssten bald da sein.»

Auf das Tier vor ihnen waren sie nicht vorbereitet. Plötzlich stand es da, aufgetaucht aus dem Schlund des Waldes, mit fletschenden Zähnen, ein knurrendes Ungeheuer. Ein Schäferhund hinderte Max und Fede daran, weiterzugehen. Er verteidigte offensichtlich sein Revier.

Max riet zur Umkehr.

«Der tut uns nichts. Wahrscheinlich hütet er die Schafe.» Fede näherte sich dem Hund.

«Dem traue ich nicht.» Max machte ein paar Schritte rückwärts. «Zudem hasse ich Hunde.»

«Sag es nicht zu laut. Der spürt deine Aversion. Und die Angst.» Fede ging mutig weiter, streckte die Arme von sich, als lade sie den Hund ein, nach ihr zu schnappen.

Der Schäferhund bellte jetzt.

«Siehst du», sagte Fede, «er beruhigt sich.»

«Beruhigen nennst du das? Sieh dir seine Zähne an. Der wird uns anspringen und in tausend Stücke reissen. Dass diese Köter auch immer und überall sein müssen. Muss man sie nicht an die Leine nehmen? Da stand doch ein Schild …»

Fede redete auf den Hund ein, was sie sagte, war ausser Max' Hörweite. Geistesgegenwärtig suchte er das Gelände ab, entdeckte einen losen Ast. Er traute weder Fede noch dem Hund. Und bevor es dieser Bestie in den Sinn hätte kommen sollen, Fede anzugreifen, wäre er schneller gewesen. Max bückte sich und hob den Ast auf.

Ein scharfer Pfiff hallte über den Weg. Max sah auf. Aus dem Nebel tauchte eine Gestalt auf, eine Frau in grünen Latzhosen und rot-gelb kariertem Hemd, eine Bekleidung, die den grauen Tag ein wenig vergessen liess. Der Hund zog winselnd den Schwanz ein, trottete dorthin zurück, wo er hergekommen war. Als ein zotteliges Schemen, das Nebel und Wald verschluckten.

«Tut mir leid», sagte die Frau. «Ich hoffe, er hat Sie nicht allzu sehr erschreckt. Flip passt auf meine Schafe auf. Ich habe ehrlich nicht mit Wanderern gerechnet bei diesem Wetter. Flip ist sonst in meiner Nähe. Aber heute dachte ich, ich lass ihn mal laufen.» Sie war auf Fedes Höhe angekommen. «Ich hoffe, ich kann es wiedergutmachen.»

Max erreichte die beiden Frauen. «Mit einem Bier allemal.»

Die Frau sah ihn schmunzelnd an. «Na, dann kommen Sie. Ich wohne gleich dort oben.» Sie zeigte auf die undurchdringliche Nebelwand. «Keine zweihundert Meter von hier.»

Während sie der Frau folgten, liess Max sie nicht aus den Augen. Sie hatte die blonden Haare unter einem breitkrempigen Hut verborgen, ein paar Strähnen fielen ihr neckisch ins Gesicht, wenn sie den Kopf nach ihm umdrehte. Es wurde von einem schiefergrauen Augenpaar beherrscht. «Sind Sie ganzjährig hier?»

Die Frau sah ihn neugierig an. «Nur im Sommer. Meine Aufgabe ist es, die Einzäunungen zu verschieben, wenn die Schafe abgegrast haben. Die Bauern ersparen sich so eine Mähmaschine. Nichts ist effizienter als Schafe. Die würden sogar die Wurzeln fressen.» Sie lächelte. «Dann schaue ich natürlich, dass keines ausbüxt. Schafe sind Herdentiere. Wenn sich eines erschreckt und es schert aus, kann es vorkommen, dass die anderen hinterherlaufen. Im ersten Jahr verlor ich fünf Schafe, nachdem sie hintereinander über eine Felswand gesprungen sind. In der Zwischenzeit habe ich vieles gelernt. Mittlerweile kennen sie meine Stimme. Nennt mich Lexi.»

«Lexi!» Es war Fede, die den Namen in den Wald hinausrief, als hätte sie einen Schlag ins Gesicht bekommen. «Zu dir wollten wir.»

Sie hätte sich etwas zurückhalten können, fand Max.

«Zu mir?» Lexi stoppte ihre Schritte. «Seid ihr von der Presse?»

«Erwartest du jemanden?» Max warf Fede einen Blick zu.

«Da war die Sache mit dem Wolf … letzte Woche. Er hat trotz Flip eines meiner Schafe gerissen. Ich habe es dem kantonalen Veterinär sofort gemeldet. So etwas macht die Runde wie ein Lauffeuer. Am Tag darauf stand ein Typ von der Boulevardzeitung vor meiner Tür und wollte von mir wissen, ob ich den Wolf gesehen habe. Ich musste ihn enttäuschen.»

«Dann läuft er noch immer frei herum?» Max fröstelte es bei der Vorstellung, dass im nächsten Moment ein Wolf hinter einem Baum hervorspringen könnte.

«Das ist anzunehmen.» Lexi musterte ihn. «Also?»

«Wir sind nicht von der Presse», sagte Fede.

«Hast du keine Angst?», fragte Max. Er bewunderte die Unerschrockenheit der Frau.

«Vor dem Wolf? Ich bin ja nicht Rotkäppchen.» Sie lachte. «Wölfe greifen in der Regel keine Menschen an. Aber gehen wir doch in mein Haus. Dann könnt ihr mir erzählen, weshalb ihr hier seid.»

Sie kehrten sich dem Waldabschnitt ab, liessen die Schafe und Lämmer zurück. In der Ferne zeichnete sich eine Gruppe von niederen Alphütten ab, wie hingeworfen zwischen von Gras überwucherten Felsblöcken. Auf den Dächern lagen Steine zum Schutz vor heftigen Stürmen. Aus einem der Kamine stieg weisser Rauch auf und vermählte sich mit den Wolken.

Lexi ging voraus über einen schmalen Weg, der direkt zur ersten Hütte führte. Sie stiess die Tür auf.

«Ganz allein auf der Alp?», fragte Max.

«Ja, im Moment schon. Die anderen Häuschen werden an Feriengäste vermietet. Zurzeit sind sie allerdings nicht besetzt.»

«Seit wann machst du das schon?»

«Schafe hüten?» Lexi schloss die Augen. «Seit bald sieben Jahren. Im Winter lebe ich auf den Malediven.»

«Potz Donner!» Fede setzte sich. «Eine coole Art, auszusteigen.»

Max hielt sie prüfend im Blickfeld. Hoffentlich kam es ihr nicht in den Sinn, eine ähnliche Aktion zu starten. Bei Fede musste er mit allem rechnen.

«So kann man es nicht nennen. Ich bin keine klassische Aussteigerin. Ich hatte das Tauchbrevet absolviert und fand in einem Ferienclub im Indischen Ozean eine Anstellung als Tauchlehrerin. Das war der Deal. Ich wollte die Sommer in Engelberg verbringen.»

«Aus welchem Grund?»

«Ha, ich bin hier aufgewachsen. Meinen Eltern gehört das Sportgeschäft an der Dorfstrasse. Mein Bruder führt es.»

«‹Hess-Collection›?» Max schenkte ihr ein Lächeln. «Ich habe gestern dort ein Paar Gummistiefel gekauft.»

«Exakt. *Das* Sportgeschäft in Engelberg. Ausgerichtet auf die Touristen. Von den Einheimischen kauft dort kaum jemand ein.» Es klang bitter. «Keine Ahnung, weshalb man meine Eltern vor vielen Jahren aus der Dorfgemeinschaft geschmissen hat. Dabei schreiben sie stets schwarze Zahlen, bezahlen die Steuern immer pünktlich und sind nett.»

«Keine Lust gehabt, dort einzusteigen?», fragte Fede.

«Das war nicht meine Bestimmung.» Lexi wandte sich nach einem kleinen Kühlschrank um. «Sogar Elektrizität gibt es hier.» Sie griff nach drei Bierdosen, öffnete sie nacheinander und stellte sie auf den Tisch, der die Hälfte des Raumes einnahm.

Max sah sich um. Hinter einem fadenscheinigen Vorhang vermutete er die Schlafkammer. «Darf ich?»

«Was?» Lexi sah auf. «In mein Schlafzimmer sehen? Ich habe das Bett noch nicht gemacht.» Sie zögerte. «Klar darfst du. Ich habe nichts zu verbergen. Du wirst dich höchstens wundern, wie spartanisch ich hier lebe. Ich habe meine Besitztümer auf ein Minimum reduziert.»

Max schob den Vorhang zur Seite. Das Bett glich einer Pritsche, auf der ein Schlafsack und ein Kopfkissen lagen, daneben eine Wolldecke. Es war nicht das Bett, das seine Aufmerksamkeit auf sich zog. Die ganze hintere Wand nahm ein Regal ein, auf dem mindestens zwei Dutzend Totems standen, die einen in der Rohform, die andern farbig und lackiert. Totems, nach denen Fede und er gesucht hatten. Totems, wie Ruth sie vor die Tür gestellt bekam. Daneben stand eine Art Hobelbank. Darauf lag Schnitzwerkzeug in verschiedenen Ausführungen, Hohl- und Flacheisen, ein Geissfuss.

«Ist das dein Hobby?»

«Ich schnitze, ja.» Lexi näherte sich Max und sah nun auch hinein. «Schuld daran sind die Freilichtspiele in Engelberg. Schnitzen war zwar schon immer meine Leidenschaft. Aber erst ‹Winnetou› brachte mich auf die Idee für diese Figuren.»

«Ich habe aber keinen Stand gesehen», sagte Fede.

Lexi drehte sich nach ihr um. «Ich war letztes Jahr bloss an zwei Tagen dort, das ist richtig, und das, weil eine Kollegin von mir mich gebeten hatte, sie zu vertreten. Nebst ihren handgewobenen Baumwolltüchern verkaufte ich meine Holzfiguren. Ich habe auch welche von Winnetou, Old Shatterhand, von Pferden ... Ja, und Traumfänger fertige ich auch.»

«Und warum hast du keinen eigenen Stand?»

Lexi verwarf die Hände. «Och, das ist eine lange Geschichte. Eigentlich hatte ich nie ein Bedürfnis, an den Freilichtspielen mitzumachen, in welcher Form auch immer. Halb Engelberg war an den Castings dabei. Im ersten Jahr auch ich. Aber die Topbesetzungen neben den Hauptdarstellern bekamen andere. Es kristallisierte sich ganz schnell heraus, wer in Engelberg das Sagen hat.»

Max vermochte nicht, es ihr zu glauben. «Du hattest also während zweier Tage den Stand im Westerndorf und hast diese Holzfiguren verkauft. Richtig?»

Lexi nickte.

«Warum hat man dich nicht gefragt, ob du sie in diesem Sommer an deinem eigenen Stand verkaufen willst?»

Lexi sah ihn entgeistert an. «Wollte ich doch gerade erklären. Im Dorf gibt es einen Verein.» Sie malte Gänsefüsschen in die Luft. «Er nennt sich ‹Wir sind echt und einheimisch›. Die haben sogar eine eigene Flagge. Die Mitglieder sagen, wer wann wo sein darf. Sie sind untereinander gut vernetzt. Sie sitzen in der Politik, sind Geschäftsführer, Hotel- oder Beizenbesitzer oder Alteingesessene. Bei denen zählt nicht, ob du kreativ oder sonst wie künstlerisch tätig bist, sondern wie anpassungsfähig. Das sind Leute, die dich ganz klein halten. Sobald du den Mund aufmachst, und es kommt etwas heraus, was denen nicht passt, bist du weg vom Fenster.»

«Nennst du uns Namen?», fragte Fede.

«Ich bin doch nicht lebensmüde.» Lexi ging zurück zum Tisch.

«Wie viele Totems hast du im letzten Sommer verkauft?» Max lenkte von dem unliebsamen Thema ab. Es brachte nichts, wenn sie Lexi in die Enge trieben.

«Vielleicht ein Dutzend. Von den Winnetou-Figuren gingen einige mehr weg.»

«An verschiedene Käufer?»

«Wie muss ich das verstehen?»

«Hast du die Totems nur *einem* Käufer verkauft?»

«Nein, natürlich nicht. Die Figuren sehen ja alle gleich aus. Was soll jemand mit einem Dutzend Totems anfangen?»

Ruth Odermatt damit belästigen. Es blieb beim Gedanken.

«Weisst du, wie viele Totems du insgesamt hergestellt hast?», fragte Fede.

«*What the hell!*» Lexi griff nach der Bierdose. «Was soll das? Seid ihr deswegen hier? Um mir solche schwachsinnigen Fragen zu stellen? Ich dachte, ihr wärt so etwas wie Grosshändler, die meine Figuren ins Sortiment nehmen …» Sie seufzte theatralisch. «Deshalb euer Interesse.»

Max wog ab, ob er Ruth erwähnen sollte oder ob es besser war, nichts von ihr zu erzählen.

Fede nahm ihm die Entscheidung ab. «Kennst du Ruth Odermatt?»

Lexi setzte die Bierdose an den Mund. Sie trank, als wären es die letzten Tropfen Flüssigkeit, die sie für längere Zeit zu sich nahm. Ihr entfuhr ein unterdrückter Rülpser, als sie die Dose zurückstellte. «Sorry, wer kennt die nicht!»

«Persönlich?» Max forschte in ihrem Gesicht. Es blieb gleichbleibend leidenschaftlich, etwas gerötet.

«Nein, aber sie gehört auch zu denen, die in Engelberg kräftig mitmischen.»

Max kannte das Gegenteil. «Sie hat vor einem Jahr ihren Mann verloren.»

«Ich weiss, das war … war … sehr tragisch … Albin …» Lexi hatte offenbar Mühe, den Namen und überhaupt den Satz auszusprechen.

«Hast du von dem Vorfall etwas mitbekommen?», fragte Fede.

«Ja, aus den Medien.» Lexi schluckte schwer.

Warum hatte Max das Gefühl, dass diese Frage Lexi durcheinanderbrachte? «Noch einmal: Kannst du uns in etwa sagen, wie viele Figuren du hergestellt hast?» Max wollte das hier beenden. Eine innere Stimme warnte ihn davor, tiefer in Lexi einzudringen. Es erstaunte ihn jedoch, wie redselig sie war. Das musste daran liegen, dass sie ein einsames Leben auf der Alp führte. Sie war froh um jede Begegnung.

«Nein, echt nicht.»

«Hast du sie an Leute verschenkt?»

«Hin und wieder. Meinen Eltern vor allem. Sie goutieren wenigstens mein Hobby. Vielleicht stelle ich die Figuren irgendwann mal in ihren Laden.» Sie hielt inne. «Ihr habt mir nicht konkret gesagt, weshalb ihr hier seid.»

Max zückte sein Portemonnaie. «Wir würden gern drei Totems kaufen.»

***

«Du hast dich phänomenal aus der Situation gerettet», fand Fede, als sie mit der Gondelbahn nach Engelberg zurückfuhren. «Was fangen wir jetzt mit diesen Figuren an?» Sie grinste vor sich hin.

Max sah aus dem Fenster. Die Drahtseile verliefen ins Leere. Noch immer hing der Nebel tief, und an den Scheiben rannen Regentropfen wie Tränen herab. «Vielleicht geben wir sie unseren Kindern.»

Fede schwieg. Max betrachtete es als einen Fortschritt. Er hatte sich fest vorgenommen, Fede in diesem Sommer einen Heiratsantrag zu machen. Er ging auf die vierzig zu. Zeit, in den Hafen der Ehe einzulaufen, seinem Junggesellendasein ein Ende zu setzen. Er wartete auf den passenden Augenblick.

Er holte sein iPhone aus der Jackentasche, warf einen Blick darauf. Milagros hatte zigmal angerufen, ohne eine Nachricht zu hinterlassen. Ob sie schon Erfolg hatte? Max wählte ihre Nummer.

«Es wird auch langsam Zeit, Maximilian.» Milagros' Stimme klang ein wenig genervt. «Mathilda schläft jetzt. Ich habe ihr eine Beruhigungspille verabreicht. Ich glaube, diese hatte sie nötig, nachdem wir über ihren Sohn gesprochen hatten.»

«Es war nicht abgemacht, dass du sie ins Koma versetzt.» Seine Mutter war echt nicht zu retten.

«Anders ging es nicht», sagte Milagros. «Ich bin jetzt in ihrem Wohnzimmer und durchsuche das Büfett. Sie hat ihre Dokumente in der Besteckschublade abgelegt.»

«Das ist illegal. Wenn es auskommt, kann sie dich anzeigen.»

Milagros ging nicht darauf ein. «Ihr Sohn war ihres Erachtens unschuldig im Gefängnis.»

«Diese Version kennen wir bereits. Aber sämtliche Indizien sprachen gegen ihn. Es gab mehrere Zeugen, die aussagten, dass man ihn Tage vor der Dernière mit Albin Odermatt heftig hat streiten sehen. Es sei sogar zu einem Handgemenge gekommen.»

Die Gondel hatte die Talstation erreicht. Fede bedeutete Max, das Gespräch zu beenden. Er deckte das iPhone mit der Hand zu. «Es ist wichtig.»

«Maximilian? Bist du noch dran?»

«Was hast du herausgefunden?»

«Mathilda gab zu, dass ihr Sohn manchmal ein cholerisches Temperament besass. Sie führt es auf seinen Unfall zurück, der ihn zum Invaliden gemacht hatte. Er habe aber über keine kriminelle Energie verfügt. Sie erzählte, wie lieb er zu seinem Hund gewesen sei. Leider habe sie ihn nach Severins Tod weggeben müssen. Du, ich habe den Brief an einen Anwalt in der Hand. Mathilda hat ihn zurate ziehen wollen, nachdem man Severin verhaftet hatte. Aber ich sehe, dass sie den Brief nie abgeschickt hat. Wahrscheinlich hatte sie die Mittel für den Anwalt nicht.»

Max hörte über längere Zeit nichts mehr. Er schritt hinter Fede her zum Ausgang. Sie hatte den Mini auf dem Parkplatz unterhalb der Klostermatte abgestellt.

«Sie beteuert, dass ihr Sohn keinerlei Munition in der Wohnung hatte», fuhr Milagros fort. «Severin selbst habe geschworen, nichts von dieser geladenen Flinte gewusst zu haben.»

«Trotzdem hat er sich erhängt.»

«Weil er keinen anderen Ausweg mehr fand.»

Es war nicht das, was Max hören wollte. «Weisst du, wie die beiden Männer Hurschler und Odermatt sich gegenüberstanden? Welches Verhältnis sie zueinander pflegten?»

Sie waren beim Auto angekommen.

«Mathilda kann sich auch keinen Reim darauf machen. Sie seien sich weder in freundschaftlicher noch in feindlicher Art begegnet. Sie sagte lediglich, dass Severin gern die Rolle von Forrester habe spielen wollen und dass dies mit dem Regisseur bereits eine abgemachte Sache war. Bei den Rollenverteilungen habe Albin aber das Rennen gemacht.»

«Und warum hat er die Rolle letztendlich nicht bekommen?»

«Er sei mehrmals zu spät zu den Proben erschienen. Das habe dem Regisseur nicht gefallen.»

«Dann hat Odermatt sie bekommen, und Hurschler ist ausgerastet.» Max überlegte sich, dass Hurschler in der Folge Odermatt früher getötet hätte und sicher im Affekt. Der Mord am Hotelier musste aber von langer Hand geplant gewesen sein.

Hurschler hätte sich zuerst die Munition beschaffen müssen. Andererseits konnte er kaum so idiotisch gewesen sein, mit dem eigenen Gewehr auf Odermatt zu zielen, ausser er hatte nicht gewusst, dass die Winchester geladen war. Zum ersten Mal zweifelte Max selbst an der Tat. Wenn Hurschler tatsächlich unschuldig gestorben war, gab es vielleicht jemanden, der mit lächerlichen kleinen Holzfiguren auf dieses Unrecht aufmerksam machen wollte. Aber warum bei Ruth?

«Weisst du, ob Hurschler eine Freundin hatte? Einen Freund?» Max setzte sich auf den Beifahrersitz des Minis.

«Das ist es ja ... nein, Mathilda behauptet, dass er ein einsamer Wolf gewesen sei. Voll beladen mit Selbstzweifeln. Wenn du mich fragst, das perfekte Opfer, um ihm einen Mord anzuhängen, den ein anderer ausgeführt hat.»

«Ich kann mir einfach nicht vorstellen, dass die Polizei geschlampt hat», sagte Max.

Fede startete den Motor, fuhr an, während Max sich weiter ins Gespräch mit Milagros vertiefte. «Gibt es einen Abschiedsbrief?»

«Ja, den hat Mathilda mir gezeigt. Der Text ist jedoch nicht sehr aufschlussreich. Severin schrieb lediglich, dass er nicht mehr könne, mit der Situation nicht klarkomme und dass seine Mutter ihm verzeihen möge.»

«Er hat also nicht zugegeben, dass er der Täter war?»

«Nicht im Abschiedsbrief. Er habe aber zugegeben, dass er geschossen hatte. Das zeugt doch von Ehrlichkeit. Er hätte es abstreiten können.»

«Dann hätte man ihn wegen der Schmauchspuren überführt.» Max dachte laut. «Man müsste an die Polizeiakten kommen.»

«Nein, schmink dir das gleich ab.» Fede gab Gas. Der Mini schoss aus dem Parkplatz hinaus auf die Wydenstrasse.

«Bleib dran, Milagros. Wir hören wieder voneinander.» Max beendete das Gespräch mit einem unguten Gefühl. Es kam ihm vor, als hätte er seine Mutter soeben abserviert. Er wandte sich an Fede. «Welchen Tag haben wir heute?»

«Dienstag.»

«Wird heute ‹Winnetou› aufgeführt?»

«Nein, erst am Freitag wieder.»

«Wir müssen noch einmal versuchen, mit den Komparsen zu sprechen. Vielleicht haben wir mehr Glück, wenn wir sie ausserhalb der Spiele treffen.»

«Und wie willst du an ihre Namen und die Adressen kommen?»

«Über die Webpage.»

«Das habe ich bereits gecheckt. Dort erscheinen keine Namen, ausser diejenigen der Schauspieler mit den grossen Rollen, des Regisseurs und des Organisationskomitees.»

Mit denen wollte er nichts zu tun haben. «Das dürfte heikel sein.» Max grübelte. Er war letzthin wegen seiner Fragerei abgewiesen worden. Sein Gesicht war bekannt, vor allem dem Regieassistenten. «Wie wäre es, wenn wir uns durch die Bars und Restaurants von Engelberg fragen?»

«Gute Idee. Teilen wir uns auf? Ich klappere die Bars ab und du die Restaurants.»

«*Ich* besuche die Bars … und du den Rest.» Max tätschelte Fedes rechten Arm.

ACHT

In der «Kafikaufbar» trafen sich auch Alteingesessene. Das hörte Max aus dem Dialekt heraus. Die Obwaldner, unter Einheimischen als «Tschifeler» bezeichnet, unterschieden sich in der Aussprache unwesentlich von den Nidwaldnern, den sogenannten «Reissecklern». Trotzdem fielen dem geübten Ohr ein paar Finessen auf, was die Abweichungen ausmachte. Hier drin sprach man Engelberger Dialekt.

Max betrat den Raum, der an diesem Nachmittag ein düsteres Licht umhüllte. Dort, wo Max neulich mit Fede gesessen hatte, stand ein anderes Sofa, in der Art nicht weniger antik wie das letzte, gestreift mit verschnörkelten Lehnen. Fede hatte ihre Errungenschaft tatsächlich in den Stall gestellt, wo die Hühner auf ihm herumhüpften.

Wenige Tische waren besetzt. Max setzte sich rechts der Tür ans Tischende, wo eine Frau mittleren Alters und wie aus dem Ei gepellt, was ihre Kleider betraf, geflügelte Figuren mit Preisschildern versah.

«Darf ich mich zu Ihnen setzen?»

«Bitte sehr.» Sie war nett. «Bestellen können Sie an der Theke.»

«Darf ich Sie etwas fragen?»

«Wenn Sie die Antwort nicht scheuen.» Die Frau sah kurz auf, lächelte verschmitzt, griff nach einem Salzstreuer und schüttelte ihn. «Schon wieder verschmutzt», murmelte sie vor sich hin.

«Kennen Sie jemanden, der bei den Freilichtspielen aktiv mitmacht?»

Ihre Mimik verfinsterte sich sichtbar. «Mein Mann. Er ist einer der Krieger, die bloss zur Zier auf der Bühne herumwursteln. Dabei hat er sich für eine Sprechrolle beworben. Mein Gott, wie oft hat er vor dem Spiegel geübt. Für nichts und wieder nichts. Schon vor einem Jahr war er nur ein Lückenfüller.»

«Kann ich ihn sprechen?»

«Wen? Pirmin?»

«Heisst so Ihr Mann?»

«Er ist in der Küche.» Die Frau legte den Salzstreuer nieder und rief nach ihrem Mann.

Wenig später erschien Pirmin unter dem Türrahmen zwischen Küche und Bar.

«Da ist jemand, der dich sprechen möchte.» Die Frau wandte sich an Max. «Sind Sie von der Crew?»

Er lächelte vor sich hin. «Max von Wirth. Ich logiere im ‹Fin de Siècle›. Ich schreibe zurzeit an einem Bericht über Engelberg, insbesondere über die Karl-May-Freilichtspiele.» Die Lügen kamen ihm mittlerweile locker von den Lippen.

Pirmin trocknete seine Hände an einer Halbschürze ab, die er sich umgebunden hatte. Die Flecken darauf bezeugten, wie aktiv er in der Küche war. Max musste an den Flammkuchen denken, den Milagros so rühmte.

«Hoffentlich stehle ich nicht Ihre kostbare Zeit.»

«Kommt darauf an.» Pirmin lotste ihn in die hinterste Ecke auf der linken Seite des Raums. «Da sind wir ungestört. Heute ist nicht viel los. Die Gäste kommen meistens erst um halb sechs, bei diesem Wetter sowieso.» Pirmin musterte Max. «Sie schreiben also über Winnetou respektive Engelberg, habe ich vorhin gehört. Möchten Sie etwas zu trinken?» Pirmin zitierte einen Kellner an seine Seite, und ehe Max sich versah, brachte dieser zwei Stangen an den Tisch.

«Womit kann ich Ihnen also dienen?»

«Es geht hauptsächlich um den Vorfall bei den Freilichtspielen im letzten Sommer.»

Pirmin hob das Bierglas. «Prost! Ja, dieser Vorfall, wie Sie ihn nennen, hat dunkle Schatten über Engelberg geworfen. Während Wochen war unser Dorf geschockt. Es stand zur Diskussion, ob man Winnetou heuer überhaupt aufführen oder für die Zukunft aus dem Programm streichen wollte. Trotz des Mitgefühls wegen dieser Tragödie hat der Verstand gesiegt. Ich meine, hier geht es um weit mehr als um zwei Idioten, die einander öffentlich hinrichten. Hier geht es um ein ganzes Dorf, das von den Freilichtspielen lebt.»

Max fehlten die Worte. Er senkte den Blick auf zwei Tischsets, auf denen die Hauptakteure von «Winnetou und der Ölprinz» abgebildet waren.

«Odermatt war bekannt dafür zu provozieren», fuhr Pirmin fort. «Zudem hat er Hurschler die Rolle des Forrester weggenommen. Auf einmal stand nicht mehr Hurschler, sondern Odermatt auf der Bühne. Das gab natürlich böses Blut.»

«Waren Sie dabei, als sich die beiden gestritten haben?»

«Ich war hautnah dabei.»

«Und haben später gegen Hurschler ausgesagt?»

«Nein!»

«Nein?»

«Es bleibt unter uns, gell? Odermatt hätte schon länger eine vor die Fresse kriegen sollen. Mit seinem Grandhotel hat er alle in Engelberg zur Weissglut getrieben. Er war einer, der sich auf den Lorbeeren von anno dazumal ausruhte und nicht merkte, wie sich die Zeit verändert. Das ‹Fin de Siècle› war und ist ein Schandfleck für unseren Ort. Ich bin mir sicher, Ruth wird den Kasten nicht halten können. Sie träumt. Sie hat schon immer geträumt. Schon damals, als Odermatt sie aus dem Kiosk holte ...»

«Sie schweifen vom Thema ab.»

«Ach ja, so. Wo sind wir stehen geblieben?»

«Bei Hurschler. Haben Sie an seine Schuld geglaubt?»

«Alle hier haben an seine Schuld geglaubt», versicherte Pirmin. «Aber ich wollte einfach nicht in etwas hineingezogen werden, das mir hätte schaden können.» Er kam mit seinem Oberkörper nach vorn. «Ich wollte meinen Job nicht verlieren. Meine Frau und ich sind bloss Pächter.»

«Gab es denn noch andere, die Albin Odermatt nicht gut gesinnt waren?»

«Sagte ich bereits. Er hatte die Engelberger gegen sich. Seine Mutter ... ja, das war eine Hotelière, eine aus echtem Schrot und Korn. Der nahm man es ab. Seit ihr Sohn das Haus übernommen hat, ist der Wurm drin. Ruth vermag es nicht zu retten, auch wenn sie das Hotel renoviert hat. Da braucht es mehr als eine neue Schale. Sie ist eine Einfache, hat das nie gelernt.»

Max wollte dem nichts entgegenhalten, obwohl er Ruth anders kennengelernt hatte.

«Ja, und dann war das Drama mit ihrer Vorgängerin.»

«Vorgängerin?»

«Ihr Name fällt mir gerade nicht ein. Aber Odermatt war mit ihr verlobt. Eine tüchtige Frau, ähnlich wie Annie. Eine, die mit beiden Händen anpackte. Sie kam von der Hotelfachschule in Lausanne. Hat sich aber nie bei der Arbeit geziert. Bei Annie fing sie ganz klein an, hat sich dann im Service, später als Sekretärin emporgearbeitet.»

Max trank das Bier aus. Das waren plötzlich ganz andere Töne. Hatte Ruth ihm etwas verschwiegen? Er hatte es geahnt. Sie spielte nicht mit offenen Karten. «Und dann lernte Odermatt Ruth kennen. Ist die andere Frau in Engelberg geblieben?»

«Das weiss ich nicht: Ich bin ja auch ein Zugezogener. Ich komme aus Alpnach, lebe aber seit rund acht Jahren hier.»

«Könnte mir Ihre Frau Auskunft geben?»

«Die ist weniger lang hier als ich, sie kommt aus Sarnen. Ja, so trifft man sich im Engelberger Hochland.» Pirmin schlug sich mit der flachen Hand aufs Knie. «Über Engelberg schreiben Sie also, über ‹Winnetou› im Besonderen. Das Bier geht auf mich.»

***

Während der Zeit, die Max hauptsächlich in der «Kafikaufbar» verbracht hatte, war Fede äusserst aktiv gewesen. Ganze neun Restaurants habe sie besucht und sich nach den Namen der Komparsen erkundigt, sagte sie. Sie lag auf dem Kingsize-Bett in ihrem Zimmer und starrte an die Decke.

«Die sind verschwiegen wie ein Grab», beschwerte sie sich. «Bloss ein Mann mit alternativer Gesinnung hat sich mit mir auf ein Gespräch eingelassen. Er entpuppte sich als Gegner der Freilichtspiele und konnte nicht verstehen, weshalb man ‹Winnetou› nach Engelberg geholt hatte, wo doch die indigenen

Völker dermassen von den Weissen verfolgt worden waren. Engelberg mache sich mitschuldig, wenn es auf dieser Basis die Touristen beschalle. Die Tragödie um die Vertreibung der Ureinwohner sei kein Thema für Unterhaltung. Zudem sei Karl May ein Gauner und Hochstapler gewesen und habe auf Geheiss seines Vaters ganze Bücher abgeschrieben.» Fede streckte ihre Arme aus. «Du siehst, ausser Spesen nichts gewesen.»

«Hast du in jeder Beiz etwas konsumiert?»

«Logisch. Habe die Quittungen für die Spesenabrechnung gesammelt.»

Max konnte es kaum erwarten, von seinen Recherchen zu erzählen und dass er mit weit mehr Glück beseelt gewesen war als Fede.

Sie hörte nur zu. Sie vergass sogar, ihre Zwischenbemerkungen anzubringen, als Max ihr alles, was er bei Pirmin in der «Kafikaufbar» gehört hatte, berichtete. Fazit war, dass zwar noch immer ein unkoordinierter Haufen von Puzzleteilen vor ihnen lag, doch allmählich gesellten sich die Farben und Motive etwas zueinander.

«War das die einzige Bar, die du besucht hast?», fragte Fede, derweil Max zugeben musste, sich nicht weiter angestrengt zu haben. Er habe sein Soll erfüllt.

Er entnahm dem kleinen Pult bei Fensternähe eine Schreibmappe. Eine Goldprägung vom Logo des Hotels stach ihm ins Auge. Das Logo setzte sich auf den eingelegten Papierbögen fort.

Stand es wirklich so schlecht um das Hotel? Oder entstammten die negativen Wahrnehmungen den Missgünstigen? «Die Welt ist immer so, wie man sie mit den eigenen Augen sieht», war eine von Milagros' Überzeugungen. Die schlechte Energie, die aus dem negativen Blick resultiere, mache die Welt zudem schlechter. «Gehe positiv durchs Leben, dann wird es tausendfach zurückkommen.»

Max glaubte nicht an den Bumerangeffekt. Und Milagros hatte einstweilen etwas verquere Ansichten, was die Weltlage betraf.

«Was tust du da?» Fede hatte sich erhoben, sah Max über die Schultern. Eine feine Wolke von Seife streifte sein Gesicht.

«Ich skizziere und schreibe auf, was wir bereits kennen. Bevor du zurückgekehrt bist, habe ich im Kaminzimmer die Familienchronik gefunden und mich vor allem dem Stammbaum gewidmet. Hannes und Maria Odermatt aus Stans bezogen im Jahr 1897 das ‹Fin de Siècle›, welches 1882 erbaut worden war. Im darauffolgenden Jahr kauften sie das Hotel und bauten im Verlauf des Folgejahres einen Lift ein. Bereits ab 1860 entwickelte sich Engelberg mit dem Bau der Hotels ‹Titlis› und ‹Sonnenberg› zu einem mondänen Ferienort, an dem die Odermatts partizipierten. Hannes I. entstammte einer Familie, die durch die Papierindustrie zu Reichtum gekommen war. Seine Eltern hatten vier Söhne, wobei sich nur einer von ihnen – er – der Hotellerie verschrieb. Die Glanzzeiten des ‹Fin de Siècle›, für die Grandhotels überhaupt, waren mit dem Ausbruch des Krieges im Herbst 1914 vorbei, das Ende der Belle Époque war eingeläutet. Die internationalen Gäste blieben aus. Insbesondere das ‹Fin de Siècle› diente ab 1916 zur Unterbringung von Kriegsinternierten. Trotzdem wurde es von Hannes und Maria weitergeführt. In den 1920er-Jahren erfuhr ihr Haus, nebst den anderen Hotels, eine kurze Erholung. Doch um die Gäste zu halten, mussten sie ziemlich investieren. Hannes I. und seine Frau Maria hatten nur einen Sohn, Hannes II., der 1926 das Hotel übernahm, zusammen mit Verena, einer gebürtigen Vogel aus Engelberg. 1968 wiederum übernahm eines ihrer drei Kinder das Hotel. Hierbei handelt es sich um Hannes Odermatt III. und Annie, eine geborene Hess, die Eltern von Albin. Vierzig Jahre später trat ihr gemeinsamer Sohn Hannes IV. – sorry, Albin selbstverständlich – in deren Fussstapfen. Bis ins Jahr 2008 war das ‹Fin de Siècle› also ganz unter der Herrschaft von Annie. Ihr Mann starb bereits 1977. Andere Kinder gibt es nicht.»

«Und was willst du mir damit sagen?» Fede war heute etwas schwer von Begriff.

Max deutete auf den Namen Annie Odermatt. «Wir sollten

uns dieser Frau widmen. Bislang haben wir sie aussen vor gelassen. Ich bin mir sicher, sie hätte uns eine Menge zu berichten.»

«Sie ist krank, lebt im Alters- und Pflegeheim und leidet an Aussetzern.»

«Nicht so krank, dass sie uns nichts über ihre Vergangenheit erzählen könnte. Im Gegenteil, die Bilder von früher werden ihr präsenter sein als die heutigen.»

«Aber was hat sie mit den Totems zu tun?»

«Vergessen wir die Totems, zumindest vorübergehend. Sie sind wahrscheinlich nur ein Hinweis auf etwas, das wir in unserer Verblendung nicht sehen wollen.»

Fede knetete seine Schultern. «Du kommst ja richtig in Fahrt. Familienchronik ... dass ich nicht lache. Es geht um Ruth. Sie wird gepiesackt. Wir sollten nicht vom Eigentlichen abdriften. Wenn wir nicht herausfinden, wer ihr das antut, wird vielleicht etwas Schlimmeres geschehen.»

«Ich bin ganz deiner Ansicht.» Max unterstrich den Namen Annie Odermatt doppelt. «Bislang haben wir nichts, das uns weiterbringt.»

«Doch, Lexi. Von ihr stammen die Totems. Das ist nicht nichts.»

«Aber sie kann uns nicht sagen, wer so viele Stücke auf einmal gekauft hat.»

«Trotzdem sollten wir an ihr dranbleiben.» Fede schritt nachdenklich zum Fenster und wieder zurück. «Dann wäre der Tunnel, durch welchen man wahrscheinlich die Figuren ins Hotel gebracht hat. Das ist auch nicht nichts. Ich bin dafür, dass wir eingehend mit Ruth reden. Sie hat uns übrigens zum Nachtessen eingeladen.»

Max passte es nicht. Das Gespräch mit Annie Odermatt konnte er unmöglich verschieben. Er hatte sich vorgenommen, sie heute Abend zu besuchen.

«Was ist?» Fede war ungeduldig. «Gehen wir nun zu Ruth oder nicht? Ich habe Hunger. Sie hat gesagt, dass sie für uns kocht.»

«Du musst allein hin.» Wenn Ruth das Kochen gleichermassen beherrschte wie Fede, fiel es ihm nicht schwer, die Einladung zu umgehen. Er würde sich auf dem Weg zum Fichtenheim am Kiosk ein Sandwich holen.

Fede war verständlicherweise enttäuscht. Schon am Morgen hatte sie sich beklagt, dass er kaum Zeit für Zärtlichkeiten habe, seit sie an diesem Fall arbeiteten. Dabei überforderte sie *ihn* mit ihren ausgefallenen Ideen. Zugegeben, sie verfügte über einen gewissen Spürsinn, und bis jetzt hatte sie gar nicht so falschgelegen. Aber sie war chaotisch, hatte nirgends ein System. Ihr Handeln war zwar logisch durchdacht, und sie war schnell. Dennoch vermochte sie innerhalb einer Minute die Richtung zu ändern. War sie in der ersten Hälfte noch von einer Idee überzeugt, verpuffte sie in der zweiten.

Max falzte den Papierbogen, steckte ihn in seine Hosentasche und erhob sich. «Ist alles okay?» Er musste sich vergewissern, dass sie einverstanden war.

«Selbstverständlich.» Fede kam auf ihn zu und umarmte ihn. «Du brauchst nicht mir immer alles zu erklären. Wir verstehen uns auch nonverbal.»

***

Die Vorderseite des Fichtenheims verschwand hinter Baugerüsten, die bis unter das Dach reichten. Der Garten war durch frisch angebrachte Planen vom Rest des Hauses abgetrennt. Jemand musste die Umzäunung erst kürzlich angebracht haben. Max suchte den Eingang. Auch dieser lag hinter einer Absperrung, die als eine Art Schmutzschleuse diente.

Er betrat einen Vorraum und gelangte danach in die Cafeteria im Innenhof. An der linken Wand war ein computeranimiertes Bild einer modernen Überbauung angebracht. Es brauchte nicht viel Phantasie, um zu erraten, dass das Alters- und Pflegeheim durch Betonkuben erweitert worden war. Max fragte sich, ob die betagten Menschen hier glücklich sein oder in der Anonymität grauer Mauern untergehen würden.

«Gefällt Ihnen, was Sie sehen?» Neben Max hatte sich ein junger Mann aufgebaut, Typ Hochschulabgänger – in der Theorie ein Ass, von der Praxis keine Ahnung. Als er die Bunker als eine geniale Idee bezeichnete, hätte Max ihn am liebsten gefragt, ob er sich vorstellen könne, in einem solch unpersönlichen Bau zu leben. Er hätte womöglich Ja gesagt, weil ihn Wohnen grundsätzlich nicht interessierte.

«Sind Sie hier der Chef?»

«Der Direktor.» Er streckte seine dünne Hand aus. «Leander Habermacher. Was führt Sie zu uns?»

«Ich würde gern Annie Odermatt besuchen. Sie hat hier eine Wohnung.»

«Kommen Sie.» Habermacher bat ihn zum Empfang.

Da dieser nicht besetzt war, setzte sich Habermacher gleich selbst hinter den Computer. Er betätigte die Maus, machte ein paar Klicks und fand das Gesuchte. «Annie Odermatt. Da haben wir sie. Sie ist in einem Zimmer untergebracht. Gehen Sie den Korridor entlang, eine Treppe hoch, dann rechts. Es ist das Zimmer ‹Enzian›. Sie können es nicht verfehlen.»

Enzian! Wenigstens waren die alten Leute hier keine Nummern, sondern eine Alpenblume. Max sah sich neugierig um. Auch die Cafeteria war an den Rändern mit einem Baugerüst versehen.

«Das wird alles glasverschalt», sagte Habermacher, der Max' Blick nachsah. «Somit können sich die Leute frei bewegen, und das Aufsichtspersonal hat weniger Stress.»

«Ein moderner Zoo.» Max konnte es sich nicht verkneifen. «Bloss keinen Körperkontakt. Das Personal könnte sich womöglich vom Alterungsvirus anstecken.» Er stellte sich vor, wie die Betagten an den Glasscheiben klebten, mit den Händen daran kratzten und nach ein wenig Zuwendung heischten. In den transparenten Büros würde das Pflegepersonal auf seinen Smartphones herumdrücken und nur eingreifen, wenn von den Alten jemand kollabierte.

«Was meinen Sie damit?»

«Ach, ein lauter Gedanke.» Max schenkte dem Mann, der

kaum dreissig war, ein freundliches Lächeln und schlug den Weg Richtung Treppe ein.

Auf der oberen Hälfte der Tür waren drei violette Enziane aufgemalt, zumindest vermochte Max, diese als Enziane zu identifizieren. Es brauchte jedoch viel Phantasie. Ein Name war nirgends angebracht, weder auf der Tür noch unter der Sonnerie.

Max klingelte und wartete. Altersheime waren ihm nie geheuer gewesen. Er erinnerte sich an *Abuela* und *Abuelo*, seine Grosseltern mütterlicherseits, die bis zu ihrem Tod ein rüstiges Paar gewesen waren. In der Einliegerwohnung in ihrem Haus in Hergiswil hatten sie ihr Altwerden genossen und waren glücklich gewesen. Sie hatten an Veranstaltungen teilgenommen, einen Deutschkurs besucht, und einmal die Woche waren sie auswärts essen gegangen. Das Gebäude hier erschien Max wie eine Festung, und wenn er den langen dunklen Korridor entlangsah, wo sich Tür an Tür eng aneinanderreihte, schauderte ihn. Hier fehlte es an Herz und Wärme.

Er vernahm schlurfende Schritte, bevor die Enzian-Tür aufging. Dann stand sie vor ihm, angezogen mit einem viel zu grossen Hausdress, auf dem mit verwaschenen Buchstaben «Adidas» geschrieben stand. Ihre Haare waren raspelkurz. Sie musste sie erst kürzlich abgeschnitten haben. Von der Frau mit dem geblümten Sommerkleid war nichts mehr übrig.

Max nannte seinen Namen.

«Ich weiss, wer Sie sind.» Annie Odermatts Gesichtszüge erhellten sich. «Es ist schön, dass Sie mich besuchen. Kommen Sie herein.» Sie lotste Max in ein Zimmer, das Platz für ein Einzelbett, einen kleinen Schrank und ein Fensterbord mit Stuhl bot. Sie griff an ihren Kopf. «Heute war ich beim Coiffeur. Der Idiot hat mir die Haare einfach abrasiert. In meinem Alter, hat er gesagt, sei ein Kurzhaarschnitt pflegeleichter. Ich musste ihm klarmachen, dass ich noch lange nicht zum alten Eisen gehöre, diesem Unverschämten, nicht wahr? Aber da waren die Haare schon auf einer Seite weg.» Wider Erwarten fand Max eine geistig vitale Frau vor, das pure Gegenteil von dem, was Ruth letzthin behauptet hatte. «Bitte setzen Sie sich auf den Stuhl, ich werde auf dem Bett Platz nehmen. Zu trinken kann ich Ihnen leider nichts anbieten. Ich gehe nur nach unten, wenn es nicht zu umgehen ist. Aber ich hoffe, dass ich bald aus diesem Gefängnis herauskomme. Jetzt will man einen modernen Bau daraus machen. Haben Sie die Pläne gesehen? Schlimm, nicht wahr? Es wird ein ähnliches Gebäude werden wie das neue Schulhaus. Kinder und Alte steckt man in Stahl-Beton-Klötze. Ich frage mich, was diese hirnamputierten Architekten denken, wenn sie solches zeichnen. Phantasie braucht es nicht. Vier Striche geben ein Quadrat, nicht wahr?»

Max war überrascht und gleichermassen erfreut, Annie Odermatt in einem besseren Zustand zu sehen als bei ihrer ersten Begegnung, zumindest was ihre geistige Gesundheit betraf. «Wie geht es Ihnen?»

«Von Tag zu Tag besser. Ich sehne den Tag herbei, an dem ich meine Siebensachen packe und abhaue. Aber pssst ...» Sie hielt den Zeigefinger vor den Mund. «Nicht verraten.» Sie sah durch ihn hindurch.

Einen Augenblick lang glaubte Max, in ein anderes Gesicht zu sehen als vorhin. Möglicherweise war sie doch nicht richtig auf dem Damm.

«Können Sie nicht bei Ihrer Schwiegertochter wohnen?»

«Nein, das will ich nicht. Ich würde ihr nur zur Last fallen, hat sie doch selbst einen gewaltigen Rucksack zu tragen. Ja, die glorreichen Zeiten des ‹Fin de Siècle› sind definitiv vorbei. Man kann die Vergangenheit nicht in die Gegenwart retten. Ruth und ich sind da geteilter Meinung. Ich habe nichts mehr zu sagen. Mit der Übergabe an meinen Sohn, Gott hab ihn selig ...», sie bekreuzigte sich, während sie an die Decke sah, wo eine armselige Glühbirne hing, «hat Ruth das Sagen. Aber sie wird die Letzte der Odermatt-Dynastie sein. Leider hat sie keine Nachkommen.»

Max folgte ihrem Blick.

«Sie sehen richtig, vor einem Monat hat man mir einen neuen

Lampenschirm versprochen, nachdem der alte heruntergefallen war. Die müssen jetzt wohl für den Bau sparen.»

«Ruth hat Ihretwegen das Hotel renovieren lassen.» Max beobachtete Annie Odermatts Reaktion.

Sie verwarf die Hände. «Sicher nicht meinetwegen. Das ist eine plumpe Ausrede, um ihr Faible zu rechtfertigen. Haben Sie mal eine Mordsgeschichte von ihr gelesen? Eine Zeit lang verteilte sie diese den Gästen. Hat sie selbst drucken lassen. Dünne Bücher. Kurzkrimis, nannte sie sie, wollte sie den Gästen sogar verkaufen. Sie sah sich als eine Reinkarnation von Agatha Christie. Sie hätte besser getan, den Kasten zu veräussern. Jetzt ist es zu spät. Sie hat ihr ganzes Vermögen verlocht, alles, was Albin auf die Seite schaffte.»

«Moment …» Max kam nicht mehr mit. «Ruth schreibt Krimis?»

«Sie wollte Schriftstellerin werden, aber Albin hat ihr einen Strich durch die Rechnung gemacht. Wenn sie schon einen Hotelier heiraten wolle, hat er an ihrem Hochzeitstag gesagt, so solle sie sich diese Flause gleich abschminken. Zugegeben, sie hat sich enorm Mühe gegeben. Sie hat sogar Kurse besucht, um in etwa eine Ahnung von der Hotellerie und Gastronomie zu bekommen. Nach Albins Tod ist es ihr offensichtlich in den Kopf gestiegen.»

«Man hätte das Hotel abreissen und einen modernen Bau hinstellen können, ähnlich wie das Altersheim.»

«Nein, aber man hätte es von Grund auf renovieren können wie das Hotel am Park. Das hätte mehr Zeit und Geld bedurft. Beides hat meine Schwiegertochter nicht. Das Hotel am Park ist zwar in fremden Händen, aber die verstehen etwas davon, im Gegensatz zu Ruth, die bloss ihren Stierengrind durchsetzt, nicht wahr?» Annie Odermatt strich sich seufzend über den Stoppelkopf. «Albin hatte ganz andere Pläne.»

Max horchte auf. Das war neu für ihn. «Wollte er das Hotel verkaufen?»

«Soviel ich weiss, wollte er eine Aktiengesellschaft gründen, zusammen mit einem guten Bekannten. Den Namen hat er mir nie verraten. ‹Mutter›, hat er gesagt, ‹das wird eine ganz grosse Sache. Ich werde das Hotel über die Schweizer Grenze hinaus erfolgreich und beliebt machen.› Sobald die AG im Handelsregister eingetragen gewesen wäre, hätte er mir den Mann vorgestellt. Er wollte mir beweisen, dass er auch zu etwas fähig ist, was ich bei ihm immer angezweifelt habe.»

«Wusste Ruth davon?»

Annie Odermatt hob ihre Schultern. «Keine Ahnung. Ich hoffe nicht. Albin hat sich von Ruth blenden lassen. Sie hat ihn um den Finger gewickelt, von Anfang an. Sie kam, sah und schnappte ihn sich. Und ihm rutschte das Hirn in die Hose.»

Max verkniff sich ein Grinsen. «Lebte Ihr Sohn in einer Beziehung, als er Ruth kennenlernte?»

«Ja, fast zehn Jahre lang, zwei davon war er verlobt.»

«Wer war sie?»

Annie Odermatt faltete die Hände. «Es wäre alles anders gekommen … Was haben Sie mich gefragt?»

«Wie heisst sie?»

«Sie sollten jetzt gehen.» Annie Odermatt sah an die Wand, wo eine unscheinbare Uhr hing. «Die werden mich zum Nachtessen abholen. Was werden die denken, wenn ich Männerbesuch habe.»

***

Milagros war zurückgekehrt. Als Max das Hotel betrat, beugte sie sich über den Empfangstresen und hangelte nach ihrem Zimmerschlüssel. Max kam ihr zu Hilfe. «Ist Feierabend nicht da?»

«Maximilian, gut, sehe ich dich. Nein, ich glaube, er ist beim Nachtessen. Paavali Huuhanmäki hat gekocht, und soviel ich weiss, sind nun auch die restlichen Mitarbeiter angekommen.»

«Vin.»

Milagros sah ihn fragend an.

«Hast du bei Mathilda Hurschler etwas erreicht?» Max drückte ihr den schweren Zimmerschlüssel in die Hand.

Milagros legte ihn auf den Tresen, griff in ihre übergrosse

Handtasche, holte eine Klarsichtmappe daraus hervor und reichte diese Max. «Ich habe auf der Post alles kopiert, was ich als bedeutend erachte. Ein paar Unterlagen über Severins Unfall, die wichtigste Korrespondenz zwischen der Invalidenversicherung und Mathilda Hurschler. Sie hat sich für ihren Sohn stets eingesetzt. Es muss ihm nicht gut gegangen sein. Und ja, was ich sagen wollte: Es hat mich wirklich Nerven gekostet.»

Max sah sich flüchtig die Blätter durch. «Gibt es Berührungspunkte zwischen Severin Hurschler und Albin Odermatt?»

«Ich habe bislang nichts gefunden, was mir verdächtig vorgekommen wäre.» Milagros gab sich geschäftig. «Aber nach all den Gesprächen mit Mathilda Hurschler bin ich zum Schluss gekommen, dass ihr Sohn den Albin niemals umgebracht hatte. Ich attestiere mir eine gute Menschenkenntnis. Mathilda Hurschler hat Severin ganz allein betreut. Nachdem ihr Mann sie wegen einer Jüngeren verlassen hatte, arbeitete sie nachts als Reinigungskraft, um nach dem Unfall tagsüber ihren Sohn zu pflegen. Das wurde ihr irgendwann zu viel, und sie forderte von der Gemeinde Unterstützung an. Trotz der Invalidenrente reichte es nirgends. Die Wohnung, in der sie lebt, ist von der Sozialhilfe gestellt. Wenn du mich fragst, musste Severin den Kopf für den wahren Mörder hinhalten. Und wenn ich mir vorstelle, dass dieser auf freiem Fuss ist, wird es mir angst und bang. Vor allem wegen Ruth.»

Max kannte Milagros' Phantasie, und sie mochte es, zu übertreiben. Andererseits hatte er sich über ihr Feingefühl stets gewundert. Es war, als hörte sie das Gras wachsen.

Max führte Milagros ins Kaminzimmer. Im Cheminée knisterte ein Feuer. Sprühfunken stoben auf alle Seiten. Es roch nach verbranntem Harz.

«Ach, wie schön, da hat wer eine gemütliche Stimmung für uns gezaubert.» Milagros setzte sich in einen der Ohrensessel unmittelbar neben dem Cheminée.

«Ich brauche deine Hilfe», sagte Max und setzte sich ihr gegenüber.

«Hast du die nicht schon?»

«Das, worum ich dich bitte, ist von grösserer Brisanz als der Besuch bei Mathilda Odermatt.»

«Ich hoffe, es ist machbar.» Zweifelte Milagros an ihren Möglichkeiten?

«Ich möchte, dass du den Obwaldner Polizeichef zum Essen einlädst. Er gehört gleichzeitig der Engelberger Obrigkeit an.»

«Ich weiss.» Milagros lehnte sich zurück, faltete ihre Hände und liess beide Daumen rotieren. «Mario Amgarten. Vor ungefähr vier Jahren ist er von Sarnen hierher umgezogen. Als dein Vater noch lebte, begegneten wir uns hie und da bei klassischen Konzerten oder bei literarischen Veranstaltungen. Er hatte sein Geld bei Kaspar angelegt.» Hinter Milagros' Stirn schien es zu schaffen. «Das ist viel verlangt. Wir haben uns eine Ewigkeit nicht mehr gesehen, das letzte Mal bei einer Benefizveranstaltung auf dem Bürgenstock.»

«Das kann nicht so lange her sein.»

Sie sah auf das brennende Holz. Ihre Wangen verfärbten sich rot. «Worum geht es?»

«Ich brauche Informationen über den Mord an Albin Odermatt.»

«So etwas habe ich mir gedacht.» Milagros blickte ihn ernst an. «Das bringt mich an die Grenzen des Machbaren. Ich hoffe, du weisst das als ehemaliger Anwalt.»

«Ich versuche gerade, mich von meinem alten Beruf vollständig zu trennen», wich Max aus.

«Kann nicht Federica …?»

«Was?»

«Sie ist doch eine Hackerin.» Milagros lächelte süffisant. «Mir bleibt nichts verborgen.»

«Offensichtlich.»

«Kann nicht sie …?»

Max erhob sich. «Falls Odermatts Mörder noch immer frei herumläuft, müssen wir etwas dagegen unternehmen.»

«Melde es der Polizei.» Milagros blieb hartnäckig.

«Und welche Begründung sollte ich deiner Meinung nach anbringen? Sprich mit Amgarten. Deine Stärken liegen darin, jemanden in ein Gespräch zu verwickeln, ohne dass dieser deine Absicht erfährt.»

«War das soeben ein Kompliment?»

«Niemand kennt so viele Leute wie du.»

Sie wurden jäh von Fede unterbrochen. «Ich hab's getan.» Sie stürmte ins Kaminzimmer. «Ich habe Lindberg geh...» Sie stoppte abrupt. «Oh, sorry, ich wusste nicht, dass du schon zurück bist.» Fede starrte Milagros an, als hätte diese die Pest.

«Sie weiss Bescheid», beruhigte Max sie.

Fede nahm einen Stuhl und schob diesen in Cheminéenähe. «Gemütlich hier, bei diesem garstigen Wetter.» Sie warf Max und Milagros abwechselnd einen Blick zu, als müsste sie abwägen, ob ihre Anwesenheit genehm war.

«Los, erzähl schon.» Max sah seine Zeit davoneilen.

«Wie ich vermutet habe», sagte Fede. «Jan Lindberg ist ein Schlitzohr erster Güte. Nachdem er mit Odermatt den direkten Kontakt aufgegeben hatte, wandte er sich an einen Mittelsmann, Daniel Müller, vom Architekturbüro Müller und Söhne in Bern. Dieser, nun haltet euch fest, wollte mit Odermatt eine Aktiengesellschaft gründen. Und so, wie ich es aus diversen Mails herauslesen konnte, wäre Lindberg über Müller eingestiegen. Es wäre nur eine Frage der Zeit gewesen, bis sie Odermatt schachmatt gesetzt hätten. Sein Tod hat die Gründung der AG verhindert. Wir müssen nun herausfinden, wem dies zugutekam.»

«Eindeutig Ruth.» Max sah Annie Odermatts Aussage, was die Gründung der AG betraf, bestätigt. «Daniel Müller. Hast du ihn gegoogelt?»

«Asap.» Fede grinste vielsagend. «Er hat vorwiegend Objekte im Saanenland, zum Teil auch grössere wie zum Beispiel das Hotel ‹Sonnalp› in Schönried. Ein neues Hotel im Stil der Belle Époque. Logisch, konnte er Odermatt davon überzeugen, gemeinsam die Zukunft vom ‹Fin de Siècle› zu planen. Lindberg muss im Besitz von Müllers Grundrissplan sein, zumindest hat er ihn erwähnt. Im Anhang fand ich ihn jedoch nicht.» Fede hob die Augenbrauen. «Soll ich weitermachen?»

«Wir müssen mit Ruth reden», sagte Max. «Es ist an der Zeit, dass sie uns reinen Wein einschenkt.»

«Sollte sie etwas damit zu tun haben», intervenierte Milagros, «hätte sie euch kaum den Auftrag erteilt, den Totem-Überbringer zu finden. Ich behaupte, dass sie, je länger, desto mehr in Gefahr ist.» Milagros entglitt ein Aufschrei. «Ah, da kommt sie ja!»

Max wandte sich zu der Tür um, wo Ruth stand, zusammen mit Vin.

«Wir müssen mit dir reden.» Milagros lud sie zum Sitzen ein.

Nur zögerlich betrat Ruth das Kaminzimmer. Sie schickte Vin mit der Order weg, dass er in der Küche zu tun habe. Dann zog sie die Tür hinter sich ins Schloss. «Schade, musste ich allein essen. Ihr wart alle so beschäftigt. Ich kann euch verstehen, meine Kochkünste lassen zu wünschen übrig. In den letzten Jahren habe ich es eindeutig verlernt.» Sie lächelte in die Runde. «Das ist so, wenn man sich in der Regel hinsetzen und bewirten lassen kann. Ich bin froh, dass Paavali wieder da ist. Ich weiss nicht, was ich ohne ihn machen würde.» Sie griff nach zwei Holzscheiten im Korb neben dem Cheminée und legte sie auf die Glut.

Max sah zu, wie die Flammen an den Hölzern leckten. «Hast du gewusst, dass dein Mann eine Aktiengesellschaft gründen wollte?»

Ruth, kreideweiss im Gesicht, tastete nach der Lehne des Ohrensessels, auf dem Milagros sass. «Wer sagt das?»

«Nach dem heutigen Stand der Dinge, hatte Lindberg vor, sich durch die Hintertür ans ‹Fin de Siècle› heranzumachen.»

«Das ist nicht wahr!» Ruth stiess Luft aus. «Er ist ein frecher Kerl, das ist hier bekannt. Aber dass er sich dermassen erdreistet, das kann ich mir nicht vorstellen.» Sie musterte Fede. «Ich sehe, ihr nehmt euren Job ernst.»

«Sagt dir der Name Daniel Müller etwas?»

«Kann sein, dass Albin ihn mal erwähnt hat. Was ist mit ihm?»

«Er ist Architekt», sagte Max, «und hat wahrscheinlich bereits die Pläne für das neue ‹Fin de Siècle› gezeichnet. Es stellt sich uns die Frage, warum dein Mann dir nichts davon erzählt hat. Deine Schwiegermutter setzte er nämlich in Kenntnis darüber.»

Ruth schwieg. Die Farbe auf ihrem Gesicht kehrte allmählich zurück. Es konnte aber auch nur der Schein der Flammen sein, der sich ausgebreitet hatte und ihre Haut rötlich schimmern liess.

Max wog ab, was er sie als Nächstes fragen durfte, ohne sie vor den Kopf zu stossen. «Hast du nebst den Totems je einmal einen Drohbrief bekommen?»

Ruth schüttelte den Kopf. «Das hätte vielleicht mehr Gewicht als diese bescheuerten Holzfiguren. Wie kann man sich wegen Totems nur so in die Enge getrieben fühlen … Ist es das, was ihr mir sagen wollt?» Sie blickte jeden der Anwesenden an. «Fakt ist, dass ein Fremder in mein Hotel einsteigt und mir Totems vor die Tür stellt. Er mag ein krankes Schwein sein, das man nicht ernst nehmen darf.» Ruth streckte ihren Rücken durch. Es sah aus wie eine Kampfansage. «Ich kann jedoch nicht darüber lachen. Seit mein Mann tot ist, plagt man mich auf eine äusserst subtile Weise.»

Sah Max gerade eine Träne über ihre rechte Wange kollern? «Wir wollen auch, dass wir den Übeltäter schnappen. Wir finden nur, dass es etwas sonderbar ist, dass alles andere ans Tageslicht kommt, nur der Typ mit den Totems nicht.»

«Ihr sucht am falschen Ort.»

Milagros, die sich bis anhin ruhig verhalten hatte, ergriff das Wort. «Maximilian meint es nur gut mit dir. Er ist der Meinung, wie ich übrigens auch, dass man dir nach dem Leben trachtet.»

«Das kann nur jemand sein», mischte sich Fede ein, «der das Hotel will und den Deal zwischen Albin und diesem Müller kannte. Er hat die Gründung der AG mit Albins Tod verhindert. Ich sehe darin ein Motiv. Jetzt stehst *du* ihm im Weg.»

«So sehe ich es leider auch», sagte Max. «Angenommen, wir rechnen mit dem Worst Case und dir wird etwas angetan …»

«Sprich ruhig aus, woran du denkst. Falls man meinen Tod will.» Ruth schluchzte auf.

«Du hast das Hotel von deinem Mann geerbt, nachdem Annie es ihrem Sohn vermachte. Es gibt keine Nachkommen. Also dürfte das Hotel nach deinem Hinschied veräussert werden, ausser du hast ein Testament gemacht. Bestenfalls würde man das Hotel versteigern, und der Meistbietende bekäme es. Vielleicht wäre das dann Lindberg.»

«Wem würdest du es zutrauen?»

«Was? Mich zu töten?» Ruth lachte gekünstelt. «Wegen eines Hotels tötet man doch nicht.»

«Du würdest staunen, aus welchen niederen Beweggründen man tötet.» Max sah auf seine Armbanduhr. Bald acht.

Ruth erhob sich, wandte sich zum Gehen um. «Ihr könnt gern morgen wieder auf mich zukommen. Ich muss mich niederlegen.» Sie griff sich an die Schläfen. «Ich habe dermassen Kopfschmerzen, die kaum mehr auszuhalten sind.» Sie wünschte eine gute Nacht und verliess das Kaminzimmer.

NEUN

«Ich muss heute nach Stans zurückfahren.»

«Warum?»

«Ein Auftrag.»

«Kannst du den nicht von hier aus erledigen?»

«Geht nicht. Mein Fachwissen ist gefragt.»

«Hacking?»

«Ich soll einen Vortrag über Pretexting halten, weil ein Referent krank ist.»

«Seit wann weisst du's?»

«Seit zehn Minuten. Mir wurde eine Nachricht über WhatsApp geschickt.»

«Und du hast zugesagt?»

«Selbstverständlich.» Fede summte die Melodie von ABBA: *«Money, money, money.»*

Max drehte sich auf die andere Seite. Fede war schon auf gewesen, als er erwachte. Jetzt stand sie beim Fenster, splitterfasernackt, und hatte die Vorhänge zur Seite geschoben. Draussen dasselbe Bild wie am Tag zuvor. Das Einzige, was Max motivierte, war Fedes Körper. Schön wie eh und je. Greifbar nahe und doch so weit entfernt. Im Moment wenigstens.

«Pretexting.» Max gähnte. «Nie gehört.»

«Wer dies anwendet, schafft zumeist einen glaubhaften Vorwand, um an Daten seines Opfers zu gelangen. Im Grunde muss ich über etwas referieren, das ich selbst anwende. Ich will aber nicht mit dir darüber sprechen. Du musst mir einfach vertrauen, dass ich das grundlegend Beste mache für uns.»

«Ich gehe davon aus, das hast du auch bei Lindberg fabriziert.»

«Du gibst nicht auf, oder?» Sie streichelte ihre Brüste. «Es war verflixt heikel. Mit ein paar Drinks und einstudierten Handgriffen …» Sie lachte. «An mir selbst … habe ich ihn jedoch weichgespült. Ich habe meinen Fachjargon dazu verwendet, um ihn zu überzeugen. Er kroch mir buchstäblich auf den Leim, der alte Sack.»

«Du hättest es auch anders anstellen können.»

«Nur das Resultat zählt.»

Max versuchte, ihre Gesten zu ignorieren, was ihm schwerfiel. «Hast du letzthin nicht von Cold Reading gesprochen?»

«Zur passenden Zeit richtig eingesetzt, erzeugt es Wunder.»

Max schloss die Augen. Fede hatte ihn erregt. Er zog die Decke über seinen Körper. Es hatte keinen Zweck, über sie herzufallen. Wenn sie sich etwas in ihren hübschen Kopf gesetzt hatte, liess sie ihn links liegen. «Wann kommst du wieder zurück?»

«Morgen vielleicht. Ich muss Chrigi mal einen freien Abend gönnen. Seit einer Woche kümmert er sich allein um die Tiere.» Sie wechselte das Thema, als zappe sie gerade durch verschiedene Fernsehkanäle. «Ich hätte mir gern als Ersatz von Fitzgeraldo einen jungen Hund gekauft. Aber dann müsste ich immer auf dem Hof bleiben, zumindest so lange, bis er sich an die Umgebung gewöhnt hat. Wenn Chrigi nicht da ist, brauche ich einen Wächter. Von dir kann ich in dieser Hinsicht nichts erwarten.»

Max bekundete sein Mitgefühl. Fedes Hund war im letzten Oktober totgefahren worden. Max hoffte noch immer, dass sie nicht auf die Idee kam, einen neuen zu kaufen. Sein Wunschdenken fing an zu bröseln. «Wir könnten beide zu mir ziehen.»

«In deine Schickimicki-Wohnung? Und wo soll ich dann bitte schön mit Rambo und Noname hin? Oder mit meinen Hühnern und Hähnchen?»

Max schwieg. Es hatte keinen Sinn. Wenn Fede ihre kindliche Seite auslebte, liess man sich besser nicht auf eine Diskussion ein mit ihr.

Sie verschwand im Teil des Zimmers, wo die Badewanne stand. «Was tust *du* heute?», rief sie ihm zu.

«Mit Ruth unter vier Augen sprechen, nach weiteren Komparsen suchen. Und wenn die Zeit reicht, noch einmal zu Annie Odermatt gehen.» Max hatte weder auf das eine noch auf das andere Lust. Und wenn er nach draussen sah, graute ihm von Neuem.

***

Gegen Mittag klarte das Wetter auf. Die Nebel über den Berggipfeln lichteten sich, als zöge eine unsichtbare Hand sie weg. Die eingeschneite Spitze des Hahnen wurde von der Sonne beschienen. Fast kitschig wirkte das Bild. Es erinnerte an ein Gemälde von Ferdinand Hodler.

Max war zu Fuss unterwegs zu den Wasserfällen. Fede war mit ihrem Mini nach Stans gefahren, und auf den Bus hätte er zu lange warten müssen. Er zog kräftig aus und schaffte die Strecke bis zum Westerndorf unter einer Stunde. Für Max ein persönliches Highlight an diesem Tag. Auf dem Weg kreuzten ihn bloss ein paar Rucksacktouristen, eine Mutter mit Kinderwagen, verschiedene Autos und eine Gruppe von Radfahrern. Hingegen war die Terrasse beim Restaurant «Wasserfall» gut besetzt. Sonnenhungrige reckten ihre Gesichter in die Höhe. Die Temperatur lag wieder im zweistelligen Bereich.

Wie vermutet waren Bühne und Kulisse gesperrt. Der Eingang zum Gelände war mit einem Flatterband versehen. Max blieb stehen und linste zur Strickleiter, an deren Ende ein Mann mit dem Rücken zu ihm stand. Er hantierte etwas, womit, konnte Max nicht erkennen. Er vergewisserte sich, dass ihn niemand sah, und überwand die Absperrung. Er überquerte einen kleinen Bach, der in den angestauten See mündete. Das Kanu schaukelte im Wasser. Dahinter baute sich der gewaltige Bohrturm auf, der während der Spiele täuschend echt in Flammen aufging. Max erreichte das Pueblo auf einer Anhöhe und von dort die Leiter. Der Mann war verschwunden. Max liess seinen Blick über die Felswand schweifen, wo der Wasserfall in die Tiefe rauschte, heftiger als sonst, vom Regen des letzten Unwetters gespeist.

«Stopp!» Max wurde zurückzitiert. «Für Unbefugte ist es untersagt, die Bühne zu betreten.» Der Mann, der bei der Leiter gestanden hatte, mochte um die vierzig sein, mit von Sonne und Wetter gegerbtem Gesicht. Seine grauen Augen stachen unter einem buschigen Brauenpaar hervor. Er sah grimmig aus. «Ich bitte Sie, den Ort zu verlassen.»

Max dachte nicht daran. Er blieb höflich und nannte seinen Namen. «Ich bin Privatdetektiv und im Auftrag von Ruth Odermatt hier. Vor einem Jahr hat man bei den Freilichtspielen ihren Mann umgebracht.»

Dass Ehrlichkeit am längsten währt, erfuhr Max in diesem Augenblick, als der Mann sich vorstellte. Er streckte sogar die Hand zum Gruss aus. «Gideon Durrer, ich weiss, wer Ruth ist. Warum hat sie einen Detektiv engagiert?» Seine Neugier schien über allem zu stehen, sogar über der Tatsache, dass man ihm einen Maulkorb aufgesetzt haben könnte, was Odermatts Tod betraf.

«Es gibt Ungereimtheiten.»

«Wegen Albins Tod?» Durrer zeigte sich interessiert. «Der, der geschossen hat, wurde gefasst und eingebuchtet. Leider kann er dazu nichts mehr sagen. Er hat sich erhängt.»

«Waren Sie dabei, als der Mord passierte?»

«Ich war dabei, als es zwischen Albin und Severin zum Handgemenge kam.»

«Wann war das?»

Durrer stützte sich an einem Zaun ab, der den hinteren Naturbühnenteil vom Saloon abgrenzte. «Zwei Tage vor der Dernière.»

«Worum ging es da genau?»

Durrer druckste herum. «Es ging um die Rollenverteilung. Severin warf Albin vor, sich beim Regisseur eingeschleimt zu haben, damit er den Part des Bud Forrester bekam. Zudem habe er ihn bei den Veranstaltern angeschwärzt, weil er invalid war. Zugegeben, er war nicht so gut zu Fuss. Für die Rolle des Forrester hätte er gesunde Beine haben müssen. Das eine ergab das andere. Severin hänselte Albin damit, dass er zu fett sei. Aber das war nicht das Kriterium, jedenfalls nicht für den Regisseur. Severin hat es letztlich selbst versaut. Er kam immer zu spät zu den Proben. Der Regisseur stellte ihn zur Rede und drohte ihm, seine Rolle des Bösewichts anderweitig zu vergeben, wenn er sich nicht an die Zeiten hielt. Als Severin trotz Drohung wiederholt zu spät erschien, platzte dem Regisseur der Kragen, was ja irgendwie verständlich ist.»

«Das heisst, Severin war nie auf der Bühne, als Publikum da war?»

«Doch, aber bloss als Statist. Dazu kam: Severin beklagte sich, dass er ein paar Freunde eingeladen habe, die ihn unbedingt als Forrester sehen wollten, und war dann doppelt sauer. Der Regisseur gab ihm eine kleine Rolle, die des Indianers mit der Winchester, und dachte wohl, dass sich Severin wieder beruhigt. Es muss in ihm gegärt haben. Auf jeden Fall drohte er Albin, das Lachen würde ihm schon noch vergehen. Er solle sich vorsehen.»

«Das war die Morddrohung?»

«Das habe ich so gehört. Andere behaupteten, er habe davon gesprochen, ihn kaltzumachen. Als am letzten Tag der Todesschuss fiel, waren sich alle einig, dass der Täter nur Severin sein konnte. Er brachte sein eigenes Gewehr mit und musste, gemäss Regisseur, mit diesem auf Forrester zielen. Ich meine, das hatte er all die Aufführungen zuvor schon getan. Nur ohne Munition.» Durrer räusperte sich. «Als er sich in der Untersuchungshaft erhängte, war der Fall klar.»

«Wenn Severin wegen der getauschten Rollen verärgert gewesen war», gab Max zu bedenken, «hätte er dann nicht auch den Regisseur umgebracht? Dieser hatte es doch in der Hand. Muss da nicht etwas anderes zwischen den beiden Männern gewesen sein?»

«Das kann ich mir beim besten Willen nicht vorstellen.» Durrer sinnierte vor sich hin. «Ich weiss es nicht.»

«Warum wartete er bis zur Dernière? Hat man sich nie die Frage gestellt, ob Hurschler nicht auch ein Opfer war?»

Durrer fuhr sich mit der Hand über den Mund. Dann kratzte er sich am Kopf. «Klar hat man sich das gefragt. Alle kannten ja den Odermatt. Was der an den Freilichtspielen, noch in einer tragenden Rolle, zu suchen hatte, war vielen suspekt. Im Gegensatz zu Severin war es sein erstes Jahr auf der Bühne. Severin hatte bereits vor zwei Jahren an den Winnetou-Aufführungen mitgemacht. Und dass sich einer wie Albin von Severin provozieren lässt, verstand auch niemand. Ob Severin ein Opfer war, haben Sie mich gefragt? Er war eher der Opfertyp, ja. Aber das kann sich ändern, wenn man bis aufs Blut in Rage versetzt wird.»

«Dann hätte Severin aber im Affekt gehandelt», provozierte Max.

«Im Affekt, ja», sagte Durrer, ohne zu überlegen.

Max bemerkte, dass es Durrer nicht mehr wohl war. Er sah in alle Himmelsrichtungen, nur nicht in Max' Gesicht. «Wenn man ein Gewehr mit Munition lädt», sagte Max, «es zu den Freilichtspielen mitbringt und exakt dann schiesst, wenn Forrester so oder so ‹getötet› werden sollte, scheint das von langer Hand geplant. Was mir aber partout nicht in den Kopf gehen will, ist der Zeitpunkt der Tat.»

Durrer stiess sich vom Zaun ab. «Hören Sie, ich würde Ihnen gern helfen. Aber dann müssten Sie mir konkret erklären, wen Sie suchen. Zweifeln Sie an Severins Schuld? Die Polizei tat es nicht.»

«Und Sie?» Max musterte ihn.

«Der Fall ist abgeschlossen.» Durrer wich wieder aus.

«Möglicherweise lebt der wahre Mörder noch unter uns.» Max wusste, dass er damit einen Stein ins Rollen brachte. Durrer würde es nicht für sich behalten können.

«Sie glauben, er …» Durrer hustete, als hätte er sich verschluckt. «Er weilt unter den Komparsen?»

«Das habe ich nicht gesagt. Aber er könnte sich in Engelberg aufhalten. Es gab ganz andere Motive, um Albin Odermatt zu eliminieren. Da erscheint mir der Rollentausch geradezu lächerlich. Denken Sie nach: Kommt Ihnen irgendetwas in den Sinn, das am Abend der Dernière anders war als sonst?»

«Nein, auch wenn ich mich anstrenge, ich kann es nicht sagen.»

«Wo befanden Sie sich, als der Schuss fiel?»

«Ich gehöre zur Security. Ich stand bei den Tribünen.»

«Haben Sie die Aufführung verfolgt?»

«Im letzten Sommer waren es insgesamt dreiunddreissig Vorstellungen. Ich musste immer zuschauen, ob ich wollte oder nicht. Ich bin froh, sind es in diesem Jahr nur einundzwanzig. Am letzten Donnerstagabend zum Beispiel hatten wir so einen Vorfall. Eine Durchgeknallte rannte auf die Bühne, die Pferde drehten durch. Sie hätten dieses Chaos sehen sollen …»

«Ich war da.»

«Sie haben es erlebt?» Durrer schüttelte den Kopf. «Sehen Sie? Deshalb braucht es die Security. Nach diesem Zwischenfall war alles ziemlich hektisch. Bei einigen kam das Drama vom letzten Sommer wieder hoch.»

«Annie Odermatt hat lediglich um Mitgefühl gebettelt.»

«Ich verstehe sie sogar. Es ging um ihren Sohn. Aber deswegen hat sie nicht das Recht, sich dermassen aufzuführen und somit die Schauspieler zu gefährden.»

«Ich würde mir gern den Tatort ansehen», sagte Max.

«Echt jetzt?» Durrer sah zur Strickleiter. «Sie wollen da wirklich hoch?»

«Warum nicht? Oder gibt es einen anderen Weg als den über die Leiter?»

«Klar, aussen rum.» Durrer zögerte zuerst und ging dann voraus. «Folgen Sie mir.»

Ein schmaler Pfad führte zuerst in Richtung Wasserfall, wo er einen scharfen Knick machte. Er ging weiter auf ein mit Moos bewachsenes natürliches Podest. Bergseitig standen Fichten, deren freigelegte Wurzeln über den Boden griffen. Von hier aus hatte man einen ungehinderten Blick auf den Spielplatz und die Tribüne. Max bemerkte die beiden Enden der Strickleiter, die um einen Gesteinsbrocken gebunden und mit Karabinerhaken befestigt waren. «Hatte Odermatt diesen Absatz erreicht, als der Schuss fiel?»

«Der muss ihn unmittelbar getroffen haben, als er die oberste Sprosse erreichte», sagte Durrer und zeigte auf eine Stelle, wo Teelichter aufgestellt und Blumen hingelegt waren.

«Die Blumen sind frisch», bemerkte Max.

«Ja, die muss wer hierhergebracht haben.»

«Wissen Sie, wer?»

«Keine Ahnung. Vielleicht Freunde von Albin.»

«Hatte Odermatt eine Freundin?»

Durrer lachte laut. «Nein! Er war Ruth treu ergeben.»

Max sah sich eine Weile den Platz an, auf dem Odermatt gelegen hatte. Ein Schaudern durchlief seinen Körper. Nichts ahnend hatte sich Odermatt die Leiter hochgehangelt. Was mochte er im Augenblick des Todes gedacht haben? War sein Leben rückwärts bis zu seiner Geburt abgelaufen? «Können wir uns irgendwo hinsetzen?», fragte Max. «Gibt es ein eisgekühltes Bier?» Die Julisonne entfaltete wieder ihre volle Kraft. Max schwitzte.

«Ja klar, bei einem der Stände. Ich darf mich dort jeweils bedienen, wenn ich hier an den spielfreien Tagen zum Rechten sehe.» Durrer kehrte sichtlich entspannter zurück bis zum Anfang der Strickleiter und von dort Richtung Westerndorf.

Max folgte ihm. «Mögen Sie sich daran erinnern, als vor einem Jahr an einem der Stände Miniaturtotems verkauft wurden?»

«Ich erinnere mich nur an *ein* Totem.» Durrer zeigte voller Stolz auf die farbige Figur in der Mitte des Platzes. «Unser Prachtstück. Sogar ich habe an ihm Hand angelegt, als es ums Bemalen ging.» Er näherte sich einem hellbraunen Stand, öffnete dort eine Tür und ging hinein. Wenig später erschien er wieder mit zwei Bierflaschen in der Hand. «Das ist unser dorfeigenes Bier.» Er öffnete die Flasche, reichte eine davon Max. «In der Regel werden hier nur Dosen verkauft, wegen der Scherben und so. Aber für die Leute hinter der Kulisse darf es auch ein echtes sein. Das Keineken. Prost.»

«Wie bitte?» Max bekundete Mühe damit. «Keineken?»

«Nicht mehr. Aber das ist eine originelle Geschichte. Das Bier kam 2010 auf den Markt.» Durrer zeigte schmunzelnd auf das Etikett, wo die Sonne hinter einem grünen Berg verschwand. Der Form nach handelte es sich um den Hahnen, den Engelberger Hausberg. Am unteren Rand erkannte man die Klostermauern. «Es stand überall in den Zeitungen. Die Produzenten hatten sich des Namens eines bekannten Bierherstellers bedient, in abgeänderter Form. Es gab deswegen viel zu lachen in Engelberg. Weniger für die Hersteller. Sie hatten im ersten Jahr eine Klage am Hals.» Durrer prostete ihm zu. «Ich bin der Gideon. Und unser Bier heisst ganz offiziell Engelberger Klosterbräu. Die Original-Keineken-Flasche inklusive des Bierglases, welches in der Hergiswiler Glasi hergestellt wurde, ist heute im Klosterkeller archiviert ... sozusagen als Zeitzeugnis.»

Max ahnte, dass er in Durrer einen Verbündeten gefunden hatte. Einen, der bereit war zu erzählen. «Bist du gebürtiger Engelberger?»

«Ich bin hier geboren und zur Schule gegangen. Dann ging ich nach Australien für ein Jahr, um die englische Sprache zu lernen und das Land zu bereisen. Später habe ich das Malergeschäft meines Vaters übernommen. Im Winter helfe ich auf den Skipisten aus, wenn es ums Beschneien oder Pflügen geht. Die Klostermatte ist mein Einsatzgebiet. Manchmal arbeite ich bis weit über Mitternacht hinaus, damit die Gäste am nächsten Tag eine gut präparierte Piste vorfinden.»

«Erzähl mir von Albin Odermatt.»

«Ich kannte ihn nicht gut», wich Durrer aus. «Sporadisch arbeitete er an der Bar im ‹Fin de Siècle›, wenn der Barmann seinen freien Tag hatte.»

«An der Bar.» Max erinnerte sich nicht, im Hotel eine Bar gesehen zu haben. Doch er hatte längst nicht alle Räume gesehen. Das Gebäude war weitläufig, hatte verborgene Winkel, auf den ersten Blick nicht ersichtliche Zimmer im Erdgeschoss. Vielleicht würde er, wenn er sich Zeit nahm, auch auf die Lingerie und das Küchenlager stossen.

«Manchmal hat er mich engagiert, um Ausbesserungen vorzunehmen, wenn die Farbe in einem der Zimmer abblätterte. Schon damals dachte ich mir, dass es besser wäre, das Hotel abzureissen.»

«Erinnerst du dich an Ruths Vorgängerin?»

«Alexandra?»

Alexandra hiess sie also. Max hörte den Namen heute zum ersten Mal. «Wer war sie?»

«Wenn du mich fragst, die geborene Hotelière. Sie hat in Lausanne die Hotelfachschule besucht, kam mit zweiundzwanzig Jahren nach Engelberg zurück, wo sie aufgewachsen war. Annie Odermatt arbeitete sie sukzessiv ein. Zuerst in der Lingerie, in den Zimmern, im Service und zuletzt im Büro.»

«Warum weisst du das?»

«Sie ist eine Hiesige.» Durrer lächelte vor sich hin. «Alexandra war eine Perle. Jeder mochte sie. Irgendwann einmal hiess es, Albin und sie hätten sich verlobt. Ich hatte die beiden jedoch nie in trauter Zweisamkeit gesehen, und fragen mochte ich nicht. Ich denke, die ganze Angelegenheit ist auf Annies Mist gewachsen. Sie hatte die beiden verkuppelt, dachte sie doch für die Zukunft des Hotels ... bis Ruth kam. Alexandra war von einem auf den anderen Tag weg und ward nie wieder gesehen.»

«Und ihre Familie? Lebt die noch in Engelberg?»

Durrer betrachtete nachdenklich seine Bierflasche. «Ihr Bruder arbeitete damals auch im ‹Fin de Siècle›. Soviel ich weiss, als Koch. Er ging allerdings auch weg, als Alexandra das Hotel verlassen hatte. Richard hat das Geschäft seiner Eltern übernommen. ‹Hess-Collection›.»

***

Alexandra Hess. Schafhirtin auf dem Brunni und Herstellerin der Miniaturtotems. Allmählich ergab sich ein ganz anderes Bild, als Max bislang vermutet hatte. War es möglich, dass sie die Totems vor Ruths Wohnungstür gestellt hatte? Besass sie einen Schlüssel zum Hotel? Das hätte alles erklärt.

Max war mit dem Bus nach Engelberg zurückgefahren, nachdem er, zusammen mit Durrer, insgesamt acht Bierflaschen geleert hatte. Durrer hatte sich mit jedem Schluck redseliger gezeigt. Dabei war auch herausgekommen, dass die Veranstalter der Winnetou-Spiele verboten hatten, über den Vorfall im letzten Sommer zu sprechen. Sie wollten verhindern, dass sich die Negativschlagzeilen zu einer Eigendynamik entwickelten, ging es doch in erster Linie um die Aufführung, den Publikumsmagnet, der auch in diesem Jahr Tausende Zuschauer nach Engelberg lockte.

Alexandra! Blonde Haare, graue Augen, schlank, etwa eins siebzig gross. Durrer hatte es bestätigt.

Lexi! Die Abkürzung von Alexandra. Was, wenn sie über den Winter tatsächlich als Tauchlehrerin auf den Malediven ihr Brot verdiente? Oder war alles erstunken und erlogen? Max musste dem auf den Grund gehen und Fede für die Recherche ermuntern.

Als er im Hotel zurück war, schien es bereits belebter zu sein als vor seinem Weggehen. Aus dem Speisesaal vernahm er das Klimpern von Geschirr und Besteck, das helle Klingen von Gläsern. Ein fröhliches Lachen hatte sich ausgebreitet, ein Schnabulieren auf Portugiesisch und Italienisch. Beim Empfang stand Feierabend im neu gereinigten Anzug. Der Hemdkragen brillierte vor Sauberkeit, und die Fliege sass perfekt.

«Ist mir etwas entgangen?» Max verlangte nach dem Zimmerschlüssel.

«Unsere Mitarbeiter sind nun komplett.» Feierabend strahlte mit dem Sonnenlicht um die Wette, das durch eines der seitlich angelegten Fenster drang. «Auch ein Gästepaar durften wir bereits begrüssen.»

«Aber die Eröffnung findet doch erst in einer Woche statt.» Max erinnerte sich an Ruths Information.

«Am nächsten Dienstag», bestätigte Feierabend. «Das heisst nicht, dass alle Gäste zur gleichen Zeit hier eintreffen. Auch wenn das Empfangskomitee aus drei Personen besteht, würde das den Rahmen sprengen.»

Max ging zum Lift. War es möglich, dass Ruth ein Vermögen auf der Seite hatte? Drei Leute am Empfang! Dies bedeutete, dass im ganzen Hotel mindestens dreissig Bedienstete arbeiteten. Das Hotel verfügte über hundertsiebzig Gästebetten. Bei einer hundertprozentigen Auslastung war das Personal gefordert. Doch das kostete Geld. Löhne mussten bezahlt, die Einkäufe von Lebensmitteln und Getränken getätigt werden. Die Einnahmen von einem ganzen Jahr fehlten. Und obwohl Ruth behauptete, die Zimmer seien ab Eröffnung bis zum Herbst und im Winter praktisch ausgebucht, würde die Rechnung nicht aufgehen.

Auf dem Korridor im vierten Stock kam ein Mann in dunkelblauer Arbeitsbekleidung aus dem Zimmer, das neben Max' Suite lag. Er hielt einen Käfig in der Hand. Max grüsste und erkannte bei genauem Hinsehen Tierkadaver. Tote Siebenschläfer, ging ihm durch den Kopf. Zum Glück war Fede abgereist. Sie hätte sonst einen Aufstand gemacht.

«Sind Sie der Kammerjäger?», fragte Max höflich, als er sich nach dem Mann umgedreht hatte.

«Jetzt spukt es nicht mehr im Gemäuer», sagte dieser. Zu mehr Konversation war er nicht bereit.

Max öffnete die Tür, betrat die Suite und warf sich aufs Bett. Das Bier hatte ihn müde gemacht, das Gespräch mit Durrer auch. Doch es schien, als würde sich der Horizont lichten. Ob alles auch einen Sinn ergab, musste sich erst zeigen.

Lexi alias Alexandra Hess! Sie umwölkte ein Geheimnis, so viel war klar. Vor sieben Jahren hatte Odermatt die Verlobung mit ihr aufgelöst. Dieser Umstand musste in der Frau eine Hoffnung zerstört haben – stolze Hotelbesitzerin zu werden, wie ihre Schwiegermutter in spe. Ruth hatte ihr Glück, ihre glanzvolle Zukunft zunichtegemacht.

Sieben Jahre später rächt sie sich.

Mit Totems.

Hatte sie sogar den Auftrag erteilt, Albin Odermatt zu töten, den Mord an Severin Hurschler delegiert? Was hatte sie dem gebeutelten Mann versprochen, dass er die Tat umsetzte? Wartet man sechs respektive sieben Jahre, um ein erlittenes Unrecht heimzuzahlen?

Max starrte zur Decke. Die Antwort liess sich auch in den Kristalltränen des Lüsters nicht finden.

Er erhob sich, zog sich aus und ging unter die Dusche. Wenn er Annie Odermatt noch einmal besuchte, wollte er gut aussehen. Die Frau hatte etwas an sich, das ihn an Milagros erinnerte. Ruth hatte ihn angelogen. Der Frau ging es bedeutend besser, als sie ihm hatte weismachen wollen.

Später ass Max eine Kleinigkeit. Er hatte die Bar gefunden. Sie lag gegenüber dem Kaminzimmer, war von der Hotellobby durch eine Tür erreichbar, die ihm bis anhin nicht aufgefallen war. Jetzt stand sie einladend offen, der Barmann, ein junger Portugiese, polierte Gläser.

Leben hatte das Hotel erfasst. Max nahm sogar eine Seele darin wahr, die er bis jetzt vergebens gesucht hatte. Die Lampen leuchteten und verbreiteten einen Goldton, auch am helllichten Tag. Über dem Teppich tanzten Staubpartikel im Kegel gleissender Sonnenstrahlen. Später Nachmittag war es, als Max das Haus verliess.

Beim Bahnhof das gewohnte Bild wie Tage zuvor, bevor das Gewitter gekommen war. Menschen jeder Couleur bevölkerten die Plätze davor. Eine Kutsche mit zwei Pferden transportierte eine Gruppe indischer Gäste. Es roch nach Pferdeschweiss und Pferdeäpfeln.

Das erneut schöne und warme Wetter hatte auch die Leute des Fichtenheims aus ihren Zimmern und Wohnungen gelockt. Als Max den Garten hinter den angebrachten Planen betrat, war restlos jeder Stuhl besetzt. Er musste nicht lange suchen. Annie Odermatt sass etwas abseits der anderen allein auf einer Bank und hatte einen breitkrempigen Sonnenhut ins Gesicht gezogen. Gerade deshalb war sie nicht zu übersehen.

Unter dem neugierigen Blick der Heimbewohner setzte sich Max zu ihr auf die Bank.

Annie Odermatt zuckte zur Seite. «Du meine Güte, haben Sie mich erschreckt.» Als sie Max erkannte, erheiterte sich ihr Gesicht, und sie schob den Hut über ihre Stirn. Neben Max sass eine Frau, deren geistige und körperliche Vitalität spürbar war. Sie war weder von Ruth noch von Milagros richtig eingeschätzt worden. Nach dem Tod ihres Sohnes mochte sie zwar angeschlagen gewesen sein, doch davon hatte sie sich offensichtlich erholt. Es war nicht klar, weshalb man sie in diesem Pflegeheim behielt, wenn sie durchwegs eigenständig hätte leben können. Hatte Ruth sie abgeschoben? Weigerte sie sich, ihre Schwiegermutter ins Hotel zurückzuholen?

Max griff nach Annie Odermatts Hand. «Möchten Sie ein paar Schritte gehen?»

Den Adidas-Trainer hatte sie gegen ein schlichtes Sommerkleid eingetauscht. Ihre Füsse steckten in flachen Sommerschuhen. Sie sah ihn mit blinzelnden Augen an. «Sie haben sich echt herausgeputzt, so, wie Sie daherkommen», sagte sie. Dann erzählte sie von der Zeit, als sie selbst noch aktiv im Hotel gearbeitet hatte, wie sie sich täglich chic gekleidet und auch bei den Mitarbeitern darauf geachtet habe, dass sie sauber und gepflegt waren. «Einmal im Monat gab es von mir eine Kontrolle im Annex. Wer sein Zimmer nicht in Ordnung hielt, bekam einen Verweis. Sie können sich nicht vorstellen, wie insbesondere das Servicepersonal in den eigenen vier Wänden lebte.» Annie Odermatt verzog ihren Mund zu einem bitteren Lächeln, während sie sich erhob. «Das waren Zeiten. 2008 übergab ich das Hotel Albin. Ich bin mir bis heute nicht sicher, ob es nicht ein Fehler war.»

«Möchten Sie mir etwas von Ihrem Sohn erzählen?»

Max winkelte seinen Arm an. Sie hängte sich bei ihm ein.

«Der Schmerz sitzt noch tief», sagte sie. «Ein Kind zu verlieren, in welchem Alter auch immer es ist, ist das Schlimmste, was einem widerfahren kann, nicht wahr? Ich war eine sehr gläubige Christin. Ich habe immer versucht, dem Unglück etwas abzuringen, einen Sinn darin zu sehen. Aber ich bin auf keinen Nenner gekommen. Albin ist sinnlos gestorben. Der liebe Gott hat mir meinen Sohn genommen.» Sie hob die rechte Hand gegen den Himmel. «Seither hadere ich mit ihm. Kommt dazu, dass man mit Selbstzweifeln geplagt wird. Man fragt sich, was man selbst hätte tun können, dass es nicht so weit gekommen wäre. Ich hätte mich gegen seine Idee durchsetzen sollen. Ich hatte ihm abgeraten, bei den Freilichtspielen mitzumachen, und ihm gesagt, dass er solches nicht nötig habe. Aber Ruth muss ihn davon überzeugt haben. Sie selbst wechselte sich in dieser Zeit mit einer Kollegin am Wurststand ab. Ich habe mich oft gefragt, warum sie ausgerechnet am letzten Tag nicht vor Ort war. Das letzte Bild meines Sohnes hat sich in meine Seele gebrannt, wie er da an dieser Strickleiter hing und Mühe hatte, sich daran hochzuziehen. Junge Burschen unter den Zuschauern hatten ihn ausgelacht ... hätte er nur auf mich gehört ... nicht wahr.» Der wiederkehrende Schmerz überwältigte Annie Odermatt dermassen, dass sie schluchzend stehen blieb. Sie wischte sich über die Augen. «Entschuldigen Sie bitte. Manchmal kommt alles wieder hoch, und dann vermag ich mich kaum mehr zu beherrschen.»

«Ich verstehe Sie, wenn Sie wüssten, wie gut.» Max legte ihre Hand in seine. «Sollte es zu viel für Sie werden, können wir gern zurückkehren.»

«Nein, nein, es geht schon wieder.» Sie sah mit tränenerfüllten Augen zu ihm auf. «Alles, was vorbei ist, kann man nicht ungeschehen machen. Ich wollte mich nicht ins Leben meines Sohnes einmischen. Zuerst war es eine schöne Erfahrung, als Albin den Wunsch äusserte, das Hotel zu übernehmen. Ich brauchte mehr als drei Jahre, um ihn darauf vorzubereiten. Eine Hotelfachschule hatte er damals abgebrochen. Für mich war es ein grosser Schritt, mein Lebenswerk aus der Hand zu geben. Aber in Alexandra sah ich eine gute Partnerin. Gemeinsam wären sie die perfekten Gastgeber gewesen.»

«Alexandra ist die Tochter der Familie Hess, die in der Dorfstrasse ein Geschäft führt, ist das richtig?»

«Ja, die Tochter meines Bruders», sagte Annie Odermatt so daher, als sei es die normalste Sache der Welt, dass die Kinder von Bruder und Schwester heirateten. «Eine Tradition, die früher hier üblich war.» Annie Odermatt seufzte. «Ruth Barmet hat alles auf den Kopf gestellt. Was hätte ich tun sollen? Ich konnte doch dem vermeintlichen Glück meines Sohnes nicht im Weg stehen.»

Für Max war es eine schwierige Situation. Sollte er Ruth glauben, tat sie gerade alles für ihre Schwiegermutter. Annie Odermatt dagegen dementierte es.

«Wissen Sie, wo sich Alexandra aufhält?» Diese Frage würde vielleicht Klarheit schaffen.

«Ich nehme an, im Indischen Ozean … auf den Malediven. Sie schickte mir hie und da eine Ansichtskarte. Auch wenn ihr plötzlicher Abgang kein schöner war, ich kann es ihr nicht einmal verargen. Vielleicht hätte ich genau gleich reagiert. Alexandra war eine tüchtige Frau, glauben Sie mir. Dass sie ohne grosses Drama von dannen ging, nachdem Albin mit Ruth dahergekommen war, rechne ich ihr hoch an.»

«Pflegen Sie regen Kontakt zu Alexandras Eltern?»

«Nein. Mein Bruder glaubt noch heute, dass ich hätte eingreifen müssen. Das allerdings fand ich ungewöhnlich. Ich weiss nicht, was er für sich persönlich erhofft hatte, wäre es zur Hochzeit unserer Kinder gekommen.» Annie Odermatt setzte sich wieder in Bewegung. «Warum fragen Sie mich das alles?»

Max antwortete nicht unmittelbar. Sein Kopf war voller abstruser Gedanken. Was hätte Hess für einen Vorteil gehabt, wenn seine Tochter Albin Odermatt geheiratet hätte? Warum reagierte er so pikiert? Ging es am Ende um etwas Familiäres?

«Ich suche zu weit.»

«Was meinen Sie damit?»

«Ach …» Max geriet fast ins Stottern. «Könnten Sie sich vorstellen, dass Alexandra ganz in unserer Nähe ist?» Er ahnte, dass er mit dieser Frage auf taube Ohren stiess.

«Unmöglich.» Annie Odermatts Schritte wurden schneller, als müsste sie eine Wut rauslassen. «Dann hätte sie sich bei mir gemeldet, nicht wahr?»

Max schwieg eine Weile. Es war unmöglich, abzuschätzen, ob Annie Odermatt die Wahrheit vertragen würde. Es fiel ihm schwer, sie zu enttäuschen. Kam dazu, dass er damit zwischen sie und Ruth einen Keil schlagen würde.

«Sie sagen nichts mehr.» Annie Odermatt verlangsamte ihre Schritte wieder. «Lebt sie denn in Engelberg?»

«Auf dem Brunni.»

«Was tut sie dort?»

«Schafe hüten und Totems schnitzen.»

«Das passt nicht zu Alexandra. Als sie bei mir arbeitete, hatte sie bloss ein Lächeln für diese Art von Leuten übrig ... Schafhüterin, dass ich nicht lache. Und Totems soll sie basteln. Sie hat in Lausanne die Hotelfachschule abgeschlossen. Da sucht man doch wieder etwas in der Hotellerie.» Annie Odermatt blieb stehen. «Sie hat Tauchen gelernt und arbeitet als Tauchlehrerin auf den Malediven. Sie arbeitet in einem Ferienclub, wird wohl auch im Hotel tätig sein. Man kann ja nicht den ganzen Tag tauchen.»

«Sie arbeitet nur über den Winter dort», sagte Max. «Den Sommer verbringt sie auf dem Brunni. In einer Alphütte.»

Max sah, dass er Annie Odermatt völlig vor den Kopf stiess. Wiederholt murmelte sie ein Nein vor sich hin. «Sie würde sich bei mir melden. Ich bin mir absolut sicher, Alexandra würde sich bei mir melden.»

«Sie hatte vor einem Jahr einen Stand an den Freilichtspielen. Haben Sie sie nie gesehen? Sie verkaufte dort ihre Holzfiguren.»

«Ich war bloss bei der Aufführung.» Annie Odermatt schluchzte auf. «Ich war nicht im Westerndorf. Ich mag keine alkoholisierten Cowboys.»

Max musste das hier beenden. Es durfte nicht sein, dass er die gebeutelte Frau noch mehr quälte. Er hatte ihr schon genug Leid zugefügt mit seiner Fragerei. Er wusste, wie ihr zumute war. Die Fragen der Polizei damals hatten sich genauso angefühlt, wie tausend Nadelstiche oder wie ein Schwert, das sich in seine Seele bohrt, nachdem die Nachricht um den Tod seines Vaters bei ihm und Milagros eingetroffen war. Warum Kaspar von Wirth allein segeln gegangen war, am letzten Tag vor Saisonende. Max hatte sich hintersinnt. Es war vorgesehen gewesen, dass er mitfliegt. Daran musste er jetzt denken, an die Eventualität, bei einer Weggabelung eine andere Richtung einzuschlagen und nicht die, die ins Verderben führt. «Soll ich Sie wieder zum Garten begleiten?»

Annie Odermatts Körper versteifte sich, als Max sie sachte umdrehen wollte. «Ich will nicht zurück. Fahren Sie mit mir aufs Brunni. Ich möchte mich selbst davon überzeugen, ob Alexandra hier ist.»

ZEHN

Ruth hatte das Frühstück im kleinen Speisesaal festlich herrichten lassen. Auf der Mitte des rot gedeckten Tisches prangte ein Schweizerkreuz, in einem Korb dufteten 1.-August-Brötchen mit frischem Zopf um die Wette, und aus einem versteckten Lautsprecher erklang die Landeshymne.

Die beiden Gäste, die am Vortag angekommen waren, hatten sich bereits eingefunden, ein etwas seltsames Paar, bei dem der Mann mit seiner Art und dem Aussehen dominierte. Er trug einen schwarzen Oberlippenbart und helle Leinenhosen mit Hemd und erinnerte entfernt an den verstorbenen Schauspieler Omar Sharif. Max war sich nicht sicher, woher er stammte, da er perfektes Hochdeutsch sprach. Er setzte sich in grösstmöglicher Entfernung zu ihnen, um ein Gespräch zu umgehen. Es überraschte ihn, dass Milagros noch nicht auf war. Sie war eine Frühaufsteherin, die glaubte, man verpasse die Hälfte des Lebens, wenn man zu lange schlief.

«Deine Mam ist bereits weggefahren», hörte er Ruth sagen. Sie stand auf einmal neben ihm, gekleidet in ein weisses Kostüm. Um ihren Hals hatte sie einen roten Seidenschal drapiert, passend zum heutigen Anlass. Sie setzte sich Max gegenüber, kaum hatte er sich ein Brötchen geschnappt. «Sie lässt dir ausrichten, dass sie sich für heute Abend mit Mario Amgarten verabredet habe.»

Sie hatte sich also weggeschlichen, ohne ihn darüber zu informieren. Max linste zum Tisch mit dem kuriosen Paar. Der Schnauzbärtige sah ihn unverwandt an. Max erwiderte kurz seinen Blick. Dies forderte den Fremden auf, sich zu erheben und an Max' Tisch zu kommen. Er wandte sich aber an Ruth. «Lassen *Sie* die Landeshymne laufen?»

Ruth musterte ihn zuerst überrascht, schenkte ihm dann ein Lächeln. «Heute ist unser Nationalfeiertag.»

Der Fremde verschränkte die Arme, stand breitbeinig vor

dem Tisch. «Aber Sie glauben doch nicht an den Rütlischwur und die Gründung der Eidgenossenschaft anno 1291, oder?»

Max sah Ruth an, wie unangenehm ihr die Frage war. «Ich war nicht dabei», gab sie keck zur Antwort.

«Die Geschichte um den Schwur ist genauso erfunden wie der Nationalheld Wilhelm Tell», ereiferte sich der Mann.

Max sah zu dessen Frau, die sich offensichtlich aufregte, und er fragte sich, was diesem Ausländer das Recht gab, sich gegen den Schweizer Nationalfeiertag zu erheben. Denn nichts anderes als eine Anmassung war sein Auftritt.

«Wissen Sie, warum die Schweiz im Zweiten Weltkrieg nicht angegriffen wurde?» Er gab nicht auf.

Ruth liess sich wider Erwarten auf ein Gespräch ein. «Das verdanken wir in erster Linie unserem heiligen Bruder Klaus. Er legte schützend seine Hand über unser Land. Der Finanzplatz Schweiz wird auch einiges dazu beigetragen haben und selbstverständlich die Topografie.»

Max verkniff sich ein Grinsen. Das konnte sie unmöglich ernst meinen, nicht in *der* Reihenfolge.

«Man hätte die Schweiz ohne Weiteres einnehmen können», sagte der Mann, «wenn man gewollt hätte. Ich sage Ihnen, wie es ist. Die Schweiz ist ein Produkt aus der Hand der Deutschen, der Franzosen, der Italiener und der Osteuropäer. In keinem Land in Europa und dazu in einem so kleinen wie der Schweiz werden vier verschiedene Sprachen gesprochen. Die Schweiz wurde mit der Absicht gegründet, für die Nachbarländer eine Zone für privilegierte Bürger zu schaffen. Als Europa in Schutt und Asche versank, retteten sich die Mächtigen auf die helvetische Insel. Die Vorbereitungen dazu mussten jedoch weit im Voraus getroffen werden.»

Nicht nur Ruth fiel die Kinnlade hinunter. «Ich gehe davon aus, Sie glauben, was Sie uns erzählen.» Ihre Augen sprühten. Max hätte es sogar verstanden, wenn sie den Störenfried aus dem Hotel geschmissen hätte. Sie blieb erstaunlich ruhig.

«Das Schweizerkreuz», fuhr der Fremde fort, «ist selbstredend das Symbol einer solchen Zusammenführung.»

Max griff nach dem iPhone und wählte Fedes Nummer. Der Mann war nur durch eine Interaktion von seinem selbstherrlichen Gelabere abzubringen. Er kehrte erhobenen Hauptes zu seiner Frau zurück. «Meint der das ernst?», fragte Max.

Ruth flüsterte: «Ich habe mich schon gewundert, woher der kommt, als ich seinen Namen las.»

Fede meldete sich. «Das ist Gedankenübertragung», sagte sie. «Ich wollte dich auch gleich anrufen. Bist du allein?»

«Ich frühstücke zusammen mit Ruth.»

Fedes Stimme wurde leiser. «Um sie geht es. Kannst du sprechen?»

«Ich kann zuhören.» Um nicht Ruths Aufmerksamkeit auf sich zu ziehen, fragte er, wie es Christian gehe.

«Ich habe ihm freigegeben, und was macht er? Er zieht sich einen neuen Comicstreifen rein. Der ist nicht mehr zu retten.» Sie lachte so laut, dass Max gezwungen war, das iPhone von seinem Ohr fernzuhalten, es hätte ihm sonst das Trommelfell zerplatzt. Fede machte eine Pause, bevor sie leise fortfuhr. «Ich habe dir doch davon erzählt, wie ich auf Ruths Passwort gekommen bin. Jetzt halt dich fest. Diesen Freund gibt es noch immer. Damals hatte sie ihn Gummibärchen genannt, nicht weil er so süss, sondern so beweglich war. Er beherrschte wie kein anderer den Spagat. Er war Kunstturner, hat es weit gebracht. Nicht zu Olympiagold, aber doch zu den Weltmeisterschaften im Bodenturnen. Deshalb bin ich auf ihn gestossen. Dann musste ich eins und eins zusammenzählen. Ich gehe mal davon aus, dass Ruth eine Liaison mit ihm eingegangen ist. Im Reservationsbuch, in das ich letzthin einen Blick warf, taucht der Name Vincenzo Esposito regelmässig auf –»

«Halt mal die Luft an», unterbrach Max, erhob sich und entfernte sich vom Tisch. Er sprach im Flüsterton. «Die Einträge habe ich auch gesehen und Ruth darauf angesprochen. Es ist kein Geheimnis, dass er hier war. Er hat bereits für den Winter gebucht. Er kommt mit Frau und Kind. Es ist Zufall, dass Ruth dasselbe Passwort verwendet wie früher, vielleicht auch Bequemlichkeit.» Max ging zurück zum Tisch. Er versuchte,

Ruths fragendem Blick auszuweichen. «Milagros will sich mit dem Polizeipräsidenten treffen.»

«Ruth sitzt neben dir, nicht wahr?»

«Ja, das scheint mir eine ungünstige Zeit. Ich muss mit ihr sprechen.»

«Okay, ich habe es verstanden.»

«Wann kommst du wieder nach Engelberg?»

«Wahrscheinlich erst im Verlaufe des morgigen Tages.»

«Heute wird doch gefeiert.» Max warf einen schnellen Blick zum Pärchen. Es schien schweigend ins Essen vertieft zu sein. Offenbar war die Frau genervt. «Ich fahre heute nochmals aufs Brunni.» Max hatte sich am Abend zuvor von Annie Odermatt überreden lassen, mit ihr zusammen Alexandra zu besuchen. Ob er mit Ruth über sein Vorhaben sprechen konnte, war er sich zu unsicher. «Wir hören wieder voneinander.» Max verabschiedete sich und drückte Fede weg. Er wandte sich an Ruth. «Ich habe heute Morgen früh meine Bankauszüge gecheckt. Wider unsere schriftliche Vereinbarung, dass du eine Vorauszahlung leistest, ist leider kein Geld eingegangen. Gibt es ein Problem?»

Ruth griff nach einem Stück Butterzopf, eine Verlegenheitsgeste, was zumindest danach aussah. «Ich sehe leider keinen Erfolg», sagte sie, schlagfertig wie immer.

«Du bezahlst mich aber nicht aufgrund einer Erfolgsquote, sondern weil du mich als Privatdetektiv engagiert hast.»

«Keine Panik. Ich werde dir das Geld in den nächsten Tagen überweisen.»

Vor Max verblasste allmählich die Zahl, die Ruth ihm von sich aus damals als Honorar versprochen hatte. Vertraglich war es zwar festgelegt. Das Gefühl, das sich seiner bemächtigte, war jedoch kein gutes. War Ruth am Ende eine Hochstaplerin?

«Warum fährst du aufs Brunni?», fragte sie, während sie ihn eindringlich musterte. «Gönnst du dir eine Pause? Soll viel los sein auf den Berggipfeln. Am Abend gibt es verschiedene Höhenfeuer, und über den Tag verteilt kann man sich überall gut verpflegen. Ich würde gern mit dir kommen. Aber du siehst ja, was hier los ist. Im Verlaufe des Nachmittags habe ich fast zwanzig Arrivées, dann muss ich meine Mitarbeiter für die Eröffnung instruieren.»

«Ich gehe nicht zum Vergnügen aufs Brunni.»

Ruth sah ihn mit grossen Augen an. «Nicht?»

«Ich arbeite für dich, falls du es vergessen haben solltest.»

«Aha, neue Erkenntnisse also?»

Er musste sie über seine nächsten Schritte informieren, bevor sie das Gefühl bekam, er lasse sie links liegen, und er sich das Honorar komplett abschminken musste. Er zögerte. Hatte er sich bei ihr verschätzt? Wie würde sie reagieren, wenn er Lexi erwähnte? Er wog ab, was besser war.

«Du grübelst?» Sie benetzte ihre Finger und sammelte die Brotkrumen auf dem Tischtuch ein. Eine Geste, die Max zuletzt von ihr erwartet hätte. Ihre Schale bekam einen Riss.

«Sagt dir der Name Alexandra Hess etwas?»

«Nein, ich erinnere mich nicht. Wer soll das sein?»

«Lexi?»

«Lexi!» Ruth zog eine Schnute. «Klärst du mich auf?»

«Hat dein Mann nie über seine Ex-Verlobte gesprochen?»

«Eigentlich nicht. Albin war ein gegenwartsbezogener Mensch. Zudem hat er mich nicht beunruhigen wollen. Ist Lexi, wie du sie nennst, Albins Verflossene?»

«Warum habe ich den Eindruck, dass du genau weisst, wer sie ist. Wenn nicht dein Mann, so muss doch deine Schwiegermutter sie erwähnt haben.»

Ruth wischte den Rest der Brotkrumen auf den Boden. «Kann sein, dass sie von ihr erzählt hat. Aber das interessierte mich nicht.»

«Wie stand es um deine Ehe?»

«Was hat meine Ehe mit den Totems zu tun?»

Vielleicht mehr, als du denkst. Max behielt es für sich.

«Sag schon, was?»

«Hat dir dein Mann eine Lebensversicherung hinterlassen?»

«Stell dir vor, wir haben kurz nach unserer Heirat eine abgeschlossen. Aber bei Mord und Suizid kommt sie nicht zum

Tragen. Es war unser beider Entscheidung, diese Klausel einzubauen. Heute bereue ich es.»

«Aus welchem Grund?»

«Muss man immer alles begründen? Damals wollten wir es so. Heute könnte ich das Geld gebrauchen.»

«Muss ich deshalb auf den Vorschuss warten?»

Ruth erhob sich. «Du, sag mal, ist das jetzt ein Verhör?»

Max mässigte und entschuldigte sich. «Ich fahre heute mit deiner Schwiegermutter aufs Brunni. Sie war sich absolut sicher, dass Lexi Engelberg verlassen hatte und nie wieder zurückgekommen war, nachdem du ihr den Rang abgelaufen hattest.»

Wenn Ruth jetzt erschrocken war, liess sie es sich nicht anmerken. «Was tut sie auf der Alp? Däumchen drehen?»

«Sie stellt Totems her.»

Ruth wurde aschfahl. «Und nun glaubst du, sie stellt mir diese Figuren vor die Wohnungstür? Aus welchem Grund denn?»

«Ich werde es herausfinden.» Max lag etwas auf der Zunge. «Warum hast du Annie Odermatt ins Alters- und Pflegeheim eingewiesen?»

«Zu ihrer Sicherheit.»

«Ehrlich?»

Ruth fauchte: «Ach, scher dich zum Teufel!»

***

Bei der Talstation standen die Leute Schlange. Auch am Mittag hatte sich die Anzahl der Besucher nicht minimiert. Max bereute es bereits, dass er sich mit Annie Odermatt um diese Zeit verabredet hatte. Er verabscheute es, sich in der Masse aufzuhalten. Annie Odermatt sass auf einer Bank in der Nähe der Kasse und wühlte in ihrem Rucksack. Das, was um sie herum ablief, schien sie nicht zu beeindrucken. Sie hatte sich ein Wanderoutfit angezogen, blaue Hose, weisse Bluse, eine Regenjacke, obwohl die Temperatur wieder sommerlich angestiegen war. Zudem trug sie eine Schirmermütze mit dem Logo ihres einstigen Hotels.

Sie mussten sich eine Dreiviertelstunde gedulden, bis sie das

Drehkreuz passieren konnten. Heute wollten alle auf den Berg. Annie Odermatt zwängte sich zielsicher zwischen den Wartenden durch, um augenscheinlich einen bergseitigen Fensterplatz zu ergattern. «Kommen Sie», rief sie Max zu. «Das ist mein Lieblingsausblick.»

Die Panoramakabine fasste fünfundsechzig Personen. Max kam sich wie in einer Sardinendose vor, obwohl seine Begleitung lautstark dafür gesorgt hatte, nicht in der Mitte stehen zu müssen.

«Die erste Luftseilbahn von Engelberg aufs Brunni wurde 1952 in Betrieb genommen», wusste Annie Odermatt zu berichten. «Damals lag die Talstation mitten im Dorf.» Sie schwelgte in den Erinnerungen und meinte, dass früher alles ruhiger und überschaubarer gewesen sei.

Die Gondel setzte sich in Bewegung. Unter ihnen lag die Welt. Tannenspitzen wogten im Wind. Auf den Wiesen weideten Kühe, weiter oben Schafe. So anders war das Bild als vor zwei Tagen, als Engelberg in den schweren Wolken versunken war. An schattigen Orten lagen letzte Reste Schnee wie ein Souvenir an den plötzlichen Wintereinbruch.

Auf dem weiten Feld vor der Bergstation Ristis hatte man Holz zusammengetragen und damit einen Scheiterhaufen errichtet. Kinder hüpften drum herum. Aus der Vogelperspektive gesehen wirkte alles friedlich. Von der Station weg strömten Menschen in alle Himmelsrichtungen, verteilten sich auf Wiesen und Wegen. Nicht ahnend, dass ein Wolf sie überraschen könnte.

«Die Wahrscheinlichkeit, dass du einem Wolf begegnest», hatte Lexi letzthin gesagt, «ist etwa gleich gross, wie einen Hirschen zu sehen, auf den ein Warnschild an Waldrändern hinweist.»

Lexi. Wie musste sie gelitten haben, als Albin sie verliess. Verstand man ihre Totems als späte Rache? Max musste sie heute darauf ansprechen. Vielleicht würde es ihr in Annie Odermatts Anwesenheit leichter fallen, über ihre Vergangenheit zu reden. Er hatte keine Ahnung, ob er sich auf dem richtigen Weg befand.

Wenn er sich überlegte, aus welchem Grund Ruth ihn engagiert hatte und wo er heute stand, fühlte er sich unwohl. Falls Ruth aber mit all dem etwas zu tun hatte, hätte sie ihn wohl kaum um Hilfe gebeten. Max sah Annie Odermatt an und rätselte, warum sie in diesem Fichtenheim lebte. Etwas musste vorgefallen sein, das über den Tod ihres Sohnes hinausreichte.

«Woran denken Sie?», fragte sie.

«Ihre Familienkonstellation ist mir völlig suspekt», sagte Max leise. «Ich kann mir keinen Reim darauf machen, warum Sie im Alters- und Pflegeheim leben. Das muss Sie ein Vermögen kosten.»

«So ist es.» Annie Odermatt strahlte ihn an. Einen Wimpernschlag lang dachte Max, sie mache einen Witz. «Aber lassen Sie uns bis auf das Ristis fahren. Auf dem Weg zu Alexandra werde ich Ihnen über meine Familie erzählen.»

Max übte sich in Geduld. Er hatte geahnt, dass es im Leben der Familie Odermatt etwas Geheimnisvolles, wenn nicht sogar Bedrohliches geben musste. Etwas, das mit dem Hotel «Fin de Siècle» in Verbindung stand.

Die Gondel fuhr in die Bergstation ein. Die Leute drängten nach draussen. Max und Annie Odermatt warteten, bis die letzte Person die Kabine verlassen hatte.

«Was für ein Mob», entrüstete sich Annie Odermatt. «Die Leute werden immer unanständiger. Jeder will der Erste sein. Tja, die Zeiten haben sich geändert. Heute denkt jeder nur an sich.» Sie griff nach ihrem Rucksack, den sie auf den Boden gestellt hatte, und buckelte ihn.

Auf der Terrasse vor dem Restaurant tummelte sich Jung und Alt. Alle genossen das tolle Bergwetter, als wäre es zum letzten Mal. Auf einem Grill brutzelten Fleisch und Würste. Der Geruch nach Grillade breitete sich über den Platz aus. Max' Magen zog sich zusammen. «Möchten Sie etwas essen?», fragte er und hoffte auf eine Zusage.

Annie Odermatt sah ihn belustigt an. «Falls man einen Platz finden würde. Aber nein, lassen Sie uns zuerst zu Alexandra gehen. Wenn wir zurück sind, hat es bestimmt weniger Leute.»

Vom Ristis aus starteten viele Wanderwege, die alle ausgeschildert waren. Der Ruchweg, den Max neulich mit Fede gegangen war, sah bei schönem Wetter anders aus. Die Farben schienen so kräftig, als hätte ein Maler sie erst noch auf den Wiesen und an den Bäumen aufgetragen. Die Sicht zu den umliegenden Bergen war durch nichts getrübt.

Annie Odermatt hatte einen erstaunlich zügigen Schritt. Auch als der Weg leicht anstieg, bewältigte sie ihn ohne Mühe. Doch als Max sie wiederum auf ihre Familie ansprach, winkte sie stöhnend ab.

«Ich muss mich konzentrieren», sagte sie. «Ich bin nicht mehr zwanzig, nicht wahr? ... Es ist lange her, als ich das letzte Mal auf dem Brunni war, huhuhu ... Früher ging ich oft mit meinen, huhuhu ... Hotelgästen wandern. Da war mein Wissen noch gefragt, huhuhu ... Heute geschieht alles interaktiv. Man kann sich Apps herunterladen, huhuhu ... und wird über jede Alpenblume informiert. Bald braucht es uns nicht mehr.» Sie schenkte Max ein Lächeln. «Nur frage ich mich, wohin das alles führen wird.»

Die Schafe waren umplatziert worden. Der Platz, den letzthin ein Zaun umgeben hatte, war fast kahl gefressen. Im gleissenden Sonnenlicht wirkte er wie ein Acker. Vom Schäferhund war weit und breit weder etwas zu hören noch zu sehen. Lexi musste ihn eingesperrt haben. Die Wandervögel waren Abschreckung genug gegen die Wölfe.

«Ist's noch weit?» Annie Odermatt ging augenscheinlich die Puste aus. Sie griff sich an die Brust. «Sonst müsste ich mal eine Pause einlegen, huhuhu.»

Max zeigte auf die Hüttengruppe, die beim Verlassen des Waldes sichtbar wurde. «Zweihundert Meter. Schaffen Sie das?»

«Natürlich schaffe ich das, wäre ja noch schöner.» Die letzten Meter zog Annie Odermatt aus, dass Max ihr kaum nachgehen mochte, als hätte sie einen inneren Drang, das Ziel möglichst schnell zu erreichen.

Die Alphütte schmiegte sich an einen rückseitigen Findling, der sich in Urzeiten einmal von den steilen Flanken des Rigidalstocks gelöst haben musste. Unmittelbar unter dem Felsbrocken wuchsen zwei Zwergföhren und vermittelten ein idyllisches Bild, das mit dem blauen Himmel im Hintergrund erst perfekt wurde.

Die Hüttentür stand einladend offen. Max klopfte an den Rahmen und wartete.

Lexi betrat unmittelbar darauf den Eingangsbereich. Sie trug dieselben grünen Latzhosen wie neulich. Dazu ein T-Shirt, welches ihre kräftigen Oberarme betonte. Max fiel auf, wie muskulös sie war.

«Ich hätte nicht gedacht, dass ich dich so schnell wiedersehe. Brauchst du Nachschub?» Ihr von der Sonne gebräuntes Gesicht begann zu leuchten.

«Nachschub?» Max wusste nicht auf Anhieb, was sie meinte.

«Totems.» Sie lachte. Dabei glitt ihr Blick an Max vorbei. Schlagartig veränderte sich ihre Mimik. «Annie!»

Die Frauen standen sich gegenüber. Keine hatte offensichtlich eine Ahnung, wie sie mit der Situation umgehen wollte. Bis Annie Odermatt als Erste die Worte fand. «Alexandra, warum hast du dich nie bei mir gemeldet?» Trotz der Enttäuschung schien die Freude an dieser Begegnung zu obsiegen. Sie umarmten einander, blieben eine Weile so stehen. «Wenn du denkst, dass ich dir böse bin, hast du dich getäuscht.»

Max verstand nicht, was Annie Odermatt damit meinte.

«Vielleicht hätte ich um ihn kämpfen sollen.» Lexi löste sich aus der Umarmung.

«Ich wünschte, du hättest es getan. Es wäre alles anders gekommen.»

Max wandte sich beschämt ab, als die Frauen in Tränen ausbrachen und ihnen eine gefühlte Ewigkeit freien Lauf liessen. Ihr wildes Schluchzen war nicht zu überhören.

Hatte Albin Odermatt bis anhin einen egozentrischen, komplizierten Charakter vermuten lassen, entpuppte er sich in den nächsten Sekunden als liebenswerter Knuddelbär, den Mutter wie Ex-Verlobte vergötterten. Auf einmal bekam Ruth ein fremdes Gesicht. Hatte sie mit der Ehe ganz andere Ziele verfolgt?

War es ihr um das Hotel gegangen? Letztendlich darum, einzige Besitzerin zu sein? Der Verlust ihres Gatten war zur richtigen Zeit eingetroffen. Sie hatte freie Hand.

Vielleicht steckte in diesem alten Kasten mehr Potenzial, als es gegen aussen den Anschein machte. Ruth trieb möglicherweise ein falsches Spiel. Sie wolle aus dem Hotel eine Bühne machen, hatte sie gesagt, ihre Gäste sollten ihren Aufenthalt inszenieren können. Sie würde das Haus wieder zu den fünf Sternen führen, die ihm gebührten. «Jetzt hat sie erreicht, was sie wollte», hatte Amstutz, der Makler, gesagt, «ein ganzes Hotel.»

Gut möglich, dass in diesen Aussagen versteckte Botschaften lagen.

Wenn es so gewesen wäre, hätte sich Ruth still verhalten und nicht durch das Anheuern eines Privatdetektivs auf sich aufmerksam gemacht. Wieder glaubte Max, etwas nicht richtig zu sehen.

«Kommt rein», sagte Lexi. «Oder soll ich draussen einen feinen Fruchtsaft auftischen? Habe gerade welchen gepresst.» Sie zeigte auf die Bank, die sich an die Wand der Alphütte schmiegte, sowie auf einen Harass.

Annie Odermatt setzte sich unter leisem Stöhnen.

«Sie wollten mir etwas erklären», sagte Max, der von diesem Ausflug einen Gewinn abzuringen gedachte. Er war nicht zum Vergnügen hier. «Weshalb sind Sie im Fichtenheim geblieben?»

«Mit meinem Geld kann ich machen, was ich will.» Annie Odermatt reckte stolz ihr Kinn. «Es war zwar Ruths Idee gewesen, mich im Alters- und Pflegeheim unterzubringen, nachdem es mir nach Albins Tod alles andere als gut ging. Ich fand jedoch schnell heraus, was Ruth mit mir vorhatte. Nachdem sie in der Erbfolge das Hotel bekommen hatte, wollte sie offensichtlich an mein Geld. Damals hatte ich meinem Sohn das Hotel vermacht, den Gewinn aber habe ich auf die Seite gelegt. Sollte ich einmal nicht mehr sein, hätte ihn Albin bekommen. Aber niemals Ruth. Das war testamentarisch so verfasst. Sie glaubt aber, wenn sie mich ins Hotel und zu sich zurückholt, würde sie später von meinem Vermögen profitieren. Da ist der Schuss wohl nach hinten los. Ich werde bald von Engelberg wegziehen, aber das braucht meine Schwiegertochter nicht zu wissen. Bis dahin werde ich es im Fichtenheim aushalten.»

Mit diesem Geständnis hatte Max nicht gerechnet. Vielleicht hatte die Begegnung mit Lexi eine Hemmschwelle beseitigt und sie war bereit, Licht ins Dunkel zu bringen. Ruth kam dabei nicht gut weg.

Lexi brachte den versprochenen Fruchtsaft. Sie wandte sich unverzüglich an Annie Odermatt. «Warum bist du nicht allein gekommen?»

«Weil es etwas zu klären gilt», griff Max Annie Odermatt vor.

Lexi warf einen Blick zwischen Max und Annie Odermatt hin und her, als würde sie ein Tennismatch verfolgen. «Klärt ihr mich auf?»

Max hatte sich vorgenommen, weder die eine noch die andere Frau mit Samthandschuhen anzufassen. Er musste endlich auf einen Punkt kommen. Und so erzählte er von den Totems, die monatlich vor Ruths Tür abgestellt wurden. Er hatte vorsorglich eine solche Figur eingepackt, diejenige, die Ruth in die Schatulle gelegt hatte. «Wer könnte, deiner Meinung nach, diese Figur dazu verwenden, um Ruth zu drangsalieren?»

Lexi lachte laut heraus. «Ich höre wohl nicht richtig. Drangsalieren? Was ist denn passiert?»

«Das würde ich gern von dir erfahren. Es ist nicht zu verleugnen, dass du Ruths Vorgängerin warst.»

Lexi schluckte leer, sah Annie Odermatt an. Diese schwieg.

«Rächst du dich an ihr, weil sie dir deinen Verlobten weggenommen hat?»

«Das ist sieben Jahre her. Hätte ich mich rächen wollen, hätte ich das unmittelbar getan und nicht sieben Jahre damit gewartet. Und mit Totems? Das ist absolut lächerlich.»

Das leuchtete ein.

«Erinnerst du dich an die Käufer?», fragte Max weiter.

«Das hast du mich bereits gefragt.» Lexi stellte Becher auf den Harass, schenkte Fruchtsaft ein. «Ich kann mich beim besten Willen nicht daran erinnern.»

Max war nicht zufrieden. «Gibt es jemanden, der Ruth schlecht gesinnt ist?»

«Woher soll ich das wissen?»

«Worauf wollen Sie hinaus?», fragte Annie Odermatt, die das Gespräch schweigend verfolgt hatte. «Wollen Sie Ruth in Schutz nehmen?»

Max erklärte, warum er als Detektiv für sie ermittelte.

«Wegen der Totems.» Annie Odermatt zog die Brauen hoch. Es schien, als hätte er sie plötzlich gegen sich. Sie griff nach dem Becher, trank einen Schluck, rühmte die Süsse des Safts und bekundete tiefe Trauer, weil Lexi damals einfach davongegangen war.

Max nahm den Faden wieder auf. «Was war der wirkliche Grund, weshalb du in einer Nacht-und-Nebel-Übung Engelberg verlassen hast?»

«Was wohl? Es ging mir nicht gut.»

«Aber du hättest dich zumindest von Albins Mutter verabschieden können. Hast du aber nicht getan. Ich glaube, sie ist dir *deswegen* nicht böse.»

Annie Odermatt bestätigte es mit einem Nicken.

«Ich bin radikal. Ich mag keine halben Sachen. Wie hätte ich im Hotel bleiben können?» Lexi sah zum Himmel, der sich tiefblau über die Alp spannte. Es sah aus, als würde Lexi dort oben nach einer Antwort suchen. «Albin war so gemein, dieser Ruth den Heiratsantrag vor meinen Augen zu machen.»

«Was?» Annie Odermatts Gesichtsfarbe bekam einen weissen Stich.

«Ich arbeitete an diesem Abend an der Bar, als er mit seiner Angebeteten auftauchte. Er bestellte Champagner. Ich dachte zuerst, es sei etwas Geschäftliches, und servierte ihn. Als er dieser Dame jedoch zuprostete, sie küsste und alsbald ein Schächtelchen hervorzauberte, hatte ich ein Déjà-vu. Genauso hat er es bei mir gemacht, als er sich mit mir verlobte. Nur schien mir das mit Ruth ernster und herzlicher zu sein.»

«Von dem habe ich nichts gewusst», empörte sich Annie Odermatt.

Lexi strich sich eine lose Strähne aus dem Gesicht. «Das war für mich das Zeichen, alles hinzuschmeissen und das Hotel zu verlassen. Meine Sachen liess ich in der darauffolgenden Woche von meinem Bruder abholen.»

«Hattest du keinen Reflex, dich zu wehren?», fragte Max, der sich nicht vorstellen konnte, dass eine wie Lexi sich dies einfach gefallen liess.

«Dafür ist sie zu anständig», sagte Annie Odermatt, sichtlich geschockt. «Wärst du doch zu mir gekommen. Ich hätte meinen Sohn ins Gebet genommen.»

«Genau das wollte ich nicht.»

«Das hätte Konsequenzen gehabt.»

«Mir, meinerseits, zeigten sich die Konsequenzen.» Lexi sah Annie Odermatt mit einem Blick an, den Max im Nachhinein als sträflich interpretierte. «Am gleichen Abend zog ich zu meinem Bruder. Ich war dermassen neben der Spur, dass ich keinen klaren Gedanken mehr fassen konnte. Am nächsten Morgen verlor ich mein Kind ...»

Über dem Brunni kreiste ein Helikopter. Der Lärm der Rotoren verschluckte jegliche Stimme.

Annie hatte den Kopf vornübergebeugt und auf den Knien abgestützt. Als der Helikopter ins Tal flog, vernahm man erst ihr lautes Wehklagen. «Warum hast du mir nichts davon gesagt?»

«Es sollte eine Überraschung werden. Erst, wenn die heiklen ersten drei Monate vorbei gewesen wären, hätte ich es Albin erzählt. Zwei Wochen vor Ablauf der Frist kommt er mit dieser Stanser Tusse daher. Ich vertraute mich damals einzig Toni an. Er sagte mir, dass sich die Geschichte wiederhole. Ich weiss bis heute nicht, was er damit meinte.»

Max nahm Lexi instinktiv in den Arm. «Das tut mir alles sehr leid, was dir widerfahren ist. Wie bist du damit umgegangen?»

«Zeit heilt Wunden. Bereits drei Monate später packte ich den Koffer und flog auf die Malediven. Lexi, habe ich mir gesagt, sei froh, musst du kein uneheliches Kind aufziehen. So gesehen, war es in Ordnung.»

«Was sagst du da? Alexandra? Ich hätte ein Enkelkind. Wärst

du mit deinem Kummer bloss zu mir gekommen. Wir hätten eine Lösung gefunden.»

Lexi schenkte ihr ein Lächeln. «Tut mir leid, dass du es erst jetzt erfährst. Eigentlich wollte ich es für mich behalten. Aber da Ruth einen Detektiv angeheuert hat und ich unter Verdacht stehe, sie mit …», sie überlegte, «… meinen selbst hergestellten Totems zu *bedrohen*, muss ich mich rechtfertigen.»

Max hatte Verständnis dafür. Plötzlich hatte er das Bedürfnis, die beiden Frauen sich allein zu überlassen. Vielleicht hatte Annie Odermatt Lexi noch das eine oder andere zu sagen.

Er liess sie mit der Ausrede zurück, in Engelberg einen Termin zu haben, den er fast vergessen hätte. Er trank den Fruchtsaft aus. «Ich werde mich bei Ihnen melden, Frau Odermatt. Ich hoffe, es macht Ihnen nichts aus, allein ins Tal zu fahren.»

Sie blickte ihn aus traurigen Augen an. «Wenn's weiter nichts ist.»

***

Trotz des Feiertags waren die Geschäfte in Engelberg geöffnet. Nach Ankunft bei der Talstation ging Max ohne Umweg Richtung Dorf. Er peilte das Sportgeschäft «Hess-Collection» an und hoffte, Lexis Bruder zu begegnen. Bereits auf der Alp hatte ihn die leise Ahnung umtrieben, dass ihr Bruder ein wichtiges Puzzleteil auf dem Weg zur Wahrheitsfindung sein könnte.

Mittlerweile war es vier Uhr geworden. Auf den Strassen und in den Gassen tummelten sich die Leute, als wäre der letzte Tag angebrochen. Kinder liessen Knallfrösche los, in den Gärten wurden erste Raketen gezündet. Überall gab es Stände, an denen Getränke, Raclette und gegrillte Wurstwaren angeboten wurden, auch Selbstgebasteltes und Souvenirs. Die Gartenterrasse von Lindbergs Restaurant war so voll, dass es kein Durchkommen mehr gab. Max machte einen grossen Bogen drum herum und stoppte direkt vor der Ladentür. An einem Ständer hingen Wanderhosen, Jacken, die der Farbe wegen kein Mensch tragen würde. Der Preis war entsprechend heruntergesetzt. Max betrat das Geschäft. Asiatische Touristen stöberten in der Kleidermenge und bei den Wanderstöcken.

Max ging zum Korpus, wo eine Verkäuferin stand und versuchte, den Überblick zu behalten. Abwechselnd sah sie sich im Verkaufsraum um oder starrte auf ihr iPhone. Max erkundigte sich nach Hess junior. «Der, dem das Geschäft gehört», sagte er, damit es verständlicher rüberkam.

«Ach so, Richard Hess, meinen Sie.» Die Verkäuferin legte das iPhone ab. «Ich werde ihn gleich rufen.» Sie verschwand hinter einem rückseitig angebrachten Vorhang und tauchte wenig später, zusammen mit einem jungen Mann, wieder auf.

Die Verschwisterung mit Lexi war nicht zu übersehen. Max dachte, der männliche Klon stünde vor ihm. Er war von schlanker, muskulöser Gestalt, seine blonden Haare wirkten wild, und die Augen leuchteten wie Schiefer. Wenn er lachte, sah Max Lexi vor sich. Er reichte ihm die Hand. «Es wäre schön, wenn wir unter vier Augen miteinander reden könnten.» Max wusste, dass dies nicht die feine Art war, zumal Hess ihn nicht kannte.

Hess reagierte anders als erwartet. «Kommen Sie.» Er flüsterte hinter vorgehaltener Hand. «Ich bin froh, einen Grund zu haben, diesem Irrenhaus zu entfliehen. Die Kunden ramschen heute nur herum, kaufen tun sie nichts, aber eine Unordnung hinterlassen, das scheint ihnen im Blut zu liegen.»

Auf der Dorfstrasse fanden sie einen runden Stehtisch unter einem passenden Sonnenschirm. Hess holte zwei Biere an der nahen Bar. «Sie haben meinen Tag gerettet. Prost.» Er leerte das halbe Bierglas. «Sie haben neulich die Gummistiefel gekauft. Habe ich recht?» Er tippte sich mit dem Zeigefinger an den Kopf. «Mein Gedächtnis ist nicht zu toppen.» Sein Lachen war ansteckend.

Sollte Max verraten, wozu er sie gebraucht hatte? Vielleicht hatte Hess von dem Tunnel eine Ahnung, weil er persönlich dort hineingegangen war, um Ruth zu erschrecken. Hatte er die Figuren hingelegt?

Max hatte keine Geschwister, um sich vorzustellen, wie eng

er mit ihnen hätte verbunden sein können. Lexis Schmerz hatte ihn womöglich in Rage versetzt. Und als er einen Tag später das Drama um den Abort miterlebt hatte, war bei ihm die Sicherung durchgebrannt. «Ich habe heute Ihre Schwester auf der Brunnialp getroffen.»

«Ja, da ist sie jeweils über den Sommer», sagte Hess so dahin. «Im Winter, wenn ich mir hier den Arsch abfriere, sitzt sie am weissen Sandstrand am Indischen Ozean oder lässt sich von einer eindrücklichen Unterwasserfauna und -flora verzaubern. Ich habe sie erst einmal besucht. Im vorletzten November war es, kurz vor Saisonbeginn. Ich wäre am liebsten bei ihr geblieben.»

«Haben Sie eine so enge Beziehung zu Ihrer Schwester? Würden Sie alles für sie tun?»

«Das ist mal eine Frage.» Hess wischte sich Bierschaum von den Lippen. «Lexi hat ihr Leben, ich habe meines. Wir verkehren, wie Freunde es tun. An Weihnachten telefonieren wir regelmässig miteinander, auch unsere Eltern reden dann mit ihr. Das hat sich etabliert, ist zu einer Tradition geworden. Und an Silvester schicken wir uns WhatsApp-Nachrichten. Diese reichen aus bis zum Sommer. Wenn sie zurückkommt, hole ich sie auf dem Flughafen in Kloten ab. Dann übernachtet sie bei mir, bis sie am nächsten Tag auf das Brunni fährt. Wenn Sie sie heute gesehen haben, wissen Sie, wie einfach sie lebt. Na ja, einfacher als früher.»

«Wenn alles nach ihren Wünschen verlaufen wäre, wäre sie heute stolze Besitzerin eines Hotels», provozierte Max.

«Ich bin froh, hat sie diesen Hallodri verlassen. Odermatt hatte meine Schwester nicht verdient. Letztlich ist es gekommen, wie es kommen musste.» Hess hob erneut sein Bierglas an. «Warum interessiert Sie das?»

Max holte das Totem hervor und stellte es auf den runden Tisch. «Deswegen.»

«Sie ist eine begnadete Künstlerin», schwärmte Hess. «Mit ihren Fähigkeiten könnte sie weit mehr machen als Schafe hüten oder tauchen. Aber das muss Lexi selbst wissen.»

«Gesetzt den Fall», sagte Max, «Lexi und Odermatt wären zusammengeblieben, und sie hätte nach seinem Hinschied das Hotel geerbt, was wäre für Sie herausgesprungen?»

«Ich hätte vielleicht im Hotel Modeschauen durchführen oder Prospekte und Coupons verteilen können, damit auch die Schweizer Gäste bei mir einkaufen.» Hess grinste vor sich hin. «Zum Glück wissen die Touristen meine Ware zu schätzen. Und so ganz nebenbei, auch die Asiaten.»

Max kam auf keinen grünen Zweig. Waren seine Vermutungen komplett falsch?

«Wie haben Sie Lexi über die erste Zeit nach ihrem Rausschmiss vom ‹Fin de Siècle› geholfen?»

«Richi!»

Max drehte sich nach der Stimme um. Sie gehörte Hess' Verkäuferin.

«Richi, dein Typ wird gefragt. Kannst du mal ins Geschäft kommen?»

Hess fuhr mit der flachen Hand auf den Tisch. «Tja, das war's dann. Hat mich gefreut, Ihre Bekanntschaft zu machen. Wenn Sie Lexi anbaggern wollen, ist das Ihre Sache. Versuchen können Sie es.» Er hob den Finger. «Sie sind wahrlich ein anständiger Kerl, wenn Sie vorher ihren Bruder fragen.»

***

Eine solche Schlappe hatte Max seit Ewigkeiten nicht mehr erlebt. Entweder hatte Hess ihn veralbert, oder er war wirklich so naiv, um nicht zu merken, worum es bei diesem Gespräch gegangen war.

Auf dem Weg zurück zum Hotel rief Milagros an. Max hatte sie komplett ausgeblendet.

«Maximilian, wird auch langsam Zeit, dass du rangehst.»

Max sah auf das Display, bemerkte erst jetzt ihre vergeblichen Versuche, ihn zu erreichen.

«Übrigens wünsche ich dir einen schönen 1. August.»

Milagros. Sie war eine Schweizer Patriotin durch und durch.

Seit Max sich erinnerte, fuhr sie einmal im Sommer nach Interlaken zu den Tellspielen, egal, mit wem. Wenn es sein musste, auch allein. Sie buchte jeweils ein Zimmer im Grandhotel «Victoria Jungfrau» und liess sich am Abend nach einem opulenten Essen mit der Kutsche zur Freilichtbühne bringen. Vornehmlich im pompösen Kostüm und Hut.

«Sorry, ich war die ganze Zeit beschäftigt.»

«Auch am Abend?» Milagros seufzte. «Ich hoffe sehr, dass du Federica nicht untreu wirst.»

«Wie kommst du darauf?»

«Ich kenne dich. Du hast selten etwas anbrennen lassen.»

«Mam, wir sind zusammen. Wir lieben uns. Ich bin nicht mehr der, der ich früher war.»

«Sonst bekommst du es mit mir zu tun.»

Max rechnete es ihr hoch an, dass sie nicht aufs Heiraten zu sprechen kam. Doch das Thema Fede war rasch vom Tisch.

«Es war nicht einfach.»

«Was?»

«Das Treffen mit Mario Amgarten.»

«Ich ging davon aus, dass du ihn für heute Abend zum Essen eingeladen hast.»

«Wir mussten das Essen im ‹Spices Kitchen & Terrace› vorverlegen. Es brauchte meinen vollen Einsatz, um ihn davon zu überzeugen, wie wichtig es wäre. Er wollte absagen, weil er morgen nach Florida reist und wegen der Vorbereitungen fast keine Zeit hat. Und natürlich war die 1.-August-Feier mit seinen Kindern ein Thema. Ich habe mir sämtliche Körperteile verrenkt, um ihn auf den Bürgenstock zu locken.»

«Ich weiss, wie flexibel du geistig bist, aber dass du auch körperlich …» Max musste laut lachen.

«Untersteh dich, ich bin auch sonst gut erhalten. Das macht die asiatische Küche aus. Von der kann ich nie genug kriegen.»

Max war sich sicher, dass nicht nur die asiatische Küche Grund für ihre Gesundheit war, sondern in erster Linie ihre positive Einstellung zum Leben. «Ich hoffe, Amgarten hat dies zu schätzen gewusst.»

«Das Treffen hat mich zwei Flaschen Louis Roederer gekostet.»

«Du hast den Polizeichef abgefüllt?» Max konnte sich ein lautes Lachen auch diesmal nicht verkneifen. Die Leute auf der Strasse drehten sich nach ihm um.

«Ich machte mir ein schlechtes Gewissen, musste ihm ein Taxi bestellen. Allein hätte er es nicht nach Hause geschafft.»

«Was hast du herausgefunden?»

Bevor Milagros überhaupt auf den Kern der Sache kam, erzählte sie, was sie im Restaurant gegessen und wie sehr sie die Aussicht auf den Vierwaldstättersee genossen hatten, das Übliche, worauf sie immer Wert legte. Bis sie mit ihrer Litanei durch war, hatte Max das «Fin de Siècle» erreicht. In der Lobby war viel los. Eine Gruppe Inder wirkte etwas verloren. Offenbar hatte sie ein Problem mit einem Arrangement, aber niemand stand zur Verfügung, der es zu lösen vermochte. Max musste sich hinten anstellen, bis er den Zimmerschlüssel in Empfang nehmen konnte.

Er ging zum Lift.

«Der Fall vor einem Jahr war ein ziemliches Politikum», sagte Milagros. «Dass Severin Hurschler sich in der Untersuchungshaft erhängte, passte einigen Herren gut ins Konzept. Anscheinend habe der Anwalt von Guo Xu Lun mächtig Druck ausgeübt, da sein Klient anfänglich in den Kreis der Verdächtigen gehört hatte.»

Max betrat die Liftkabine und drückte auf seine Etagennummer. «Ich dachte, der Fall wäre klar gewesen und Hurschler geständig?»

«Wenn du seinen wirren Abschiedsbrief als Geständnis betrachtest, muss ich an deinem Verstand zweifeln. Man hat ihn beim Verhör mit Sicherheit bedrängt, zu gestehen. Das wäre nichts Neues.»

Max schluckte den Seitenhieb hinunter. Er wusste, wie die Mühlen der Justiz arbeiteten, in der Regel langsam. Hurschlers Freitod hatte offenbar den Prozess gestoppt. «Guo Xu Lun ist ein guter Freund von Häcki, dem Präsidenten der Baukommission.»

«Die reinste Vetternwirtschaft», sagte Milagros. «Die schützen einander. Da geht es um viel Geld. Mit Hurschler hatte man das perfekte Opfer. Man wollte offensichtlich verhindern, dass in der Politik die Köpfe rollen.»

«Glaubt Mario Amgarten denn auch an die Schuld des Chinesen?»

«Die Staatsanwaltschaft konnte nichts belegen. Sein Interesse am ‹Fin de Siècle› sah sie nicht als Grund für einen Anschlag auf Odermatt. Sogar Amgarten behauptet, dass da einiges unter den Tisch gewischt worden war. Engelberg möchte es sich mit dem Chinesen nicht vergraulen. Da steht ziemlich viel auf dem Spiel.»

«Das Hotel am Park.»

«Du irrst dich. Guo Xu Lun hat mit diesem Hotel absolut nichts zu tun, wohl aber mit der chinesischen Food-Kette, die in der ganzen Zentralschweiz verteilt ist. Ihr habt ja in einem von ihnen gegessen, du und Federica.»

Max ging es trotzdem nicht in den Kopf. «Der mischt in einer ganz anderen Liga mit.» Der Lift stoppte. Max stieg aus. Im Korridor roch es nach Bratensosse. Max verschwendete einen kurzen Gedanken an früher, an die Sonntage zu Hause.

«Ich berichte nur, was Amgarten mir erzählt hat.»

Max wollte erfahren, wie sie es angestellt hatte, während er die Tür zu seiner Suite öffnete.

«Ich habe zwischen deinem Vater, seiner Bank und dem Mord an Hurschler hin und her geredet. Mario schwärmte geradezu von Kaspar und wie gut er sich durch seine Beratung aufgehoben gefühlt hatte. Leider habe es sich verändert. Er sei an einen schlechten Berater gelangt und habe vor, die Bank zu wechseln. So kamen wir auf Guo Xu Lun zu sprechen. Mario wusste sogar, wo dieser sein Geld angelegt hat.»

«Mario. Du hast ihm das Du angeboten?»

«Selbstverständlich.»

«Habt ihr explizit über den Mord gesprochen?»

«Da waren wir bereits im ersten Drittel der zweiten Flasche angekommen. Zwischendurch musste Mario den Reiswein probieren. Du weisst ja, wie der einem einfährt. Auf jeden Fall hat seine anfängliche Zurückhaltung sich ins Gegenteil gekehrt.»

Max setzte sich aufs Bett. «Ist zu hoffen, dass es ihm nach seiner Ausnüchterung nicht in den Sinn kommt, dich wegen des unsachgemässen Einsetzens von Alkohol zu verklagen.»

«Das wird er bestimmt nicht tun.» Milagros liess ein Kichern vernehmen. «In seiner Stellung. Das würde ihm ja den Job kosten. Obwohl …», sie zögerte, «er jetzt ja Ferien hat.»

Max war nicht zufrieden. Vielleicht bildete er sich etwas ein und der Mord an Odermatt ging letztendlich doch auf Hurschlers Konto. Munition konnte er sich sonst wo verschafft haben. Wer Waffen sammelte, wusste in der Regel, wo er das Zubehör bekam und wo der Schwarzmarkt zu finden war. «Möglicherweise muss ich meinen Auftrag hier abbrechen», sagte Max. «So, wie es scheint, kann Ruth mich nicht bezahlen.»

«Das ist aber nicht dein Ernst.» Milagros war empört. «Hast du mit ihr gesprochen?»

«Sonst wüsste ich es nicht.»

«Du spekulierst.»

Lange hörte Max nichts mehr von seiner Mutter.

«Falls es so ist, kannst du selbstverständlich mit meiner finanziellen Hilfe rechnen.»

Max ahnte, dass er dies Fedes positivem Einfluss verdankte. Milagros würde schon dafür sorgen, dass er nicht pleiteging, zumal sie Fede bereits als Schwiegertochter sah.

«Dann ist noch etwas, was ich Mario entlocken konnte.» Milagros machte eine nachhaltige Pause. «Der Polizist, also der Oberleutnant, der die Ermittlungen im Fall Odermatt geleitet hatte, wurde kurz nach Hurschlers Suizid befördert. Ich bringe den Gedanken nicht los, dass hier etwas ziemlich schnell über die Bühne gehen musste.»

«Milagros! Du entwickelst dich zu einer wahren Detektivin.» Trotz der ernsten Situation musste Max grinsen.

«Es mussten ganz andere Interessen im Vordergrund gestanden haben als eine lückenlose Aufklärung des Tatbestands.

Maximilian, wenn dir etwas daran liegt, ein Unrecht wiedergutzumachen, bleibe dran. Es gibt Vorkommnisse, die können wir im Augenblick ihres Geschehens nicht begreifen. Wenn Ruth dich wegen der Totems engagiert hat, steckt unterbewusst eine viel grössere Sache dahinter. Nichts geschieht ohne Grund.»

Wenn Milagros Ansätze von esoterischen Zügen zeigte, war es an der Zeit, das Gespräch zu beenden. Max hatte sich die Wanderschuhe ausgezogen, nun waren die Socken dran. «Ich muss jetzt auflegen», sagte er. «Muss mich unter die Dusche stellen.» Er hatte sich vorgenommen, sich hinzulegen, bevor er am Abend den Feierlichkeiten beiwohnen wollte.

ELF

Max' iPhone summte. Er hatte es auf laut gestellt. Er sprang hoch, fuhr über den Touchscreen und meldete sich.

Fede! Wie hatte er sie vermisst. «Wann kommst du wieder nach Engelberg?»

«Ich denke, morgen. Bin da an etwas dran, das Ruhe erfordert.»

Ihre Antwort hatte er nicht erwartet, doch geahnt. Er ging ins Badezimmer.

«Als wäre ich die ganze Zeit laut.» Nach Lachen war ihm nicht zumute. «Du könntest dich ins Hotelzimmer zurückziehen.»

«Ruth sagte mir, dass ihre Gäste zur Eröffnung hin eintreffen. Sie ist bereits ausgebucht. Das wird ziemlich hektisch zu- und hergehen.»

«Woran tüftelst du?»

«Ich bin ein wenig in die Cyberwelt abgetaucht.» Fede lachte durchs Telefon. «Und habe mich mit Lexi alias Alexandra Hess auseinandergesetzt. Tatsächlich erscheint sie auf der Webpage eines Ferienclubs auf den Malediven. Seit sechs Jahren erteilt sie dort nebst vielen kleineren Jobs wie Gästeunterhaltung, Dekorationsassistentin und quasi Mädchen für alles Unterricht im Tauchen. Viel wird sie nicht verdienen. Ich kenne diese Ferienjobs. Die Gäste bezahlen zwar horrende Preise, aber die Angestellten, die ihnen diese Ferien verschönern, kriegen Kost und Logis und einen Minimallohn dafür. Trotzdem gibt es immer mehr junge Menschen, die sich auf ein solches Abenteuer einlassen. Wer auf einer Insel lebt, braucht nichts, ausser etwas zu essen und zu trinken, bestenfalls Früchte und Wasser. Er ist ja bereits im Paradies.» Sie zögerte. «Ich meinerseits würde wahrscheinlich den Inselkoller bekommen.»

«Und was hat das alles mit unserem Fall zu tun?» Max wurde ungeduldig.

«Du lässt mich wie immer nicht ausreden.» Fede verlautbarte theatralisch ihre Entrüstung darüber. «Ihr älterer Bruder Richard hat das Sportgeschäft ihrer Eltern übernommen.»

«Das wissen wir.»

«Max! Du bist unmöglich. Richard Hess hat eine kaufmännische Lehre absolviert und keine Kochlehre gemacht. Er ist also nicht der Bruder, der mit Lexi im ‹Fin de Siècle› gearbeitet hat. Da gibt es nämlich noch einen jüngeren Bruder. Sein Name ist Walter. Er verliess Odermatts Hotel in derselben Woche wie seine Schwester. Ich habe nicht herausgefunden, weshalb, aber das sieht nach starker Geschwisterliebe aus.»

«Sagt dir das dein Bauchgefühl, deine Amphibie?» Max verkniff sich ein Grinsen. Er kannte Fede. Wenn sie sich auf ihren Instinkt verliess, deutete sie immer auf ihre Körpermitte, wo sich ein schwarz-gelber Salamander um den Bauchnabel schmiegte, gestanzt in ihrem Tattoo-Atelier in Beckenried. Ausser Max sah den aber niemand.

Fede ging nicht darauf ein. «Ich habe das Leben des Walter Hess zurückverfolgt. Er hatte sich eine Zeit lang ziemlich über Social Media geoutet, sah sich bereits als Fünfsternekoch im altehrwürdigen ‹Fin de Siècle›. Sein letzter Eintrag liegt jedoch rund sieben Jahre zurück. Klingelt bei dir etwas?»

«Er hat sich wohl Ambitionen gemacht.»

«Genau diesen Gedanken habe ich auch. Stell dir vor, Lexi hätte einst den Kasten zusammen mit Albin geführt, wäre ihr Bruder mit Sicherheit in eine höhere Position gerutscht, wenn nicht sogar Küchenchef geworden. Wenn sich jemand so hervortut wie Walter und es kommt anders, wird er sich ganz schön geschämt, wenn nicht sogar verkrochen haben. Gesetzt den Fall, er hat Odermatt auf dem Gewissen und Hurschlers Gewehr geladen, ist Ruth ebenfalls in Gefahr. Du musst dich noch einmal mit Lexi treffen. Sie allein weiss, wo ihr Bruder steckt.»

«Verbeisst du dich nicht in etwas?» Max vermochte nicht, Fedes Überlegungen zu folgen. «Wegen eines verlorenen Jobs tötet man doch nicht.»

«Er hat Zugang zu den Totems.» Fede tönte überzeugt.

«Vielleicht hat er sie gesammelt, ohne dass Lexi es wusste. Er verwendet sie als eine Art Ritual. Jeden Monat einmal stellt er eine Figur vor Ruths Tür ab. Das geht jetzt seit zwölf Monaten so. Die Dernière nähert sich, der Abend, als Albin Odermatt ermordet wurde, ist bald ein Jahr her. Am 10. August werden die Freilichtspiele zu Ende sein. Wir sollten ihn im Auge behalten.»

«Den Tag?»

«Den Tag und Ruth … und diesen Walter. Könnte sein, dass er sich in Engelberg aufhält, sozusagen anonym.»

«Hast du nicht das Gefühl, dass deine Phantasie mit dir durchgeht?»

«Ich bin nicht mit so viel Phantasie gesegnet, dass ich die Fakten nicht sehe», empörte sich Fede. «Du weisst, ich bin ein Zahlenmensch. Mein Instinkt kollidiert aber nicht mit der Nüchternheit der Mathematik. Im Gegenteil, sie gehen Hand in Hand.»

Max schwieg. Fede war ihm manchmal haushoch überlegen. Sie dachte weit im Voraus, konnte logische Schlüsse aus den unmöglichsten Situationen ziehen, aber wenn sie sie verlautbaren musste, fand sie die Worte nicht. Lange Erklärungen lagen ihr genauso wenig. Sie ging offenbar davon aus, dass ihr Gegenüber ihre Gedankengänge auf Anhieb verstand. Im Gegensatz zu Max war sie nicht mit pädagogischen Fähigkeiten gesegnet, aber mit der Begabung, die Dinge in die richtige Reihenfolge zu rücken, damit sie schnellstmöglich zu einem Resultat kam.

«Was hast du heute Abend vor?», fragte Fede, nachdem sie eine Weile geschwiegen hatten.

«Vielleicht fahre ich aufs Brunni. Soll oben schöne Höhenfeuer geben.» Max vermied es, Fede über einen allfälligen neuen Besuch bei Lexi zu berichten. Doch ihr machte er nichts vor.

«Gehst du bei Lexi vorbei?»

«Darauf wäre ich jetzt nicht gekommen.»

Fede war enttäuscht. Damit hatte er rechnen müssen. Wenn es nach ihr gegangen wäre, hätte er sich um Ruth kümmern sollen. «Du kannst sie nicht allein lassen, nach unseren Vermutungen.

Und wenn ich sagte, dass du zu Lexi gehen sollst, dachte ich nicht an die beginnende Nacht.»

«Du weisst, ich bin dir treu.»

«Das war ein Scherz. Ich weiss es doch.»

«Gehst du bei Franco vorbei?»

«Aha, ich verstehe, du meinst, ob ich im ‹Pilatuskeller› in Hergiswil auf die Tanzbühne gehe.» Sie lachte laut. «Nein, nein, ich gehe früh zu Bett.»

Im «Pilatuskeller» hatte Max Fede kennengelernt. Nachdem er vor einem der Hotelzimmer eine Observation hatte durchführen müssen, war Fede ihm auf der Herrentoilette an die Wäsche gegangen. Damals hatte Max nicht geahnt, dass sie verschiedene Gesichter, sogar differenzierte Charaktereigenschaften hatte. Mittlerweile kam sie ihm vor wie Hekate, die Göttin aus der griechischen Mythologie, welche die Wächterin der Tore zwischen den Welten versinnbildlichte. Manchmal war sie die bodenständige Frau, die einen Kleinbauernbetrieb aufrechterhielt, oder das Gegenteil davon, wenn sie sich in ein knallenges Kleid presste und High Heels trug oder heimlich Privatpersonen hackte.

***

Der traditionelle ökumenische Gottesdienst in der Klosterkirche war zu Ende. Über die Dorfstrasse ergoss sich eine Parade von Kindern mit ihren farbigen Lampions, der Dorfmusik und den Männern, welche die Vereinsfahnen trugen. Sie bewegten sich unter dem Applaus der Zuschauer auf den Pavillon im Park zu.

Dort gab es kaum einen unbesetzten Stuhl. Max zwängte sich zwischen Tisch und Bänken hindurch, hielt Ausschau nach einem Platz, an dem er sich verköstigen konnte. Im dichten Gedränge warteten die Leute auf den Auftritt des Talammanns, der die Festrede schwang, und den Gastredner, der jedes Jahr ein anderer war. Kleine Kinder zündelten mit bengalischen Streichhölzern, die grösseren experimentierten mit Frauenfürzen und

Zuckerstöcken in Anwesenheit ihrer Väter. Auf einem Podest hatten sich drei Alphornbläser aufgestellt. Inbrünstig bliesen sie in ihre Instrumente. Jemand hatte eine Kuhglocke mitgebracht.

«Herr von Wirth?»

Max drehte sich nach der Stimme um und entdeckte unmittelbar zwei Tische neben ihm Annie Odermatt. Mit ihr hatte er zuletzt gerechnet, war jedoch sehr erfreut, sie zu sehen. Offenbar war sie nach dem Besuch bei Lexi nach Engelberg zurückgefahren. Die alte Dame beeindruckte ihn. Vom anfänglichen Verdacht, sie könnte unter Demenz leiden, musste er absehen. Annie Odermatt hatte es faustdick hinter den Ohren. Dass zwischen ihr und Ruth etwas Unausgesprochenes lag, sah jedoch ein Blinder. Aber führte der Weg zu Lexi über sie?

Sie hob ihre linke Hand. «Kommen Sie. Setzen Sie sich zu mir. Ich habe mir gerade eine Riesenportion Raclette bestellt. Ich bin froh, wenn Sie mitessen.»

Obwohl Max in diesem Gedränge nicht wohl war, schwang er sich neben Annie Odermatt auf die Bank. «Sind Sie schon lange hier?»

«Habe bereits Wurzeln geschlagen.» Sie schenkte ihm ein Lächeln. «Ich habe mich beeilt. Ich war in der Kirche. Ich finde es immer wieder ergreifend, wenn unsere Vereinsmitglieder mit ihren Fahnen durch das Mittelschiff schreiten.» Annie Odermatt zupfte an ihrer Engelberger Sonntagstracht, die sie für den Anlass angezogen hatte – ein dunkler Rock mit üppiger weisser, bestickter Bluse und einer roten Schürze mit feinen Blumenornamenten. «In den letzten Jahren verbrachte ich den 1. August jeweils am Trübsee, zusammen mit Albin. Es war der einzige Tag im Jahr, an dem wir allein sein konnten. Albin nahm extra frei für mich. Wir fuhren oft nur bis zur Gerschnialp und wanderten von dort hoch zum See. Ein anstrengender Aufstieg. Irgendwann mochte ich ihn nicht mehr bewältigen. Dann umrundeten wir bloss den See und liessen uns am Ufer an einer der Feuerstellen nieder. Später fuhren wir mit dem Taiwanesen-Tumbler auf den Titlis und beendeten dort den Feiertag mit einem Schlummertrunk.»

«Hatten Sie eine enge Beziehung zu Ihrem Sohn?», fragte Max verzögert, nachdem er sich überlegt hatte, was Annie Odermatt mit diesem Tumbler meinte.

«Er war mein einziges Kind. Umso besorgter war ich, bis er aus dem Gröbsten heraus war. Er wollte anfänglich nicht in die Hotellerie. Aber es war der Wunsch seines Vaters, dass die Tradition der Odermatts weitergeht. Nun ist sie zu Ende.» Annie Odermatt seufzte. «Nun hat Alexandra mir sogar meinen Enkel vorenthalten, wenn man es genau nimmt. Aber ich kann ihr nicht böse sein. Heute Mittag erklärte sie mir, warum es so weit gekommen ist. Das nennt man Schicksal, und diesem hat man sich oftmals zu fügen.»

«Aus Ihrer Stimme klingt Resignation.»

«Alles bricht auseinander», sagte Annie Odermatt. «Die Glanzzeiten meines Hotels sind Vergangenheit. Ruth will es nicht einsehen, dass auch ihre Tage im ‹Fin de Siècle› gezählt sind. Die sanfte Renovation, die sie während eines Jahres vollzogen hat, und die Wiedereröffnung in knapp einer Woche kommen mir so vor, als wäre es ein letztes Aufbäumen vor dem endgültigen Fall. Die Buchungen mögen zwar gegen die hundert Prozent ausmachen. Bis Ende September mag das gut aussehen. Doch dann kommt die Flaute. Von Mitte Oktober bis Mitte Dezember herrscht in Engelberg tote Hose. Ruth will das Hotel auch in der Zwischensaison geöffnet haben. Sie braucht Personal, das bezahlt werden muss. Doch wenn die Gäste ausbleiben … Sie können sich etwa vorstellen, wo sie landen wird.»

«Glauben Sie, dass Ruth jemanden kennengelernt hat?» Max dachte dabei an die Rosen.

«Warum glauben Sie?» Annie Odermatts Blick hatte sich verfinstert, derweil sie den Kellner an ihre Seite winkte. «Ich habe vor einer halben Stunde ein Raclette bestellt.»

Der Kellner reagierte genervt. «Sie sehen ja, was hier los ist.»

«Das heisst nicht, dass Sie mich absichtlich warten lassen müssen, junger Mann.» Annie Odermatt wandte sich wieder Max zu. «Die Gastronomie erkrankt gerade *daran.*» Sie deutete auf den Mann. «Dienstleistung wird heute nicht mehr als solche ausgeführt. Auch wenn es etwas abgedroschen klingt, der Gast ist König. Er bringt die Devisen. Fähige Mitarbeiter kosten Geld. Alexandra wäre die geborene Patronne gewesen.»

«Wer überhäuft Ruth mit Rosen?»

«Das müssen Sie mich nicht fragen.»

«Sie mögen Ruth nicht?»

«Sie macht ihren Job nicht schlecht, aber ihr fehlt das Feuer. Als Hotelière darf man nicht sich selbst inszenieren. Da bleibt man im Hintergrund, zieht dort die Fäden. Ruth hat es nie gelernt. Die paar Kurse brachten nicht viel. Sie kann nicht mal kochen.»

Das muss am Jahrgang liegen, hätte Max fast gesagt. «Kennen Sie Lexis Bruder?»

«Richard? Er führt das Sportgeschäft seiner Eltern.»

«Den meine ich nicht.»

«Walter?»

«Er hat bei Ihnen als Koch gearbeitet.»

«Richtig. Er war faul. Wäre Alexandra nicht gewesen, hätte er die Stelle nie bekommen. Man hätte ihn höchstens als Casserôlier einsetzen können. Das ist einer, der Pfannen wäscht …»

«Wissen Sie, wo er heute lebt?»

«Das weiss ich beim besten Willen nicht. Albin war froh, dass er das Weite gesucht hat.»

«Hat er Ihrem Sohn gedroht?»

«Davon habe ich keine Kenntnis. Aber warum hätte er ihm drohen sollen?»

«Weil Ihr Sohn zum Beispiel Lexi den Laufpass gegeben hat.»

«Ich kann Ihren Gedankengängen nicht folgen. Aber ich denke, als Alexandra das Hotel verliess, verlor Walter die Stütze.»

«Mögen Sie sich erinnern, welches Verhältnis die beiden Geschwister zueinander hatten?»

«Ein inniges. Walter war der Kleine, den Alexandra führen musste. Sie hat sich sehr um ihn bemüht, hat ihm auch mal die Leviten gelesen, als er sich vor der Arbeit drückte.»

«Er hat sich auf Social Media als angehenden Chefkoch geoutet.»

«Das passt zu ihm. Er gehört der Generation an, die glaubt, von nichts komme alles. Verwöhnte Kinder. Man kann ihnen nicht mal einen Vorwurf machen. Ihre Eltern müsste man ins Gebet nehmen. Auch ich musste mich an der Nase nehmen, wenn ich Albin zu viel durchliess. Ich sagte mir immer, er soll es einmal besser haben als ich. Zu unserer Zeit mussten wir hart arbeiten. Das lag daran, dass unsere Eltern aus der Nachkriegsgeneration stammten. Die bauten viel auf, waren zudem sparsam. Genauso wurden wir erzogen. Wir mussten Entbehrungen einstecken.»

Der Kellner brachte den Teller mit dem Raclette. Fast schnippisch stellte er ihn auf den Tisch.

Annie Odermatt unterliess diesmal eine despektierliche Bemerkung. Sie griff nach Messer und Gabel. Dass sie mit Max hatte teilen wollen, hatte sie vergessen.

Auf dem Podest machte sich der Talammann für die Festrede bereit. Die Alphornbläser hatten der Formation einer Ländlerkapelle Platz gemacht. Ein junger Mann spielte Handharmonika, ein anderer Klarinette und ein Dritter den Kontrabass als Einleitung zur Rede.

Annie Odermatt schwärmte von den heimatlichen Klängen. «Sie erinnern mich an meine Jugend. Wenn ich die Augen schliesse, befinde ich mich auf dem Dorfplatz in Engelberg. Oh …» Sie tat entsetzt. «Jetzt habe ich den Käse allein gegessen. Mögen Sie welchen bestellen?»

Max verneinte. «Ich sollte weiter. Ich möchte ein paar Schritte tun.» Er verschwieg, dass er vorhatte, Lexi zu besuchen. Annie Odermatt wäre imstande gewesen, ihn zu begleiten. Er aber wollte Lexi unter vier Augen sprechen.

Max verabschiedete sich mit tausend Ausreden und sagte, dass er sich in den nächsten Tagen bei ihr melden würde. Sie sah ihm nur kurz nach, als er sich rückwärts zwischen den vielen Tischen und Bänken hindurch einen Weg bahnte. Er sah, wie Annie Odermatt jemand anderen an ihre Seite winkte. Auf der Bühne checkte der Talammann das Mikrofon, bevor er mit sonorer Stimme zu sprechen begann: «Liäbi, getriuwi Äidgenossinnä und Äidgenossä …»

***

Die Nacht brach herein. Der Himmel goss lila Farben über Engelberg, scharfschnittige Schatten die Berggipfel entlang. Keine Wolke trübte die Sicht. Bei der Brunni-Bahn angekommen, bestieg Max die Kabine, in der sich ein paar späte Gäste eingefunden hatten. Niemand sprach Schweizerdeutsch. Max ergatterte einen talseitigen Platz. Die Schiebetür ging zu, die Gondel setzte sich in Bewegung und fuhr hinauf in die Dunkelheit. Die Streulichter des Dorfes wurden kleiner, bis sie als glitzernde Punkte zurückblieben, einem ins Tal gelegten Teppich gleich. Drumherum breitete sich Schwärze aus. Auf der Höhe der Gerschnialp, auch auf Trübsee erkannte man erste Höhenfeuer, rote Punkte in der Weite der Bergwelt. Einen Moment lang wurde Max von einem starken Gefühl übermannt. Heute feierte die Schweiz ihren Tag, an dem Freiheit und Unabhängigkeit alles bedeutete. Max hoffte, dass es so bliebe, glaubte er doch, im Zentrum von Europa ein besonderes Privileg zu geniessen. Er verschwendete einen Gedanken an den komischen Hotelgast von heute Morgen, der die Situation anders interpretiert hatte, und hätte ihm beinahe recht gegeben.

Um Max herum ertönte ein babylonisches Sprachgemisch, man zückte Handys und liess den Emotionen freien Lauf.

***

Der Weg zu Lexis Hütte lag im Dunkeln. Max hatte eine Taschenlampe mitgenommen und leuchtete jetzt damit das unebene Gelände vor ihm aus. Der Lichtstrahl reichte knapp zwei Meter weit. Trotzdem zog er aus. Bis zu den Hütten musste er mit einer guten halben Stunde rechnen. Wie stumme Riesen standen die Bäume im Wald. Vereinzelte faule Baumstämme verströmten ein bizarres Leuchten. Max kannte dieses Phänomen aus seinen Kindertagen. Wenn er mit seinem Vater nachts im Wald unterwegs gewesen war, flösste es ihm Angst ein. Vater hatte ihn dann bei der Hand genommen und es ihm erklärt. Das nenne man Biolumineszenz. Verantwortlich dafür sei der Hallimasch, ein essbarer Pilz. Dieser Parasit siedle sich gern auf Holz an. Der Befall sei für den Baum meist tödlich. Nicht der Pilz leuchte, sondern sein Mycel, ein wurzelartiges Geflecht, das die Baumrinde durchdringe und dem Holz einen grünlichen Schimmer verleihe.

Allmählich tauchte Max in das stille Nichts ein. Eine Weile glaubte er, im Niemandsland zu wandern. Doch der Wald entfaltete seine eigenen Geräusche. Ein Knacken im Geäst, der geisterhafte Ruf eines Kauzes, ein unbekanntes Rascheln im Niederholz. Und durch die Baumkronen drückte der Himmel, schwarz, ungemütlich. Der Mond zeigte sich von der dunklen Seite.

Max leuchtete den Wegrand aus. Er war eine geraume Zeit unterwegs. Bald hätte er bei den Hütten ankommen müssen. Hatte er sich verlaufen? Der Wald wurde dichter, der Weg schmaler. Er war vom Hauptweg abgekommen. Seine pfadfinderischen Fähigkeiten, für die er sich oft gelobt hatte, liessen ihn heute im Stich. Er vergewisserte sich, wie spät es war. Bald halb elf. Er wusste nicht, wann er losmarschiert war. Gefühlt musste er bereits länger als dreissig Minuten unterwegs sein.

Keine gute Idee, nachts im Wald zu gehen. Max blieb stehen, versuchte, seinen Orientierungssinn zu aktivieren. Die Taschenlampe versagte ihren Dienst, wurde schwächer. Max griff nach seinem iPhone in der Hosentasche. Auch der Akku schien bald leer. Trotzdem zündete er die Lampe an.

Er setzte sich wieder in Bewegung, folgte nun einem Pfad, der ihn aus dem Wald hinausführte. Aus der Ferne vernahm er das Gebimmel von kleinen Glocken. Das musste von Lexis Schafen stammen. Mit dem Gedanken an die Schafe kam der Gedanke an den Hund und den Wolf und an seinen Mut, hierhergekommen zu sein, ohne jemanden darüber zu informieren. Vielleicht war es Dummheit. Allein in diesem Wald, den er unlängst verlassen hatte. Auf der Alp Brunni, fernab des Dorfes und der feiernden Menschen. Max überlegte, dass er den Besuch bei Lexi auf den nächsten Tag hätte verschieben sollen. Wie grob fahrlässig es war, nachts hier zu gehen, in einer Gegend, die er nicht mal am Tag kannte.

Die Lampe des iPhones löschte aus. Der Akku war leer. Max hätte sich ohrfeigen können. Keine Verbindung mehr mit der Aussenwelt. Was ihn hätte weiterbringen sollen, warf ihn auf die grundlegendsten Fragen zurück. Warum war er allein hierhergekommen? Was hatte er sich erhofft? In dieser Nacht, die schwärzer nicht hätte sein können. Keine Streulichter aus dem Dorf. Keine Höhenfeuer mehr. Sie waren erloschen. Die Konturen verschwunden, die Geräusche allgegenwärtig. Doch an ihnen konnte er sich nicht orientieren. Alles war fremd.

Ein Rascheln erschreckte ihn. Es passte nicht zu den Geräuschen des nächtlichen Waldes. An diese hatte er sich bereits gewöhnt. Kein Zirpen, kein Glucksen, kein Schlürfen. Das hier hörte sich anders an.

Max blieb erneut stehen. Lauschte, konzentrierte sich. Es war, als träumte er. Bald würde er aufwachen und sich in seinem Bett wiederfinden. Neben ihm Fede. Ihr würde er, wenn er das hier heil überstand, einen Heiratsantrag machen. Keine Sekunde würde er mehr zögern.

Er sah nichts. Es fühlte sich so an, als wäre er erblindet. Bloss der Geruch trieb ihn weiter. Und das entfernte Gebimmel von Glöckchen von Lexis Schafen. So sicher war er sich jedoch nicht mehr.

Er stolperte, fiel hin, rappelte sich wieder auf. Er dachte an Dad und den letzten Augenblick in dessen Leben, bevor er in den Felsen am Pilatus prallte. Und er sah die graue Wand auf sich zukommen und wusste, dass er endlich eine Antwort auf seine unausgesprochenen Fragen haben musste.

Die Temperatur war gesunken. Es war empfindlich kalt geworden. Max dachte an die Jacke, die er im Hotel vergessen hatte. Erneut schreckte ihn ein Geräusch auf. Ein Laut, der nicht in den Wald passte. Er steckte das iPhone in die Jackentasche zurück, griff nach der Taschenlampe. Der Gedanke, dass er sie zum Leuchten bringen würde, wich einem innigen Wunsch, die letzte Energie aus ihr zu holen. Er schob den Riegel auf «on». Ein Flackern liess ihn hoffen. Er hob die Lampe an, streckte sie von sich.

Plötzlich sprang ihn etwas an.

Max konnte sich später nicht daran erinnern, was er zuerst wahrgenommen hatte: den hechelnden Atem, den seltsamen Geruch oder den Körper. Das Letzte, was er realisierte, war ein Gesicht so nahe an seinem, dass es ihm übel wurde. Und er hätte nicht sagen können, ob es einem Menschen oder einem Tier gehörte. Nur die schieferfarbenen Augen brannten sich in sein Gedächtnis.

Der Schlag fühlte sich unwirklich an. Ein dumpfer Schmerz war es, begleitet mit einem Lichtblitz, den er im Nachhinein als Einbildung empfand. Es fehlte der Donner, den er instinktiv erwartete. Die Schwärze wurde schwärzer. Konturen gab es nicht mehr.

Nur diese Augen.

Lexis Augen.

ZWÖLF

Es duftete nach Waffeln, nach Jahrmarkt, nach Chilbi, nach dem Weg vorbei an der Bäckerei in seiner Strasse, als er Kind gewesen war. Oder nach den Abenden nach der Schule, wenn *Abuela* am Ofen stand und Kuchen buk. Noch bevor er die Augen öffnete, war diese Wahrnehmung da. Und das Gefühl, dass er nicht allein war. Er lag. Weich und warm. Er blieb reglos eine Weile so liegen. Und neben sich hörte er eine Stimme. Erst weit weg und doch wieder ganz nahe.

«Guten Morgen.»

Er hielt die Augen geschlossen. Doch vor seinen Lidern war es hell, die ewige Nacht verschwunden. Ein Summen erinnerte ihn an den Sommer. Eine Fliege schmiss sich immer wieder an die Fensterscheibe.

Dann kam der Schmerz. Er fuhr in seinen Körper, in den Kopf. Stechend. Scharf. Drohte, ihn zu zerspalten. Und wieder diese Stimme, als müsste sie ihn aus dem Jenseits holen, in das er gefallen war, im Wald, auf diesem Weg. Heute. Gestern. Vor einem Jahr. Er hatte keine Ahnung, wie lange er in diesem Zustand schwebte.

Diese Stimme.

Daran erinnerte er sich. Und an die schiefergrauen Augen. Und dass er sich nicht in seinem eigenen Bett befand.

Max hatte sich halbwegs in sein Schicksal gefügt. Er lebte. Mit allem anderen würde er umgehen können. Die Erinnerungen rollten sich vor ihm auf wie ein Laufband, das rückwärtslief. Doch es entstand kein klares, eher ein konfuses Bild. Hatte ihn etwas gebissen?

Der Schmerz war nicht lokalisierbar. Der Schmerz war überall.

Langsam, als müsste er sich vor dem, was er zu sehen bekam, fürchten, hob er die Augenlider. Durch die feinen Härchen nahm er Umrisse wahr. Den Körper einer Frau.

«Fede?»

Sie legte ihm einen feuchten Lappen auf die Stirn. «Ich bin es, Lexi.»

«Was ist denn passiert?» Max versuchte, sich aufzurichten. Es gelang ihm nicht.

«Schscht, bleib liegen.»

Er schlug die Augen ganz auf. Lexi sass auf der Bettkante. Ihre weizengelben Haare fluteten über ihre Schultern. Im frühen Sonnenlicht glitzerten ihre Augen wie ungeschliffene Diamanten.

Oder war es bereits Abend?

«Wie lange bin ich schon hier?»

«Du wurdest angefallen.» Lexi sah über seinen Kopf hinweg.

«Von wem?» Auf einmal sah er das Bild eines Wolfs vor sich. Lächerlich. Wölfe fielen keine Menschen an, wenn sie sich nicht bedrängt fühlten. Da waren Schafe in der Nähe gewesen.

«Ich habe dich hierhergebracht», sagte Lexi.

«Wie ging denn das?» Max war um die achtzig Kilogramm schwer.

«Ich habe dich getragen.»

Er schwieg. Niemals hatte sie ihn allein tragen können, auch wenn Lexi den Eindruck machte, eine Kraftmaschine zu sein.

«Wurde ich gebissen?» Das war die einzig plausible Erklärung.

«Siehst du Bisswunden?» Lexi nahm den Lappen von seiner Stirn. Ihre Mimik glitt aus der Unbekümmertheit hinüber in ein Entsetzen. «Viel schlimmer», sagte sie, und ihre Stimme drohte zu versiegen. «Aber dass du gerettet bist, ist wichtig, nichts anderes.»

Der Schmerz durchfuhr seinen Körper. Allmählich spürte Max, von welcher Region aus er sich ausbreitete. Sein Unterbauch glühte, und in seinem Kopf steckten heisse Nadeln, die unaufhörlich gegen seine Schläfen pochten. Jemand musste ihm zwischen die Beine geschlagen haben und gleichzeitig auf den Kopf. Das war kein Wolf gewesen.

Eine Bestie mit zwei Beinen.

Lexi?

Max' unmittelbares Erinnerungsvermögen hatte sich zurückgemeldet. Er hatte in Lexis Augen gesehen.

Warum hätte sie ihn dermassen malträtieren sollen?

Um ihn danach zu retten? Ihn zu pflegen? Ihm zu zeigen, wie hilfsbereit sie war? War das ihre Art, um auf sich aufmerksam zu machen?

Max schaffte es endlich in die Vertikale. «Wie lange war ich weg?»

«Du warst bewusstlos, als ich dich fand.»

«Du warst nicht zufällig da, als ich angegriffen wurde?» Er hatte ihre Augen gesehen. Er täuschte sich nicht.

«Es war Zufall, dass ich noch einmal nach draussen ging. In der Regel bin ich um die Uhrzeit im Bett. Flip, mein Hund, gab an. Ich dachte zuerst, ein Fuchs oder ein Wolf streune in der Gegend umher. Ich fand dich nach Mitternacht etwas oberhalb der Hütten. Du musst vom Weg abgekommen sein. Ich kann mir jedoch keinen Reim darauf machen, was du um die Uhrzeit hier wolltest.»

«Dich besuchen.» Max wusste wieder, weshalb er nach der einbrechenden Nacht losmarschiert war. Der mondlose Himmel hatte ihn völlig überrascht. Die Batterie der Taschenlampe hatte den Geist aufgegeben. Trotzdem hatte das Restlicht ausgereicht, um die Augen wahrzunehmen, bei denen er dachte, Lexis Augen erkannt zu haben.

Etwas geschah hier, was er nicht einzuordnen vermochte.

«Warum verfolgst du mich?», fragte Lexi.

Diese Frage hatte kommen müssen. Von einem Bauchgefühl konnte jedoch keine Rede sein. Max versuchte noch immer, zwischen den Totems, Ruth und Lexi einen Konsens zu finden. Eine übereinstimmende Komponente, mit der er die Wahrheit herausfinden würde.

«Hast du Severin Hurschler gekannt?»

«Ja, er war einmal ein guter Freund von Richard. Als dann der Unfall mit dem Motorrad geschah, zog Severin sich zurück, wollte niemanden mehr sehen. Er verachtete alle, die ihm halfen, stützte sich nur auf seine Mutter. Er verlor den Job, die Achtung gegenüber sich selbst. Warum fragst du?»

Max versuchte aufzustehen. Ihm schwindelte.

«Meinst du, weil er Albin auf dem Gewissen hatte?» Beim Namen Albin kollerten Lexi Tränen über die Wange. «'tschuldigung ... gerade überkommt es mich wieder. Albin hat das nicht verdient.»

Spielte sie ihm etwas vor?

«Du hast ihn sehr geliebt, habe ich recht?»

«Er wäre der Vater meines Kindes geworden.»

«Und du die Grande Dame des ‹Fin de Siècle›. Die Geschichte wäre weitergegangen. Annie Odermatt hätte ihr Enkelkind bekommen, später vielleicht noch mehr Enkel. Alles hätte seinen richtigen Lauf genommen. Ruth hat alle deine Pläne zunichtegemacht. Wenn nicht du, wer könnte sie dermassen hassen, dass er sie mit Totems bedroht?»

«Das ist lächerlich.» Lexi wandte sich von ihm ab, brachte den feuchten Lappen zum Abwaschbecken und wusch ihn aus. «Nach sieben Jahren, stell dir vor.»

«Die sieben Jahre sind das Einzige, was mich im Weiterspinnen meiner Gedanken zögern lässt», gab Max zu. «Was mich aber nicht davon abhält, an der Unschuld von Severin Hurschler festzuhalten.»

«Ehrlich gesagt, zweifelte ich auch», sagte Lexi und hängte den Lappen über dem Ofen auf. «Hurschler soll ein Mörder gewesen sein? Ich erinnere mich, wie er jeweils geweint hat, wenn meine Brüder vor seinen Augen eine Spinne killten. Severin war eine Memme. Auch wenn ihn sein Unfall verändert hatte, ich glaube kaum, dass er dadurch kriminell geworden ist. Um jemanden umzubringen, braucht man eine gewisse Kaltblütigkeit.»

«Hast du jemanden in Verdacht?»

Wieder wandte sich Lexi etwas anderem zu als Max. «Na ja, schwierig zu sagen. Albin hatte auch so seine Feinde, das war nicht neu. Auch wenn ich ihn abgöttisch liebte, wusste ich um seine andere, dunkle Seite.» Lexi trat heftig auf dem Holzboden auf. «Ich habe kaum mehr Kontakt zu den Engelbergern. So kann ich dir auch nicht helfen. Im November reisse ich meine Zelte hier wieder ab. Richard wird mich bei der Talstation abholen, dann werde ich einmal bei ihm übernachten, bevor er mich am andern Tag zum Flughafen bringt. Ich werde höchstens meine Eltern treffen, das wird's gewesen sein.»

«Und deinen anderen Bruder?»

Lexis Blick verfinsterte sich. «Zu ihm habe ich wenig Kontakt.»

«Du lügst.»

«Untersteh dich!», fauchte sie. «Wie kannst du so etwas behaupten, wo wir uns kaum zweimal gesehen haben? Was immer du für Ruth herausfinden musst, lass mich in Ruhe. Mich und meine Familie.»

«Du hattest ein sehr gutes Verhältnis zu Walter.»

«Weil er im selben Hotel gearbeitet hat wie ich?» Als Lexi lachte, klang es gekünstelt.

«Weil er zur fast gleichen Zeit wie du das ‹Fin de Siècle› verlassen hat.»

«Unsere Wege haben sich getrennt.»

«Wann?»

Lexi begehrte auf. «Ist das der Dank dafür, dass ich dich aufgepäppelt habe? Ich hätte dich auch liegen lassen können. Du hättest die Nacht nicht überlebt, glaube mir.»

Max wusste nicht, was er von dieser Aussage halten sollte. Sie klang zweideutig. Musste er sich vor Lexi in Acht nehmen?

Er hatte ihre Augen gesehen. Sie hatte ihn womöglich angegriffen und wollte jetzt den Engel mimen. Doch diese Partitur spielte er nicht mit.

«Ich werde dich zur Bergstation führen», schlug sie vor. Ihr Lächeln kam Max eisig vor.

«Bemühe dich nicht.»

«Nicht dass du dich noch einmal verirrst.»

Max schwankte zum Ausgang und vergewisserte sich, dass sich sein iPhone in seiner Hosentasche befand.

Vor der Tür lag das Leben. Mit Dotterblumen übertünchte

Wiesen breiteten sich aus. Die Sonne malte helle Kringel auf die Felsen. Die Schafe grasten in einer weiteren Umzäunung, näher jetzt zu den Hütten. Flip, der Schäferhund, war nirgends zu sehen. Offenbar tollte er anderswo herum.

Max ging rückwärts. Lexi hatte die Hände in die Seite gestemmt. Wild sah sie aus, mit ihren hellblonden Haaren, dem muskulösen Körper. Vielleicht hatte sie Max doch getragen.

***

Noch mehr Arrivées an diesem Tag.

Als Max im Hotel eintraf, standen die Leute wieder Schlange. Hinter dem Tresen versuchte ein sichtbar überforderter Feierabend, die ungeduldigen Gäste zu beruhigen. Ihm zur Seite stand eine junge Frau, eine Lehrtochter, was Max auf deren Reversschild las. Sie war damit beschäftigt, die Zimmerschlüssel herauszugeben, nachdem ihr Chef die ausgefüllten Kurtaxen-Zettel entgegengenommen und auf die Essenszeiten aufmerksam gemacht hatte. Zwei schmächtige Portugiesen brachten das Gepäck über die Treppe zu den Etagen, weil der Lift dauerbelegt zu sein schien.

Trotz der Geschäftigkeit hatte Feierabend ein Auge für Max. Zwischen den Köpfen zweier Seniorinnen hindurch sagte er, dass Frau von Wirth im Kaminzimmer auf ihn warte.

Milagros war also wieder zurück.

Kaum hatte Max den Raum betreten, hagelte es vonseiten seiner Mutter Vorwürfe. «Wo hast du so lange gesteckt? Etwa bei einer Frau? Habe ich es mir doch gedacht, dass du …» Sie nahm das leidige Wort nicht in den Mund, was Max ihr hoch anrechnete.

«Ich wurde überfallen», sagte er. Mehr Anklagen vertrug er nicht.

«Grosser Gott, genauso siehst du aus.» Milagros beugte sich über das Tischchen, auf dem ein Tablett mit Kaffee und Gipfeli im Korb stand. «Der Job scheint dir nicht gutzutun. Oder es liegt an diesem Auftrag? Je mehr du dich in ihm vergräbst, umso schlechtere Energien resultieren daraus.»

Max suchte sich einen Louis-XVI-Sessel aus und setzte sich. Seine provisorische Morgentoilette hatte aus einem Deo, einer Zahnbürste und einem Kamm bestanden. Das Deo hatte er bei sich getragen, die Zahnbürste an der Talstation gekauft und den Kamm auf einer Herrentoilette gefunden. Seine Kleider hatten gelitten, was Milagros als Zweites auffiel.

«Du wurdest überfallen? Hat man dich ausgeraubt?»

Es hatte keinen Zweck, Milagros das nächtliche Abenteuer zu verschweigen. Max weihte sie ein und legte alles dar, was er in der letzten Nacht bis zum Morgengrauen erlebt hatte.

«Trachtet man dir jetzt nach deinem Leben?» Milagros griff nach Kaffeetasse und Unterteller. «Mit dieser Familie stimmt doch etwas nicht. Wahrscheinlich fühlt sich jemand gestört. Wem hast du erzählt, dass wir Severin Hurschler nicht als Mörder sehen?»

«Niemandem explizit.» Max überlegte. «Ich habe ein paar delikate Fragen gestellt, was den Mord im letzten Sommer betraf. Möglicherweise stehe ich gerade jemandem ziemlich im Weg.

Milagros nahm den Henkel der Kaffeetasse zwischen Daumen und Zeigefinger. Sie nippte am Tassenrand, während sie Max nachdenklich ansah. «Ich bin mir sicher, du hast einen schlafenden Hund geweckt.»

«Ich weiss plötzlich nicht mehr, wie weit ich Ruth trauen kann.»

«Du lässt dich irreführen», sagte Milagros. «Ich bin überzeugt, sie meint es ehrlich. Und sie braucht deine Hilfe. Sie wird bedroht, so versteht sie es. Sie mag einfach gestrickt sein, einfacher als der ganze Odermatt-Clan.»

«Diesen Eindruck habe ich auch.» Max schnappte sich einen der zwei Buttergipfel. «Möglicherweise muss ich sieben Jahre zurückdrehen, zu dem Tag, als Lexi das Hotel verliess. Das ist der Stichtag für alles Übel.» Max ass die Hälfte des Gipfels. «Was geschah bis dahin? War Albin mit den Plänen seiner Mutter nicht einverstanden gewesen? Welche Funktion hatten Lexi und ihre Familie? So, wie ich es deute, war eine Heirat zwischen

Lexi und Albin eine abgemachte Sache zwischen deren Eltern. Annie Odermatt ist eine gebürtige Hess. Vielleicht habe ich diesem Verbund bis anhin zu wenig Beachtung geschenkt. Aber vor allem muss ich erfahren, wo sich der jüngste Hess-Spross aufhält.»

«Das wird Federica herausfinden.» Milagros lächelte sanft. «Wo ist sie überhaupt?»

«In Stans auf ihrem Bauernhof.»

«Ach, und du lässt sie einfach gehen?»

Max widerstand der Versuchung, eine diesbezügliche Bemerkung zu machen. Er fand, dass es seine Mutter nichts anging.

«Ich war heute noch einmal bei Mathilda Hurschler», sagte Milagros. «Hast du die Unterlagen, die ich dir gebracht hatte, gecheckt?»

«Ich würde gern persönlich mit ihr sprechen.»

Milagros stellte Kaffeetasse und Teller unsanft auf den Tisch zurück. «Du willst jetzt aber nicht sagen, dass ich für nichts bei ihr war.»

«In erster Linie ging es darum, ihr Vertrauen zu gewinnen.»

«Ja, als Abgesandte der Spitex.» Milagros sah ihn skeptisch an. «Möchtest du, dass ich mitkomme?» Allem Anschein nach hatte sie begriffen, wie ernst Max es meinte.

«Es ist besser, wenn du ein Auge auf Ruth wirfst.»

Ausnahmsweise stimmte Milagros dem zu. «Ich kann ihr ein wenig zur Hand gehen. Ich nehme an, die Gute ist ziemlich unter Druck. Mit diesem Völkerauflauf vor der offiziellen Eröffnung hat sie bestimmt nicht gerechnet.»

Max schob sich den Rest des Buttergipfels in den Mund. «Da wäre noch etwas», sagte er kauend und entnahm seiner Hosentasche eine Notiz. «Gib den Zettel Fede. Sie soll sich mal umhören … umhacken.» Max lachte über seine eigene Wortkreation.

Milagros wedelte ihn weg. «Mach, dass du wegkommst, sonst werde ich ausfällig. Und vergiss deine guten Manieren nicht.» Sie zeigte auf seinen Mund. «Da ist was hängen geblieben.»

Max fuhr mit dem Ärmel über das Kinn. In Gegenwart seiner

Mutter fühlte er sich oft wie der kleine Junge, der er mal gewesen war. Milagros' resolute und oft fordernde Art hatte ihn früher eingeschüchtert. «Besser so?» Er bleckte die Zähne.

«Witzbold!» Sie warf ihm die Serviette nach. «Du weisst, wie ich es meine.»

***

Mathilda Hurschler hatte offensichtlich das Mittagessen beendet, als Max bei ihr klingelte. Sie stand mit dem Rollator unter dem Türrahmen und wischte sich mit der Küchenschürze die Lippen ab. «Wie kommt es, dass ich am selben Tag gleich zweimal Besuch bekomme? Und Sie waren doch neulich schon hier. Ich täusche mich nicht.» Sie druckste herum, öffnete die Tür bis zum Anschlag und liess Max eintreten. «Von der Spitex sind Sie. Ich muss Ihrer Mitarbeiterin ein Kränzchen winden. Sie macht das hervorragend. Milagros … die Spanierinnen sind flotte Dienstleisterinnen, sauber in jeder Hinsicht. Früher, als wir noch eine intakte Familie waren, hatte ich immer Putzfrauen. Na ja, dass mein Mann ausgerechnet mit einer durchbrannte, ist ein anderes Kapitel.»

«Ich bin nicht von der Spitex», sagte Max, dem es ein Anliegen war, dies zu korrigieren. «Ich habe zwar für die Reinigungskraft gesorgt, aber Milagros macht das freiwillig.» Er liess eine Schweigeminute verstreichen, um Mathilda Hurschler Zeit zum Nachdenken einzuräumen. «Ich bin Privatdetektiv und würde Ihnen gern ein paar Fragen zu Ihrem Sohn stellen.»

«Kommen Sie. Setzen wir uns ins Wohnzimmer.» Mathilda Hurschler ging voraus und wies auf das mit Häkeldecken verunstaltete Sofa. «Vor einem Jahr hat man mir bereits Fragen gestellt.» Sie liess den Rollator stehen und setzte sich auf einen Ohrensessel. «Aber ich war nicht aufnahmefähig genug. Fühlte mich ausgenutzt von diesen komischen Leuten von der Polizei.»

«Hat man Severin zu Hause abgeholt?»

«Ja, bei Gott. Am Morgen nach der Dernière hat man meinen Sohn mit Handschellen abgeführt. Dabei hat er sich nicht einmal gewehrt.»

«Erinnern Sie sich daran, ob Severin in den Tagen davor Besuch hatte? Oder während der Nacht?»

«Sie meinen, ob er eine Freundin hatte?» Mathilda Hurschler winkte ab. «Welche Frau will schon einen Krüppel!»

Max überging es. «Denken Sie nach. Es ist enorm wichtig.»

«Er hatte keine Freundin.»

«Aber einen guten Kollegen?»

Mathilda Hurschler schwieg.

«Mögen Sie sich erinnern, ob ihm jemand geschrieben oder telefoniert hat? Oder hat er Post bekommen?»

«Den Briefkasten leere immer ich. Nein, ich erinnere mich an keinen aussergewöhnlichen Brief. Und wenn Severin angerufen wurde, bekam ich das nicht mit.»

«Haben Sie sein Handy noch?»

«Natürlich habe ich es. Ins Gefängnis durfte er es nicht mitnehmen. Aber ich kenne seine PIN nicht. Ihre Bemühungen werden umsonst sein.»

«Darf ich es mal sehen?»

«Es liegt in seinem Zimmer.» Mathilda Hurschler zeigte auf ihre Beine. «Ich bin zu müde, um schon wieder aufzustehen. Gehen Sie einfach durch den Korridor bis zur hintersten Tür. Ich habe Severins Zimmer so belassen, wie es vor seinem Tod war. Ich kann mich nicht dazu aufraffen, es zu räumen. Obwohl … die Wohnung wird langsam zu gross nur für mich. Ich erwarte jeden Tag einen Anruf von der Gemeinde, dass sie mich rausschmeissen.»

Max erhob sich, verliess das Wohnzimmer und schritt durch den Korridor. Dabei fielen ihm die zahlreichen kleinen Teppiche auf, die sich wie ein Flickwerk über den Laminatboden ausbreiteten.

Hurschlers Zimmer erinnerte an das streng gehütete Geheimzimmer eines Teenagers. Die Wände waren mit Motorradbildern tapeziert. Auch die Porträts einiger Idole hingen da. Kenny Roberts zum Beispiel, Olivier Jacque und Roberto

Locatelli – alles Motorradfahrer, die es im Jahr 2000 in ihrer Kategorie zu einem Weltmeisterschaftstitel gebracht hatten. Sie mussten Hurschlers grosse Vorbilder gewesen sein.

Max öffnete den Schrank. Drinnen müffelte es, als wäre er nach Hurschlers Tod nie mehr gelüftet worden. Eine Motorradkombi hing da. Auf einem Tablar lagen zwei Helme, von denen einer ziemlich havariert aussah. Es schien, als hätte Hurschler das Requisit seiner Unfallfahrt gehortet. Max konnte sich keinen Reim darauf machen, was den jungen Mann umgetrieben hatte, als er sich dazu entschloss, ihn aufzubewahren. Es gab ein paar Kleider wie Jeans, Hemden, Shirts, Pullover und eine Lederjacke. Spartanisch wenig, was nicht mal die Hälfte des Schranks ausfüllte. Ein Drittel des Schranks war komplett leer. Hier mussten die Gewehre gestanden haben. Schmutzränder zeugten von deren Existenz. Auf einem Büchergestell stapelten sich Motorradhefte mit den Jahrgängen 1994 bis 2018. Offenbar war Hurschler auch nach seinem Unfall nicht von seinem Hobby losgekommen. Nach Literatur über Waffen suchte Max vergebens. Möglicherweise hatte die Polizei nebst den Waffen auch die Hefte konfisziert.

In der Kommode neben dem Bett fand Max endlich ein älteres Modell eines iPhones und dazu den Adapter und ein Verbindungskabel zu einem elektrischen Anschluss. Max vergewisserte sich, ob das iPhone intakt war. Das Gerät lud auf. Max suchte daraufhin in der Schublade nach Dokumenten, fand unter wahrscheinlich nie bezahlten Rechnungen ein paar Zettel mit Nummern. Er war sich zu wenig sicher, welche von den Zahlen ein PIN-Code hätte sein können, und widmete sich den Rechnungen. Sie alle waren ausgestellt von «Hess-Collection» in Engelberg. Hurschler hatte an verschiedenen Tagen, auf zwei Monate verteilt, verschiedene Sportartikel gekauft, Männer- wie Damenbekleidung. Max steckte die Rechnungen ein.

Hatte er ein Indiz gefunden?

Aber wofür? War Hurschler erpressbar geworden, weil er die Rechnungen nicht hatte bezahlen können? Für wen waren die Damenhosen in Grösse achtunddreissig gedacht? Oder die

Daunenjacke? Für Mathilda Hurschler? Möglicherweise hatte sie früher mehr Gewicht auf die Waage gebracht als heute.

Aber vor allem stellte Max sich die Frage, ob Hurschler als Auftragsmörder bezahlt worden war. Nein, so kaltblütig konnte der Mann nicht gewesen sein, auch wenn ihm das Wasser am Hals gestanden hatte.

Max steckte das iPhone ein. Den PIN-Code zu knacken war etwas für Fede. Er wühlte weiter in den Schubladen, beförderte nichts zutage, was irgendeinen Hinweis auf Hurschlers Schicksal preisgegeben hätte. Nebst dem Sammler für Motorradsouvenirs war er ein Minimalist gewesen. Max ging zurück ins Wohnzimmer, wo Mathilda Hurschler sass, vertieft jetzt in ein Fernsehjournal.

«Hat Ihr Sohn eigentlich eine Lehre absolviert?», fragte er.

«Ja, eine vierjährige Motorradmechanikerlehre. Kurz vor seinem Abschluss passierte der Unfall. Severin befand sich über einen Monat im künstlichen Koma, nachdem er beide Beine kompliziert gebrochen und sich ein mittelschweres Schädel-Hirn-Trauma eingehandelt hatte. Die Ärzte versicherten mir zwar, dass keine Folgeschäden bleiben würden. Aber seit dem Unfall hatte Severin sich verändert.»

Kein Kunststück, wenn ein junger Mann praktisch mitten aus einem aktiven Leben gerissen wird.

«Zum Glück trug er einen Helm», fügte Mathilda Hurschler bei.

«Der Unfall war seine Schuld?», fragte Max.

«Er fuhr zu schnell in die Kurve. Aber so war er, der Severin, immer auf der Überholspur, immer mit verrückten Ideen. Es hat ihm leider nichts gebracht.» Mathilda Hurschler schniefte.

«Könnten Sie sich vorstellen, dass er erpresst wurde?»

Sie wirkte verdattert. «Weshalb erpresst?»

Max legte die Rechnungen auf den Tisch. «Deswegen. Es sind auch Mahnungen dabei, letzte sogar. Ich muss davon ausgehen, dass die Rechnungen trotz ultimativer Aufforderung nicht bezahlt wurden.»

«Womit hätte er diese bezahlen sollen?»

«Sie haben also Kenntnis davon?»

Mathilda Hurschler nickte bedächtig. «Ab und zu brachte er Kleider nach Hause, neue, teure Hosen oder Hemden. Als ich ihn darauf ansprach, sagte er mir, dass er bei Hess Kredit habe und erst bezahlen müsse, wenn es ginge.»

«Er hat nie eine Gegenleistung erbringen müssen?»

«Ich wüsste nicht, warum.»

«Severin hat auch Damenkleider gekauft, Grösse achtunddreissig. Können Sie mir sagen, für wen?»

«Für mich. Severin hatte überhaupt kein Augenmass.» Über Mathilda Hurschlers Gesicht huschte ein schnelles Lächeln.

«War Severin mit den Hess-Buben gut befreundet?»

«Vor seinem Unfall, ja. Richard fuhr ja auch Motorrad. Manchmal sind sie zusammen über die Pässe gebrettert. Oft hatten sie auch Mädchen auf dem Sozius. Nach dem Unfall wollten die Hess-Kinder nichts mehr von Severin wissen. Na ja, sie haben dann auch verschiedene Ausbildungen gemacht. Richard absolvierte die Kaufmännische Berufsschule, Alexandra ging nach Lausanne, und Walter versuchte es mit verschiedenen Jobs. Was genau das war, entzieht sich meiner Kenntnis. Als Severin fünfundzwanzig wurde, lud ich ein paar ehemalige Freunde von ihm ein. Ausser Walter kam niemand. Ob Severin aber weiterhin Kontakt zu ihm pflegte, weiss ich nicht.»

Hatte Max endlich eine Verbindung gefunden?

«War Severin Walter irgendetwas schuldig?»

«Ich verstehe Ihre Frage nicht.»

Max winkte ab. «Ach nichts.» Vielleicht waren seine Überlegungen fehl am Platz und er zu übersensibilisiert. Letztendlich musste er herausfinden, wer Ruth die Totems vor die Tür stellte und was dieser damit bezwecken wollte. Niemand hatte ihm den Auftrag erteilt, weder Hurschlers Suizid noch Odermatts mutmasslichen Mörder in Frage zu stellen. Max musste sich auf seinen eigentlichen Auftrag zurückbesinnen. Mittlerweile hatte Ruth ihm das Honorar überwiesen, auf den Franken genau den Betrag, den sie ihm versprochen hatte und der im Vertrag vermerkt war. Max schämte sich, dass er einen einzigen Gedanken daran verschwendet hatte, Ruth würde ihn nicht bezahlen können.

«Zwei letzte Fragen habe ich noch.» Max setzte sich neben Mathilda Hurschler und griff nach ihrer Hand. «Hatte Severin einen Computer, einen Laptop oder ein Tablet?»

«Den PC hat die Polizei mitgenommen. Er wurde nicht zurückgebracht.» Hinter Annie Odermatts Stirn schien es zu arbeiten. «Severin sicherte alle seine Daten. Ein Gerät sollte irgendwo sein. So ein kleines schwarzes ... Ach, schauen Sie doch mal im Küchenschrank nach. Dort hatte Severin ein spezielles Fach für seinen Kleinkram. Was war Ihre zweite Frage?»

Max gestattete sich, den Küchenschrank zu öffnen und auf Annie Odermatts Anweisungen nach dem Gerät zu suchen. Er fand es hinter einem Stapel weiterer Motorradhefte. «Wie gut kennen Sie Annie Odermatt?»

«Warum gehen Sie davon aus, dass ich sie kenne?»

Max entging nicht, wie Mathilda Hurschler die Nase rümpfte. Er zog ein schwarzes Back-up-Gerät unter dem Gerümpel hervor und schob es in seine Hosentasche. «Sie sind wie Frau Odermatt in Engelberg geboren und aufgewachsen. Ihre Wege dürften sich hie und da gekreuzt haben.»

Mathilda Hurschler erhob sich resolut. Vergessen war ihre Kraftlosigkeit. «Sie ist eine Schnepfe.»

DREIZEHN

Als Max in seine Suite zurückkam, lag Fede auf dem Kingsize-Bett und streckte alle viere von sich.

«Was für eine Überraschung. Hattest du Sehnsucht nach mir?»

Fede wand sich auf den Bauch, während sie ihn amüsiert musterte. «Ich vermisse dich immer, auch wenn du bei mir bist.»

Max konnte sich an ihrem wunderbaren Körper kaum sattsehen. Er schaute sie vom Kopf bis zu den Füssen an. Bei den Pobacken blieb er hängen. Dort befand sich ein neues Tattoo. «Du warst wieder in Beckenried, nicht wahr?»

«Du merkst aber auch alles.» Fede drehte sich wieder auf den Rücken. «Es ist eine Sucht, ich weiss. Ich brauche den Schmerz.»

Max konnte es nicht nachvollziehen. Manchmal fragte er sich, ob er ihr nicht genügte. Und wenn er daran dachte, unter welchen zwielichtigen Umständen sie sich kennengelernt hatten, stiess es ihm einstweilen übel auf. Was tat sie, wenn sie nicht bei ihm war? Befand sie sich dann auf nächtlichen Streifzügen, ging tanzen als Femme fatale? Riss sie Männer auf wie damals ihn? Sie waren kein Jahr zusammen. Fede wusste viel über ihn, er aber nicht viel von ihr.

«Woran denkst du?» Sie linste ihn schelmisch an.

«Das mit uns … ist manchmal recht seltsam.»

«Oh no, Liebster.» Sie zog die Beine an und schwang sich auf. Sie umarmte ihn. «Ich finde unsere Beziehung hat Salz und Pfeffer. Zudem muss man nicht immer alles voneinander wissen. Das ist spannender.» Sie machte eine Pause, in der sie ihn mit einem Blick ansah, der ihm Unbehagen einflösste. «Vertraust du mir nicht?»

Anstatt ihr eine Antwort zu geben, holte er das Back-up-Gerät hervor. «Ich habe Arbeit für dich.» Er legte es zusammen mit Hurschlers iPhone auf das Bett. «Und den PIN-Code wüsste ich auch gern.»

«Das übersteigt mein Können.» Fede sah sich das Smartphone näher an. «Zudem ist es ein relativ altes Teil.» Sie schob es von sich. «Nein, nicht mein Job.»

«Komm schon. Du kannst doch sonst alles.» Max hob ihr Gesicht an und küsste sie.

Sie griff tiefer. «Was ist? Tut dir etwas weh? Warum schneidest du eine Grimasse?»

Max biss sich auf die Lippen. Sollte er zugeben, dass er sich von jemandem hatte schlagen lassen? Dass er durch den Schlag das Bewusstsein verloren und Lexi ihn angeblich gefunden hatte?

«Du hast mit ihr geschlafen.»

Max stiess Fede heftiger als gewollt von sich. «Ist das dein Ernst?»

«Scherz!» Ihr Lächeln misslang. Sie wickelte einen Lockenstrang um ihren Finger. «Ich wäre sonst sehr enttäuscht von dir.»

«Ich wurde im Dunkeln niedergeschlagen. Lexi rettete mir quasi das Leben, sagt sie zumindest.» Max ahnte, wie hilflos das klang.

«Erzähl!» Fede strich ihm liebevoll über den Bauch. «Sorry, ich dachte, du veralberst mich. Tut es sehr weh?»

«Ich überlebe es. Im Moment des Schlags sah ich die Sterne. Dann weiss ich nichts mehr.»

«Lexi hat dich also gefunden.»

«Es muss nach Mitternacht gewesen sein. Ich hatte mich verlaufen.»

«Und sie fand dich rein zufällig. Da stimmt doch etwas nicht.»

«Du sagst es. Seit ich heute Morgen von ihr weggegangen bin, umtreibt mich genau das. Entweder sah sie, wer mich so zugerichtet hatte, oder sie selbst war die Täterin. Hast du mal ihre Muckis gesehen?»

«Das kommt vom Schwimmen.»

«Vielleicht sollten wir Ruth und Lexi miteinander konfrontieren.»

«Was versprichst du dir daraus?»

«Lexi wird die Emotionen nicht zurückhalten können.»

«Sie ist eiskalt.»

«Vielleicht ist sie so geworden, nachdem ihr das passierte.» Fede streckte sich. «Ich habe Hunger. Gehen wir auswärts essen? Danach könnte ich dich gesund pflegen.»

Max bedauerte, nicht auf Fedes Wünsche eingehen zu können. Er hatte etwas anderes vor, wollte das Nachtessen mit ihr auf später verschieben.

***

Das Westerndorf erfuhr an diesem Abend einen wahren Massenauflauf. Die einzige Orientierung bot das in der Platzmitte stehende Totem, das wie eine farbige Nadel mit Seitenantennen in den Himmel stach. Ansonsten schaute Max über hutbedeckte Köpfe, über Federschmuck und mit Stirnbändern verzierte Haare. Jeder, der etwas auf sich hielt, hatte sich heute mit einem passenden Outfit gekleidet. Jemand war sogar mit einem Planwagen angereist, den vier kräftige Männer mit entblössten Oberkörpern zogen. Im Wagen sassen gegen ein Dutzend Kinder und schwenkten Schweizerfähnchen. Die Schweiz mit der Westernidylle zu verschmelzen, war zum Schreien komisch. Max hätte zumindest ein Sternenbanner erhofft. Aber dann wären sich die Cowboys und die Schweizer Patrioten in die Haare geraten.

Winnetou ziehe jedes Jahr auch die Karl-May-Szene an, hatte Ruth gewusst. Anhänger aus der ganzen Schweiz kämen nach Engelberg, um in die Haut ihrer Idole zu schlüpfen.

Max bahnte sich einen Weg in Richtung Getränkestand, als ihm der Rücken eines Mannes partout den Durchgang versperrte. Max bat ihn von hinten höflich, ihn durchzulassen. Der Mann drehte sich um.

«Ach, schau her, wen haben wir denn da.» Er sprach mit bayrischem Dialekt.

Max blickte in ein schnauzbärtiges Gesicht.

«Wir kennen uns vom Frühstück.» Er war allein unterwegs. «Jürgen Nguyen ist mein Name.»

«Nguyen? Das klingt nicht nach einem europäischen Namen.»

«Meine Vorfahren väterlicherseits waren Vietnamesen.» Er schenkte ihm ein Lächeln. «Ich habe Sie mit meiner Meinung gestern Morgen ziemlich vor den Kopf gestossen. War nicht meine Absicht.»

Max stellte sich nur widerwillig vor. Er verabscheute Menschen wie Nguyen, welche sich als Besserwisser entlarvten.

Sie liessen sich mit dem Menschenstrom treiben, im Fluss von Gerüchen, Klängen, Kindergeschrei und Lachen. Irgendwann gelangten sie in die Nähe eines Stands. «Darf ich Ihnen einen Drink spendieren?», fragte Nguyen. Max musste ihm gelegen kommen, um seine Langeweile zu beseitigen.

«Wo ist Ihre Frau?», fragte Max und willigte für ein Bier ein.

«Sie war unpässlich. Aber ich wollte mir das Theater nicht entgehen lassen. Also bin ich allein hierhergekommen. Wussten Sie, dass gut ein Dutzend Profischauspieler aus der Schweiz und aus Deutschland an den Freilichtspielen mitmachen? Über fünfzig Laiendarsteller aus der Zentralschweiz sollen es zudem sein.»

«Nicht ausschliesslich Engelberger?»

Nguyen schüttelte den Kopf.

«Und Sie sind bloss wegen der Spiele hier?» Sie waren jetzt beim Getränkestand angelangt.

Nguyen bestellte zwei eisgekühlte Biere. «Nein, eigentlich aus einem ganz anderen Grund. Ich komme aus Bern, bin jedoch gebürtiger Münchner, wie Sie sicher hören. Ich gehörte den Inspektoren der Nagra an, die den Wellenberg im Bereich Wolfenschiessen und Engelberg auf seine Eignung für ein Tiefenlager prüften. Die ganze Sache wurde nicht nur auf Eis gelegt, sondern verworfen. Man kann ein Projekt, an dem man jahrelang gearbeitet hat, nicht einfach so von sich stossen. Ich wundere mich immer wieder, welch grosse Angst die Bevölkerung vor Atommüll hat, den man im tiefen Berg vergraben könnte. Sie akzeptieren aber ein Zwischenlager, das lediglich unter einer Haube liegt und jederzeit durch einen Luftangriff zerstört werden könnte.»

«Das mit der Haube ist ziemlich übertrieben.» Max öffnete die Bierdose. «Und das mit der Eidgenossenschaft, was Sie gestern Morgen erwähnten, ebenfalls.»

Nguyen grinste zum ersten Mal und gewann damit an Sympathie. «Wir sollten nicht alles glauben, was uns eingetrichtert wird. Ich bin ein Lebemann, hatte das seltene Glück, dass mir mein alter Herr ein Vermögen vererbt hat, das mich bis ins hohe Alter feudal leben lässt. Mein Vater starb vor zwei Jahren. Seither ziehe ich durch die Schweiz und studiere ihre Einwohner. Ich war letztes Jahr in Engelberg, als der Mord auf der Bühne passierte. Sie haben sicher davon gehört.»

Max wog ab, ob er sich als Detektiv zu erkennen geben sollte oder ob es besser war, den Mund zu halten. Hatte Ruth etwas durchsickern lassen? «Ich habe darüber gelesen.»

«Seither werden vor jeder Vorstellung die Taschen durchsucht. Die Darsteller müssen ein gewaltiges Prozedere über sich ergehen lassen, bevor sie zum Einsatz kommen. Echte Gewehre dürfen nicht mehr mitgebracht werden, ausser sie stammen aus den Requisiten der Veranstalter. Der Mensch ist grundsätzlich dumm. Die Kontrolle wird erst aktiv, wenn etwas Gravierendes geschehen ist.»

«Man rechnet ja nicht damit.»

«Genauso wenig wird mit einem Angriff auf ein Zwischenlager gerechnet. Erst wenn es zu spät ist, wird man klüger.»

Da war er wieder, der Besserwisser. Max wollte ihn dennoch nicht verabschieden. Möglicherweise wusste er etwas über den Mord. Menschen wie er liessen nicht locker, schon gar nicht, wenn sie als Zeugen dabei waren.

«Wie haben Sie an der Dernière die letzte Szene erlebt?»

Nguyen streckte seinen Rücken. «Ich wollte natürlich helfen. Als Forrester oberhalb der Strickleiter zusammensackte, wusste ich, dass er mit etwas schwer getroffen worden war. So schnell geht keiner zu Boden, der den Tod bloss spielen muss. Als es auffiel, dass der Schauspieler sich nicht wie üblich zum Schluss vor dem Publikum verneigte, überhaupt nicht auf dem Platz erschien, verliess ich die Tribüne und nahm mir vor, eigenmächtig nach ihm zu sehen. Leider wurde ich von einem Security aufgehalten. Ich hätte ihn niederstrecken müssen, um an ihm vorbeizukommen. Als ich Alarm schlagen wollte, war Winnetou schon oben beim Opfer. Das ganze finale Szenario der Dernière musste abgebrochen werden.»

«Was ging Ihnen da durch den Kopf?»

Nguyen sah ihn mit zusammengekniffenen Augen an. Aufgrund seines dunklen Schnurrbarts liess es ihn wieder grimmiger erscheinen. «Sie sind Detektiv, habe ich recht? Ihre Fragen. Mit welchem Blick Sie durch die Welt gehen. Aber Sie sind es noch nicht lange, oder? Da schwebt eine gewisse Unsicherheit mit. Sehen Sie sich vor, dass Sie nicht zu stark auffallen.» Nguyen grinste wieder. «Ich weiss, ich bin ein Provokateur. Aber nur so lernt man sein Gegenüber kennen.»

«Vielleicht kann ich von Ihnen etwas lernen.» Es hätte lustig klingen sollen.

Nguyen reagierte prompt. «Schön wäre es, wenn alle so denken würden. Lieber lassen sie sich von den Medien irreführen, die oft nicht fundiert über eine Sache berichten. Anstatt sich ihres Auftrags bewusst zu werden, fangen sie an, Stellung zu beziehen. Ein Journalist muss neutral bleiben. Das ist oberstes Gebot. Na ja.» Nguyen strich sich über seinen Schnauzbart. «Guter Journalismus ist teuer. Selbst die renommierten Zeitungen bedienen sich heute Berichten von Gratisblättern. Möglichst schnelle und kurze Informationen. Hinterfragt wird nicht mehr. Hauptsache, oberflächlich. So war es doch auch mit dem Fall Odermatt. Ich habe die ganze Sache verfolgt. Als Zeuge ist man sensibilisiert. Von Anfang an war klar, dass Hurschler der Täter war. Selbst die Medien fuhren da nur auf einer Schiene. Obwohl es in der Obwaldner Zeitung eine kleine Randnotiz der Polizei gab, dass ein Asiat, der in Engelberg nicht unbekannt ist, ebenfalls verdächtigt war.»

«Guo Xu Lun?», fragte Max.

«Das war offensichtlich. Er passte jedoch nicht ins Konzept, weil ein ganzes Dorf gerade von einer neuen Entstehungsgeschichte betroffen ist. Chinese ist Chinese. Schweizer ist auch Schweizer. Wenn zum Beispiel ein Schweizer Skirennfahrer Weltmeister wird, sind alle Schweizer Weltmeister. Oder die Italiener, die Russen …» Nguyen liess ein schallendes Lachen vom Stapel. «Chinese ist Chinese», wiederholte er. «Die werden alle in einen Topf geworfen. Man hatte ein Bauernopfer und wollte an der Tatsache festhalten, dass Hurschler der Mörder war, wegen eines Streits, wegen niederer Beweggründe.»

Max musste seine erste Meinung, was Nguyen betraf, korrigieren: Der Mann, der auf die siebzig zuging, war eine wahre Fundgrube. «Dann sind Sie der Meinung, Hurschler war unschuldig?»

Nguyen räusperte sich, während er sich einer aggressiven Wespe erwehrte. «Das habe ich nicht gesagt. Aber nach Hurschlers Tod wurden sämtliche Verdachtsmomente, die nicht auf ihn wiesen, von der Kante gewischt. Ich will damit nur sagen, ein Mord, wie Engelberg ihn im letzten Sommer live erlebt hat, bringt manchmal grossen Nutzen. Die wahre Täterschaft», Nguyen deutete in der Luft Gänsefüsschen an, «kommt unbescholten davon, egal, wo sie gerade wieder zugeschlagen hat. Guo Xu Lun, was immer er für hinterhältige Sachen dreht, steht wieder mit weisser Weste da, und die Engelberger Obrigkeit kriecht ihm auf den Leim.»

«Er ist *kein* Mörder.»

«Dort, wo er herkommt, werden noch immer Menschen hingerichtet. Jedes Jahr mindestens viertausend. Die Todesstrafe gilt zwar als Staatsgeheimnis, aber so etwas sickert immer durch. Und wir lassen solchen Menschen uneingeschränkten Eintritt in die Schweiz. Mitgegangen, mitgefangen.»

«Da kann doch Guo Xu Lun nichts dafür.»

«Gerade solche Leute hätten es in der Hand. Aber sie interessiert lediglich, wie sie noch mehr Länder mit ihren Mitteln unterjochen können. Schauen Sie nach Afrika. Der Schwarze Kontinent ist längst in chinesischer Hand. Die Chinesen stellen es clever an. Sie geben den Menschen dort Arbeit. Diese merken jedoch nicht, wie sie, gleich wie in der Vergangenheit von den Kolonialisten, ausgenutzt werden.»

Für Max' Dafürhalten nahm Nguyen den Mund voll.

«Werden Sie sich das Spiel ansehen?»

«Ich habe es mir bereits angeschaut.» Max sagte nichts von zweimal.

«Na, dann gehe ich mal zu meinem Sitzplatz, bevor der Hauptharst kommt. Wir sehen uns im Hotel wieder.» Nguyen entfernte sich, blieb dann noch einmal stehen. «Wann gehen Sie zum Frühstück?», rief er Max zu.

Genau das hatte Max befürchtet, dass er den Kerl nicht mehr loswurde. «Ich muss morgen früh weg.» Er sah ihm nach, bis er in der Menschenmenge verschwunden war, und begab sich danach zum Wurststand, wo er neulich Ruth angetroffen hatte. Neben ihrem Kollegen bediente eine andere Frau. Sie gab die Getränke heraus. Die meisten Leute brachen Richtung Tribüne auf. Der Typ hinter dem Tresen hatte nichts zu tun. Max lehnte sich an einen Balken, der das Dach abstützte.

«Ein Bier?», fragte der Mann.

«Nein, danke, aber eine Auskunft. Sie sind doch ein Kollege von Ruth Odermatt. Sie war vor einer Woche hier.»

«Als Aushilfe, das ist richtig.»

«War sie letztes Jahr auch da?»

«Ja. Das heisst, an der Dernière war sie verhindert. Aber sonst machte sie hier ihren Job. Ihr Mann war auf der Bühne, und Ruth leistete ihren Teil im Westerndorf.»

Max sah dem Mann an, dass er sich über ein Gespräch freute, weil ihn jemand ausserhalb des Verkaufsstandes als Mensch wahrnahm. «Können Sie mir das näher erklären?»

«Albin hat Ruth dazu animiert, auf der Bühne mitzumachen wie er. Aber Ruth entschied sich für einen Stand. Ich bin froh, hatte ich sie an meiner Seite. Leider wollte sie in diesem Jahr nicht mehr dabei sein. Ist ja auch verständlich, nach allem, was geschehen ist. Letzten Donnerstag war sie bloss aushilfsmässig hier.»

«Warum fehlte sie im letzten Sommer an der Dernière?»

«Soviel ich weiss, war ihre Schwiegermutter hier. Jemand musste ja die Stellung im Hotel halten.»

«Hätte das nicht der Empfangschef oder sonst wer machen können?» Für Max war es nicht nachvollziehbar. Ausgerechnet an diesem Abend war ihr Mann ermordet worden. «Kannten Sie Severin Hurschler?»

Der Mann wischte sich die Hände ab und trat vor den Stand. «Albins Mörder?» Er kratzte sich am Hinterkopf. «Das konnte ich mir nie wirklich vorstellen, dass der einen umnagelt. Er mag zwar seit seinem Unfall etwas eingeschränkt gewesen sein, aber dass er Albin erschiesst ... ich meine, dass er das Gewehr lädt ... Andererseits kann sich hinter dem liebsten Menschen eine Bestie verstecken. Dass Albin und Severin sich vor einer der Vorführungen gestritten hatten, war ja bekannt. Wenn Severin es war, geschah es aus dem Affekt. Aber dann hätte er die Büchse erst unmittelbar vor dem Schuss geladen und dazu die Patrone mitnehmen müssen. Das wäre dann aber vorsätzlich gewesen, oder?»

«Fällt Ihnen denn jemand ein, der Albin auf dem Kieker hatte?»

«Beim besten Willen nicht. Er war immer sehr grosszügig. Ich war Stammgast in der Bar im ‹Fin de Siècle›. Oft gab er eine Runde aus.»

«Dann kannten Sie sicher auch Lexi.» Max wartete auf eine Reaktion.

«Lexi, natürlich. Annie sah sie bereits als ihre Nachfolgerin. Sie legte sich richtig ins Zeug, um ihrer Schwiegertochter in spe den Feinschliff in der Hotellerie beizubringen. Lexi war prädestiniert dafür.» Er erzählte von der Hotelfachschule, was Max bereits wusste. «Und plötzlich tauchte Ruth auf. Mensch, die hat dem Albin den Ärmel reingezogen. Von da an hatte er nur Augen für sie. Und als er ihr vor aller Welt einen Heiratsantrag machte, dachte ich, jetzt muss Lexi durchdrehen. Stattdessen verliess sie noch am selben Abend das Hotel.»

«Haben Sie sie nie mehr gesehen?»

«Doch, doch, im letzten Sommer verkaufte sie am Stand mit den Tüchern ihre selbst gemachten Totems. Sie blieb jedoch eine Eintagsfliege. Sie war höchstens zwei Tage hier.»

Nichts Neues also. Max wusste nicht, ob er enttäuscht sein sollte. «Hat Ruth einen Freund?»

«Wie kommen Sie denn darauf?»

«Es hätte sein können, dass sie ihn letzthin erwähnt hat, während sie mit Ihnen am gleichen Stand arbeitete.»

«Kann sein. Sie ist eine attraktive Frau. Doch noch trauert sie um ihren Mann, glauben Sie mir. Die beiden waren wie Pech und Schwefel.»

«Kennen Sie Vincenzo Esposito?»

Der Mann lachte, was sich wie ein Grunzen anhörte. «Ein guter Bekannter, hat Ruth mir gesagt. Er kommt oft nach Engelberg. Früher sei Ruth mit ihm gegangen … wahrscheinlich zu Schulzeiten.»

«Stalkt er sie?»

«Von dem kann keine Rede sein. Er ist verheiratet.»

«Das ist keine Garantie. Hat sie mal erwähnt, dass sie von jemandem belästigt wird?»

«Nein, nicht, dass ich wüsste.»

Max erinnerte sich, dass Ruth davon erzählt hatte, welch Plappermaul ihr Kollege war.

Alles reimte sich. Nichts widersprach dem andern. Ausser vielleicht die Wahrnehmungen, wer Albin Odermatt war.

***

Sie hatten beim Chinesen gegessen und Guo Xu Lun kennengelernt, bevor sie zu Lindbergs Bar gingen. Guo Xu Lun sprach perfektes Hochdeutsch, weil er in Berlin studiert hatte, bevor er die Gastronomiekette in der Schweiz übernahm. Fede hatte ihn auf das «Fin de Siècle» angesprochen, worauf er unmissverständlich erklärte, dass er sich zwar überlegt habe, das Hotel zu kaufen. Als er aber die Expertise über den Zustand der Bausubstanz in den Händen gehalten habe, sei ihm die Lust dazu vergangen. Cinderella, seine Frau, hatte sich kurz auch noch gezeigt. Sie war nett gewesen.

Jetzt sassen sie an der Bar in Lindbergs Hotel und prosteten sich mit zwei Burgunderkelchen zu, in denen Champagner quirlte. Fede taute auf. Zum ersten Mal erzählte sie von ihrer Kindheit in Stans. Während der Primarschule habe sie mit ihren Eltern in der Fliegersiedlung in der Tottikonstrasse gewohnt, einem Quartier von zehn identischen Häusern, die in den 1940er-Jahren entstanden waren. Weder Vater noch Mutter hätten Wert auf Stil gelegt, zuletzt beim Wohnen. «Mam malte Bilder und kreierte Collagen», berichtete Fede. «Sie durfte sich ein eigenes Atelier einrichten und ihre Bilder ausstellen. Ihr Hobby machte sie später zum Beruf und wanderte alsbald in die Algarve aus. Aus einer Laune heraus, ich weiss es bis heute nicht. Ich schien sie nie wirklich interessiert zu haben. Zu Dad hatte ich ein besseres Verhältnis. Von Beruf ist er Physiker, im Grunde genommen lebte er stets in seiner eigenen Welt, zumeist etwas abgehoben. Er ist hyperintelligent, aber das Leben ging an ihm vorbei, möglicherweise sogar heute noch. Ich habe vernommen, dass er eine neue Lebensgefährtin hat. Mir gegenüber hat er das nie erwähnt. Ein Telefon oder eine E-Mail wären das Minimum gewesen. Ich verarge es ihm nicht. Es ist wahrscheinlich einfach nicht wichtig für ihn.»

Fede trank vom Champagner. «In einer solchen Umgebung wuchs ich heran. Ich machte mir ehrlich gesagt auch nie was aus Statussymbolen, wurde in der Schule stets belächelt, weil ich mit meinen Klamotten wie aus dem letzten Loch pfiff.» Sie lachte so laut, dass sich das ältere Paar unmittelbar neben ihnen sichtbar ärgerte. Die Frau schaute fast neidisch zu ihnen herüber, weil sie und ihr Mann sich offenbar nichts zu sagen hatten.

Fede hob provokativ das Glas an. *«Skål»*, sagte sie und zog Max' Gesicht näher. Sie küsste ihn unter dem Getuschel des Paares. «Jetzt haben sie ein abendfüllendes Thema», flüsterte sie schmunzelnd. Sie schmiegte sich erneut an Max. «In der Schule war ich stets unterfordert. Dad musste oft bei den Lehrern vorsprechen, weil ich im Unterricht störte oder lauter Blödsinn im Kopf hatte. Nach der fünften Primarschule kam ich ins Gymnasium Sankt Fidelis. Mich interessierten schon damals Mathematik und Informatik wie keine anderen Fächer. Bald kristallisierte sich heraus, dass ich einmal einen Beruf in der Informationstechnik ausüben würde. Nach drei Jahren zogen wir nach Zürich um, wo ich drei Jahre später das Gymnasium abschloss –»

«Sicher mit einer Bestnote», unterbrach Max.

Sie lächelte verschmitzt. «Ich studierte an der Eidgenössischen Technischen Hochschule zuerst Mathematik und später Ingenieurin im Bereich der Informatik. Ich schloss mit dem Master ab.»

Max merkte, wie ihm das Kinn hinuntersackte. «Warum hast du mir das nie erzählt?»

«Du kannst den Mund wieder schliessen.» Fede blieb gelassen. «Hätte es an unserer Beziehung etwas geändert?»

«Das nicht, aber du hast etwas Besseres verdient, als Mitinhaberin einer Detektei zu sein.»

«So ein Bullshit.» Fede winkte den Kellner herbei und bestellte noch einmal zwei Gläser Champagner. «Mir gefällt diese Art von Leben und Arbeit. Wahrscheinlich steckt in mir mehr von meiner Mutter, als ich mir das je habe vorstellen können.»

«Sie hat dich im Stich gelassen.»

«Da war ich bereits fünfzehn.» Sie seufzte. «Wahrscheinlich möchte ich deswegen keine Kinder. Ich würde ihnen eine schlechte Mam sein. Zudem tickt die biologische Uhr …»

Max griff instinktiv in seine Jackentasche, wo sich ein Schächtelchen befand. Er hatte am Vorabend im Juweliergeschäft «Schmucke Zeiten» einen Solitär erstanden, nachdem er Ruths Überweisung gesehen hatte. Er würde sich wieder einmal einen Lohn auszahlen können. Er hatte sich vorgenommen, heute um Fedes Hand anzuhalten.

Er getraute sich nicht. Die Schweden-Bar war zudem kein romantischer Ort. Aber würde das Romantische zu Fede passen? Ein verträumter, von der Welt entrückter Platz, um die

Frage aller Fragen zu stellen, ob sie ihn heiraten wolle? War eine solche Frage im Zeitalter hyperemanzipierter Frauen überhaupt angebracht? Für Fede musste er sich etwas anderes und Phantasievolleres einfallen lassen. Würde sie ihn zurückweisen? Er liess das Schächtelchen dort, wo es gewesen war.

«Was tust du da in deiner Jackentasche?» Fede hatte offenbar bemerkt, dass er in der Tasche wühlte.

«Ich dachte, ich hätte Taschentücher dabei.» Max sah auf die Armbanduhr. «Mitternacht ist vorbei. Ich schlage vor, dass wir zurück ins Hotel gehen.» Er zog Fede an sich. «Es ist verdammt schön mit dir.»

***

«Haben Sie nie Feierabend?» Max stellte sich an die Rezeption und verlangte nach dem Zimmerschlüssel.

Der Empfangschef fand diesen Witz nicht lustig. Dass er zum Umfallen müde war, stand in sein blasses Gesicht geschrieben. Leicht schnippisch überreichte er Max den schweren Schlüssel, den dieser neben sich ablegte. «Es war ein langer Tag. Leider ist unser Nacht-Concierge krankheitsbedingt ausgefallen. Frau Odermatt verknurrte mich dazu, seinen Dienst anzutreten, zumindest bis um ein Uhr. Ich hatte nicht mal Zeit, etwas Vernünftiges zu essen, geschweige denn mich zu erholen.»

Max beugte sich über den Tresen. «Ich habe es wieder vergessen, wie lange arbeiten Sie schon in diesem Hotel?»

«Schauen Sie mich an.» Endlich entglitt ihm ein Lächeln. «Ich gehöre bereits zum Inventar. Ich war schon bei Annie Odermatt angestellt.»

«Dann haben Sie all die Wechsel des Personals mitbekommen.»

«Sie wissen, dass Schweigen eine meiner Tugenden ist. Bemühen Sie sich nicht, mich auszuhorchen.»

Max ging nicht darauf ein. «Sie erinnern sich bestimmt an Walter Hess, der bis vor sieben Jahren in der Küche gearbeitet hat.»

«Ich gehe davon aus, Sie haben mich verstanden.» Feierabend duckte sich hinter dem Tresen, um etwas aufzuheben.

Max sah ihm nach. «Es geht um Ihre Chefin. Sie wird belästigt. Meines Erachtens dürfen Sie mir alles sagen, was Sie wissen. Das wäre auch im Sinne von Ruth Odermatt.»

Als Feierabend sich wieder aufrichtete, war etwas Farbe in sein Gesicht zurückgekehrt. «Sie vergeuden nur Ihre Zeit.»

So abweisend hatte ihn Max bisher nie erlebt. Ob es tatsächlich an seinem Schlafmanko lag? «Seit Wochen halten Sie hier die Stellung. Ist Ihnen nie aufgefallen, dass ein Fremder sich Zutritt ins Hotel verschafft hatte, der hier nicht hingehörte?»

«Täglich wimmelte es hier von Bauarbeitern», ereiferte sich Feierabend. «Trotz meines Sperberblicks konnte ich nicht unterscheiden, wer in guter oder böser Absicht hier ein und aus ging. Zudem haben wir uns schon einmal darüber unterhalten.»

«Könnten Sie sich aber einen Reim darauf machen, wer die Totems abgestellt hat?»

«Sie wiederholen sich, Herr von Wirth. Zudem hat mich Ihre Frau Mutter schon ausgefragt. Ich kann Ihnen versichern, dass durch die ewige Fragerei keine anderen Antworten entstehen.»

«Hat Ruth Odermatt Sie nicht um Hilfe gebeten?»

Feierabend errötete. «Ich konnte ihr auch nicht helfen.»

«Aber Sie mögen Ihre Chefin, oder irre ich mich?»

«Darauf muss ich Ihnen nicht antworten.» Feierabend wandte sich vom Tresen ab, vergewisserte sich, dass die Tür zum Büro geschlossen war, und entfernte sich kopfschüttelnd zum Ausgang.

In der Bar reinigte die Putzequipe den Bierausschank, Flaschengestelle und Gläserablagen, holte sauberes Geschirr aus der Spülmaschine und reihte es in einem Schrank ein.

Max hatte nicht bemerkt, dass Fede bereits nach oben gegangen war. Der Schlüssel war weg.

Konsterniert fuhr er mit dem Lift auf seine Etage. Die hektischen letzten Tage hatten den Concierge in seinem Wesen verändert. Wer in einem Hotel arbeitete, musste wohl starke Nerven haben.

Der Korridor war schwach erhellt, niemand mehr unterwegs. Um diese fortgeschrittene Nachtzeit schliefen alle oder liessen sich von einem öden Fernsehprogramm in den Schlaf schaukeln.

Fede hatte die Tür zur Suite zugezogen und abgeschlossen. Max klopfte sachte an. Er wartete vergebens. Entweder war sie in ihren narkoseähnlichen Schlaf gefallen oder hörte ihn nicht, weil sie sich im Bad aufhielt.

Er polterte mit der Faust auf das Türblatt. Nebenan ging eine Tür einen Spaltbreit auf. «Können Sie nicht leiser sein?», fragte eine Frau im langen Nachthemd. «Es ist ein Uhr.»

Max bat um Entschuldigung.

Was nun? Musste er sich Zutritt auf einen der Balkone verschaffen und die Suite von aussen betreten? Das fehlte noch. Er ging zurück zum Lift, blieb davor stehen, als er von der über ihm liegenden Etage ein Geräusch vernahm. Er hielt den Atem an, konnte sich auch täuschen.

War Fede bei Ruth?

Max ging zur Treppe, die nach oben führte. Als er den ersten Treppenabsatz erreicht hatte, hörte er ein Rascheln. Das musste von oben kommen. Gleichzeitig nahm er die Leuchtnummer über der Lifttür auf seiner Etage wahr. Der Lift fuhr nach oben. Max beeilte sich, in den fünften Stock zu gelangen. Er hatte kaum den obersten Absatz erreicht, als er einen Schatten im Lift verschwinden sah.

«Fede?»

Sie hätte wohl kaum den Lift genommen. Max sah den Korridor entlang zu Ruths pompöser Tür. Im schwachen Schein der Nachtbeleuchtung konnte er es ganz klar erkennen: ein Totem.

Max' Puls begann zu rasen. Er wusste, dass er jetzt ganz nahe an dem Übeltäter dran war, und hoffte, dass die Ablenkung durch die Holzfigur ihm keine kostbare Zeit geraubt hatte. Er rannte, so schnell er konnte, über die Treppen hinunter ins Erdgeschoss und nahm dabei zwei Tritte auf einmal, wäre einmal fast gestolpert. Er schwang sich um das Geländer herum, landete im dunklen Foyer. Er vergewisserte sich, dass der Lift bereits angekommen war, und drückte einen Knopf. Die Schiebetür ging auf, aber die Kabine war leer. Hatte er etwas anderes erwartet? Er hatte sich längst gewundert, mit welcher Rasanz der Aufzug jeweils unterwegs war.

Max beeilte sich, durch den Speisesaal zu gehen. Er lag ebenso im Dunkeln. Der undefinierbare Geruch nach Küche lag in der Luft. Ein Gemisch aus geschmolzenem Käse und Salatsosse.

Max rannte weiter in die Küche. Dort war alles still. Und unheimlich. Er suchte nach dem Lichtschalter, fand ihn mit Verzögerung, drehte ihn um. Kaltes Neon flackerte über ihm auf, beleuchtete die Arbeitsflächen und Kochplatten. Alles war blitzblank gereinigt. Vin war offensichtlich ein ordentlicher Mensch. Max peilte die Waschstrasse an, äugte zur Tür, erreichte sie, griff nach der Falle.

Die Tür war verschlossen, so, wie es Ruth veranlasst hatte.

Der Fremde musste sich folglich noch im Hotel aufhalten. Unmöglich, dass er durch den Hauptausgang entwischt war. Max vergewisserte sich, dass die Fenster geschlossen waren, und suchte nach Spuren von Schuhabdrücken. Er war enttäuscht, nichts Verdächtiges zu erkennen. Er durchquerte das Foyer, um einen Blick ins Kaminzimmer zu werfen. Im diffusen Schimmer, der durch die Fenster drang, wirkten die Möbel unheimlich und schwer. Im Cheminée glomm ein Stück Holz wie das letzte Zeichen eines vergehenden Abends, an dem die Gäste sich hier aufgehalten, Wein getrunken und in der Vergangenheit geschwelgt hatten.

Max kehrte zurück zur Rezeption, darauf bedacht, keinen unnötigen Lärm zu machen. Im Hotel war es so still, man hätte eine Nadel auf den Boden fallen hören. Nur von draussen waren sporadisch Stimmen zu vernehmen, von den späten Gästen, die sich an den Bars vergnügt hatten und jetzt auf der Strasse diskutierten. Max blieb stehen, äugte durch eines der Fenster, die zur Bahnhofseite hinausgingen. Schatten huschten vorbei. An der Ecke zum Dorfplatz stand eine Laterne wie ein gebeugter Nacken, warf ein wenig Licht. Nicht genug, um die Innenräume des Hotels auszuleuchten. Max hatte die Neonröhren in der Küche wieder ausgemacht. Die Dunkelheit kroch aus allen Ritzen. Und doch meinte er, ein Schemen zu erkennen, dort, wo das Foyer in den Speisesaal überging. Auf den mit Tüchern gedeckten Tischen schimmerte Geschirr, weisse Servietten wie Segel aneinandergereiht auf einer Regatta. Max stiess sich von der Wand ab, an die er gelehnt hatte, sich schützend vor einem möglichen hinterhältigen Angriff. Und blieb dann wie angewurzelt stehen.

Dort war jemand und bewegte sich. Max nahm nur die vage Regung eines Armes, einer Hand wahr. Eine Geistererscheinung, so kam sie ihm vor. Unwirklich in diesen Mauern, in der Stille, die wieder zurückgekehrt war. Keine Stimmen von draussen, kein Lachen mehr, nichts.

Max schätzte ab, wohin der Fremde, der sich genauso unbehaglich fühlen musste wie er, hingegangen war. Ob er derjenige war, den er im fünften Stock hatte in den Lift steigen sehen? Er wusste es nicht.

Wie bescheuert von ihm, sich nicht zu erkennen zu geben. Der andere musste massgeblich darauf warten, bis er den ersten Schritt tat.

Max sandte ein «Hallo» in den Raum. Es klang seltsam, schlug von irgendwoher zurück wie ein Echo.

In die Gestalt kam Bewegung. Sie duckte sich, schnellte von der Stelle weg, als hätte jemand sie hinauskatapultiert. Ein unnatürlicher Impuls, der zuletzt an einen Menschen denken liess. Die Gestalt schoss buchstäblich durch den Raum, auf Max zu, der sich zu wehren versuchte.

Er spürte einen Schlag, unmittelbar in sein Gesicht, ins linke Auge, die Nase. Oder war es der Mund?

Als Max sich aufrappelte, schmeckte er Blut. Und über die Stirn strömte es warm und klebrig.

Und dort, wo der Ausgang lag, prallte die Tür ins Schloss.

Er wollte nicht ohnmächtig werden, atmete tief ein, wieder aus. Konzentrierte sich. Ihm schwindelte, aber er liess sich nicht in die Schwärze ziehen. Nicht jetzt. Er ging in die Richtung, in der er die Küche vermutete, tastete sich blindlings die Gestelle entlang, erreichte die Lichtschalter und knipste die Neonröhren an.

Gleissendes Licht fiel über ihn wie ein Flammenwerfer. In seinen Ohren dröhnte es. Er schleppte sich zu den Spülbecken, wo die Pfannen gereinigt wurden. Er liess kaltes Wasser laufen, neigte den Kopf unter den Hahnen. Da kam viel Blut. Zu viel. Er hatte schon immer Mühe gehabt, wenn er sich bloss eine kleine Schnittwunde zugezogen hatte. Wenn er Blut nur sah, wurde ihm speiübel.

«Max!» Fede stand plötzlich neben ihm, als wäre sie vom Himmel heruntergekommen wie ein Engel. Max musste an ihre Figur auf dem Rücken denken, so absurd es war, an den Teufel mit den Flügeln, und er hätte schreien können vor Erleichterung. «Max, um Gottes willen, was ist passiert?»

Ihre Stimme flösste ihm fast Angst ein. Er hatte sie noch nie so aufgeregt erlebt.

«Er war da», keuchte er, sich seiner Stimme nicht mehr mächtig. «Ich habe ihn gesehen.»

«Wen hast du gesehen?»

«Den Fremden, der Ruth die Totems vor die Tür gelegt hat. Er hatte es wieder getan. Nur bin ich zu spät gekommen, eine Sekunde zu spät. Da war er bereits im Lift nach unten … und dich habe ich auch gesucht. Wo hast du gesteckt?»

«Ich war auf dem Balkon. Die Tür muss ins Schloss gefallen sein. Tut mir leid.»

«Bist du nicht von aussen gekommen?»

«Nein, aber da ging wer weg. Ich glaube, er ist im Annex verschwunden.»

«Er war es. Hast du ihn erkannt?»

«Nein, es ging zu schnell.» Fede streichelte ihm über die verletzte Stirn. «Komm, sieht ziemlich übel aus. Wir sollten ins Zimmer gehen. Dort gibt es Verbandsmaterial. Habe mir welches besorgt, nachdem du niedergeschlagen wurdest.»

Max griff sich an den Kopf. Die Blutung hatte etwas nachgelassen. «Langsam habe ich es satt.»

«Ich kann dich sogar verstehen. Hast du dich nicht gewehrt?»

«Es kam überraschend. Der stürzte wie eine Furie auf mich los. Mir blieb keine Zeit ... Das war kein Mensch.»

Sie gingen gemeinsam zum Lift, nachdem Fede die Lichter gelöscht hatte. «Wir sollten am Morgen die Polizei rufen. Das hier geht ans Lebendige.»

«Und ich dachte, ich wäre so verdammt nah dran.» Max lehnte sich an die Kabinenwand, als sie nach oben fuhren. Plötzlich war diese Erinnerung da. Die schieferfarbenen Augen. Der Blitz in seinem Gehirn, als man ihn auf dem Brunni niedergeschlagen hatte. Und als würde jemand einen Schleier heben, sah Max Richard Hess vor sich – Lexis Klon. «Sie muss einen Bruder haben, der ihr aufs Haar gleicht.»

«Was?»

«Es war Walter.»

«Was erzählst du da?» Sie waren in der fünften Etage angekommen. Fede stieg aus. «Ich hole mir nur schnell das Totem, bevor Ruth es entdeckt.»

Max sah ihr nach. Fede bückte sich vor der Tür und hob die Figur auf. Zufrieden kehrte sie zurück. «Eigentlich ist es lächerlich, wegen eines solchen Holzdings einen Aufstand zu machen, wenn es keinen so ernsthaften Hintergrund gäbe.» Sie musterte ihn. «Was ist, Max? Du wolltest mir etwas sagen.»

«Wir müssen Walter Hess finden. Ich bin mir ganz sicher, Lexi weiss, wo er sich aufhält.»

VIERZEHN

Wenn Milagros einen Raum betrat, spürte Max ein leises Vibrieren. Das war früher schon so gewesen. Sie hatte ein Charisma, dass einem die Haare zu Berge standen. Es war, als füllte sie die Umgebung mit ihrer ungebremsten Energie aus. Wenn Milagros auftrat, musste man sie ansehen, ob man wollte oder nicht.

Sie hatten sich zum Mittagessen verabredet, auf Milagros' Wunsch hin in der «Kafikaufbar». Max konnte sich bis anhin keinen Reim darauf machen, was sie an diesem Restaurant faszinierte. Der Flammkuchen konnte es unmöglich sein.

Max und Fede hatten es sich auf dem neuen alten Sofa gemütlich gemacht, als Milagros durch die Tür kam. Sie trug ein schwarzes Sommerkleid mit Netzbesatz und einen schicken kleinen Hut, als würde sie zu einem Konzert ins KKL gehen. Hinter ihr erschien, ebenso adrett gekleidet, Ralph. Max hatte seinen Nachnamen erst kürzlich erfahren, als er im Programmheft des 21st Century Orchestra nach ihm gesucht hatte. Im Orchester genoss der Musiker ein hohes Ansehen, gehörte er doch zu den begnadetsten Cellisten. Ralph Estermann. Sohn eines Postbeamten und einer Hebamme. Der jüngste von vier Söhnen, die drei anderen gingen einem soliden Handwerksberuf nach. Ralph schien sein Talent von den Göttern bekommen zu haben oder dem Gott Apollon.

Wie er hinter Milagros ging, sah es aus, als hätte sie ihn an der Leine. Max erhob sich, grüsste zuerst seine Mutter, die auf die Schramme in seinem Gesicht deutete. «Hat man dich schon wieder niedergeschlagen?»

Anstandshalber reichte er Ralph die Hand. Er war noch immer nicht warm mit ihm geworden. Als ahnte er, was kommen würde, lud er sie ein, sich zu ihnen an den Salontisch zu setzen, der mit einem Preisschild mit hundert Franken versehen war.

«Hast du Verstärkung mitgebracht?» Max war besessen von dem Gedanken, den Musiker auf die Schippe zu nehmen.

Ralphs Zurückhaltung war verdächtig. Er schenkte Max ein Lächeln, während er Milagros einen mit Polster versehenen Stuhl zurechtschob. Er selbst setzte sich erst, als er Fede mit Handkuss begrüsst hatte.

Fede machte kein Aufheben darum. Sie stellte bloss die Frage, ob es ihres Outfits wegen etwas Aussergewöhnliches zu feiern gäbe.

«So ist es.» Milagros betrachtete ihre rot lackierten Fingernägel und die mit einem Diamantring versehene linke Hand. Wenigstens hatte sie die alte Angewohnheit, von ihrem teuren Schmucklager alles auf einmal zur Schau zu tragen, abgelegt. «Ralph und ich … wir werden …»

Hoffentlich nicht heiraten! Max schloss die Augen. Milagros machte sich bloss zur Witzfigur damit. Sugar-Mummy ehelicht mittellosen Musiker.

«… gemeinsam auf eine Weltreise gehen.» Milagros deutete wieder auf Max' Gesicht. «Wer hat dir das angetan? Wie ich sehe, lebst du gefährlich.»

Fede bekundete als Erste ihre Freude über die Neuigkeit, und Max dachte, dass er dann etwas Ruhe bekommen würde. Andererseits müsste er seine Mutter dann ganz Ralphs Verantwortung übergeben. Bis anhin war er es gewesen, der sich um sie gekümmert hatte, wenn auch bloss mit zwei Anrufen pro Woche. Zugegeben, in den letzten Wochen waren es etwas weniger geworden. Und die gemeinsamen Mittagessen auf dem Bürgenstock hatten sich auf vier pro Monat eingependelt.

«Freust du dich nicht?» Milagros fixierte Max mit nachdenklichem Blick. «Ich dachte, dass ich mir diese Auszeit erlauben kann. Natürlich erst, wenn der Fall gelöst ist. Bis dahin könnt ihr mit meiner vollen Unterstützung rechnen.» Sie sah Ralph an. «Ralph wird den Rest meines Aufenthalts in Engelberg mit mir verbringen.»

Keine Hochzeitsglocken! Kein Stiefvater!

Max atmete aus. Mit allem andern würde er sich arrangieren können. Auch damit, dass Ralph nicht bloss Milagros' Zeitvertreib war. Sie meinte es ernst mit ihm. Jetzt wäre vielleicht die

Gelegenheit gewesen, um Fedes Hand anzuhalten. Max trug das Schächtelchen mit dem Ring in seiner Jackentasche.

Ein Kellner nahm ihm die Entscheidung ab und die Bestellung für Speis und Trank auf.

Milagros orderte grossmütig wie immer viermal das Tagesmenü: Schweins-Piccata mit Tomatenspaghetti. Max wunderte sich über ihren Rückschritt ins Einfache.

Als hätte sie seine Gedanken gelesen, sagte sie: «Ich muss mich akklimatisieren, was das Essen betrifft. Wir werden ja nicht nur in den besten Hotels logieren und nicht die teuersten Restaurants aufsuchen, wenn wir um den Globus reisen. Auf jeden Fall werden wir westwärts reisen und zuletzt drei Wochen auf Mauritius verbringen, bevor wir zurückkehren.»

«Insgesamt werden wir ein halbes Jahr unterwegs sein», sagte Ralph, offenbar froh darüber, auch etwas zu ihrem Abenteuer beitragen zu dürfen. Max ging davon aus, dass Milagros ihn dazu eingeladen hatte. Das Wort Mauritius allerdings stiess ihm wieder übel auf. Mauritius galt als *die* Hochzeitsinsel.

«Darf ich um einen letzten Gefallen bitten?» Max sah Milagros an. «Wenn du noch einmal zu Mathilda Hurschler gehen könntest, wäre mir sehr gedient. Letzthin war ich bei ihr, um zu erfahren, wer vor der Winnetou-Dernière bei ihrem Sohn war. Ich möchte, dass du sie gnadenlos aushorchst. Vielleicht wird sie sich daran erinnern können, wenn du sie nur lange genug in ein unverbindliches Gespräch verwickelst.» Max wollte den Namen Walter Hess nicht in den Mund nehmen.

Die Chefin des Hauses brachte vier Prosecco.

Milagros hob ihr Glas an. «Seid ihr denn schon weiter? Habt ihr eine Idee, wer der Totemkurier ist?»

«Max war heute früh haarscharf an ihm dran», sagte Fede.

«Das sehe ich.»

Fede kicherte, und Ralph begutachtete Max' Gesicht. «Sieht übel aus.»

«Wie gut kennst du Annie Odermatt?» Max wandte sich an Milagros. Er brauchte kein Mitleid, zuletzt von Ralph. «Mathilda Hurschler war nicht gut auf sie zu sprechen.»

«Wir hatten ein ambivalentes Verhältnis, wenn man die gelegentlichen Besuche im Hotel als Verhältnis bezeichnen kann. Annie war die Gastgeberin, wie man es sich wünscht. Ihre Fähigkeit, jedem Gast quasi den Wunsch von den Lippen zu lesen, machte sie unersetzlich für Engelberg.»

«Hast du gewusst, dass sie die Schwester von Hess ist, dem das Sportgeschäft gehört?»

«Selbstverständlich. Ich habe da auch schon eingekauft.»

«Seine Tochter Alexandra und Albin hätten, wenn es nach Annie Odermatt gegangen wäre, heiraten sollen.»

«Geht das nicht unter Inzucht?», fragte Ralph.

Max hätte von ihm mehr Feingefühl erwartet.

«Nach katholischem Eherecht ist die Eheschliessung zwischen Cousin und Cousine ersten Grades verboten», sagte Milagros. «Odermatts sowie Hess' sind streng katholisch ... Das verwundert mich. Hat Annie das wirklich gesagt?»

«Nicht direkt», sagte Max. «Aber die beiden waren bereits verlobt, als Ruth in Albins Leben trat.»

«Und nun glaubst du, da werden Dinge aus der Vergangenheit ausgegraben», sagte Milagros. «Sucht ihr da nicht zu weit?»

«Es muss etwas Gravierendes vorgefallen sein», meinte Fede. «Max wurde zweimal niedergeschlagen. Jemand will verhindern, dass nach der Wahrheit gesucht wird.»

Max winkte ab. Er hatte kein Bedürfnis, über die verworrene Lage zu spekulieren. Er würde heute noch einmal zu Lexi fahren, zusammen mit Fede. Er schlug vor, Ralph – auch wenn es ihm schwerfiel, ihn anzuhören – solle von den bevorstehenden Plänen erzählen.

Während des Essens herrschte ein angenehmer Small Talk. Vergessen waren die bedrückenden Momente auf dem Brunni und im Hotel «Fin de Siècle». Selbst Ralph taute auf, und Max musste sich eingestehen, dass Milagros' Lover kein schlechter Kerl war. Er tat seiner Mutter offensichtlich gut.

***

Sie waren am Nachmittag auf das Brunni gefahren und hatten von der Bergstation aus in einer halben Stunde die Alphütten erreicht. Die Schafe waren weitergezogen. Jedenfalls bekam man sie nicht zu Gesicht.

Lexi sass vor der Hütte und bemalte ein Totem. Sie war so sehr in ihre Arbeit vertieft, dass sie Max und Fede zuerst nicht beachtete. Erst als sie vor ihr standen, legte sie die Holzfigur auf die Bank. «Du schon wieder.» Sie musterte interessiert Fede. «Und du?»

«Sie kennt sich gut beim Schafhüten aus», sagte Max. Sie hatten es auf dem Hinweg besprochen, dass Fede so lange auf der Alp blieb wie nötig. Heute hiess es, Nägel mit Köpfen zu machen. Sie würden erst nach Engelberg zurückfahren, wenn sie wussten, wo sich Walter Hess aufhielt.

Lexi lächelte vor sich hin. «Was hast du da über den Augen?»

«Ein weiteres Souvenir von jemandem, der mich partout nicht ausstehen kann. Ich habe da an deinen Bruder gedacht. Hast du ein Foto von ihm?»

«Von Richard?»

«Von Walter ... oder am besten von beiden.»

Wider Erwarten erhob sich Lexi und verschwand kurz darauf in der Hütte.

Fede machte grosse Augen. «Sie ist mir unheimlich.»

Dies aus ihrem Mund zu hören, erschreckte Max, war er sich von Fede doch anderes gewohnt. Sie war tolerant und verabscheute Voreingenommenheit. «Hast du ihre Augen gesehen? Da schwelt etwas, das rausmuss.»

Lexi kehrte zurück. Sie streckte Max ein Bild entgegen, worauf drei Jugendliche zwischen zwölf und achtzehn zu sehen waren. «Es ist das einzige Foto, das mich mit meinen beiden Brüdern zeigt. Vor vielen, vielen Jahren, als die Welt noch in Ordnung war.»

Wäre Max der Altersunterschied nicht aufgefallen, hätte er auf Drillinge gedeutet. Die Geschwister ähnelten sich sehr. Vor allem die Augen, diese schieferfarbenen Iriden mit dem dunklen Rand, hatten alle drei.

«Mutters Vermächtnis», sagte Lexi. «Auf Vaters Seite war die Iris blau.» Sie zeigte auf die Augenpartie. «Eine Seltenheit, wie man sagt. Bei uns hat es gleich dreimal eingeschlagen.»

Max kam Ralphs Bemerkung in den Sinn. «Walter war vorgestern hier, nicht wahr?» Max musste endlich auf einen Nenner kommen. «Und er war es, der mich zu Kleinholz geschlagen hat.»

Er sah, wie Lexi leer schluckte.

«Ja, er war da», sagte sie. «Er hatte dich im Wald angegriffen. Ich kam zufällig dazu, weil ich nach ihm suchen wollte. Nachdem wir zusammen die Höhenfeuer angesehen hatten, ging er noch einmal zu den Schafen und beeilte sich nicht mit der Rückkehr zur Hütte.» Lexi senkte ihren Blick. «Er arbeitet ganzjährig auf der Fürenalp. Hat dort oben ein Zimmer. Obwohl ich versuche, mich von ihm zu lösen, misslingt es mir. Vor allem in den Sommermonaten kann ich ihn nicht vergessen. Er ist der Grund, weshalb ich jedes Jahr nach Engelberg zurückkomme, obwohl man mich in anderen Feriendestinationen brauchen könnte. Meine Familie bedeutet mir alles, vor allem mein jüngerer Bruder. Ich bin, nebst der Gastfamilie auf der Fürenalp, die Einzige, die ihm Halt gibt.»

«Er müsste in der Zwischenzeit über dreissig sein», sagte Max.

«Dreiunddreissig», sagte Lexi.

«Warum hat er mich angegriffen?»

«Ich weiss es nicht.»

«Du weisst es.» Max war sich sehr sicher. «Hat er etwas mit den Totems zu tun? Rächt er sich an Ruth, weil sie dir deinen versprochenen Mann weggenommen hat?»

Lexi kniff den Mund zusammen.

«Hat er sich auch an Albin Odermatt gerächt? Weil er sich von Ruth verführen liess?»

Lexi liess sich wieder auf der Bank nieder. Sie sah Fede argwöhnisch an. «Ihr wollt heute die Wahrheit hören, oder irre ich mich? Warum seid ihr zu zweit gekommen? Aus Angst, ich könnte dir, Max, etwas antun? Du hattest mich doch in Verdacht –»

«Ehrlich gesagt, ja. Wir sind hier, weil wir ein weiteres Unglück verhindern wollen. Wir möchten nicht, dass Ruth dasselbe passiert wie Albin. So, wie ich deinen Bruder in der Zwischenzeit einschätze, ist er sehr labil. Geschwisterliebe kann einstweilen sonderbare Formen annehmen. Ich schätze Walter so ein, dass er sich dir gegenüber verantwortlich fühlt, wenn auch anders als du dich gegenüber ihm.»

«Er hat eine ganze Reihe von meinen Figuren, das stimmt. Aber dass er sie Ruth Odermatt vor die Tür stellt, ist an den Haaren herbeigezogen.»

«Ich möchte, dass du mit mir auf die Fürenalp fährst.»

«Was?» Lexi bekam den Mund nicht mehr zu. «Und meine Schafe?»

«Wie bereits erwähnt, wird Fede deinen Job vorübergehend übernehmen. Sie kennt sich mit Tieren aus.»

«Wer's glaubt, wird selig.» Lexi kicherte. «Und was willst du auf der Fürenalp?»

«Mit deinem Bruder reden.»

Lexi konnte sich vom Lachen nicht erholen. «Bist du schwindelfrei? Die Bahn nach oben hat's in sich.»

«Ich bin oft mit dem Segelflieger unterwegs», log er.

Fede sah ihn mit zusammengekniffenen Augen an. Er sah zurück und hob die Brauen.

«Na ja, wenn du diese Luftseilbahn mit einem Segelflieger vergleichen willst … an mir soll es nicht liegen.» Sie warf Fede einen Blick zu. «Eigentlich musst du nichts weiter tun, als von Zeit zu Zeit zum Gehege gehen und die Schafe zählen. Es sind deren dreiundvierzig. Flip wird sich schnell mit dir anfreunden. Er ist ein guter Hund.»

***

Max sah hinauf zur Kante. Gerade eben war eine Gondel über den Mast gefahren. Auf halbem Weg kreuzte sie sich mit der entgegenkommenden Bahn. Wie zwei rote Punkte schienen sie aneinander vorbeizugleiten. Zwei Farbtupfer im zerklüfteten

Grau des Felsens, der sich bedrohlich über das Tal neigte. Dort hochzufahren, erforderte Mut und Schwindelfreiheit, die Max nur beschränkt hatte.

Sie waren von Engelberg aus mit dem Bus bis zu den Wasserfällen gefahren und zwangsläufig am Winnetou-Dorf vorbeigekommen, wo zwei Security patrouillierten. Max hatte einen Abstecher zu ihnen gemacht und sich nach dem Wächter von neulich erkundigt, um ihm Guten Tag zu sagen. Gideon Durrer, hiess es, habe wegen einer Sommergrippe eine Auszeit nehmen müssen.

Weiter oben erhoben sich imposant die Spannörter. Gezackte Felsformationen, messerscharfen Kämmen gleich, die den Himmel aufrissen. Auf ihren Gipfeln lag wie Zuckerwatte der Neuschnee, den die Sonnenstrahlen noch nicht zum Schmelzen gebracht hatten.

Der Einstieg war primitiv. Ein Holzbock diente als Treppe. «Ist die Seilbahn eidgenössisch konzessioniert?», fragte Max höflich, bevor er einen Fuss in die Gondel setzte.

Die Frau, die die Bahn bediente und ihm zwei Billets ausgehändigt hatte, lachte ihn an. «Nein, dafür ist der Kanton zuständig. Aber keine Angst, sie wird regelmässig auf ihre Fahrtüchtigkeit und Sicherheit geprüft.»

Mit einem flauen Gefühl in der Magengegend stellte sich Max in die Kabine. Bergseits. Er schüttelte seine abstrusen Gedanken ab.

Wenn er nach oben sah, schwindelte ihm. Die Fahrt bis zum ersten Mast war so steil und die Höhendifferenz so gross, dass er sich vornahm, die Augen zu schliessen, auch wenn er sich im Nachhinein von Lexi ein paar anzügliche Bemerkungen würde gefallen lassen müssen.

Kurz vor der Abfahrt zwängte sich eine Gruppe von fünf Jugendlichen in die Gondel, drei Mädchen und zwei Jungs. Max hatte ein ungutes Gefühl. Er glaubte, diese Art von Teenagern zu kennen, die wahrscheinlich nur Blödsinn im Kopf hatten. Er war schliesslich auch einmal in diesem Alter gewesen. Dem Geruch zu urteilen nach, mussten sie erst noch gekifft haben.

Lexi klebte fast an seiner Seite. Max hatte nicht auf Tuchfühlung gehen wollen, aber es blieb ihm keine andere Wahl. Er spürte ihren muskulösen Körper, die von der Hitze feuchte Haut.

Die Bahn löste sich von der Talstation. Sie steigerte das Tempo. Rasant kamen die Felsen näher, die abfallenden Wände, an denen sich Föhren festklammerten, dazwischen Alpenblumen wie gelbe und blaue Kleckse.

Max konzentrierte sich auf das Kabinenfenster, konnte es jedoch nicht vermeiden, an die grauen Gesteinsflanken zu sehen und sich vorzustellen, wie er dort hinunterstürzte. Er trieb seine Phantasie so weit, dass sein Magen zu protestieren begann. In Gedanken schlug er auf, schoss in den sicheren Tod.

«Was ist mit dir?», fragte Lexi besorgt. «Du bist ganz fahl. Hast du Angst? Ich dachte, du fliegst.»

«Ich bin überwältigt», brachte Max heraus. «Kann man auch zu Fuss hinunter?»

«Hinunter kommt man immer, auch zu Fuss.» Lexi schloss sich dem Gekicher der jungen Leute an. Offenbar machten sich gerade alle einen Spass aus Max' Befindlichkeit.

«Fährst wohl zum ersten Mal mit einer Luftseilbahn.» Dies war die netteste Bemerkung, die fiel. Bis zur Bergstation musste sich Max einige dumme Sprüche gefallen lassen. Oben war er froh, endlich der Sardinenbüchse zu entkommen.

Die Aussicht entschädigte ihn für den Stress. Max dachte, in eine andere Welt einzutauchen. Vor ihm erhoben sich die Spannörter. War ihre Imposanz von unten nur zu erahnen gewesen, war sie jetzt zum Greifen nah. Erhaben präsentierten sich die Bergpyramiden mit ihren tiefen, zerklüfteten Felsentälern und den schroffen Strukturen, die wie Orgelpfeifen neben dem unverkennbaren Buckel des Titlis aussahen.

Lexi ging zielstrebig voraus. Sie ergatterte in der Nähe des Restaurants vor dem Abhang zwei Liegestühle und legte eine Jacke über beide Sitze. «Ich sehe mal schnell nach Walter.»

Max setzte sich und liess die Bilder auf sich einwirken. Er hätte sich Erbaulicheres vorstellen können, als wegen eines Verdächtigen hier zu sein. Die Bergkulisse wäre perfekt für einen Antrag an Fede gewesen. Hier oben, auf tausendachthundertfünfzig Meter über Meer, wäre der prädestinierte Ort und hätte zu ihnen gepasst.

Max schminkte sich dieses Unterfangen ab. Es würde ihm sicher etwas Passendes in den Sinn kommen.

Lexi kam mit zwei Bierflaschen zurück. «Engelberger Klosterbräu, unser Dorfbier», sagte sie nicht ohne Stolz in ihrer Stimme.

«Ich habe schon Bekanntschaft damit gemacht.» Max nahm ihr die Bierflasche dankend aus der Hand.

«Walter kommt gleich. Ich brauchte etwas Überzeugungskraft. Er ist menschenscheu.»

Menschenscheu und verklemmt, sinnierte Max. Das würde passen. Er nahm einen grossen Schluck Bier. Wäre die Situation nicht so verworren gewesen, er hätte sich sehr wohlgefühlt.

Sie sassen eine Weile auf ihren Stühlen, die Beine von sich gestreckt. Jeder mit seinen eigenen Gedanken beschäftigt, bis Lexi das Schweigen brach. «Früher bin ich oft hierhergekommen. Die Alp verströmt etwas Göttliches. Im Sommer wie im Winter. Hier wird einem bewusst, wie klein und unbedeutend man ist. Man fühlt sich eingebettet in die archaische Natur, kraftvoll umgeben. Ist es nicht schön?»

Max pflichtete ihr bei, während sein Blick zur Seite schweifte, dorthin, wo ein Mann daherkam. Blond, wild und kräftig. Lexis männliches Ebenbild. Auf gleicher Höhe angelangt, fixierte Max dessen Augen, deren Farbe ihn an die scharfen Felskanten auf dem Weg zur Fürenalp erinnerte. Augen, die Böses und Gutes ausstrahlten. Augen, die sich duellierten in einem verworfenen Blick. Das Einzige, was Walters von Lexis Augen unterschied. Er musste die Gabe haben, gleichzeitig in zwei verschiedene Richtungen zu sehen.

Mit dem Mann stimmte etwas nicht. Als er Max die Hand zum Gruss reichte, schaute er anderswohin, nur nicht in sein Gesicht.

«Sag's ihm», forderte Lexi ihn auf. «Gib zu, dass du ihn niedergeschlagen hast, vorgestern im Wald.»

«Er schnüffelt hier herum. Ich habe ihn in Engelberg gesehen, zusammen mit Annie Odermatt und kurz darauf mit deren Schwiegertochter. Dabei sind die beiden wie Hund und Katz.» Noch immer sah Walter ihn nicht an. Max bekam den Eindruck, als existierte er nicht wirklich für Walter. Alles, was dieser sagte, richtete er an seine Schwester.

«Kennen Sie Severin Hurschler?» Eine unmissverständliche Frage würde ihn vielleicht aus der Reserve locken.

«Nein, wer soll das sein?» Flüchtig wandte Walter ihm das Gesicht zu.

«Ihr seid früher zusammen Motorrad gefahren. Vielleicht habt ihr sogar zusammen Waffen gesammelt, später, als Severin körperlich beeinträchtigt war.»

«Richard fuhr Motorrad», sagte Lexi.

Max ging nicht darauf ein, sah weiterhin nur Walter an. «Mathilda Hurschler mag sich gut an Sie erinnern. Wann haben Sie Severin das letzte Mal besucht?»

Walter starrte auf den Boden. Max folgte seinem Blick. Auf einem Grashalm machte sich ein dicker Käfer über eine Fliege her. Der Fliege gelang es, sich aus den Zangen des Käfers zu befreien, im selben Augenblick, als Walter eine Hundertachtziggradkehrtwendung machte und sich anschickte, über die Terrasse des Restaurants zu laufen. Max bemerkte, dass sein Weg nicht in der Küche enden würde, sondern in der Bergstation. Walter rannte über die Treppe nach oben.

Max schoss vom Liegestuhl auf. «Ich bezahle nachher», rief er einer Kellnerin zu und wusste genau, dass er nicht dazu kommen würde, wollte er Walter erreichen, bevor die Bahn ins Tal fuhr.

Lexi kam ihm nach, mit der gleichen Ausrede. Das Bier hatten beide im Gras stehen gelassen.

Max nahm mehrere Stufen auf einmal, stiess einen Mann, der ihm den Weg verbarrikadierte, unsanft zur Seite.

Walter stand breitspurig in der Kabine, hatte seine Arme verschränkt. «Lexi darf mit, *du* nicht.»

«Ich will nur mit dir reden.» Max duzte ihn nun auch. «Über deine Freundschaft zu Severin Hurschler.»

«Du willst mir etwas anhängen.»

In der Kabine läutete es, das Zeichen, dass die Seilbahn abfahren würde. Lexi drängte sich an Walter vorbei nach drinnen. Max schob Walter mit Gewalt zur Seite. «Wenn du nicht parierst, werde ich dir zwischen die Beine treten. Recht und Gegenrecht.»

«Er hat das nicht absichtlich getan», sagte Lexi.

«Dazu war der Schlag zu gezielt.»

Die Tür schloss automatisch. Sie waren gefangen. Max sah sich die Notfallknöpfe an und hoffte, nicht von ihnen Gebrauch machen zu müssen. Ein seltsames Gefühl beschlich ihn. Ruhe bewahren, sagte er sich. Die Fahrt nach unten dauert nicht ewig.

Die Gondel setzte sich in Bewegung und gewann schnell an Fahrt.

Walter drückte sich mit dem Rücken gegen die Seitenwand. Er behielt Max im Auge, starr jetzt, bedrohlich. Von dem Mann ging eine Gefahr aus. Max konnte sie spüren, sogar riechen. Der erste Mast lag hinter ihnen, der zweite folgte. Dann ging es steil bergab. In Max' Ohren sauste und brauste es. Er versuchte, den Druck auszugleichen, indem er gähnte.

Walters Schlag traf ihn unvermittelt. Max torkelte nach hinten, prallte an die Tür und knickte ein. Die Gondel schaukelte bedenklich. Max kam wieder auf die Beine. Er holte aus, schlug zurück, streifte Walter an der Wange. Er hatte keine Übung darin.

«Stopp! Beendet das! Sofort!» Lexi kreischte.

Walter hörte nicht auf seine Schwester. Er streckte die Linke nach vorn und schlug mit der zur Faust geballten rechten Hand zu. Diesmal traf er Max' Nase.

«Verdammter Idiot!» Max hielt sich die Nase. Wie eine Fontäne schoss Blut aus ihr. «Du hast mir das Nasenbein gebrochen.»

«Lass uns in Ruhe, du Kretin!» Walter kannte nichts mehr. Er schlug blindwütend auf alles, was ihm in die Quere kam, selbst auf seine Schwester, die auf einmal zu Boden ging. Die

Gondel schlingerte von einer zur anderen Seite. Max bekam wieder Halt, griff nach dem Notfallknopf und drückte ihn.

Ein Fehler.

Die Bahn bremste ab und kam wenig später zum Stillstand. Unmittelbar über den Felsen, der mit jeder Bewegung näher zu kommen schien. Die Gondel tanzte wie ein Gummiball in der Luft. Walter war das offenbar egal. Er streckte die Arme von sich, hielt sich an den Seitenwänden fest und schaukelte hin und her, auf und ab. Es machte ihm Spass. Er kannte keine Angst.

Max dagegen kämpfte gegen eine Ohnmacht, als die Bahn einen Hüpfer über das Tragseil machte, zwanzig Zentimeter abwärts.

«Fertig jetzt!» Lexi rappelte sich auf. «Du schickst uns alle in den Tod.»

Walters Lachen hatte etwas Diabolisches an sich. Er wandte sich erneut an Max. «Was haben wir dir zuleide getan, dass du uns verfolgst?» Er mässigte sich ein wenig.

«Ich habe dir bloss Fragen gestellt.» Max zwang sich, einen kühlen Kopf zu bewahren, was ihm schwerfiel. Er spürte Galle im Mund und würgte. «Du wirst sie mir jetzt beantworten.» Reiss dich zusammen, tadelte er sich. «Wann hast du Severin Hurschler zum letzten Mal gesehen?»

«Was geht es dich an!»

Über die Freisprechanlage der Kabine krächzte die Stimme der Bahnwärterin. «Können Sie mir sagen, was da oben los ist? Bitte antworten Sie.»

«Lassen Sie uns runter und rufen Sie die Polizei», sagte Max schnell, bevor Walter zu einem neuen Schlag ausholen konnte.

Doch Walter verhielt sich gegen jede Erwartung ruhig, wie paralysiert. «Warum Polizei?»

«Seit einem Jahr belästigst du Ruth Odermatt mit Totems.»

Walter schwieg mit aufgerissenen Augen. Die seltsamen Iriden bewegten sich unstet.

«Und du hast Severin dazu missbraucht, Albin Odermatt zu töten. Du hast heimlich sein Gewehr geladen, weil du das Leid deiner Schwester nicht mehr verkraftet hast. Auch für dich war ein Traum zu Ende. Du hattest damit gerechnet, einst eine angesehene Stellung im ‹Fin de Siècle› zu bekommen.»

Walter liess sich an der Kabinenwand zu Boden gleiten. Max ahnte, dass das eine mitleidheischende Masche war.

Die Gondel schaukelte nur noch leicht. Ein Ruck ging durch die Kabine. Das Zugseil zog an. Sie fuhren zu Tale. Lexi reichte Max ein Taschentuch. «Hier, wisch dir die Nase sauber.»

Unten gebärdete sich die Stationsfrau wie ein aufgescheuchtes Huhn. «Was war das da oben? Sind Sie noch bei Trost? Die Halterungen hätten sich lösen können, die Klammern am Tragseil. Es gibt einen Grund, weshalb die Bahn bei Sturm nicht fährt. Nun kommen Sie und schaukeln so fest, dass die Gondel fast hinuntergestürzt wäre. Sie können von Glück reden, gelang es mir, die Bahn wieder in Fahrt zu setzen. Es ist nämlich schon vorgekommen, dass die Leute mit dem Helikopter geborgen werden mussten.»

Max war es mulmig zumute. Er ahnte, dass die Frau recht hatte.

«Sie haben auch die Leute auf der Bergfahrt gefährdet. Ich muss das melden. Ich denke, das wird Sie teuer zu stehen kommen. Den Seilbahningenieur habe ich bereits aufgeboten. Bevor die Bahn weiterfahren kann, muss er sie auf ihre Sicherheit prüfen.» Die Frau zeigte sich untröstlich. «Ich brauche meinen Job, kann es mir nicht leisten, ihn wegen drei Bescheuerten», sie sah Lexi streng an, «zu verlieren.»

Walter stand neben Lexi, war ganz zahm geworden. Das gefährliche Abenteuer zwischen den Masten machte ihm sichtbar zu schaffen, jetzt, da das klare Denken in sein Gehirn zurückgekehrt war. Er wandte sich an Max. «Bitte keine Polizei.»

«Polizei?» Die Stationsfrau gestikulierte. «Die habe ich prompt vergessen.»

Max bat sie, ein Aufgebot zu unterlassen, und versuchte, ihr zu erklären, was in der Gondel geschehen war. Mit der Wahrheit nahm er es nicht so genau. «Falls Kosten anstehen, können

Sie mir die Rechnung direkt zuschicken.» Er beförderte seine Visitenkarte zutage.

«Privatdetektiv sind Sie?» Der Frau stand der Mund offen. «Das war ja wie bei James Bond.» Ohne Details zu fordern, nahm sie die Karte entgegen. «Danke. Ich hoffe, das wird ausser einer Rechnung keine Konsequenzen für Sie haben.» Sie ging kopfschüttelnd in ihr Kabäuschen.

***

Sie warteten auf den Bus, der sie zurück nach Engelberg fuhr.

«Das sind grobe Anschuldigungen, die du gegen meinen Bruder richtest», sagte Lexi. «Aber es ist nett, wenigstens die Polizei aus dem Spiel zu lassen. Schau ihn dir an.» Sie zeigte auf Walter. «Sieht so ein hinterhältiger Mörder aus? Und würde er, falls er ein Mittäter ist, nicht die Flucht ergreifen? Meine Güte, was geht in deinem Kopf vor?» Sie zog ihn ausser Walters Hörweite. «Mein Bruder ist labil, er hat autistische Züge. Manchmal scheint das mehr, manchmal weniger durch. Es muss immer jemand da sein, um ihn zu führen. Er ist nicht dumm; er spürt ganz genau, ob ihm jemand gut gesinnt ist oder nicht. Er verträgt absolut nicht, wenn sich mir jemand nähert.»

«Du bist nicht immer für ihn da. Während der Wintermonate bleibst du Engelberg und Walter fern.»

Lexi seufzte. «Walter ist auf der Fürenalp gut aufgehoben. Ich muss ihn da wieder hochbringen. Aber vorerst wird er bei mir auf dem Brunni sein, bis er sich wieder eingerenkt hat.»

«Du nimmst ihn in Schutz. Ich sehe in ihm eine –»

«Schscht, bitte nimm das Wort nicht in den Mund. Walter ist ein friedliebender Mensch, wenn man ihn in Ruhe lässt. Er verteidigt bloss sein Revier, und dazu gehöre ich.»

«Er hat mich bereits auf deiner Alp angegriffen.»

«Es hat dich niemand gezwungen, nachts da hochzukommen.»

Max schluckte den Ärger hinunter. Lexi hatte recht. Andererseits konnte er sich doch nicht so geirrt haben. Alle Indizien hatten auf Walter gewiesen. Er kannte sich im «Fin de Siècle» aus, wusste, wo sich der geheime Zugang zum Hotel befand. Er hatte in der Küche gearbeitet. Die verborgene Tür musste ihm aufgefallen sein. Möglicherweise hatte er sogar einen Schlüssel mitlaufen lassen, nachdem er die Stelle aufgegeben hatte.

«Was ist?» Lexi sah ihn bittend an. «Lässt du Walter in Ruhe?»

«Er hat unser Leben gefährdet.» Max konnte es nicht so stehen lassen.

«Er muss Medikamente gegen seine Aggressionen einnehmen. Er sagte mir, dass er die manchmal vergisst. Ich werde mit ihm zu seinem Arzt gehen. Das ist aber nicht dein Problem, Max. Wir haben schon so viel durchgemacht in unserem Leben. Wir werden auch das überstehen.» Lexi sah in die Richtung, aus der der Bus sich näherte.

Max hätte sich am liebsten verkrochen. Wenn das stimmte, was Lexi ihm erzählte, musste er sich in Grund und Boden schämen. Es war das Allerletzte, wenn er einen gesundheitlich angeschlagenen Mann als Täter verdächtigte. Andererseits verübte keiner mit einem gesunden Menschenverstand eine solche Tat. Wer immer auch tötete, war psychisch krank oder von Grund auf böse. Max wusste nicht, was er glauben sollte. Walter hatte durchwegs etwas Gutes an sich. Doch seine Angriffe auf ihn bezeugten auch etwas abgrundtief Böses.

Max befand sich in einem Zwiespalt. Sein Bauchgefühl, falls er sich darauf verlassen konnte, sagte ihm, dass er sich irrte. Sein Verstand jedoch rebellierte. Die Recherchen hatten ihn dorthin geführt, wo er sich gerade befand. Er haderte mit sich, ob er die Polizei einweihen sollte oder nicht. Wer sagte ihm, was Lexi mit ihrem Bruder vorhatte? Möglicherweise steckten beide mit drin. Wenn Max sie laufen liess, hätten sie genügend Zeit, eine Flucht gemeinsam zu planen. Wie weit war Richard Hess eingeweiht? Hatte er eine Ahnung davon, was seine Geschwister umtrieb? Oder war er der erfolgreiche Älteste, dem das egal sein konnte? Er persönlich war versorgt, arbeitete im Geschäft seiner Eltern, die sich, was Max erfahren hatte, hatten frühpensionieren lassen. Die Eltern verbrachten ihren Urlaub an der Adria, an der Küste Kroatiens. Das hatte Fede herausgefunden.

Der Bus stoppte. Sie stiegen ein. Wie ein zahmes Hündchen setzte sich Walter neben Lexi. Max entging nicht, wie er sich an sie klammerte.

War er es, der Max im Hotel angegriffen hatte? Max war sich auf einmal nicht mehr sicher.

FÜNFZEHN

«Du hast im Schlaf gesprochen», sagte Fede.

Max brauchte eine Weile, um sich zu orientieren, wo er war. Er hatte geträumt. Wirre Dinge, die als undefinierbare Bilder zurückblieben.

«Was beschäftigt dich?» Fede kniff ihn in die Seite.

Nachdem Max und Fede am Abend ins Hotel zurückgekehrt waren, hatte sie ihm ein Bad einlaufen lassen und danach seine blutenden Stellen gepflegt. Das Nasenbein hatte zwar einiges abbekommen, gebrochen war es nicht. Doch sein Aussehen hatte wegen der Schläge arg gelitten.

«Ich überlege mir, ob ich mich nicht besser in einer Anwaltskanzlei bewerben soll. Ich bin nicht dafür geschaffen, mich mit anderen zu prügeln. Wenn ich das gewollt hätte, hätte ich nie Rechtswissenschaften studiert, sondern mich gleich als Kampfmaschine ausbilden lassen können.»

«Das sagst du jedes Mal, wenn es zur Sache geht.» Fede streichelte ihm über die Brust. «Der Vorfall von gestern war eine Ausnahme.»

«Er hat mich bereits zweimal angegriffen, wenn nicht sogar dreimal.»

«Vielleicht tätest du gut daran, einen Kampfsport auszuüben.»

«Mir reichen die gelegentlichen Besuche im Fitnesscenter.»

Fede packte seinen linken Oberarm. «Nicht schlecht. Kraft allein reicht aber nicht aus, um einen Angreifer abzuwehren. Das muss man mit Tricks und gezielten Handgriffen tun.»

Max stiess Luft aus. Seit gestern spielte er mit dem Gedanken, den Job als Detektiv an den Nagel zu hängen. Er forderte ihn zwar körperlich, aber geistig füllte er ihn nicht aus. Ihm fehlten die verbale Auseinandersetzung, das Erfolgserlebnis, die Überzeugungsarbeit, der Umgang mit Menschen auf einem ganz anderen Niveau. Das, was er in Engelberg tat, erinnerte ihn an die Raufereien auf dem Schulhausplatz, an das Kräftemessen unter Teenagern.

«Willst du, dass wir den Auftrag abgeben?» Fede schwang sich aus dem Bett. Sie strich ihre durcheinandergeratenen Haare aus dem Gesicht. «Vielleicht sind wir näher an der Auflösung als vermutet.»

«Ich habe vorgestern alles vermasselt.» Max stützte sich auf dem linken Ellenbogen ab. «Wäre ich nur eine Sekunde schneller auf Ruths Etage gewesen, hätte ich ihn in flagranti erwischt. Je länger ich darüber nachdenke, umso sicherer bin ich mir, dass Walter im Hotel war. Er gibt es nicht zu, und Lexi schützt ihn. Es geht um die Familie Hess. Annie Odermatt hat es erwähnt, dass sich Cousine und Cousin vermählen. Das hatte bei den Hess' Tradition.»

«Hat Annie denn *ihren* Cousin geheiratet? Der Strang der Odermatts stammt doch aus Stans. Die Hess' sind waschechte Engelberger.» Fede liess ihre Arme sinken. «Man sieht, was dabei rauskommt, wenn sich Verwandte mischen.»

«Gut möglich, dass das jemand verhindern wollte, als auskam, in welchem Verwandtschaftsgrad Lexi und Albin zueinander standen. Sollten wir mit unserer Arbeit trotz allem weitermachen, müssen wir erfahren, wer Ruth ist.»

«Für sie würde ich die Hand ins Feuer legen.»

«Jetzt auf einmal?» Max erinnerte Fede an ihre Begegnung an den Winnetou-Freilichtspielen. «Da hat es ganz anders getönt.»

«Hast du dich noch nie geirrt?» Fede verschwand im Badezimmer.

Max schob die Bettdecke von sich und setzte sich auf. «Wir wissen lediglich, dass sie seit der Heirat mit Odermatt im Hotel arbeitet und dass sie für die Instandstellung des Hauses eine etwas dubiose Preispolitik betrieben hat. Die Zeit zwischen dem Abbruch des Gymnasiums und der Hochzeit liegt im Dunkeln. Wer ist sie wirklich? Wurde sie vor sieben Jahren von jemandem angeheuert, sich Odermatt zu schnappen? Von jemandem, der die Heirat zwischen Lexi und ihm verhindern wollte? Und wer könnte das sein?»

«Max, Liebster, du suchst zu weit.» Fede schaute um die Ecke. Sie hatte ihre Haare hochgesteckt.

Max erhob sich. «Ich schöpfe nur gerade die letzten Möglichkeiten aus. Wenn es die nicht mehr gibt, frage ich mich, was ich hier soll.»

Er bekam keine Antwort. An ihrer Stelle hörte er die Duschbrause rauschen. Fede war gestern nach ihm nach Engelberg zurückgekehrt, wo sie sich in Lindbergs Bar zum Apéro trafen. Max hatte sein malträtiertes Gesicht hinter einer Sonnenbrille versteckt. Selbst Vin, der dort eingekehrt war, hatte ihn nicht erkannt. Fede hatte wenige Worte über ihren Job auf der Brunni-Alp verloren. Schafhüterin, hatte sie gesagt, könnte auch für sie durchwegs eine Sommerbeschäftigung sein. Danach hatten sie kurz Milagros und Ralph getroffen, die gerade auf Shoppingtour waren. Max hatte seiner Mutter Lexis Foto ausgehändigt und sie gebeten, dieses Mathilda Hurschler zu zeigen.

Umso erstaunter war Max jetzt, als Milagros ihn anrief.

«Ich habe noch einmal mit Mathilda gesprochen», sagte sie ausser Atem. «Ralph und ich haben sie zum Nachtessen in die ‹Kafikaufbar› eingeladen. Nach zwei Gläsern Wein wurde sie redselig. Und als ich ihr das Foto von den Hess-Kindern zeigte, taute sie richtig auf. Sie kannte alle drei und erinnerte sich sehr gut an den jüngsten Spross, der über die Jahre bei Severin ein und aus gegangen war.»

«Und was hast du über das Verhältnis zwischen ihr und Annie Odermatt herausgefunden? Sie hat sich ja nicht sonderlich nett über sie geäussert.» Max schritt zum Fenster, hob die Gardinen und sah Richtung Spannörter, die wie zwei Wollkappen über dem Hochtal lagen.

«Mein Gott, du weisst doch, wie es in einem Dorf ist, wo sich alle kennen. Da wird geklatscht und getratscht. Mathilda mag es Annie nicht gegönnt haben, dass sie sich einen reichen Hotelier geangelt hatte. Mathildas Mann stammte aus einfachen Verhältnissen. Dessen Vater war ein Handlanger ohne Ausbildung, die Mutter ging putzen. Er selbst hatte sich vom einfachen Fabrikangestellten emporgearbeitet. Er kaufte ein Haus, ward fortan angesehen in Engelberg. Als es darum ging, die Rosinen daraus zu picken, verschwand er mit der jungen Hauswirtschafterin. Mathilda hatte das Nachsehen. Solche Ereignisse verbittern eine Frau. Als Severin verunglückte, sah Mathilda fast keinen Ausweg mehr. Und dann kommen die Kinder von Annie Odermatts Bruder, dem es auch nicht schlecht geht, und freunden sich mit Severin an. Da geht es um Emotionen, Maximilian, um Neid, ungute Gefühle. Ich nehme an, du kannst das nachvollziehen.»

«Ist das alles, was du herausgefunden hast?» Auf dem Platz unter dem Fenster spielten Kinder Fussball. Max sah ihnen eine Weile zu.

«Nach dem dritten Glas Wein hat Mathilda sich erinnert, dass am Nachmittag vor der Dernière ein fremder Mann ihren Sohn besucht hatte.»

«Ein Fremder! Wie kann es sein, dass sie sich plötzlich daran erinnert?»

«In vino veritas.» Milagros hüstelte. «Es muss wie ein Film vor ihrem geistigen Auge abgelaufen sein. Ich habe ihr immer und immer wieder dieselben Fragen gestellt.»

«Warum hat sie sich nicht daran erinnert, als *ich* sie danach fragte?»

«Dir fehlen die Geduld und das Einfühlungsvermögen.»

«Das will ich nicht gehört haben.» Max attestierte sich ein grosses Einfühlungsvermögen und eine ebensolche Menschenkenntnis. Hatte Milagros Mathilda Hurschler dermassen in die Ecke getrieben, dass sie nicht anders konnte, als etwas zu erzählen, was so nicht stimmte? «Konnte sie den Typen beschreiben?» Er wusste, es war ein Wunschdenken.

«Dasselbe habe ich sie gefragt. Maximilian, das ist ein Jahr her. Erinnerst du dich, was du vor einem Jahr gemacht hast oder wem du begegnet bist?»

Max erwiderte nichts darauf. Ihn interessierte etwas ganz anderes. «Glaubst du, sie würde ihn wiedererkennen, wenn wir eine Gegenüberstellung machten?»

«Mit wem?»

Max kam der Schwede Jan Lindberg in den Sinn, den er nicht

aus dem Kreis der Verdächtigen gestrichen hatte. Und er bat Milagros, Mathilda Hurschler in Lindbergs Hotel einzuladen. «Du kannst deine Spesen selbstverständlich in Rechnung stellen.»

«Das meinst du nicht wirklich.» Milagros lachte. «Noch geht es mir finanziell sehr gut. Und das, was ich für eure Detektei tue, mache ich doch gern. Vielleicht wird ja mal etwas wirklich Grosses daraus.»

***

«Max, gut, dass ich dich sehe.» Ruth kam schnurstracks auf ihn zu, als er im Begriff war, an der Rezeption den Zimmerschlüssel zu deponieren. «Bin gerade von der heiligen Messe in der Klosterkirche zurück. Ich habe gehört, was gestern passiert ist.» Sie sah ihn eindringlich an. «Sieht nicht gut aus. Tut mir leid, dass du dich meinetwegen dermassen quälen musst. Ich will nicht, dass du dich in Gefahr begibst.»

Max legte den Schlüssel auf den Empfangstresen, wo ihn Feierabend entgegennahm und ihm ein Lächeln schenkte. Den Disput schien er vergessen zu haben. Oder er gab sich in Anwesenheit seiner Chefin besonders Mühe, nett zu sein.

Ruth nahm Max beim Arm und zog ihn Richtung Kaminzimmer. «Was ist passiert? Fede hat mir erzählt, du seiest auf der Fürenalp gewesen. Was hast du dort getan?»

Max fiel auf, wie adrett Ruth wieder gekleidet war. Sie trug ein schmales sommerliches Kostüm, ihre Haare hatte sie hochgesteckt. «Bin einer Spur gefolgt.»

«Klärst du mich auf?»

Sollte Max ihr von den Vorfällen berichten? Solange er nicht sicher war, dass Walter Hess etwas mit den Totems zu tun hatte und womöglich auch mit dem Mord an Ruths Mann, wollte er sich zurückhalten, auch nichts von dem erneuten Besuch des Fremden vor ihrer Wohnungstür verraten. Ruth hatte nichts mitbekommen. Falls im Monat August diese Aktion ausblieb, würde sie denken, dass es vorbei war.

Noch stand die Dernière von diesem Jahr an, auf die, wenn Max mit seinen Vermutungen richtiglag, alles hinzielte. Seine anfänglichen und zwischenzeitlichen Bedenken, dem Fall nicht mehr gewachsen zu sein, hatte er wieder begraben. Und wenn er Ruth ansah, dachte er, dass er es ihr schuldig war, diesen zu lösen. Solange sie jedoch im Hotel lebte und arbeitete, wähnte er sie in Gefahr.

Doch da existierten noch immer diese dunklen Jahre, ein Geheimnis, das sie nach wie vor umgab. Bislang hatte Fede nichts herausgefunden, was Licht ins Dunkel gebracht hätte. Ruth hatte erzählt, sie sei zwei Jahre in den Staaten gewesen. Das immerhin entsprach der Wahrheit. Aber dass sie nach ihrer Rückkehr in einem Callcenter gearbeitet hatte, stimmte so nicht. Am Kiosk in Engelberg hatte sie eine Aushilfestelle gehabt, das stand fest, bevor sie Albin Odermatt kennenlernte. Ob das stimmte?

Sollte Max sie darauf ansprechen, ohne dass sie Verdacht schöpfte, man könnte ihr nicht trauen? Er führte sie zu einem Louis-XVI-Sessel, wo sie sich hinsetzte. Max blieb stehen. «Warum warst du an der Dernière im letzten Sommer nicht im Winnetou-Dorf?»

Über Ruths Gesicht huschte ein Schatten. Sie blickte ins Cheminée, wo die Holzscheite parat lagen für das Feuer am Abend. «Ich wollte, ich wäre dabei gewesen. Doch Annie verknurrte mich zum Hierbleiben, weil sie Tickets für die Vorstellung hatte und unbedingt noch einmal hingehen wollte.»

«Sie war ein zweites Mal dort?» Das hörte Max zum ersten Mal.

«Es ging ihr in erster Linie nicht um Albin. Aber das habe ich erst später erfahren. Sie hatte sich mit Geschäftsleuten verabredet.»

«Weisst du, worum es bei dieser Verabredung ging? Sie war doch nicht mehr aktiv im Hotel tätig. Sie hatte das ‹Fin de Siècle› deinem Mann vermacht.»

«Hinter unserem Rücken hat sie ihre Fäden weitergesponnen», sagte Ruth. «Ihr behagte nicht, dass ich Albins Frau war.»

Das klang nicht mehr nach einer guten Beziehung zwischen Ruth und Schwiegermutter. «Hat sie dich nie damit konfrontiert, dass du Lexi den Platz in der Familie Odermatt weggenommen hattest?»

«Vielleicht hat sie Andeutungen gemacht. Ich kann es beim besten Willen nicht sagen. Ich sah in ihr immer die hilfsbereite Hotelière, die mir zur Perfektion verhalf. Ich weiss ja, wie pingelig sie sein kann. Manchmal hatte ich Mühe, ihr das Wasser zu reichen. Mit der Renovation des Hotels wollte ich ihr beweisen, was in mir steckt.»

Mit dieser Ehrlichkeit hatte Max nicht gerechnet.

«Nach Albins Tod war ich gezwungen, sie eine Weile ins Pflegeheim zu geben», fuhr Ruth fort, «denn es ging ihr wirklich schlecht. Ich hätte sie niemals im Hotel betreuen können, und eine Pflegerin wollte sie nicht. Dann fing sie an, mich zu tyrannisieren. An Weihnachten nahm ich mir vor, sie zurückzuholen. Ich hatte die Suite, in der ihr jetzt wohnt, für sie hergerichtet. An Heiligabend eskalierte es. Annie wehrte sich vehement, meinen Vorschlag anzunehmen, und beschloss, im Fichtenheim zu bleiben. Sie wisse schon, war sie überzeugt, dass ich es nur auf ihr Geld abgesehen hätte. Sie sei klug genug gewesen, Albin nur das Hotel zu vermachen. Sie betonte, wie sie sogar dies aufgrund der aktuellen Situation bedaure.»

Es entstand eine lange Pause. Jemand betrat das Kaminzimmer. Ruth bat ihn höflich, draussen zu bleiben, da dieses für die Gäste erst am Nachmittag ab vier Uhr zugänglich war.

«Es klingt so», sagte Max, als der Gast hinter sich die Tür zugezogen hatte, «dass du letztlich deine Schwiegermutter in Verdacht hast.»

«Was? Dass sie mir die Totems vor die Tür stellt?»

«Oder sie dir vor die Tür stellen lässt.»

«Das allerdings glaube ich nicht. So primitiv schätze ich sie nicht ein. Sie ist berechnend, aber auf eine solche Aktion lässt sie sich nicht ein.»

Max überlegte, ob er Annie Odermatt gegen Ruth ausspielen und sie alles, was ihre Schwiegermutter ihm erzählt hatte, wissen lassen sollte. Wenn er nicht erfuhr, was da genau gespielt wurde, würde er nie zu einem Resultat kommen. Fakt war, dass Annie Odermatt fest mit Lexi gerechnet hatte und dass dies zwischen ihr und ihrem Bruder eine abgemachte Sache gewesen war. Albin aber hatte sich für Ruth entschieden.

Albin Odermatts Tod passte nicht in dieses Bild. Man hätte nicht ihn, sondern Ruth aus der Welt schaffen müssen. Ging es am Ende um zwei verschiedene Dinge?

Ruth liess ein Seufzen vernehmen, das aus ihrer tiefsten Lunge zu kommen schien. «Ich bin müde, weisst du?» Sie sah Max mitleidverlangend an. «Die Ereignisse der letzten Wochen haben mich gefordert. Nun sind die Hotelgäste hier, die ich mir so sehr wünschte. Und jetzt muss ich mich mit den Kinkerlitzchen von diesen auseinandersetzen.» Sie sackte tiefer in den Sessel. «Der Gast, du erinnerst dich … derjenige, der am 1. August an unseren Frühstückstisch kam …»

«Jürgen Nguyen», sagte Max, der von der Nagra. «Was ist mit ihm?»

«Du kennst ihn?»

«Ich habe ihn im Winnetou-Dorf getroffen. Er sagte, dass er an der Dernière habe helfen wollen, nachdem er Bud Forrester fallen sah.» Er nannte Odermatt absichtlich nicht beim richtigen Namen.

«Er ist ein Wichtigtuer, ein Psychopath.»

Max wunderte sich über Ruths Aussage. Er sah sie nur an.

«Seine Zimmernachbarn beklagten sich, weil es nachts immer sehr laut ist in seinem Zimmer.»

«Macht er Party?» Max konnte sich ein Schmunzeln nicht verkneifen.

«So kann man es auch nennen. Er ist mit seiner Frau da. Aber da gibt es noch jemanden …»

«In seinem Zimmer?»

«Eines meiner Zimmermädchen hat eine widerliche Entdeckung gemacht.»

«Mach es nicht spannend.»

«Er und seine Frau vergnügen sich offenbar mit einer Sex-

Puppe. Manuela hat sich fast zu Tode erschrocken, als sie bei der Zimmerreinigung die lebensechte Gummipuppe im Bett gefunden hat. Das geht nun doch zu weit …» Ruth enervierte sich so sehr, dass Max befürchtete, sie würde einen Anfall bekommen.

Er versuchte, sie zu beruhigen. «Die Gäste haben das Zimmer gemietet und bezahlt. Was dort geschieht, geht dich nichts an.»

«Jetzt spricht der Anwalt aus dir.» Ruth lächelte ein wenig. «Fede hat mir gesagt, dass du früher in einer Anwaltskanzlei gearbeitet hast.» Sie krauste die Stirn. «Aber wenn es mein Personal erschreckt, geht es mich durchwegs etwas an.»

Max unterliess es, etwas dazu zu sagen. Fede hätte es als eine Prüderie bezeichnet und sich vor Lachen nicht mehr erholen können. «Wir sind vom Thema abgekommen.»

«Ach ja, wo sind wir stehen geblieben?»

«Dass du müde bist.»

«Ein ganzes Jahr habe ich nur funktioniert. Es war mir wichtig, dass es allen, die um mich herum waren, gut geht. Meine eigenen Bedürfnisse stellte ich in den Schatten. Seit ein paar Tagen schlafe ich schlecht. Die Trauer um meinen Mann bricht erst jetzt durch. Sie trifft mich eiskalt.» Ruth fuhr instinktiv über ihre Augen. «Ich überlege mir ernsthaft, das Hotel zu verkaufen.»

«Auf einmal?» Max fand keine anderen Worte für diese Ungeheuerlichkeit, und nachzuvollziehen vermochte er es auch nicht.

«In den schlaflosen Nächten bin ich über meine Bücher gegangen und habe herausgefunden, dass ich über den Tisch gezogen wurde. Gutachten wurden gefälscht. Man liess mich im Glauben, dass das Hotel gut erhalten ist. Nun kristallisiert sich heraus, dass es nicht stimmt. Vorgestern war jemand vom Bauamt hier und hat festgestellt, dass das Haus während des letzten Jahres um drei Zentimeter in den Boden abgesackt ist.» Ruth holte ein Taschentuch hervor, schnäuzte sich. «Ich glaube, ich brauche dich in der nächsten Zeit als meinen gesetzlichen Vertreter.»

Max ging es zu nahe. Ruth nahm ihn ein, als spürte sie, dass er ihr längst nicht alles glaubte.

«Um noch einmal auf dich zurückzukommen: Wo hast du deinen Mann effektiv kennengelernt? Das mit dem Kiosk nehme ich dir nicht ab.»

Ruth rang sich zu einem Lächeln durch. «Aber die Geschichte ist süss, oder? Erinnert an ‹Pretty Woman›. Reicher Mann angelt sich armes Mädchen. Ich habe alle im Glauben gelassen, dass ich Albin im Kiosk kennenlernte. Tatsächlich aber wurden wir einander bei einer Fotoausstellung in der Schmiedgasse in Stans vorgestellt. Ich lebte damals in einer kleinen Wohnung in der Nähe des Bahnhofs. Albin besuchte mich regelmässig. Wir verliebten uns ineinander. Ich arbeitete in der Bäckerei Christen. Albin wollte mich in seiner Nähe haben und besorgte mir ein Zimmer in Engelberg und eine Anstellung im Kiosk. Wir kannten uns bereits ein halbes Jahr, als er mich offiziell in sein Hotel einlud und am selben Abend an der Bar einen Heiratsantrag machte. Damals wusste ich nicht, dass Albin bereits verlobt war. Er hatte es mir verschwiegen. Annie machte dann einen ziemlichen Aufstand, selbstverständlich nicht an der Öffentlichkeit. Aber sie gab mir unverblümt zu verstehen, dass mein Platz an Albins Seite längstens vergeben sei.»

«Also hast du Lexi doch gekannt», folgerte Max.

«Nein, ich habe sie nie bewusst zu Gesicht bekommen, glaube mir. Albin bat mich, die Angriffe seiner Mutter zu ignorieren. Er beichtete, dass er Alexandra, unter deren Namen ich sie kannte, nie geliebt habe. Er sei auch nicht bereit, Mutters Willen zu folgen. Es brauchte ein weiteres halbes Jahr, bis er sich gegen sie durchgesetzt hatte und Annie mich gezwungenermassen akzeptieren musste. Unter Gästen hat sie sich nie anmerken lassen, wie angespannt ihr Verhältnis zu mir war. In den Jahren fügte sie sich ihrem Schicksal und organisierte für mich sogar Weiterbildungskurse, damit ich, wie sie stets betonte, eine richtige Ahnung von der Hotellerie bekomme.»

Das Bild, das sich Max von Annie Odermatt gemacht hatte, bekam auf einmal Risse.

«Warum hast du mir neulich gesagt, Lexi nicht zu kennen?»

«Weil ich keinen Einblick in mein Leben geben wollte. Eine plumpe Ausrede, ich weiss, aber es ist so. Wie erwähnt: Persönlich habe ich sie nicht gekannt.»

«Wärst du für ein Treffen mit ihr bereit?»

Max sah ihr an, wie sie mit sich selbst focht.

«Wenn's der Sache dient», sagte sie beherrscht. «Was versprichst du dir dabei?»

Nichts, hätte er am liebsten gesagt. Er wusste nicht, ob es eine gute Idee war.

***

Am Nachmittag herrschte Hochbetrieb in der Hotellobby. Hinter dem Empfangstresen arbeiteten drei Mitarbeiter und konnten sich der ankommenden Gäste kaum erwehren.

«Seit wann gibt es an einem Sonntag so viele Arrivées?», fragte Milagros, mit der Max sich um drei Uhr verabredet hatte. Sie war allein gekommen.

«Ruth hat ein dreitägiges Arrangement ausgeschrieben», sagte er, «um die leeren Zimmer zu füllen. Die Gäste reisen am Sonntag an, schauen sich die Winnetou-Spiele an und checken am Mittwoch wieder aus. Im Preis inbegriffen sind Zimmer mit Frühstück, Ticket und ein Western-Dinner am Montagabend.»

«Gut, sie lässt sich etwas einfallen. Obwohl, sie macht mir keinen sehr guten Eindruck. Sie scheint mir ziemlich auf den Felgen zu sein.»

«Du täuschst dich nicht. Das Hotel ist für sie zu einer grossen Belastung geworden.»

«Ach.» Milagros sah ihn mit grossen Augen an. «Du meinst, sie will es veräussern?»

«Ich hoffe sehr, dass es dir nicht in den Sinn kommt, es zu kaufen.» Max erzählte ihr von Ruths Verdacht, das Hotel könnte in einem schlechteren Zustand sein als angenommen.

«Arme Ruth. Was alles muss sie durchmachen. Dabei schätze ich sie als integre Frau ein. Sie versucht, es allen recht zu machen. Im Schatten einer Annie Odermatt kein einfaches Unterfangen. Kommt dazu, dass es in der heutigen Zeit kein Schleck ist, ein Hotel mit so vielen Gästebetten aufrechtzuerhalten. Sie scheint mir ausgebrannt zu sein. Erst vor einem Jahr hat sie ihren Mann verloren. Sie wird von einem psychisch Kranken belästigt und muss täglich gute Miene zum bösen Spiel machen. Ich möchte nicht mit ihr tauschen. Die Frau verdient meine Hochachtung.»

Max sah einer Familie nach, die nach dem Einchecken voll bepackt mit Koffer und Taschen in Richtung Lift ging. Ihre beiden Kinder hatten sich bereits in Indianerkostüme geworfen.

«Ich habe heute Vormittag mit Mathilda bei Lindberg gefrühstückt», sagte Milagros. «Lindberg kam sogar persönlich an unseren Tisch. Ich muss zugeben, für seine siebzig Jahre sieht er bewundernswert agil aus. Und er ist sehr sympathisch. Aber Mathilda hat ihn nicht als den Mann identifiziert, der Severin vor der Dernière besucht hat. Der sei jünger gewesen.»

«Wie viel jünger?»

«Das konnte sie mir nicht sagen.»

«In Hurschlers Alter?»

«Sie wusste es nicht. Sie versicherte mir aber einmal mehr, dass sie nicht an Severins Tat glaubt.»

«Hätte sie sich damals nur zur Wehr gesetzt.» Max konnte es, trotz Mathilda Hurschlers Lebenssituation nicht nachvollziehen.

«Du müsstest es eigentlich am besten wissen. Für einen Rechtsbeistand fehlten ihr die Mittel.»

«Wie seid ihr verblieben?»

«Ich habe ihr angeboten, ihr eine Ferienwoche auf Mallorca zu bezahlen. Sie erzählte mir, dass sie bloss einmal in ihrem Leben im Urlaub gewesen sei. In den Flitterwochen am Comer See. Ihr Mann sei geschäftlich oft auf Reisen gewesen. Sie habe in dieser Zeit ihr gemeinsames Kind betreut.»

«Gibt's denn so etwas?»

«Mehr, als du denkst.»

«Und du lässt deine soziale Ader sprechen.»

«Mir fällt deswegen kein Zacken aus der Krone.» Milagros lachte.

«Wie machst du das bloss?» Max bewunderte seine Mutter. Sie hatte einen guten Kern. Die gelegentlichen Einmischungen in sein Leben sah er daher locker an.

«Morgen Abend wird Mathilda ins Hotel kommen. Das habe ich mit ihr so abgemacht. Sie beteuerte, dass sie dies ziemlich Überwindung koste, weil sie und Annie das Heu nicht auf der gleichen Bühne hätten. Ich konnte sie dennoch überzeugen, da Annie nicht mehr im Haus ist.»

«Du meinst, sie erträgt die Konfrontation mit Ruth? Immerhin ist sie die Mutter des mutmasslichen Mörders deren Mannes.»

«Manchmal muss man dem Ungemach die Stirn bieten.» Milagros nahm ihn sachte am Arm. «Ich habe mich entschlossen, am Mittwoch auf den Bürgenstock zurückzukehren. Selbstverständlich nur, wenn du damit einverstanden bist und ich nichts mehr für euch tun kann. Ralph und ich sollten Vorbereitungen treffen, bevor es über den grossen Teich geht. Wir möchten Mitte August zu unserer ersten Destination fliegen. Nach Washington. Ralph war noch nie dort. Danach geht's nach Maryland und Delaware, anschliessend in die Südstaaten Virginia, Georgia und Louisiana. Auf die Fahrt auf dem Mississippi freuen wir uns besonders.»

«Wie ernst ist es dir mit Ralph?» Max hätte sich am liebsten auf die Zunge gebissen. Diese Frage hatte er seiner Mutter zuallerletzt stellen wollen.

«Das war doch schon einmal ein Thema.» Milagros setzte ein verschmitztes Lächeln auf. «Ich mag ihn.»

«Wie einen Sohn?» Schon wieder rutschte es Max heraus.

«*Du* bist mein Sohn. Ralph ist mein Freund.»

«Du liebst ihn also.»

«Mein Gott, wie kompliziert bist du denn?» Milagros schien zu überlegen. «Ich nenne es Liebe, ja.»

***

Noch einmal zog es Max und Fede zu den Freilichtspielen, mit dem Gefühl, nur hier die Antworten auf ihre Fragen zu bekommen. Sie waren beide der Ansicht, dass sich der Überbringer der Totems früher oder später selbst zu erkennen geben würde. Max schätzte ihn so ein, dass er darauf wartete, von ihnen überführt zu werden. Es standen nebst der heutigen Sonntagsvorstellung noch zwei Aufführungen bis zur Dernière an.

Sie hatten ihre Kostüme angezogen, um weniger aufzufallen. Fede trug ihr sexy Lederkleid, Max die Cowboymontur. So gehörten sie schon fast zu den Hardcore-Fans von Karl May, die sich im Winnetou-Dorf unter die anderen Gäste mischten.

Weil der Wetterbericht auf den frühen Abend Gewitter angekündigt hatte, trug Fede ihre Jutetasche mit warmer Bekleidung und der Wolldecke mit. Sie peilten Billys Saloon, das rostrote Gebäude an, wo zu Max' Überraschung Gideon Durrer den Grill bediente.

«Du bist also wieder gesund.» Max freute es, ihn zu sehen, und bestellte zwei Kalbsbratwürste.

«Eine Grippe hat mich in die Knie gezwungen», sagte er. «Den ganzen Winter über war ich kerngesund, und ausgerechnet im Sommer bespringt mich so ein Scheisskäfer. Nun hat es den Bruno erwischt. Ich helfe hier aus.»

«Es tummeln sich gar viele Leute hier», sagte Fede und orderte zu den Würsten zwei Engelberger Klosterbräu.

«Wie ich sehe, hat deine Frau Geschmack.» Durrer lachte über sich selbst. «Ausnahmsweise gebe ich euch das Bier in der Flasche. Aber bitte nicht auf die Bühne mitnehmen. Wie oft wollt ihr euch den ‹Winnetou› noch ansehen?» Er wandte sich an Max. «Nach dem dritten Mal könnt ihr die Texte auswendig.»

«Eigentlich sind wir deinetwegen hier», sagte Max, obwohl er das nicht vorgehabt hatte.

Durrer gestikulierte. «Du siehst, was hier los ist. Ich habe echt keine Zeit für Unterhaltung. Aber wenn ihr auf mich wartet …», er schaute auf seine Armbanduhr, «sollte es in einer Viertelstunde machbar sein.»

«Wir warten an einem der runden Stehtische auf dich», sagte Max und bezahlte.

«Du duzt ihn?», fragte Fede, als sie Wurst, Brot und Bier zum Tisch balancierten.

«Ich habe letzthin mit ihm auf Du gemacht. Er erinnert sich an die Auseinandersetzung zwischen Odermatt und Hurschler.» Max öffnete den Verschluss an der Bierflasche. Dann erzählte er vom Gespräch mit Milagros und von ihrem Vorhaben, Mathilda Hurschler ins «Fin de Siècle» einzuladen. «Ich weiss nicht, ob das eine so gute Idee ist. Aber Milagros beharrt darauf. Offenbar will sie den unterschwelligen Hass der beiden Frauen unterbinden.»

Fede schälte die Bratwurst aus der Serviette, tunkte sie im Senf und biss herzhaft hinein. «Es geht nichts über eine solide Mahlzeit. Bald lebe ich wieder vegetarisch.»

Fede! Max durchströmte ein wohliger Schauer. Sie war masslos, in allen Dingen, manchmal ihren eigenen Prinzipien untreu. Aber das liebte er an ihr. Manchmal tat sie etwas und meinte es komplett anders. Mit ihr wurde es nie langweilig.

Allmählich leerte sich der Platz. Zurück blieben das zentrale Totem und die verwaisenden Stände, die bestenfalls mit deren Betreibern besetzt waren. Max hatte endlich die Gelegenheit, die feilgebotene Ware in Ruhe zu betrachten. Viele Dinge hatten mit den nativen Völkern zu tun. Handgewobene Tücher, Traumfänger in diversen Grössen und Ausführungen. Jemand verkaufte Panflöten, die weniger vom Norden Amerikas stammten, sondern eher aus Peru oder Bolivien. Südamerikanische Verkäufer fand man an jedem Jahrmarkt.

Aus der Richtung der Bühne vernahm man Böttchers Filmmusik und darauf die Stimme des Erzählers, der vom südlichen Arizona des Jahres 1862 sprach. Dann hörte man Schüsse.

Durrer kam mit einer Bierflasche zum Stehtisch. Er stellte die Flasche ab, reichte Fede die Hand. «Ich bin Gideon.»

«Fede.»

«Ein heisses Kleid.» Durrer zeigte zuerst auf Fedes Outfit, dann gegen den Himmel. «Es wird keine halbe Stunde mehr gehen, da wirst du den Regenschirm aufspannen», sagte er, als überlegte er, was er Fede zum Überziehen geben sollte, falls der Himmel seine Schleusen öffnete.

Max hatte ihn bereits gespürt. Ein kühler Luftzug hatte sich bemerkbar gemacht. Innerhalb Minuten frischte der Wind auf, und über die Berggipfel schoben sich dunkle Wolken wie Fabelwesen.

«Wir können uns in die Bude setzen», schlug Durrer vor und wies auf Billys Saloon, von dem er gerade gekommen war. «Zehn Sitzplätze gibt es dort.»

Max spürte einen ersten Regentropfen. Der Himmel über dem Westerndorf veränderte sich vom hellen Blau in ein bedrohliches Grau, als würde ein Titan eine Decke von einem Berggipfel zum andern spannen, begleitet von einem unheimlichen Rauschen.

Max hatte kaum seine halb gegessene Wurst und die Bierflasche gepackt, da fielen schwere Tropfen. Plötzlich war auch der Sturm da. Alles, was nicht niet- und nagelfest war, flog durch die Luft. Fede rannte bereits einem schützenden Unterstand zu, als ein Blitz den finster gewordenen Himmel aufriss und unmittelbar darauf der Donner knallte, als wäre in der Nähe eine Bombe explodiert.

Von der Naturbühne vernahm man Pferdewiehern und aufgeregte Stimmen. Max warf einen Blick zur Tribüne. Er konnte nicht sehen, was dort oben geschah. Doch des beginnenden Geschreis nach zu urteilen, mussten die Zuschauer ihre Plätze fluchtartig verlassen.

«Diese Sauerei hatten wir schon im letzten Jahr», beschwerte sich Durrer, der jetzt die Tür des rostroten Stands öffnete. «Kommt rein. Diesmal haben wir versucht, alles besser zu befestigen als im Vorjahr. Aber gegen diesen verdammten Wind kommt man nicht an. Die Gewitter werden immer heftiger, die Stürme sind mittlerweile wahre Orkane, und wenn es regnet, hat das mit einem lauen Sommerregen nichts mehr zu tun. Kommt dazu, dass die Temperaturen extrem in den Keller fallen. Mein Alter behauptet, es habe früher schon solche Wetterkapriolen gegeben, aber daran mag ich mich nicht erinnern.»

«Er wird auch einige Jahre mehr auf dem Buckel haben als du», sagte Max schmunzelnd.

Durrer setzte sich, nachdem auch Fede den Weg zum Stand gefunden hatte, völlig durchnässt und schlotternd.

«Bei den Tribünen ist der Teufel los», sagte Max, dem das letzte Bild ziemlich eingefahren war.

«Auch dafür ist gesorgt. Es gibt Zusatzbusse, die für den Ernstfall eingesetzt werden. Die Leute werden so schnell wie möglich nach Engelberg zurückgebracht. Blöder ist es wegen der Pferde. Die sind fast nicht mehr zu beruhigen, wenn ein Unwetter losgeht.»

Max sah durch ein kleines Fenster, vor dem der Wind quer über den Platz wehte. Das Totem neigte sich gefährlich zur Seite, ein paar Tische waren schon umgekippt, und dort, wo einst Bierbänke und Tische gestanden hatten, herrschte gähnende Leere. Alles hatte es ins nahe Gebüsch geweht. An den Ständen versuchten die Verkäufer verzweifelt, ihre Preziosen zu retten. Jemand rannte hinter einem davonfliegenden Gestell her.

«Wir müssen denen draussen helfen.» Max blieb stehen, während Fede sich in die mitgebrachte Wolldecke einkuschelte.

«In zehn Minuten ist der Spuk vorbei», sagte Durrer. «Dann geht's ans Aufräumen. Wir können später helfen.» Er genoss es offensichtlich, die Gewalt der aufgebrachten Natur im Trockenen zu beobachten. Er sah Max an. «Du wolltest zu mir. Immer noch wegen des Mords vom letzten Jahr?»

Max bejahte. «Du hast bereits gesagt, dass du den Streit zwischen Hurschler und Odermatt hautnah mitbekommen hast.»

«So ist es. Zwei Tage vor der Dernière.»

«Was genau geschah am letzten Tag vor und während der Aufführung? Du warst als Security unterwegs. Hattest du auch Zutritt zur Backstage?»

Durrer stellte seine Ellenbogen auf den Tisch und stützte den Kopf ab. «Um mich zu erinnern, müsstet ihr mich hypnotisieren.»

«Wir können vieles», sagte Fede, «aber dies würde nun doch

unsere Fähigkeiten übersteigen. War der Regisseur am letzten Abend zugegen?»

«Nein. Andere haben für ihn die Lorbeeren geerntet, sein Assistent zum Beispiel. Das liegt Benno besser. Er ist ja auch ein Einheimischer, im Gegensatz zum Regisseur.»

«Wo warst du, als die Komparsen hinter den Kulissen eintrafen?»

«Bei den Schauspielern. Sie bereiten sich im selben Gebäude auf den Auftritt vor.»

«Du hast Hurschler und Odermatt also gesehen.»

«Ja.»

«Wie waren sie aufeinander zu sprechen?»

«Normal. Sie haben sich nicht mehr duelliert.»

«Keine Drohungen mehr?»

«Nein. Keine Drohungen mehr.»

«Erinnerst du dich an die Requisiten? An Hurschlers Winchester?»

Durrer schloss die Augen. «Ich glaube, ich habe ihn sogar darauf angesprochen. Ich sagte ihm, dass sie mir gefällt.»

Fede übernahm das Wort. «Wie hat er darauf reagiert?»

«Ganz normal.»

«Er hat sich nicht an sie geklammert?», fragte Max.

«Warum hätte er sich an sie klammern sollen?»

«Weil er zum Beispiel wusste, dass sie geladen war?» Fede strich die feuchten Haare aus ihrem Gesicht.

Draussen krachte erneut der Donner. Der Regen war stärker geworden. Der Sturm rüttelte an der Hütte.

«Er war wirklich ganz normal. Ich glaube …» Hinter Durrers Stirn schien es zu arbeiten.

«Was glaubst du?» Fede fragte wieder.

«Ich glaube, er wusste nicht, dass das Gewehr geladen war.» Durrer schlug sich mit der Hand an den Kopf. «Ja klar, er hätte sich sonst anders benommen.»

«Mathilda Hurschler sagte, dass Severin vor der Dernière Besuch gehabt habe. Kannst du dir vorstellen, wer das gewesen sein könnte?»

«Warum sollte ich das wissen?» Durrer griff nach der Bierflasche, setzte sie an.

«Hat Severin etwas dazu gesagt?» Fede zog ihre Beine an. Sie fror ganz offensichtlich.

Max hätte sie gern in die Arme genommen, doch dies hätte den Fluss des Gesprächs gestört.

Durrer schien sich zu hintersinnen. «Ich habe mich nicht näher mit Severin abgegeben. Ich wurde nach vorn gerufen, zu den Tribünen, wo mein eigentlicher Einsatzplatz war.»

Max erwähnte Hurschlers offene Rechnungen für Kleider, die er bei «Hess-Collection» bezogen hatte. Heute wollte er alle Trümpfe ausspielen und hoffte, dass Durrer Genaueres dazu würde sagen können.

«Und jetzt glaubt ihr, Hurschler war erpressbar? Wegen ein paar Rechnungen?» Durrer schlug mit beiden Händen auf den Tisch.

«Was weisst du über die Beziehung von Severin Hurschler mit Walter Hess?»

«Nichts Genaues. Früher hat man die beiden oft zusammen gesehen. Wie ich mich erinnere, haben sie eine Zeit lang zusammen Fussball gespielt. Als dann der Unfall mit dem Motorrad passierte, haben sich viele von Severin distanziert.»

«Und du?»

«Ich?» Durrer fasste sich an den Hinterkopf. «Ich kannte den ja kaum.»

Ein Blitz erhellte das Innere der Hütte. Durrer begann zu zählen. Bei vierzehn donnerte es. «Das Gewitter zieht weiter. Wir haben es überstanden.» Er erhob sich. «Ich mache mich mal ans Aufräumen.»

SECHZEHN

Der Himmel war mit Wolken verhangen. Der Blick nach draussen prallte an einer grauweissen Wand ab. Die Sicht reichte knapp bis zu den Klostermauern.

Nachdem Max und Fede am Abend zuvor früh ins Hotel zurückgekommen waren, hatten sie sich ein Dreigangmenü sowie eine Flasche Sauvignon Blanc aufs Zimmer bestellt. Später eine zweite, um den Frust hinunterzuspülen. Umso schwerer fiel es Max am Morgen danach aufzustehen. Fede hatte mehr getrunken als er. Doch sie befand sich in gewohnter Form. Sie hatte bereits geduscht und sich angezogen, als Max die Augen aufschlug. Als wäre er genauso in Topform wie Fede, hatte er einen Satz aus dem Bett gemacht und war zum Fenster gegangen. Er hasste sich selbst, wenn er dem Alkohol nicht Meister war.

Fede warf ihm ein Frotteetuch zu. «Geh duschen. Du miefst.»

«Danke, das ist eine nette Begrüssung.» Max konnte sich dennoch ein Lächeln nicht verkneifen. Es aus Fedes Mund zu hören, hatte etwas Zärtliches an sich.

Sie stellte sich zu ihm ans Fenster und zog eine Grimasse, als sie nach draussen sah. «Der Sommer geht zu Ende.»

«Freust du dich auf den Herbst?»

«Dann werden wir das hier hoffentlich hinter uns haben.»

«Hurschler war nicht der Mörder.» Max war überzeugt davon. Durrers Beobachtungen hatten ihm zwar kaum weitergeholfen. «Das heisst aber auch, dass der Mörder noch unter uns ist.»

«Das sehe ich leider auch so.» Fede fuhr mit einer Haarbürste durch ihre Locken und versuchte, die Knöpfe darin zu entwirren. «Jemand weiss davon und versucht mit den Totems verzweifelt, darauf aufmerksam zu machen. Ich denke, Ruth könnte der Schlüssel dazu sein. Sie muss den Mörder kennen. Davon geht zumindest der Totembringer aus. Weil er selbst Angst davor hat, sein Wissen der Polizei mitzuteilen, veranstaltet er dieses Theater. Seit zwölf Monaten bereits. Es muss jemand sein, der kein oder nur ein geringes Selbstvertrauen hat.»

«Du glaubst, uns ist diese Person schon begegnet?»

Fede löste einen Haarknoten, zog heftig daran. «Vermaledeit, ich werde mir die Haare abschneiden.»

«Tu das bitte nicht.» Max war daran, sie zu küssen, unterliess es aber. Er musste sich zuerst die Zähne putzen.

«Scherz. Natürlich nicht.» Fede gab's auf. Sie legte die Haarbürste auf den Fensterrand. «Reflektieren wir, wer könnte es sein?»

«Annie Odermatt?» Max gab sich gleich selbst die Antwort. «Als Mutter des Ermordeten würde sie anders reagieren. Sie ist eine Frau, die mit harten Bandagen kämpft. Sie ist direkt, nimmt kein Blatt vor den Mund.»

«Sie hat aber auch gewisse Vorbehalte in Bezug auf ihre Familie. Der Familie Hess würde sie kein Haar krümmen, selbst wenn sie wüsste, dass sie etwas mit dem Mord zu tun hätte.»

«Sie würde sich genauso gegen sie auflehnen wie gegen jemand anderen, wenn es denn so wäre», fand Max.

Fede schwang die Haare nach hinten. Ein zarter Geruch nach Veilchen traf seine Nase.

«Lindberg?», fragte er.

«Mit so etwas gibt er sich nicht ab. Zudem hat er Charisma.»

«Jemand aus seinem Lager?»

«Kaum. Vielleicht Amstutz?»

«Was hätte er für Interessen, den richtigen Mörder zu entlarven?»

Fede strich die Haare nach hinten, knotete sie zusammen und befestigte einen Haargummi. «Mathilda Hurschler?»

«Sie hat Mühe mit dem Gehen.»

«Gut, und du hast ihn ja beinahe erwischt. Er war verdammt schnell unterwegs, oder?»

«Okay, es ist ein Mann. Da fällt mir nur wieder Walter ein.»

«Warum sollte er Ruth auf den wahren Täter aufmerksam machen?»

«Walter tickt anders als wir», sagte Max. «Er ist unberechenbar, einerseits grob, andererseits sensibel. Vielleicht hat er sogar irgendwelche Fähigkeiten, die Normalsterblichen fremd sind.» Max konnte dennoch keine positiven Gefühle ihm gegenüber entwickeln. Walter hatte ihn fast krankenhausreif geschlagen. Offen blieb, ob er derselbe Schläger gewesen war, der ihn im Hotel angegriffen hatte.

«Wie wäre es mit Lexi?» Fede spekulierte weiter. «Ich denke, sie ist nicht so unschuldig, wie sie tut. Als ich auf ihre Schafe aufpasste, fand ich genügend Zeit, um mich in der Alphütte umzusehen. Sie hortet einen ganzen Karton voller Fotos von sich und Albin. Hätte er ihr nichts mehr bedeutet, hätte sie diese Bilder schon längst weggeschmissen. Zudem weiss ich, dass sie vor Ruths Auftritt fast zehn Jahre im ‹Fin de Siècle› gearbeitet hat, an Albin Odermatts Seite. Auch wenn Odermatt … oder sogar beide gegenüber dem andern keine starken Gefühle entwickelt haben, kann sein gewaltsamer Tod nicht spurlos an ihr vorbeigegangen sein. Würde dir so etwas passieren, würde es mich interessieren, was da genau vorgefallen ist.»

«Auch wenn wir uns getrennt hätten?»

«Selbst dann.»

Das war plausibel. Dennoch ging es nicht auf. «Lexi ist über den Winter auf den Malediven.»

«Hast du es gecheckt, ob sie auch im vergangenen Winter dort war?» Fede haderte offensichtlich. «Sie erscheint zwar auf dieser Internetplattform. Das heisst aber nicht, dass sie dort war. Ich kenne das. Viele Webpages werden über Monate nicht aktualisiert. Es ist nicht nur mühsam für die, die etwas suchen, sondern im Gegenzug für Hacker ein gefundenes Fressen.»

«Wir fahren noch einmal aufs Brunni.» Max stiess genervt Luft aus. «Heute, nehme ich an.»

***

Keine zehn Meter weit reichte die Sicht. Max sah sich bereits wieder ziellos im Wald umherirren. Vorsorglich hatte Fede einen Kompass eingepackt, doch mehr zu seiner Beruhigung als zu ihrem Nutzen. Er hatte ihn gesehen. Die Nadel schlug auf alle Richtungen aus, kaum waren sie von der Bergstation losgezogen.

Der Nebel lag auf den Wiesen. Und im Wald zog er zwischen den Bäumen durch wie eine Armada von Geisterwesen, die ihre untrügliche Spur hinterliess. Es roch nach Feuchtigkeit, nach Moder und faulenden Wurzeln. Die Natur machte sich bereit für den Herbst, der sich mit diesen ersten Vorboten anmeldete.

Die Hütte tauchte aus dem milchigen Schleier auf, einer Weichzeichnung gleich, im fahlen Licht des trüben Tages. Aus dem Kamin stieg wie eine Säule Rauch empor.

Kaum hatten Max und Fede die Tür erreicht, ging diese auf. Lexi erschien und in ihrem Schatten Walter.

«Wir haben mit euch gerechnet», sagte Lexi und bat ihre Besucher herein. «Und wie ihr seht, haben wir weder Koffer noch Tasche gepackt. Das zeugt von einem guten Gewissen. Etwas zu trinken?»

Max fand ihre Freundlichkeit verdächtig. Was hatte sie vor?

«Ich habe Schafsmilch. Leider ist ein Lämmchen gestorben. Ich musste das Muttertier melken.»

Max lehnte dankend ab. Fede fragte, ob sie davon kosten dürfe. Sie habe noch nie Schafsmilch getrunken.

Lexi holte eine Milchflasche aus dem kleinen Kühlschrank, ein Glas vom Gestell und goss die Milch ein. Max beobachtete Fedes Mimik, als sie von der Milch trank.

«Sie schmeckt bekömmlich, ähnlich wie Feta-Käse.»

«Schafsmilch ist die kalorienreichste Milch aller Säugetiere», sagte Lexi, «und zudem der beste Eiweisslieferant aller Milch-arten.»

Fede trank das ganze Glas leer. Sie wischte den Mund ab. «Lexi, wir möchten heute die Wahrheit von dir hören. Deshalb sind wir hier.»

«Welche Wahrheit?»

«Wo warst du im letzten Winter?»

Max entging nicht, wie Lexi die Brauen hob, und der Blick, den sie ihrem Bruder zuwarf. «Lügen helfen dir nicht», sagte er. «Sie werden früher oder später entlarvt.» Er sah Walter an. Von ihm konnte er nichts erwarten. So, wie er ihn mittlerweile einschätzte, fiel es ihm schwer, sich verbal auszudrücken oder das Verhalten anderer richtig zu deuten. Es fehlte ihm an Einfühlungsvermögen. Wenn er etwas tat, so geschah dies instinktiv.

«Ich arbeitete auf der Fürenalp.» Lexi sah zu Boden. «Wegen Albin … Im letzten Sommer ging ich fast täglich zu den Winnetou-Spielen, nachdem ich aushilfsmässig einen Stand belegt hatte.»

War sie bereit, alles zu erzählen? Max zweifelte.

«Da erfuhr ich, wer Bud Forrester spielt. Ich traf mich danach heimlich mit ihm.»

«Und er hat dich vermutlich abgewiesen», sagte Max. Er runzelte die Stirn, als Lexi den Kopf hob und ihn ansah.

«Nein. Wir redeten nur miteinander. Ich hatte nicht vor, seinem Glück im Weg zu stehen.»

«Soll ich dir das glauben?»

«Er sollte wissen, dass ich unser gemeinsames Kind verloren hatte.» Lexi zog Rotz hoch.

«Nach …», Max überlegte, «… sechs Jahren erst kommt dir das in den Sinn?»

«Ich weiss, es war ein Fehler. Ich konnte einfach nicht damit abschliessen, ohne es ihm gesagt zu haben.»

«Ihr wart Cousine und Cousin», sagte Fede, was sich wie eine Anschuldigung anhörte.

«Das wäre kein Weltuntergang gewesen. Selbst blaues Blut vermischt sich nur unter seinesgleichen.»

«Ihr seid aber nicht adelig.» Fede provozierte. «Item, glaubst du, das hat jemand verhindern wollen?»

«Nein.»

«Wie hat Albin reagiert?», fragte Max.

«Er wollte nicht, dass man mich mit ihm sieht. Er … er sagte mir, dass er sich in Ruth verliebt habe damals und es nicht anders habe anstellen können, als mich vor nackte Tatsachen zu stellen. Das tat natürlich weh. Aber glaubt mir, ich habe ihn nicht umgebracht, ich war nicht bei Severin, habe nichts mit der Winchester zu tun.» Sie schielte zu Walter hinüber, der es sich auf einer der Bänke bequem gemacht hatte. «Nachdem man Albin umgebracht hatte, fand ich die Kraft nicht mehr, als Tauchlehrerin arbeiten zu gehen. Ich kündigte den Job und bewarb mich auf der Fürenalp.»

«Und das hat niemand gemerkt?», fragte Fede.

«Dein Bruder Richard erzählte», sagte Max, «dass er dich jeweils auf den Flughafen begleitet und dich dort Anfang Sommer wieder abholt.»

«Er hat mich auch im letzten Herbst dorthin gefahren. Nur bin ich wieder nach Engelberg zurückgekehrt. Weder Richard noch meine Eltern wissen, dass ich hiergeblieben bin. Falls Walter ihnen etwas davon verraten hätte, hätten sie ihm nicht geglaubt. Walter erzählt viel, wenn der Tag lang ist.»

«Diesen Eindruck habe ich nicht», sagte Max. «Er scheint mir wortkarg zu sein. Er lässt seine Muskeln sprechen.»

«Gegenüber Fremden, ja.»

«Du sagst, dass du Albin nach jeder Aufführung im letzten Sommer getroffen hast», sagte Fede. «Ist es Ruth nicht aufgefallen? Oder Annie Odermatt?»

«Nein, ich zog mir Perücke und Brille an. Mich kannte keiner.»

«Als du am Stand deine Totems verkauft hast, hattest du keine Perücke auf.»

«Das stimmt. Ich ... ging erst inkognito hin, als ich Albin wiedergetroffen hatte.»

«Folglich warst du an der Dernière auch da», sagte Max.

«Es war ein Schock.» Lexi wandte ihr Gesicht ab, schniefte und fuhr sich mit dem Ärmel über ihre Wangen.

«Hast du eine Ahnung, wer Severin Hurschlers Gewehr geladen haben könnte?»

«Eine Ahnung.» Lexi schluchzte auf. «Walter hat mir gesagt, wer.»

«Du weisst es?» Max und Fede reagierten gleichzeitig.

«Du machst dich damit strafbar», sagte Max aus einem Reflex heraus. Walter musste er als neutral betrachten.

Fede zwickte ihm in die Seite. Er hätte sich zurückhalten sollen.

«Wer ist es?»

«Das kann ich nicht sagen. Ich möchte das Leben meines Bruders nicht aufs Spiel setzen.»

«Mit den Totems hast du es bereits getan», sagte Max.

Lexi blickte ihn mit tränenüberströmtem Gesicht an. «Es war meine einzige Möglichkeit, auf dieses Verbrechen aufmerksam zu machen.»

«Du hättest zur Polizei gehen können», herrschte Max sie an. «Ein unschuldiger Mann hat sich deswegen das Leben genommen.»

«Ich konnte einfach nicht … ich …»

«Hast du gedacht, dass Albin, nachdem er von eurem Kind erfahren hatte, wieder mit dir zusammenkommt?»

«Man darf doch hoffen. Ich erfuhr, dass Albin mit Ruth nicht so glücklich sei …»

«Wer hat dir das gesagt?», fragte Fede.

«Das spielt doch jetzt keine Rolle mehr.»

«Und dann hattest du einen Groll auf Albin», vermutete Max. «Als du von seinem Tod erfahren hast, war dir … ich gehe einmal davon aus … alles ziemlich egal, selbst die Tatsache, dass nicht Severin der Mörder war. War das der Grund, weshalb du nicht zur Polizei gingst?»

«Ich wollte es Walter zuerst nicht glauben. Als er darauf beharrte, bekam ich es mit der Angst zu tun. Er hat mir erzählt, dass er gesehen habe, wie ein Mann bei Severin war und mit dessen Gewehr hantiert habe, kurz vor der Dernière. Da wusste ich, warum.» Lexi schluchzte laut. «Noch einmal: Ich wollte meinen Bruder nicht gefährden. Zudem war Severin schon tot, als ich … als ich mich zuerst entschloss, es zu melden. Ich hatte höllische Angst. Angst vor dem wahren Täter … ich dachte, dass es Severin auch nicht mehr lebendig machen würde … also schwieg ich.»

«Hast du vor zwei Tagen das Totem vor Ruths Wohnung abgestellt?», fragte Max.

Lexi nickte.

«Und dann hast du mich im Foyer angefallen.» Als er es sagte, sah er bereits von dieser Möglichkeit ab. Das war keine Frau gewesen.

«Nein.»

«Wie bist du ins Hotel gekommen?»

«Ich hatte einen Schlüssel.»

«Nicht durch diesen Schacht?»

«Was für ein Schacht?»

Max sah ihr an, dass sie keine Ahnung davon hatte. «Wir müssen euch mit nach Engelberg nehmen.»

«Ich werde nirgends hingehen.» Lexi wehrte Max gestikulierend ab. «Und Walter bleibt auch bei mir.»

«Ihr macht es nur schlimmer», sagte Fede.

«Ihr werdet einen Rechtsbeistand bekommen.» Max überlegte, wie er Lexi davon überzeugen konnte.

«Solange der wahre Mörder auf freiem Fuss ist, werden wir *nicht* aussagen.»

«Gib mir deine Handynummer», sagte Max.

«Ich habe kein Handy.»

«Dann verrate mir, wie du den Veterinär neulich hast kontaktieren können.»

Lexi schmollte. Nur zögerlich teilte sie Max die Nummer mit.

***

«Was glaubst du, wie können wir ihre Schale knacken?»

Sie waren unterwegs zurück zur Bergstation der Brunni-Bahn, als Max Fede danach fragte.

«Du hast es vermasselt», sagte sie. «Du bist Detektiv, arbeitest nicht mehr als Anwalt. Du brauchst jetzt mehr Fingerspitzengefühl. Es zählen nicht die Fakten, sondern die Dinge, die man zwischen den Zeilen lesen kann. Es muss jemand sein, der Lexi schon einmal gedroht hat.»

«Wir können sie anzeigen.»

«Dann werden wir nie wissen, wer die Patrone in Hurschlers Gewehr geladen hatte. Vielleicht war Walter bei Severin, ohne dass es dessen Mutter erfahren hatte. Walter muss es tatsächlich gesehen haben, was er dann seiner Schwester mitteilte. Ist ja nur logisch, dass sie ihn schützt.»

«Ich sehe mich mit einem Lügengebilde konfrontiert», sagte Max. «Ich weiss nicht mehr, wem ich glauben soll. Wir hätten die beiden mitnehmen sollen.»

«Du bist kein Richter.»

Max zog es vor zu schweigen. Er ahnte aber, dass gerade wieder eine Gelegenheit, die Wahrheit herauszufinden, bachab gegangen war. Lexi kannte den wahren Mörder, und sie hatte zugelassen, dass man einen Unschuldigen einsperrte. Max musste sie anzeigen. Er hatte diesmal keine andere Wahl. Die Polizei würde den Fall neu aufrollen müssen. Max wusste, mit welchen Schwierigkeiten dies verbunden war.

Sie fuhren mit der Bahn ins Tal. Durch eine neblige Suppe, die wie ein Spiegel ihrer Befindlichkeiten auf sie wirkte. Alles schien undurchsichtig.

Was hatte Walter gesehen? Oder Lexi? War es möglich, dass beide Geschwister vor der Dernière bei Severin gewesen waren? Warum hatte Mathilda Hurschler nichts davon erwähnt?

Milagros hatte sie zum Nachtessen ins «Fin de Siècle» eingeladen. Er würde noch einmal darauf zu sprechen kommen, auch wenn es seiner Mutter nicht passte. «Sie hat ihren Sohn unter traurigen Umständen verloren», hatte Milagros gesagt. «Sie hat noch nie in einem Grandhotel gegessen. Ich fühle mich dazu verpflichtet, sie einzuladen, als Dank auch für ihr Vertrauen mir gegenüber.»

Max fand es übertrieben, zumal sie die Ernsthaftigkeit der Situation nicht zu begreifen schien. Er jagte einen Mörder, und seine Mutter machte auf barmherzige Samariterin.

«Was hast du?» Fede stiess ihn sanft in die Seite. «Du schüttelst andauernd den Kopf.»

«Irgendetwas stimmt da einfach nicht.» Max waren seine Bewegungen nicht bewusst gewesen. «Warum will sich Mathilda Hurschler plötzlich an einen Fremden erinnern, aber nicht daran, dass ihr Sohn Besuch von Walter hatte?»

«Na, hör mal. Severin war ein erwachsener Mann. Dass er im fortgeschrittenen Alter bei seiner Mutter lebte, war kein Grund, ihn andauernd zu kontrollieren. So, wie ich Milagros mittlerweile kenne, hat sie die arme Frau Hurschler in die Mangel genommen. Sie muss mit ihr eine richtige Gehirnwäsche betrieben haben. Mathilda Hurschler befand sich nach dem Suizid ihres Sohnes in einer Ausnahmesituation. Ihr klares Denken muss ihr abhandengekommen sein. Sie hat sich nicht daran erinnert, wer vor seiner Verhaftung bei ihm gewesen war. Darling, ich mag deine logischen Überlegungen. Aber vergiss die psychologischen Aspekte nicht. Jeder Mensch reagiert anders, wenn er ans Limit geht.» Sie drehte ihn zu sich um, schlang ihre Arme um seinen Hals und zog sein Gesicht an ihres. «Ich schlage dir vor, dass wir uns einen ruhigen Nachmittag machen und uns am Abend mit Milagros und Mathilda Hurschler zum Apéro treffen. Bis dahin haben sich unsere Nerven beruhigt, und wir sehen wieder klarer, einverstanden?» Sie wartete eine Erwiderung nicht ab, sondern drückte ihre warmen Lippen auf seine.

Sie lösten sich voneinander, als die Gondel in die Talstation einfuhr.

***

Noch ein Tag bis zur offiziellen Wiedereröffnung des Hotels. Ins Foyer wurden gerade riesige weisse Blumenkörbe angeliefert. Der Lieferwagen eines Engelberger Blumengeschäfts versperrte den Weg zum Eingang.

Fede blieb stehen und bewunderte die eindrücklichen Arrangements, in denen rote und weisse Rosen dominierten. «Sind die nicht schön?» Sie fuhr mit der Hand über die filigranen Zweige von Schleierkraut.

«Du bist ja romantisch.» Max konnte sich den Seitenhieb nicht verkneifen.

«Ich *bin* romantisch.» Sie lächelte ihn an. «Aber alles zu seiner Zeit.»

Sie gingen durch ein Rosenmeer zum Empfang und gaben dort den Schlüssel ab. Feierabend grüsste freundlich. Er war wieder der Alte mit seinem schwarzen Anzug, dem steifen Hemdkragen und der Fliege, diesmal in einem glänzenden Rot, was sicher Ruths Idee gewesen war. Sie überliess nichts dem Zufall. Im angrenzenden Speisesaal hielten sich ein paar Gäste auf, die der Einladung zu Kaffee und Kuchen Folge geleistet hatten. Das Klirren von Besteck und Geschirr breitete sich aus, Geplauder und Lachen vermischten sich.

Fede hatte, ganz zu Max' Freude, ein schlichtes ärmelloses Sommerkleid angezogen. Dazu trug sie einen federleichten Satinmantel. Max hatte diesen nie zuvor in ihrer Garderobe gesehen. Seine Freundin überraschte ihn einmal mehr. Wie sie jetzt vor ihm ging und dabei alle Blicke auf sich zog. Sie peilte die Bar an und stiess dort die Tür auf. Der Barmann hantierte an der Bierzapfstelle, ein einziger Gast sass am Tresen und schaute auf.

«Ach, der Herr von Wirth mit Gemahlin.» Jürgen Nguyen übertrieb mal wieder.

Ihn mit einer Gummipuppe in Verbindung zu bringen, entlockte Max ein Grinsen. Nguyen hatte ja keine Ahnung, dass diese Story bereits die Runde gemacht hatte. Fede warf Max einen amüsierten Blick zu. «Ist er das?», flüsterte sie, als hätte sie Max' Gedanken gelesen.

Er begleitete sie zu einem Tisch, der für fünf Personen gedeckt war. Eiskübel und Champagner standen bereit sowie Burgunderkelche, die vermutlich Milagros bestellt hatte. «Ja, der von der Nagra, du weisst schon …»

«Ich kann es mir nicht vorstellen.» Fede liess ein leises Kichern vernehmen.

«Genauso wenig, wie wir es uns vorstellen können, dass Odermatts Mörder ein unscheinbarer, vielleicht nach aussen hin netter Kerl ist. Was wissen wir über seelische Abgründe?»

Wider Erwarten belästigte Nguyen Max und Fede nicht,

tauschte sich sporadisch mit dem Barmann aus, während er seine Stange trank, erzählte ihm über die terroristischen Anschläge am 11. September, was Max mit einem Ohr mitbekam, und dass es diese nie gegeben hätte. Die Bilder stammten aus dem Filmstudio.

«Ein Verschwörungstheoretiker», sagte Max hinter vorgehaltener Hand.

«Eher ein Fanatiker», flüsterte Fede.

Max zog sie in Fensternähe, die zur Seite des Bahnhofplatzes lag, um Milagros' Auftritt nicht zu verpassen. Er fühlte sich wie auf Nadeln. Er hatte sich mit Fede fast gestritten, weil er der Ansicht war, die Polizei informieren zu müssen. Fede aber wollte Lexi etwas Zeit einräumen. Sie war überzeugt, dass sie auf dem Brunni bleiben würde. Denn dort sei sie sicher. Zudem hätten sie ja ihre Telefonnummer.

«Konntest du mit dem Back-up-Gerät von Severin etwas anfangen?», fragte Max.

«Ich fand nichts darauf, was für uns relevant wäre», sagte Fede. «Ausser alles, wirklich alles über Motorräder, vergangene Meisterschaften sowie Lederbekleidung und Zubehör, auch über Unfälle …» Sie machte eine nachhaltige Pause. «Ich bin aber auf etwas anderes gestossen.»

«Ach ja?»

«Hannes Odermatt, Annies verstorbener Mann –»

«Er starb 1977», unterbrach Max sie.

«An Krebs. Er hatte einen unehelichen Sohn. Er müsste heute etwa fünfundvierzig sein.»

«Aber …»

«Das steht wohl nirgends in der Familienchronik. Ich gehe davon aus, dieser Sohn wurde von Hannes Odermatt nicht akzeptiert.»

«Und das sagst du erst jetzt?»

«Ich war mir nicht sicher, ob die Quelle verlässlich ist.»

«Was hat er mit Ruth zu tun? Mit Albin Odermatts Tod?»

«Überleg doch mal. Du müsstest es am besten wissen.»

«Ich gehe davon aus, dass dessen Mutter bei seiner Geburt

auf finanzielle Ansprüche verzichtet hatte, oder besser: Es wurde von Odermatts Seite mit Geld geregelt, damit sie den Mund hält und es ihr nicht in den Sinn kommt, das Recht des Kindes auf ein Erbe geltend zu machen. Bei seiner Volljährigkeit hätte der Sohn die Regelung anfechten können.» Max sinnierte. «Möglicherweise hat er es erst nach dem Tod seines biologischen Vaters erfahren, wenn überhaupt. So oder so ist er nach Hannes Odermatts Tod leer ausgegangen. Was weisst du über ihn?»

«Leider nicht genug. Ich habe nicht mal einen Namen. Aber ich denke, das ist etwas, was wir uns näher ansehen müssen. Die Arbeit wird uns nicht ausgehen.»

Milagros war pünktlich wie immer. Man hätte nach ihr die Uhr richten können. An der Wand schlug ein Regulator die fünfte Stunde. Er klang wie die Miniaturausgabe des Big Ben. Milagros erschien durch den Eingang, der zur Strassenseite offen stand.

«Federica, Maximilian!» War zu erwarten gewesen, dass ihre Begrüssung theatralisch ausfiel. Sie trug ein kniebedeckendes Chiffonkleid, was ihre üppige Oberweite betonte, aber auch den Anschein machte, sie hätte einen Bauch zu kaschieren. Sie sah aus wie schwanger. Auch Ralph hinter ihr fiel auf. Max war sich sicher, er hatte sich auf Milagros' Kosten einen Massanzug schneidern lassen. Der sass einfach zu perfekt. Mathilda Hurschler hingegen verblasste im Rampenlicht ihrer Begleitung. Etwas unbeholfen stiess sie die Gehhilfe vor sich her.

Milagros schob sie vor. «Mathilda kennt ihr bereits.»

Mathilda Hurschler grüsste scheu. Offenbar war ihr alles andere als wohl hier. Sie hatte sich mit dem Anziehen eines Deuxpièces unbestritten Mühe gegeben, aber gegen Milagros' teure Robe hatte sie keine Chance.

Max übernahm die Rolle des Gentlemans, der die Stühle richtete und die drei Frauen bat, sich zu setzen.

Schnell war der Barmann zugegen, zog den Champagner aus dem Eiskübel und präsentierte ihn.

«Ein Louis Roederer», bestätigte Milagros und verzichtete

auf die nähere Bezeichnung. Alle, die nur einen Schimmer von Champagner hatten, mussten sehen, wie teuer dieser war. Der Barmann öffnete die Flasche, liess den Korken diskret ploppen, roch daran und schenkte Milagros zum Kosten ein.

«Sie haben bereits am Korken gerochen», sagte sie maliziös, «der Champagner ist wohl einwandfrei. Zudem verlasse ich mich ganz auf den Fachmann.»

Max atmete auf, als die Begrüssungs- und Champagnerausschankszene ihr Ende nahm. In seinem Kopf kreisten die Gedanken um anderes als um das Schickimicki-Getue seiner Mutter. Weder Lexi noch der geheimnisvolle Sohn, der ein Halbbruder von Albin war, gingen ihm aus dem Kopf. Er stibitzte von den in Honig gebratenen Baumnüssen und hörte zu, was sich die Frauen zu berichten hatten. Es lenkte ihn ab.

Fede beteiligte sich eifrig am Gespräch. Die Themen reichten von der neusten Herbstmode über die übertriebenen Gehälter von Bankangestellten in Führungspositionen bis hin zum Elend der Flüchtlinge. Mathilda Hurschler schien schon bald mit ihrem Latein am Ende zu sein. Sie nickte bloss höflich, wenn Milagros sie um ihre Zustimmung bat.

Eine Serviceangestellte brachte zwei Platten mit Naschereien aus Fleisch und Fisch an den Tisch.

«Das sind Tapas», erklärte Milagros. «Greift zu.» Fast gleichzeitig forderte sie Ralph auf, über seinen Beruf als Musiker zu erzählen, was Max und Fede bereits auswendig kannten. Mathilda Hurschler stellte anstandshalber ein paar Fragen.

Es wurde ein kurzweiliger Abend, bis Ruth auftauchte. Da waren sie bereits bei der dritten Flasche Champagner angelangt und hatten sich gegenseitig das Du angeboten. Nguyen war verschwunden, die Bar hatte sich mit anderen Gästen gefüllt.

Max hatte geahnt, dass es sowohl für Ruth als auch für Mathilda schwierig sein würde. Vor Ruth sass die Mutter ihres mutmasslichen Gattenmörders, vor Mathilda stand die Frau, die es in der Hand gehabt hätte, das Unrecht, das ihrem Sohn widerfahren war, zu verhindern. Sie reichten einander die Hand, eine warmherzige Geste war es, kein Groll, kein böses Wort.

Ruth zog einen Stuhl heran und setzte sich unmittelbar neben Mathilda hin. Doch sie sprachen nicht über die Toten; in ihren Blicken lag etwas, das jeglichen verbalen Austausch erübrigte. Beide wussten augenscheinlich, dass die Hintergründe zu diesem Drama ganz woanders lagen als dort, wo sie sich bis anhin angesiedelt hatten.

Für Max blieb die Frage, ob Milagros mit dieser Einladung eine Konfrontation bewusst in Kauf genommen oder sogar gefördert hatte, unbeantwortet. Am Tisch fehlte eine Person: Annie Odermatt. Auch da hätte Max Fragen gehabt. Warum ausgerechnet sie, um die sich schliesslich auch vieles, wenn nicht alles drehte, nicht anwesend war. Aber Milagros hatte sie nicht eingeladen. Er glaubte, der Grund liege bei Mathilda Hurschlers Gegenwart, und fragte sich, ob Annie Kenntnis vom unehelichen Sohn ihres verstorbenen Gatten hatte. Max wollte eine passende Gelegenheit abwarten, um sie darauf anzusprechen.

Später wurden Kaffee, Tee und Dessert aufgetischt. Ruth bot Mathilda an, mit ihr eine Tour durch das Hotel und einige Zimmer zu machen, worauf Mathilda scheu einwilligte. Für sie musste das «Fin de Siècle» jenseits ihrer Träume sein. Milagros schloss sich Ralph an, der vorgeschlagen hatte, im Raum neben der Bar eine Runde Billard zu spielen. Milagros fand, dass sie mit so viel Alkohol im Blut die Kugeln gewiss nicht treffen würde. Fede verabschiedete sich mit den Worten, dass sie ihre Mails prüfen müsse.

«Was für Mails?», fragte Max.

«Ich habe mich bei verschiedenen Blumenläden in der Umgebung danach erkundigt, wer in letzter Zeit Rosen an Ruth hat liefern lassen.»

«Da wird dir einfach Auskunft erteilt?» Max zweifelte.

«Unter uns, ich fragte über Ruths Mailadresse an.»

Max wartete grinsend, bis alle den Tisch verlassen hatten. Er schritt hinter Ruth und Mathilda zur Rezeption, wo sich Ruth nach freien Zimmern erkundigen wollte. Max kam sich gerade etwas deplatziert vor, als er bemerkte, wie Mathilda zu schwanken begann. Er beeilte sich und konnte sie rechtzeitig abstützen, sonst wäre sie der Länge nach hingefallen, trotz Rollator. Max führte sie zum nächsten Sessel. Als sich Mathilda gesetzt hatte, kehrte etwas Farbe in ihr leichentuchweisses Gesicht zurück. «Ist dir nicht gut?» Max vermutete, dass sie zu viel Champagner getrunken hatte, und bat Ruth, eine Flasche Mineralwasser zu besorgen.

Um den Sessel herum hatte sich eine Traube von Hotelgästen gebildet. Niemand fragte etwas. Die Leute gafften bloss. Max war peinlich berührt. Er kauerte sich vor Mathilda Hurschler nieder, hielt ihre zitternden Hände. «Ruth wird dir gleich etwas zum Trinken bringen.»

Mathilda Hurschler richtete ihren Blick auf ihn. «Ich habe ihn gesehen.»

Den Hausgeist?

«Wen hast du gesehen?» Max zweifelte plötzlich an Mathildas Zurechnungsfähigkeit. Sie musste eindeutig zu viel Alkohol zu sich genommen haben. Sie war eine zarte Frau, vertrug offenbar nicht viel.

«Den Mann, der Severin vor der Dernière besucht hat.»

Max schoss wie von der Tarantel gestochen auf. «Wer? Wo?» Als er keine Antwort bekam, bahnte er sich einen Weg durch die Leute, welche nach wie vor die Maulaffen feilhielten. Er gelangte zum Ausgang, wusste nicht, nach wem er suchte. Er drehte sich im Kreis, liess seinen Blick in die Runde schweifen. Ruth kam aus der Richtung der Bar. Sie trug eine Flasche und ein Glas.

«Was ist?», fragte sie. «Geht es ihr wieder besser?»

Max zeigte auf die Menschentraube. «Sie hat sich hingesetzt. Bitte bleib bei ihr. Ich bin gleich zurück.» Er ging zügig nach draussen, in der Hoffnung, jemanden Verdächtigen zu sehen. Jemanden, der ihn an den Kerl im Hotel erinnerte. Der ihn niedergeschlagen hatte. Walter?

Auf dem Platz vor dem Bahnhof tummelten sich die Touristen. Eine Pferdekutsche wartete auf Kundschaft. Das Leben in Engelberg nahm seinen Lauf wie jeden Tag, mit dem Unterschied, dass es nicht mehr regnete, doch kalt und grau war.

Max kehrte zurück ins Foyer, griff nach dem iPhone und rief Fede an.

Sie nahm ab. «Hast du schon wieder Sehnsucht nach mir?» Sie lauschte. «Du hast etwas, Max.»

«Wir müssen die Polizei rufen. Mathilda hat den Kerl gesehen, der bei Severin war. Du musst sofort runterkommen. Ich brauche dich hier.»

«Warum rufst du nicht selbst an?»

Max war wütend. «Ich glaube, Ruth und Mathilda sind in grosser Gefahr.» Er zwängte sich durch die Traube, die sich ein wenig gelockert hatte. Die Leute wandten sich anderem zu.

Max traf Ruth und Milagros gleichzeitig an. Sie führten Mathilda ins Kaminzimmer. Max sah sich um. Alles war so verdammt normal. An der Rezeption checkten gerade zwei Bergsteiger ein, die Max an ihrer Ausrüstung erkannte. Sie trugen Rucksäcke und Steigeisen mit sich. Max übte sich in Geduld, bis Fede vor dem Lift erschien.

«Max, was ist los?» Ihr Gesicht war ein einziges Fragezeichen.

Max zog sie ins Kaminzimmer. «Ich habe ein ungutes Gefühl.»

«Warum soll ich die Polizei anrufen? Hast du ihn geschnappt?»

«Wenn er nicht abgehauen ist, befindet er sich noch im Hotel.» Max ging zu Mathilda, nahm ihre Hand. «Du hast ihn also wiedererkannt? Wie sieht er aus?»

Sie trank. In ihrem Blick lag grosse Angst.

«Du brauchst dich nicht zu fürchten. Wir sind alle bei dir.» Max war besorgter um Ruth.

«Kannst du ihn beschreiben?»

«Er … er …» Sie brach ab. Ihre Stimme wollte ihr offensichtlich nicht gehorchen.

«Ganz ruhig.» Max strich ihr über die feuchte Stirn. Mathilda Hurschler war einem Stress ausgesetzt, den er kannte. Da spielten die Synapsen verrückt.

Ruth wirbelte herum. «Wer war am Empfang?»

Max packte sie heftiger als gewollt am Arm. «Hast du Kenntnis davon, dass dein verstorbener Mann einen Halbbruder hatte?»

«Nein! Autsch! Du tust mir weh.»

Max entschuldigte sich. «Denk nach. Hat Albin ihn mal erwähnt?»

«Wie kommst du darauf? Albin war ein Einzelkind. Annie hätte es mir sonst gesagt.»

Max wusste nicht, wem er glauben sollte. War Fede an die falschen Nachrichten gelangt? Er widmete sich Mathilda Hurschler, die aus unerfindlichen Gründen völlig aus dem Häuschen war.

«Er ...» Sie versuchte es erneut. «Er ... war am Empfang.»

Max wollte auf dem schnellsten Weg zur Rezeption gehen.

Fede hielt ihn zurück. «Mach jetzt keinen Fehler.»

«Feierabend muss ihn auch gesehen haben.» Max wollte keine Sekunde verlieren.

«Genau das ist das Problem.»

«Was?»

«Denk nach.»

«Veralberst du mich?» Max hatte keine Zeit für solche Spiele.

«Dann komm mit. Überzeuge dich selbst.»

«Ich rufe *jetzt* die Polizei. Max!» Sie hielt den Finger vor den Mund. «Ich appelliere an deinen Spürsinn.»

«Du meinst?»

«Ja.»

«Warum?»

«Er ist der Rosenkavalier.»

«Was?»

***

Als hätten die zwei Polizisten auf ihren Einsatz gewartet, trafen sie nach Fedes Anruf binnen Minuten im Hotel ein. In Zivil, worauf Max bestanden hatte. Kein Aufsehen. Doch aufgrund des geschäftigen Treibens im Hotel fielen sie eh nicht auf. Max begrüsste sie wie zwei alte Bekannte und ging mit ihnen ins Kaminzimmer, wo Mathilda, Ruth und Milagros auf sie warteten.

Fede hatte sich auf Max' Anraten im Foyer platziert. Wenn es brenzlig wurde, würde sie ihn sofort rufen.

«Sie wurden überfallen?» Einer der Polizisten, er hatte sich mit Blättler vorgestellt, wandte sich an Mathilda Hurschler, derweil der andere, Gisler war sein Name, neben dem Cheminée stehen blieb.

Es brauchte eine Erklärung, war sich Max sicher. Er wusste nicht, was Fede ihnen erzählt hatte. Er informierte die beiden Männer darüber, dass er Privatdetektiv und wegen sonderbarer Vorkommnisse im Hotel von Ruth Odermatt angeheuert worden sei. Er verlor ein paar Worte über die Totems. Die Polizisten nahmen es regungslos zur Kenntnis.

«Frau Hurschler hat den Mörder von Albin Odermatt gesehen.» Max liess den Satz stehen.

Blättler und Gisler sahen sich nur an.

«Sie reden vom Hotelier Albin Odermatt?», fragte Blättler, der Ranghöhere von beiden.

«Exakt. Vor einem Jahr hat man Frau Hurschlers Sohn», Max wies auf Mathilda Hurschler, «verhaftet, worauf er sich in der Untersuchungshaft das Leben nahm.»

«Der Fall ist abgeschlossen», sagte Blättler. Er hatte offenbar Kenntnis davon.

Max' Nerven flatterten. Er wusste nicht, warum er sich mit zwei gewöhnlichen Polizisten herumschlagen musste. Er hatte damit gerechnet, der Polizeichef persönlich würde vorbeikommen, erinnerte sich jedoch, dass dieser in Florida war.

«Ich habe schon damals gesagt, dass ich nicht an die Schuld meines Sohnes glaube», sagte Mathilda gefasst.

Blättler und Gisler sahen sich wieder an. Wortlos, als zweifelten sie am Verstand der Frau.

«Den Mann, der meinen Severin am Nachmittag vor der Dernière besuchte», sagte Mathilda Hurschler, «habe ich in diesem Hotel gesehen.»

Jetzt kam Bewegung in die beiden Polizisten. «Unter diesen Umständen müssen wir Sie bitten, mit uns auf den Polizeiposten zu kommen.»

«Ich werde nirgendwohin gehen», sagte Mathilda Hurschler resolut. «Ich will mich mit eigenen Augen überzeugen, dass ihr den Kerl schnappt. Wer weiss, ob er dann wieder davonkommt …»

«Wen haben Sie denn in Verdacht?», fragte Gisler, der nicht gecheckt zu haben schien, worum es hier ging.

Max war sich sicher, dass er Mathilda Hurschler nicht ernst nahm. Er musste davon ausgehen, dass genau daran die Aufklärungsarbeit vor einem Jahr schon gescheitert war.

Es war Blättler, der Mitgefühl zeigte. Er beugte sich zu Mathilda Hurschler hinunter. «Kennen Sie seinen Namen?»

«Nein, den kenne ich nicht. Aber sein Gesicht. Ich habe ihn gesehen. Ich sehe alles klar vor mir. Ich erinnere mich ganz genau. Und wenn Sie sich ihn ansehen, würden Sie nie darauf kommen, wie gefährlich dieser Mann ist. Er hat mit Severins Gewehr hantiert … Ich weiss es. Er stand vorher an der Rezeption, trug einen dunklen Anzug mit Fliege … ich gehe davon aus, er ist der Empfangschef.»

Ruth stiess einen gutturalen Laut aus. «Toni?» Sie liess sich auf einen Stuhl fallen. Alle Farbe war aus ihrem Gesicht gewichen. Sie suchte Max' Augen. «Und ich habe unter dem gleichen Dach geschlafen wie er …» Es schien, als wäre diese Tatsache ihr grösstes Problem. Sie drückte beide Hände vors Gesicht. «Aber warum?»

Blättler und Gisler verliessen das Kaminzimmer. Milagros ging ihnen nach. Wahrscheinlich juckte es sie geradezu, die Festnahme des mutmasslichen Täters mitzuerleben.

Max blieb zurück. Er nahm Ruth tröstend in die Arme. «Lexi hat dir die Totems vor die Tür gestellt. Sie wollte dich darauf aufmerksam machen, was vor einem Jahr wirklich geschehen war. Ihr Bruder Walter war ebenfalls Zeuge, wie Feierabend Hurschlers Winchester geladen hatte.»

«Hat sie dir das erzählt?»

«Leider hat sie nur Andeutungen gemacht. Den Namen hat sie nicht erwähnt. Sie hatte Angst. Erst Mathilda hat uns zum wirklichen Mörder geführt. Sie und Walter haben den wahren

Täter gesehen. Zu dieser Zeit hatten beide keine Ahnung von den Zusammenhängen.»

«Aber warum Toni? Er ist mein ältester Mitarbeiter, war bereits bei Annie und später bei Albin angestellt.»

«Von ihm stammten die Rosen», sagte Fede. «Hast du dich nie gefragt, woher diese Rosen kamen?»

«Ehrlich gesagt, dachte ich von Vincenzo … Toni hat … hat … Albin umgebracht?»

«Indirekt», sagte Max. «Er hat Severin Hurschler dazu missbraucht.»

Ruth schluchzte auf. «Mein Empfangschef! Was ging in seinem Kopf vor?»

«Vielleicht werden wir es nie erfahren», sagte Max. «Gut möglich, dass er sich mit der Absicht, seinen Plan umzusetzen, im Hotel beworben hat, damals, vor siebzehn Jahren. Seine Mutter musste es ihm erzählt haben, dass sein Vater ein reicher Hotelbesitzer sei und er Anspruch auf ein Erbe hatte.»

«Auf keinen Fall. Das wäre spätestens nach dem Hinschied von Albins Vater ans Licht gekommen.» Ruth war untröstlich.

«Er muss es gewusst haben. Deshalb hat er dir Avancen gemacht, dachte wohl, nach dem Tod deines Mannes in dessen Fussstapfen treten zu können.» Max erinnerte sich an Lexis Aussage, dass sich die Geschichte wiederhole. Feierabend hatte wohl Lexis Kind gemeint, welches sie verloren hatte. Er war auch ein aussereheliches Kind gewesen.

Max war, als lichtete sich erst jetzt ein Schleier.

«Er macht seinen Job gut», sagte Ruth. «Ich hatte nie etwas zu beanstanden.»

«Er musste unumstritten einen gewaltigen Hass auf deinen Mann gehabt haben.» Max zögerte. «Hattest du ihn nie in Verdacht?»

«Nein, warum auch? Er half mir sogar, nach Spuren zu suchen. Nach Hinweisen, wer mir diese Totems vor die Tür stellte.»

«Ich gehe davon aus, in seinem eigenen Interesse.»

«Er war immer sehr besorgt um mich. Nach Albins Tod …

Moment mal …» Hinter Ruths Stirn schien es zu arbeiten. Dann winkte sie ab. «Ich war also nie wirklich in Gefahr.» Sie schlug die Hände zusammen. «Mein Gott! … Toni ist Albins Halbbruder … was für ein Drama. Weiss es Annie schon?»

«Ich zweifle daran.»

Ruth verdrehte die Augen. «Ich brauche jetzt einen doppelten Whisky.»

***

Milagros brillierte mit den neusten Nachrichten. «Feierabend liess sich ohne Widerstand abführen», sagte sie, als sie sich spätabends im Kaminzimmer trafen. Sie, Fede und Max. «Er sah aus, als ergebe er sich seinem Schicksal. Blättler hat ihm seine Rechte vorgelesen, Gisler Handschellen umgelegt. Ich bin mir sicher, die Gäste dachten, dies gehöre zum Abendprogramm. Dass sie nicht applaudierten, beruhigt mich.» Sie hatte wieder eine Flasche Louis Roederer bestellt und hob jetzt ihr Glas. «Ich hätte nicht gedacht, dass wir den Fall heute lösen. Nun, was sagst du dazu, Maximilian?»

«Ich denke, ich muss dir ein Kränzchen winden. Ohne deine tatkräftige Unterstützung hätte es vielleicht länger gedauert.» Max konnte sich keinen Reim darauf machen, weshalb Feierabend Severin Hurschlers Winchester mit Munition geladen hatte. Er hätte ihn, wenn er wollte, auf eine andere Art umbringen können. Andererseits waren ihm die Freilichtspiele sehr gelegen gekommen, auch die Zänkereien zwischen Hurschler und Odermatt. Max musste davon ausgehen, dass Odermatts Ermordung von langer Hand geplant war.

Milagros schien die Unsicherheit an seinen Augen abzulesen. «In was für einer Welt leben wir?», fragte sie. «Aber Rache ist ein starkes Motiv für Mord.» Sie hob das Glas. «Auf uns drei.» Sie schien gerade alles zu vergessen. «Ich hoffe, ihr bekommt nicht so schnell wieder einen solch kniffligen Fall. Ihr wisst, in zehn Tagen verreisen Ralph und ich. Hoffentlich kommt ihr klar ohne mich.»

«Wir werden es überleben.» Max lächelte vor sich hin. In seiner Jackentasche lag noch immer das Schächtelchen mit dem Solitär. Jetzt wäre die passende Gelegenheit gewesen, Fede zu fragen. Somit hätte Milagros ein Thema während der Flugreise gehabt.

Max hatte das Schächtelchen bereits in der Hand, als sein iPhone summte. Er stand auf, nahm das Gerät zur Hand und wischte mit dem Finger über den Touchscreen. Es war Lexis Nummer.

«Max?» Ihre Stimme klang aufgeregt.

«Am Telefon.» Ein ungutes Gefühl bemächtigte sich seiner.

«Ich habe gehört, dass man Toni Feierabend gefasst hat.»

Max wusste nicht, woher sie es hatte und wie er darauf reagieren wollte. Würde Lexi endlich mit der Wahrheit herausrücken? Oder Walter? Würde er freiwillig zur Polizei gehen und Mathilda in ihrer Aussage unterstützen? Ein Restzweifel blieb. Was, wenn sich Mathilda geirrt hatte? «Seid ihr bereit, auszusagen?» Das seltsame Gefühl blieb.

«Ja, Walter ist bereit. Er hat gesehen, wie Toni die Winchester geladen hat. Severin hat es nicht mitbekommen. Und …» Sie machte eine Pause. «Mathilda Hurschler muss es auch gesehen haben. Sie beobachtete Toni, wusste aber nicht, dass mein Bruder auch anwesend war.»

Glossar

Abuela (spanisch) – Grossmutter
Abuelo (spanisch) – Grossvater
Arrivée (französisch) – Ankunft im Hotel
Asap – Abkürzung von *as soon as possible* = so früh wie möglich
Brunni – eine Alp oberhalb von Engelberg
Chilbi – Kirchweihfest
Cold Reading – von professionellen Zauberkünstlern verwendeter Fachausdruck für verschiedene Techniken in Gesprächen, um den Anschein zu erwecken, man wüsste alles über seinen Gesprächspartner
Frauenfürze – Feuerwerkskörper
Han ramlade i dyngan. (schwedisch) – Er ist in die Kloake gefallen.
Ländlerkapelle – volkstümliche Musik
Mycel – Gesamtheit aller Hyphen, der fadenförmigen Zellen eines Pilzes oder Bakteriums
Nagra – Nationale Genossenschaft für die Lagerung radioaktiver Abfälle
Patronne (französisch) – Wirtin
Regulator – kastenförmige Pendelwanduhr
Reisseckler (umgangssprachlich) – Nidwaldner
Skål (schwedisch) – prost
Sonnerie – Türglocke
Stange – ein Glas Bier vom Zapfhahn
Stierengrind – Dickschädel
Stinker han alltid så? (schwedisch) – Stinkt er immer so?
Taiwanesen-Tumbler – Engelberger Spasswort für Titlisbahn
Talammann – Gemeindepräsident, von den Stimmbürgern

einer Gemeinde gewähltes Oberhaupt einer politischen Gemeinde

Tschifeler (umgangssprachlich) – Obwaldner

Zuckerstock – Feuerwerkskörper

Danksagung

Mein Dank geht in erster Linie an meinen Verleger Hejo Emons und seine Familie. In seinem Verlag fühle ich mich absolut gut aufgehoben. Danken möchte ich dem gesamten Emons-Team: Dr. Christel Steinmetz, Stefanie Rahnfeld, Daria Gaberdan und Sophie Olk für die Lektorats- und Korrektoratsarbeit, Nina Schäfer für das passende Cover, Ingeborg Simandi und Mike Stirnagel für den Vertrieb, Leslie Schmidt und Dominic Hettgen für die tolle Pressearbeit, Svenja Schulze für die Betreuung von Lesungen, Angela Eichner für die immer korrekte Abrechnung. Ich weiss, dass nebst der Schreibarbeit des Autors noch viel mehr in einem Buch steckt.

Ein besonderes Dankeschön geht an meine liebe Lektorin in der Schweiz, Irène Kost – sie ist unersetzlich. Lieben Dank Lena Hölzle für die korrekte Übersetzung vom Deutschen ins Schwedische, Conrad Engler für die einen oder anderen «Engelbergereien» sowie den vielen guten Geistern, die mich während des Schreibprozesses unterstützt haben.

Herzlichen Dank Tom Volkers – Initiant, Buchautor und Winnetou-Darsteller der Karl-May-Freilichtspiele Engelberg – für die Zusage, ein paar gesprochene Szenen aus «Winnetou und der Ölprinz» sowie die Bühne als Kulisse im Buch verwenden zu dürfen (www.winnetou.ch/www.karlmay.ch).

Und vielen Dank allen Leserinnen und Lesern, die meine Bücher lesen und mir mein Schreiben erst möglich machen.

Silvia Götschi
JAKOBSHORN
Broschur, 320 Seiten
ISBN 978-3-95451-260-7

«Die genau ergründeten Charaktere und ein sarkastisches Gesamtkonstrukt zeichnen den Roman aus. Davos gibt zudem ein atmosphärisches Panorama für den Plot ab.» Bote der Urschweiz

«Psychologisch subtil, feinsinnig, unheimlich. Gänsehaut garantiert.» Davoser Zeitung

www.emons-verlag.de

Silvia Götschi
MATTAWALD
Broschur, 304 Seiten
ISBN 978-3-95451-482-3

Die achtzehnjährige Laraina Vetsch wird tot im Mattawald aufgefunden; die Polizei geht von einem Suizid aus. Doch Larainas Schwester glaubt nicht an einen Selbstmord und bittet ihre ehemalige Schulkollegin Allegra Cadisch um Hilfe. Die junge Jurastudentin nimmt undercover in einem Davoser Hotel eine Stelle an und ermittelt vor Ort – nicht ahnend, dass sie sich damit selbst in Lebensgefahr bringt.

www.emons-verlag.de

Silvia Götschi
HERRENGASSE
Broschur, 336 Seiten
ISBN 978-3-95451-713-8

«Die Autorin lässt in diesem Krimi wieder ihrer Phantasie freien Lauf und zeigt das beschauliche Schwyz und seine (fiktive) Politikprominenz von einer eher dunklen und abgründigen Seite.»
Anzeiger Luzern

www.emons-verlag.de

Silvia Götschi
BÄRENTRITT
Broschur, 272 Seiten
ISBN 978-3-95451-777-0

«Silvia Götschi beweist mit ‹Bärentritt› ihr feines Gespür für tiefe Figuren und die oft dramatische Dynamik, die aus zwischenmenschlichen Verbindungen im Guten wie im Bösen erwachsen kann.»
Rigi Anzeiger

«Silvia Götschi versteht es bestens, mit einem spannenden Plot und einem aktuellen Hintergrund ihre Leser zu packen.»
Anzeiger Luzern

www.emons-verlag.de

Silvia Götschi
KLAUSJÄGER
Broschur, 336 Seiten
ISBN 978-3-95451-988-0

«Die Autorin kennt sich mit dem Tatort und der lokalen Bevölkerung bestens aus. Wie gewohnt vermischt sie geschickt und mit raffinierter Phantasie Wirklichkeit und eine fiktive Romanhandlung. Für unterhaltsame Spannung ist gesorgt!» Sempacher Woche

www.emons-verlag.de

Silvia Götschi
MUOTATHAL
Broschur, 320 Seiten
ISBN 978-3-7408-0053-6

Kurz nachdem ein Junge aus Muotathal verschwindet und ein Unwetter die Region von der Aussenwelt abschneidet, findet die Polizei in der Nähe des Höllochs eine Kinderleiche. Doch die Eltern des seit zwei Tagen vermissten Seppli identifizieren sie nicht als ihren Sohn. Wer ist das tote Kind? Valérie Lehmann ermittelt – und kommt einer Wahrheit auf die Spur, die jede Vorstellungskraft übersteigt …

www.emons-verlag.de

Silvia Götschi
DER TEUFEL VON URI
Broschur, 272 Seiten
ISBN 978-3-7408-0179-3

Eigentlich möchte Schriftstellerin Sophie Mars im abgelegenen Andermatt nur neue Kraft tanken. Doch dann trifft sie in der Schöllenenschlucht auf eine offenbar geistig verwirrte Frau, die behauptet, vom Teufel verfolgt zu werden. Sophie will der Sache auf den Grund gehen und stösst auf ein lange zurückliegendes Verbrechen. Zugleich erhält sie verstörende Drohungen. Fordert der Teufel ein neues Opfer?

www.emons-verlag.de

Silvia Götschi
EINSIEDELN
Broschur, 368 Seiten
ISBN 978-3-7408-0318-6

«Silvia Götschi weiss ihr Publikum einnehmend zu fesseln.»
SchwyzKulturPlus

«‹Einsiedeln› lebt vom Lokalkolorit. Die Verbundenheit zu bekannten Gefilden verleiht dem Krimi eine besondere Atmosphäre.» Zeitlupe

www.emons-verlag.de

Silvia Götschi
BÜRGENSTOCK
Broschur, 320 Seiten
ISBN 978-3-7408-0413-8

«Was harmlos beginnt, entwickelt sich zu einer mörderisch spannenden Jagd nach der Wahrheit. Witzig, temperamentvoll und stets gewürzt mit einer tüchtigen Portion Sex ist die Geschichte.»
Luzerner Zeitung

www.emons-verlag.de

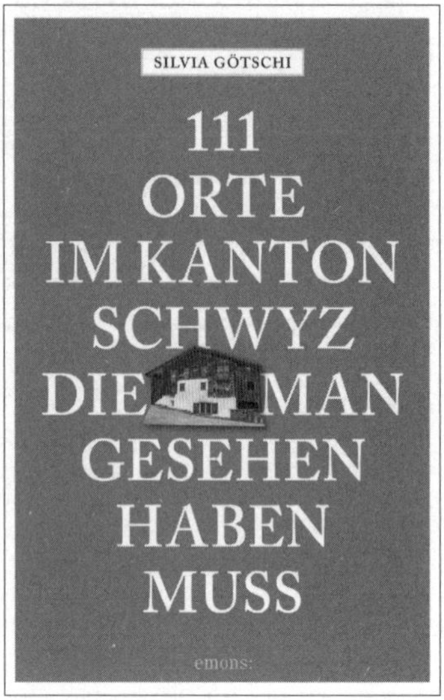

Silvia Götschi
111 ORTE IM KANTON SCHWYZ,
DIE MAN GESEHEN HABEN MUSS
Broschur, 240 Seiten
ISBN 978-3-7408-0116-8

«Ein Reiseführer, der Geheimnisse lüftet. Genau diese Geschichten sind es, die bei der Lektüre fesseln. Götschi beschreibt Anekdoten und historische Fakten zu ihren Entdeckungen. Es sind Attraktionen drin, die Geländegängigkeit erfordern, und scheinbar Unscheinbares, an dem Einheimische täglich vorbeikommen.»
Zentralschweiz am Sonntag

www.emons-verlag.de